MARQUER LE PAS

LA SÉRIE RESTER À FLOT, LIVRE 2

MARIE FORCE

Marquer le pas
Série Rester À Flot, Livre 2
Par Marie Force

Publié par HTJB, Inc.
Copyright 2011. HTJB, Inc.

Couverture par Kristina Brinton
Mise en forme ebook par E-book Formatting Fairies
ISBN: 978-1952793189

La meilleure façon de garder le contact, c'est de vous abonner à ma newsletter. Rendez-vous sur marieforce.com et souscrivez dans la boîte en haut de l'écran qui demande votre nom et adresse mail. Si vous n'avez pas régulièrement de mes nouvelles, merci de vérifier que votre filtre anti-spam ne bloque pas mes messages et configurez votre boîte mail pour recevoir mes messages et ne jamais rater un nouveau livre, une opportunité de gagner des prix fabuleux ou une de mes visites dans votre région.

Abonnez-vous à mon blog pour recevoir les toutes dernières et meilleures nouvelles, y compris sur les cadeaux et prix fabuleux. Rendez-vous sur le blog et ajoutez votre adresse mail en haut à droite.

DÉVOUEMENT

À tous les lecteurs qui ont réclamé l'histoire de Clare—merci !

MARQUER LE PAS

Marcher sans avancer

CHAPITRE 1

Clare regarda encore une fois sa montre : treize heures trente.
*Ça doit être fait, maintenant. Mon mari—ou devrais-je dire
mon ex-mari—est remarié.*

« Ex-mari, » dit-elle avec un frisson. Inimaginable. Divorcée… Un
mot tellement laid.

Elle déplaça sa chaise roulante de l'autre côté de sa chambre dans
le centre de rééducation et regarda la journée humide d'août. Quelque
part sur le Ten Mile Ocean Drive dans le centre historique de
Newport, Jack avait échangé des vœux avec Andi. Il avait maintenant
une nouvelle famille. Clare savait que ce jour devait arriver et avait
tout mis en marche en le laissant partir, mais ce n'était pas pour
autant plus facile d'imaginer son Jack à elle marié à quelqu'un d'autre.
« Ce n'est plus mon Jack, » se dit-elle.

La porte s'ouvrit. « Mme Harrington ? »

Clare ne corrigea pas l'infirmière. Elle n'était plus « Mme ».
« Oui ?

— Ils vous attendent en *physio*. »

En regardant encore une fois longuement la ville de bord de mer,
Clare se demanda ce que Jack faisait à ce moment précis. Embrassait-
il son épouse ? Portait-il un toast ? Dansait-il avec une de leurs filles ?

Elle secoua la tête, furieuse de s'être permise de prendre ce chemin ne serait-ce que quelques instants. Quelle importance maintenant, tout cela ?

« Allons-y. » Elle se déplaça dans sa chaise roulante jusqu'à la porte et laissa l'infirmière la pousser dans le long couloir jusqu'à la physio-thérapie.

～

Après le dîner, Clare enfila petit-à-petit son pyjama léger. Elle était fière de sa capacité à faire des choses par elle-même, même de toutes petites choses comme changer ses vêtements. Chaque minuscule victoire venait s'ajouter aux autres. Roulant son fauteuil d'un côté à l'autre de la pièce qui était devenu son chez elle depuis quatre mois, elle se glissa, sans aide, du fauteuil sur le canapé—une autre réussite récente. Son rétablissement se faisait doucement mais sûrement.

Qu'elle se soit remise du tout était un miracle, ou du moins c'est ce qu'ils disaient tous. Personne ne s'attendait à ce qu'elle émerge jamais du coma dans lequel elle avait été plongée pendant trois ans après avoir été heurtée par une voiture. Mais il y a quatre mois, elle avait déjoué le destin et s'était réveillée après une fièvre dont les médecins avaient craint qu'elle mette fin à sa vie. Ouais, un vrai miracle. Tout ce qui s'était passé depuis avait été plutôt moins miraculeux : son mariage de vingt ans s'était désintégré, et ses jours étaient maintenant marqués par sa lutte pour retrouver sa santé.

Clare savait qu'elle était chanceuse, mais elle s'était lassée d'entendre ce mot. Les médecins lui avaient dit qu'il lui faudra affronter des difficultés physiques pour le reste de sa vie, y compris des infections urinaires, une tendance à développer des pneumonies, de la fatigue, des spasmes musculaires, et d'autres répercussions de ses trois années d'inactivité. Oh oui, quel miracle.

Un film qui faisait pleurer à la télévision attira son attention, et c'était un soulagement d'être plongée dans le drame de quelqu'un d'autre pour changer. Quand quelqu'un frappa à sa porte, Clare arrêta le son de la télévision. « Entrez, » cria-t-elle, et elle fut surprise de voir la sœur de Jack, Frannie Booth.

« Puis-je entrer ?

— Bien sûr, dit Clare à son ancienne belle-sœur. Viens t'asseoir. »

Frannie traversa la pièce pour s'asseoir près de Clare sur le canapé. Elle portait ses cheveux auburn en un élégant chignon torsadé, un vestige du mariage de son frère.

« Je ne m'attendais pas à te voir, surtout ce soir, dit Clare, en admirant la robe en soie jaune à fleurs que Frannie avait portée au mariage. Tu es magnifique.

— Merci. Je pensais à toi et me suis dit que je passerai voir comment ça allait.

— Je vais très bien, mais tu n'avais pas à passer.

— J'en avais envie.

— Comment c'était ? Clare essaya de donner l'impression qu'elle était décontractée en tortillant une mèche de sa tignasse blonde autour de son doigt.

— C'était très beau mais un peu plus excitant que prévu. Andi a perdu ses eaux pendant la réception. Ils ont eu des garçons jumeaux sur place, à l'hôtel même. Le médecin a dit qu'ils semblaient être monozygotes.

— Oh. Clare se battit pour cacher les émotions qui montaient en elle. Jack avait des fils.

— Tout est arrivé tellement vite. Frannie secoua la tête et sourit. Apparemment le travail s'est fait toute la nuit sans qu'elle s'en aperçoive, parce qu'elle souffrait d'un mal de dos. »

Clare s'efforça de garder une expression neutre pendant qu'elle absorbait la nouvelle que les bébés étaient arrivés un mois trop tôt. « Ils vont tous bien ?

— Oui.

— Les filles devaient être excitées, dit Clare en faisant référence à ses filles.

— Oui, oui.

— Comment s'appellent-ils ?

— Ils les ont nommés d'après Jack et les grands-pères, John Joseph Harrington IV, et Robert Franklin Harrington. Johnny et Robby. »

Malgré tous ses efforts, les yeux de Clare se remplirent de larmes. « Johnny et Robby, » murmura-t-elle.

« Je suis désolée de te faire de la peine. »

Clare s'essuya les yeux. « Ce n'est pas grave.

— Cela fait des semaines que je voulais passer pour dire que… ce que tu as fait… le laisser partir… L'admiration se lisait sur le visage de Frannie. C'était tellement altruiste.

— C'était la seule chose que je puisse faire. C'était avant tout égoïste.

— Non, ça ne l'était pas. C'était incroyable. Je ne sais pas si j'aurais pu en faire autant. »

Une douleur lancina Clare juste en dessous de son cœur brisé. « Je ne veux plus en parler. C'est fini maintenant. Mais je suis contente que tu sois là pour une autre raison.

— Laquelle ?

— J'ai eu beaucoup de temps pour réfléchir, dit Clare avec un petit sourire. Je ne sais pas si je t'ai remerciée comme il fallait pour ce que tu as fait pendant que j'étais malade. Je veux dire, pour que tu renonces à un an et demi de ta vie pour t'occuper de mes enfants—

— M'occuper de tes filles a été un vrai plaisir. Tu n'as pas à me remercier. Tu aurais fait la même chose pour moi. Alors ça va vraiment, toi ? »

Clare leva un sourcil avec suspicion. « C'est Jack qui t'a envoyée vérifier comment j'allais ?

— Pas cette fois. Je crois qu'il est tellement ébahi par l'arrivée des bébés en plein milieu de son mariage, qu'il ne sait même plus comment il s'appelle, là. »

Elles éclatèrent de rire.

« Je veux bien le croire, dit Clare. Je vais très bien. Ne t'inquiète pas pour moi.

— Je suis aussi venue parce que j'ai quelque chose pour toi. Frannie plongea sa main dans son sac et en sortit un livre à la reliure de cuir. Elle le tint contre sa poitrine un instant pendant qu'elle rassemblait ses pensées. Peu après avoir emménagé avec Jack et les filles, j'ai commencé à tenir un journal. C'était bizarre parce que je n'en avais jamais eu un auparavant, mais soudain j'ai eu besoin d'écrire. En tout cas, je me suis longtemps demandé si je devais le partager avec toi. Et puis j'ai compris que la plupart du temps que je le tenais, je le faisais pour toi. Je l'écrivais pour toi.

— Tu pensais que j'allais me remettre ? Personne ne semblait penser cela.

— Non, je ne le pensais pas. Mais pour une raison ou une autre, j'ai commencé à écrire les choses et quand j'ai relu mon journal dernièrement, j'ai compris que je l'avais fait pour toi, comme si je te parlais. Je n'ai pas consciemment décidé de le faire. Oh, je ne m'explique pas bien.

— Si, si, je comprends. Je peux le voir ? »

Elle donna le livre à Clare. « Je sais que tu seras très heureuse de retrouver un peu du temps que tu as perdu avec tes filles en lisant ce qui se passait dans leurs vies, mais il y a d'autres choses là-dedans qui te feront mal. J'aurais voulu t'épargner cela. C'est à cause de cela que je ne te l'ai pas donné jusqu'à présent.

— Tu as écrit sur eux, aussi, n'est-ce pas ? Sur Jack et Andi ? demanda Clare en passant une main sur la reliure en cuir.

— Oui, et je ne sais pas si tu devrais lire ces parties-là.

— Peut-être que je les passerai. Tu ne peux pas savoir combien cela me touche.

— Je crois savoir, peut-être. Je suis maman moi aussi, maintenant, tu sais ? Si tu veux en parler— de n'importe quel aspect— n'hésite pas.

— Merci. Se sentant comme si on venait de lui faire un cadeau précieux, Clare tendit la main pour serrer celle de Frannie. Merci infiniment.

— J'espère que tu auras encore envie de me remercier après l'avoir lu, dit Frannie avec un grand sourire. Tu as des projets ? »

Clare haussa les épaules. « Pas vraiment. Ils disent qu'il me reste peut-être encore un mois de rééducation, et puis je pourrai rentrer chez moi. Je ne sais pas ce qu'il y aura après pour moi. Son visage se tordit en un sourire ironique. Pour la première fois en vingt ans je ne sais pas quoi faire de moi-même.

— Je suis sûre que tu trouveras ton chemin. Je sais que les filles ont hâte de t'avoir à la maison. Si tu as besoin de quoi que ce soit…

— Ton frère a fait en sorte que je ne manque jamais de rien. J'ai reçu mon relevé de compte bancaire l'autre jour et mes yeux sont presque sortis de ma tête.

— Il ne veut pas que tu t'inquiètes de comment subvenir à tes besoins.

— Avec de tels montants, je n'aurai plus jamais à m'en inquiéter, c'est sûr. Il n'était pas obligé de faire ça.

— Si, si, il l'était. »

Clare sourit. « Je suis contente que tu sois venue, Frannie. Tu viendras de nouveau, et avec tes petits ? J'aimerais tellement les voir.

— Tu peux y compter. »

« Allez, Clare, faites un pas de plus pour moi. Encore un, c'est tout. »

La sueur coula le long de son visage alors qu'elle se battait contre les béquilles. « Vous êtes un sadique, Jeffrey.

— Vous m'aimez. Vous le savez. »

Clare mit toute l'énergie qui lui restait dans ce dernier pas et puis laissa tomber sa tête contre ses bras tendus.

« D'accord, dit-elle en haletant. Continuez à me le rappeler. »

Derrière eux, quelqu'un applaudit.

Clare se retourna pour voir son médecin qui les regardait. « Super, un public, » rouspéta-t-elle en balayant la sueur de son visage.

Le Dr Paul Langston traversa la pièce. « C'était excellent. J'ai compté au moins cinquante pas.

— J'en ai comptés cinquante-cinq, dit Jeffrey.

— Je ne me souviens pas vous avoir envoyé d'invitation , Dr Paul. Que faites-vous ici ? Clare remercia Jeffrey quand il la mit dans son fauteuil roulant.

— Je suis venu voir comment allait ma meilleure patiente. J'ai besoin d'une invitation ? »

Elle prit une grande gorgée d'eau de sa bouteille. « Pas si vous allez me charmer. »

Le Dr Langston tapota de son pied la chaise. « Il me semble que nous sommes pratiquement prêts à dire adieu à tout cela et à parler de vous laisser rentrer à la maison. »

Son estomac se serra d'anxiété. « Déjà ? Je croyais que vous aviez dit encore un mois ?

— Vous vous êtes habituée à nous, hein ? Vous ne pouvez plus vivre sans moi ?

— Ouais, quelque chose comme ça, dit-elle avec un grand sourire. C'était un apollon avec des cheveux blonds très courts et des yeux bleus espiègles. Manque de bol, il avait aussi dix ans de moins qu'elle. Vous êtes plutôt beau gosse, je suppose. »

Il s'esclaffa. « Comme c'est flatteur ! Cela me monte tout de suite à la tête. Je vais raccompagner *Miss Sympathique* à sa chambre, dit-il à Jeffrey.

— À demain, répondit Jeffrey.

— J'ai hâte.

— Vous avez fait tellement de progrès, dit Dr Langston lorsqu'ils avancèrent dans le couloir. Les infirmières me disent que vous prenez votre douche et vous habillez seule et que vous dépendez de moins en moins d'elles chaque jour. Il s'arrêta près d'un banc dans l'entrée et s'assit pour se mettre à hauteur de ses yeux. Je pensais que vous mouriez d'envie de partir d'ici. Que se passe-t-il ? »

Elle haussa les épaules.

« Ce qui vous attend à la maison vous inquiète ? »

Elle leva un sourcil. « Vous voulez dire ce qui ne m'attend pas ?

— Vous en avez parlé avec le docteur Baker ? demanda-t-il en faisant référence au psychiatre de Clare.

— Un peu, comme ça, mais nous nous sommes concentrés sur l'agression et tout cela. Je n'ai pas voulu parler de la fin prématurée de mon mariage. Je ne suis qu'un gros paquet de problèmes à résoudre, dit-elle avec le sourire agréable qui avait fait d'elle la chouchoute de l'équipe médicale qui s'était occupée d'elle ces quatre derniers mois.

— Je crois que nous devrions fixer une date. Le Dr Langston croisa les bras par-dessus sa blouse blanche. Deux semaines à compter d'aujourd'hui ?

— Vous êtes sûr ? C'est très bientôt.

— Vos filles vous attendent. N'avez-vous pas envie de rentrer pour elles ?

— Elles sont heureuses chez leur père pour l'instant.

— Elles seront ravies de vous avoir de nouveau à la maison. Elles attendent depuis longtemps.

— Je suis certaine qu'elles se sont bien habituées à vivre sans moi. Comment puis-je rattraper trois ans sans elles ? Elle retint son envie de pleurer.

— Vous ne le pouvez pas. Tout ce que vous pouvez faire, c'est aller de l'avant. Je vais être honnête avec vous, Clare. Aucun d'entre nous n'avait imaginé que vous arriviez où vous en êtes aujourd'hui. Vous avez déjoué le destin. Ne soyez pas votre propre ennemie en abandonnant maintenant. »

Elle sourit. « Vous me fichez à la porte, hein ?

— J'en ai bien peur.

— Vous avez tous été vraiment formidables. Vous allez me manquer. »

Il se leva du banc. « Mais non, vous serez bien trop occupée à profiter de votre nouvelle vie fabuleuse pour penser à nous.

— Cela m'étonnerait. » Elle se tordit les mains sur ses jambes. L'idée de rentrer chez elle la remplissait d'anxiété.

Il s'accroupit pour qu'elle puisse le voir. « Parlez-en au docteur Baker. Dites-lui comment vous vous sentez. Laissez-le vous aider.

— Je le ferai. Merci, Paul. »

⌢

Un article dans le *Newport Daily News* attira l'attention de Clare le jour suivant :

. . .

Éminent Architecte de la Ville Accueille Double Naissance

NEWPORT— (27 août) Ce n'est pas tous les jours que des jumeaux interrompent le mariage de leurs parents, mais c'est ce qui est arrivé mardi.

Jack Harrington, co-propriétaire de la nouvelle société d'architecture de Newport, Harrington Booth Associates, et sa femme Andi, ont souhaité la bienvenue à leurs fils jumeaux, John Joseph Harrington IV and Robert Franklin Harrington. Les jumeaux sont arrivés au milieu du mariage de leurs parents à l'hôtel Infinity Newport, dont leur mère est la directrice générale. L'hôtel, qui a ouvert ses portes en décembre, a été conçu et construit par Harrington Booth Associates.

« Nous pensions simplement aller à un mariage, mais je suppose que les bébés ne voulaient pas rater ça, » dit Jamie Booth, l'associé et beau-frère de M. Harrington. M. Booth est l'époux de Frannie, la sœur de M. Harrington. Les Booth sont aussi les parents de jumeaux, Owen et Olivia qui ont un an. « Andi et les bébés vont très bien, » a déclaré M. Booth.

Les nouveaux jumeaux sont les petits-fils de John et Madeline Harrington de Greenwich, Connecticut, Betty Franklin de Chicago, Illinois, et feu Robert Franklin. Ils rejoignent leurs sœurs Jill, Kate et Maggie, ainsi que leur frère Eric. »

Clare le relut. C'était encore tellement difficile de croire que Jack était maintenant marié à quelqu'un d'autre et avait des jumeaux avec elle— et des garçons, en plus. Et c'était partout dans les nouvelles. Tous ceux qui ne savaient pas déjà qu'elle et Jack avaient récemment divorcé étaient maintenant au courant.

Sachant combien ses filles aimaient les bébés, elle pouvait imaginer leur joie d'avoir de nouveaux frères. Elles lui raconteraient certainement tout quand elles lui rendraient visite. Repenser à la naissance des filles la fit sourire. Jill venait tout juste d'avoir dix-neuf ans et commençait sa deuxième année à Brown University à Providence. Kate allait avoir dix-huit ans en novembre, et ils avaient accepté de la laisser aller à Nashville pendant un an après son anniversaire pour poursuivre une carrière musicale. Et le « bébé » de Clare, Maggie, allait avoir treize ans en décembre.

Clare tendit le bras pour prendre le livre que Frannie avait laissé sur la table près du canapé. Elle avait attendu plusieurs jours pour se donner du courage et maintenant elle débordait de curiosité. Elle ouvrit le livre à la première page, la familiarité de l'écriture soignée de Frannie la réconfortant. La première saisie était en date du 20 juin.

Il est tard et les filles sont enfin au lit. Elles étaient déchaînées aujourd'hui— le dernier jour d'école. Nous avons maintenant une enfant en première, une en seconde et une en CM1. Je suis ravie de les voir excitées et heureuses pour une fois. Cela faisait longtemps.

Le 26 juillet

Jack s'assoit au chevet de Clare heure après heure, jour après jour. Il lui parle jusqu'à en avoir la voix rauque et à en tomber de fatigue. Je le regarde et me demande comment il pourra vivre sans elle. Mais il n'est pas prêt à y penser. Je ne sais pas s'il le sera un jour.

Clare essuya une larme de sa joue et lut plusieurs passages sur les activités des filles cet été-là. Jill avait gardé des enfants pour une famille voisine et Kate était partie en camp de vacances pour la première fois. Ils étaient souvent allés à la plage, et Jamie les avait emmenées en mer sur le voilier dont il était le propriétaire avec Jack.

Le 19 août

Jill a seize ans aujourd'hui, et c'est son premier anniversaire sans sa maman. Elle a pleuré pendant la journée mais s'est amusée pendant la fête que nous lui avons faite après manger. Les infirmières qui s'occupent de Clare sont devenues des membres de la famille et Jill les a invitées à manger le gâteau avec nous.

Ça suffit, pensa Clare en fermant le livre et en essuyant ses larmes. Ça suffit pour aujourd'hui.

CHAPITRE 2

*J*ack amena Maggie pour une visite et elle fit irruption dans la pièce, parlant à toute vitesse tandis que son père restait en retrait.

Clare tint Maggie dans ses bras et lorsqu'elle fit signe de la main à Jack de s'approcher, son cœur s'emballa. *Combien de temps cela va prendre pour que ça s'arrête ?* Grand, avec les cheveux foncés et les yeux gris, il semblait épuisé mais heureux. En fait, il était magnifique, ce qui n'était pas nouveau. « Félicitations.

— Merci, dit-il. Comment vas-tu ? »

Avant que Clare puisse répondre, Maggie recommença à bavarder, de toute évidence pour compenser l'embarras de ses parents. Elle s'était allongée pendant l'été et ses cheveux foncés et lisses—qui ressemblaient tellement à ceux de son père—lui tombaient dans le dos. « Tu ne vas pas en croire tes *oreilles* quand je vais te dire qui était à la plage aujourd'hui. » Maggie leva ses yeux bleus au ciel pendant que ses parents la regardaient avec amusement.

« Qui ? demanda Clare.

— Hailey Harper. Berk, plus personne ne peut la piffrer. Après ce qu'elle a fait à l'école l'année dernière. Maggie secoua la tête avec dégoût.

— Maggie, sois gentille, dit Jack.

— Comme tu veux. Mais c'est elle qui a un problème. Hé, est-ce que je peux avoir une glace ? Ses yeux s'illuminèrent et elle oublia Hailey.

— D'accord. Jack prit un billet de dix dollars de son portefeuille. Prends-en une pour maman, aussi.

— Rocky road ? Maggie demanda à Clare.

— Mais bien entendu, dit Clare avec un sourire. Merci.

— Ouf, dit Jack une fois Maggie sortie de la chambre et qu'elle s'était précipitée en direction de la cafétéria de l'hôpital. Il vint s'asseoir avec Clare. C'est un vrai tourbillon de vie de nos jours.

— Elle l'a toujours été. Clare remarqua sa nouvelle alliance en platine et se demanda ce qu'il avait fait de celle en or qu'elle lui avait donnée. Quelle semaine excitante pour vous ! Tout le monde va bien ?

— Oui, mais cela fait quatre jours que je ne dors pas, dit-il avec le sourire ironique qui le caractérisait et qui n'avait jamais cessé de faire fondre le cœur de Clare. Les deux pour le prix d'un, c'est quelque chose. C'est non-stop.

— J'imagine. Clare s'efforça d'être joyeuse. Et Andi ? Elle va bien ?

— Elle est fatiguée et endolorie, mais elle va très bien, pour quelqu'un qui n'a pas dormi et qui semble allaiter un bébé après l'autre vingt-quatre heures sur vingt-quatre.

— C'est un sacré voyage de noces, hein ? » blagua Clare.

Il sourit et haussa les épaules.

« Tu la féliciteras de ma part.

— Oui, je n'y manquerai pas. Alors, comment vas-tu ?

— Apparemment assez bien pour rentrer à la maison. »

Son regard s'illumina. « Vraiment ? Quand ?

— Ils disent début septembre.

— Waouh. C'est super, Clare.

— Je suppose.

— Tu n'as pas l'air contente.

— Si, je le suis. Elle balaya des peluches imaginaires de son jean en jetant un regard furtif sur lui. *Mon Dieu, qu'il est magnifique.* Il l'avait toujours été, depuis leur toute première rencontre sur Block Island vingt-deux étés auparavant.

— Il nous faut préparer la maison, dit-il. Je vais envoyer des gars pour adapter la salle de bain en bas et t'installer une chambre au rez-de-chaussée jusqu'à ce que tu arrives à monter les escaliers.

— Tu n'as pas à faire cela. Je peux m'en occuper. Tu es assez chargé comme ça.

— Laisse-moi m'en occuper. Ça ne me dérange pas du tout. »

Sachant qu'il avait facilement accès à ce dont elle avait besoin pour la maison, elle hocha la tête. « D'accord. Merci.

— Rappelle-toi ce que je t'ai dit— tout ce qu'il te faut. Il suffit de demander.

— Tout cela est tellement étrange, murmura-t-elle, traduisant en mots la tension entre eux. »

Cela ne faisait que deux semaines qu'ils étaient divorcés et il s'était déjà remarié et avait des jumeaux. Cela dépassait l'entendement.

« Cela le sera probablement pendant quelque temps, mais ça va sans doute devenir plus facile. Pour tous les deux.

— Je l'espère. Il nous faut nous concentrer sur les filles, surtout Maggie.

— Toujours. » Il se pencha pour presser sa main contre la sienne.

Maggie entra en jonglant deux glaces en cornet qui coulaient. « Dépêche-toi, Maman, ça fond. » Elle tendit vite la glace à Clare et rendit la monnaie à Jack.

Il se leva. « Il faut que j'y aille. Quand nous sommes partis, les bébés dormaient, mais ça ne dure jamais longtemps. Kate passera dans quelque temps pour te prendre, Maggie. Avec hésitation, il se baissa pour embrasser Clare sur la joue. Je te contacterai à propos de la maison.

— Merci, Jack.

— Pas de problème. À plus, Mags. »

Après son départ, Clare se tourna vers Maggie pendant qu'elles léchaient leurs cornets. « Alors raconte-moi sur les bébés. C'est tellement excitant, hein ? »

Son visage s'illumina. « Oh, mon Dieu, Maman, ils sont

incroyables. Ils ont les cheveux noir brillant et des petits visages froissés... Ses mots restèrent en suspens et puis elle retourna à son cornet.

— C'est normal d'être excitée à propos de tes nouveaux frères, ma chérie. »

Les joues de Maggie rougirent. « Je ne veux pas paraître insensible. »

Clare était stupéfiée de la maturité soudaine de sa plus jeune fille. Elle avait laissé derrière elle une petite fille il y a trois ans et était revenue pour trouver à sa place une jeune femme. En des moments comme celui-ci, la métamorphose était ahurissante. « Tu n'es pas insensible. Tu as deux nouveaux bébés-frères. Bien sûr que tu es ravie. »

Maggie s'égaya. « Ils sont super. Elle mordit son cornet. En fait, j'ai trois petits frères maintenant.

— Je sais. Clare avait entendu parler de l'attachement de Maggie pour Eric, le fils d'Andi de son premier mariage. Maggie avait appris le langage des signes pour communiquer avec le garçon malentendant et le parlait maintenant presque couramment.

Papa va adopter Eric.

— C'est bien de sa part.

— Il ne connaît pas son propre père, alors Papa est déjà comme son papa.

— Il ne fait que rendre la chose officielle, dit Clare avec un sourire. Oh, comme cela faisait mal. La vie de Jack était parfaitement en ordre, alors que la sienne était un désastre. Elle se rappela que cela avait été sa décision à elle de le laisser partir. Maintenant il fallait simplement qu'elle trouve moyen de vivre avec. Alors les médecins vont me renvoyer à la maison dans environ deux semaines. »

Les yeux de Maggie s'illuminèrent. « C'est vrai ? »

Clare hocha la tête. « J'espère que tu auras envie de venir passer du temps avec moi. *Je suis pitoyable. Comment pourrais-je jamais rivaliser avec trois nouveaux frères ?*

— Je viendrai chez toi pour rattraper le manque de sommeil, » taquina Maggie.

Clare rit et finit son cornet. « Oh, je vois. Tu vas te servir de moi ?

— C'est sûr et certain. Maggie rigola. Alors Papa a acheté une maison sur Ocean Drive. »

Kate et Maggie étaient restées à l'hôtel avec Jack et Andi depuis la naissance des bébés. Il avait déménagé de ce qui était maintenant la maison de Clare juste avant que leur divorce soit finalisé. « Ah, bon ?

— Ouais, le machin Gray, la maison Gray ou quelque chose comme ça, dit Maggie en haussant les épaules.

— Oh, le manoir Gray. Clare était agent immobilier avant son accident et connaissait bien la propriété. C'est une magnifique vieille maison, vraiment sur le front de mer. »

Maggie leva les yeux au ciel. « Mais oui, c'était à prévoir. Tu sais comme il est bizarre avec ça.

— Oui, je le sais, dit Clare en souriant du besoin que Jack avait de vivre au bord de l'eau.

— En tout cas, je pense qu'on va emménager à la fin de la semaine prochaine. Vivre à l'hôtel commence à nous fatiguer et ils veulent s'installer avec les bébés et tout ça.

— J'imagine. Quand je rentrerai à la maison, on s'organisera pour que tu puisses passer du temps avec chacun d'entre nous, d'accord ?

— D'accord. Je suis contente que tu puisses rentrer.

— Moi, aussi. On a beaucoup de temps à rattraper. »

La porte s'ouvrit et Kate entra. Clare s'étonnait toujours de voir combien sa deuxième fille lui ressemblait, avec la même tignasse blonde et les yeux d'un bleu lumineux. C'était comme se revoir elle-même à dix-huit ans sauf que Kate était grande comme Jack, alors c'était d'une démarche dégingandée qu'elle traversa la pièce pour aller planter un baiser sur le front de sa mère.

« Qu'est-ce que t'as bouffé, sale môme, va. T'en as plein la figure.

— Ne l'appelle pas comme ça, Kate, la gronda Clare, en offrant à Maggie un sourire plein d'empathie.

— T'inquiète, Maman. Je tomberais raide si elle m'appelait Maggie. »

Les yeux de Kate pétillèrent. « Vraiment ? Maggie, Maggie, Maggie. Punaise, ça n'a pas marché.

— Ha ha, dit Maggie, en utilisant une serviette en papier mouillée pour nettoyer la glace de son visage.

— Je vois que certaines choses ne changent jamais, dit Clare, ravie par ses filles.

— Maman rentre à la maison dans deux semaines, dit Maggie à sa sœur.

— C'est super ! Je suis contente que tu sois à la maison pendant quelque temps avant que je parte. »

Clare hocha la tête. « Moi, aussi. » Elle n'aimait pas penser au départ imminent pour Nashville. Jack avait pris cette décision avant son rétablissement et il avait convaincu Clare d'essayer la chose pendant un an. Il lui avait promis qu'il s'occuperait de tous les détails, y compris s'assurer que Kate ait un lieu pour vivre en sécurité. Clare était heureuse d'avoir encore quelques mois avant de devoir y faire face.

« Désolée, Maman, mais il faut qu'on y aille, dit Kate en embrassant la joue de sa mère. Je travaille demain, je dois aller me coucher. Elle avait joué de la guitare et chanté dans les bars en plein air de l'Hôtel Infinity de Newport tout l'été.

— Pas de problème. Je suis toujours contente de te voir, ne serait-ce qu'une minute.

— Je t'appellerai demain, promit Maggie, en embrassant sa mère pour lui dire bonsoir.

— J'ai hâte. » Clare fit un signe de la main alors que la porte se fermait derrière elles. En les regardant partir, elle fut prise par un sentiment de panique, se demandant si elles se sentaient plus proches maintenant de leur belle-mère que d'elle, s'inquiétant de si elle retrouverait un jour le lien étroit qu'elle avait partagée avec chacune de ses filles.

CHAPITRE 3

Le 22 novembre

Aujourd'hui, c'est Thanksgiving et mon but est d'aider les filles à se souvenir des nombreux cadeaux du ciel qu'elles ont, malgré leur perte. Maman, papa, Jamie et ses parents viennent dîner et j'espère que les avoir ici aidera Jack. Je ressens l'absence de Clare tellement intensément aujourd'hui. La période des fêtes était son moment préféré de l'année et elle l'a toujours rendue exceptionnelle pour nous autres. Rien que de me lever ce matin a été un gros effort pour moi. Je ne peux pas imaginer comment Jack et les filles doivent se sentir.

Le 1ᵉʳ janvier

Je n'ai jamais été plus heureuse de voir la fin d'une année ! Jill et Kate sont invitées à faire la fête et dormir chez des amis pour le réveillon du Jour de l'An, et je les ai encouragées à y aller. Ça leur fera du bien de passer du temps avec leurs amis. Une fois que Maggie est partie au lit, Jack et moi avons arrosé la soirée et sommes allés à Times Square pour le compte à rebours. Quand je l'ai regardé à minuit, les larmes coulaient le long de son visage. Sa douleur est tellement intense. Noël a été une vraie horreur chez

17

nous. Ils ne voulaient ni sapin, ni décorations. J'ai essayé de les gâter, mais Jack m'a dit de laisser tomber. Personne n'en avait envie.

Le téléphone sonna, la faisant sursauter. Clare mit de côté le journal et prit une inspiration profonde pour se calmer avant de répondre.

« Allo ?

— Bonjour, Clare. C'est Janice Hayes.

— Bonjour, Janice. Ça me fait tellement plaisir d'avoir de tes nouvelles.

— Comment ça va ?

— Je me prépare à rentrer à la maison. Encore une semaine.

— Oh, c'est une excellente nouvelle ! Cooper et moi avons souvent demandé de tes nouvelles. »

Cooper Hayes était l'avocat de Jack depuis des années. Ils s'étaient fréquentés maintes fois tous les quatre, et lui s'était occupé de leur divorce. C'était bien de savoir que son amie de longue date ne l'avait pas oubliée. « Merci, cela me fait plaisir d'entendre ta voix.

— Je voulais passer te voir, mais Jack m'a dit que tu ne voulais pas de visites à l'hôpital.

— Oui, eh bien, je voulais me retrouver avant de saluer le monde entier. Pourquoi ne viendrais-tu pas à la maison quand je serai rentrée ? Je serais ravie de te voir.

— Avec plaisir. Coop m'a dit ce qui s'est passé, que tu as été—

— J'ai été violée, et il a menacé de tuer un de mes enfants si j'en soufflais mot. Clare évita à son amie d'avoir à prononcer les mots. Je ne l'ai dit à personne et le stress en a été affreux. Elle fit une pause avant de continuer ; autant raconter le reste à son amie. Ce jour-là, dans le parking, quand la voiture venait vers moi… J'ai honte de dire que je l'ai vue comme une solution. J'ai laissé la voiture me percuter, Janice. Clare ne pouvait en parler que depuis peu après des mois de thérapie intense. J'ai fait quelque chose de terrible à mes filles en laissant cela arriver devant leurs yeux.

— Je suis tellement désolée, murmura Janice, et Clare comprit qu'elle pleurait. L'homme qui t'a fait du mal—

— Il est en prison à vie en Californie. Apparemment, c'est un criminel de longue date.

— Dieu merci, ils l'ont attrapé. J'ai vu l'article dans le journal disant que Jack s'est remarié. Je ne peux pas m'imaginer ce que tu dois ressentir. Vous étiez toujours tellement amoureux, vous deux. Nous vous enviions.

— Oui, dit Clare avec un soupir. Par-dessus le marché, pendant que j'étais dans le coma, mon mari est tombé amoureux de quelqu'un d'autre et attendait des jumeaux avec elle lorsque je me suis réveillée. Il va sans dire que le choc a été terrible.

— Je suis sûre que c'était affreux pour toi. Comment vas-tu?

— Je vais mieux. Ce qui devait arriver est arrivé.

— Ce que vous avez enduré, vous tous… Si je peux faire quoi que ce soit, j'espère que tu n'hésiteras pas à m'appeler.

— Je vais avoir besoin de tous mes amisdans les quelques mois à venir. J'espère vraiment que tu passeras.

— C'est sûr. Je te le promets. »

Elles mirent fin à l'appel, et Clare posa le téléphone sur la table de nuit près de son lit. *Je suppose que c'est la première mais pas la dernière fois que j'aurai cette conversation.*

Elle rentra un samedi pour que les filles puissent être avec elle quand elle sortit de l'hôpital. Jill retourna de l'université Brown à Providence, et la mère de Clare, Anna, arriva de Hartford pour le grand jour.

Alignés dans les couloirs du centre de rééducation, les employés applaudirent leur patiente préférée pendant qu'on la poussait dans son fauteuil roulant pour la dernière fois jusqu'à la porte d'entrée. Gênée par l'excès d'attention, Clare sortit dans l'humidité de fin d'été, donna ses béquilles à Kate et se glissa doucement sur le siège passager de sa Volvo bordeaux adorée. Elle l'avait achetée comptant avec l'argent gagné de sa toute première vente de maison et l'avait gardée malgré les nombreuses tentatives de Jack de la lui faire changer pour un nouveau modèle. Quand elle ferma la portière et jeta un œil sur le conducteur, elle fut surprise de voir Jill au volant.

Jill rit. « Oui, Maman, je conduis maintenant.

— Moi aussi, dit Maggie, et tous rirent.

— Bien sûr, je savais que vous conduisiez, mais de me faire conduire par vous, c'est une autre histoire, dit Clare. Cela va me prendre du temps à m'habituer, Mesdemoiselles.

— Ce n'est pas grave, dit Jill.

— Vas-y lentement, Jill, tu ne veux pas que je fasse une crise cardiaque le jour de ma sortie d'hôpital. »

Anna tendit le bras pour tapoter l'épaule de sa fille. « Relaxe-toi, ma chérie, elles sont toutes deux d'excellentes conductrices.

— Merci, Mamie, il me semble qu'elle avait besoin de l'entendre, dit Jill avec amusement en quittant l'hôpital. Qu'en penses-tu, Maman, on prend la route panoramique ?

— Absolument. » Clare baissa sa vitre pour faire entrer la brise. Elle n'était sortie de l'hôpital qu'une seule fois depuis son rétablissement en avril, pour se rendre à la remise des diplômes du secondaire de Kate au mois de juin.

Jill passa par le centre-ville, le long du port de Newport. Clare garda le silence pendant le chemin, s'imprégnant du paysage familier et remarquant tous les changements engendrés par le temps qui passe — une nouvelle voie ajoutée à une route, le terrassement devant un de ses restaurants préférés, des boutiques qu'elle aimait disparues et remplacées par des nouvelles.

« On peut faire une balade en voiture ? demanda Clare quand Jill s'approcha du feu rouge au bout de l'avenue de l'America's Cup, où elles auraient dû tourner et monter la côte du Memorial Boulevard pour rentrer à la maison.

— Bien sûr. Où as-tu envie d'aller ? demanda Jill.

— J'aimerais voir l'hôtel. Jack avait rencontré Andi pendant qu'il construisait l'hôtel et Clare était curieuse de le voir depuis des mois.

— Pas de problème, dit Jill, en tournant à droite pour prendre le Lower Thames, qui les mènerait à Ocean Drive.

— Regarde tout ce monde ! Anna s'émerveillait des touristes qui se bousculaient sur les trottoirs et dans les rues pavées de la ville au charme désuet.

— Newport est plus populaire que jamais, » dit Clare.

Elles suivirent la route sinueuse d'Ocean Drive en silence jusqu'à ce qu'un élégant panneau doré à l'or fin annonçant le « Infinity Newport » apparaisse devant elles. Niché au bout d'une allée d'un demi-kilomètre, l'hôtel longeait la baie de Narragansett de Rhode Island.

« Oh, la, la. Clare étudia l'imposante construction à étage à la toiture de bardeaux, et aux volets et finitions vert foncé. Ça alors, on dirait que c'est là depuis des années !

— Je sais, dit Kate. Moi, aussi, j'ai pensé la même chose.

— C'est magnifique, souffla Clare.

— Attends de voir l'intérieur, répondit Maggie. C'est incroyable.

— Remettons cela à plus tard, dit Clare pendant que Jill passait devant l'hôtel en roulant au pas. Papa et l'oncle Jamie ont fait un travail extraordinaire. Merci de me l'avoir montré. »

Elles se turent à nouveau en serpentant les seize kilomètres d'Ocean Drive sur la côte sud de Newport.

« Oh, regarde, ça c'est la maison que Papa et Andi sont en train d'acheter. Maggie pointa du doigt le portail en fer forgé richement décoré devant une maison coloniale grise à étage.

— C'est celle-là ? Je ne l'ai pas encore vue. Jill ralentit pour mieux la voir. Waouh, c'est énorme.

— C'est vrai, acquiesça Kate. Il y a une petite plage devant, aussi.

— C'est très joli. Clare se sentit soudain déconnectée pendant que ses filles découvraient la nouvelle maison de leur père. Je crois que je suis prête à rentrer, les filles.

— D'accord, Maman, » dit Jill, en prenant le tournant pour Bellevue Avenue où elles passèrent les manoirs connus de la ville, puis le manège de First Beach, et quelques rues plus loin se garèrent dans l'allée en gravier de la maison.

Kate récupéra les béquilles de Clare et aida sa mère à descendre de voiture.

Clare regarda longuement la maison qu'elle n'avait pas vue depuis plus de trois ans. La seule différence visible était le jardin qui avait grandi et mûri en son absence— tout comme ses filles. Elle refusa leur aide et escalada les trois petites marches qui menaient au porche d'entrée. Assaillie par un flot de souvenirs, elle fit signe aux autres d'entrer.

« J'arrive tout de suite. Elle se reposa contre la balustrade du porche. Vas-y, ma chérie, » dit-elle quand Jill hésita.

Jill entra, et Clare resta immobile, fixant la porte rouge vif, à se souvenir.

« Trois petits pas, avait-il dit, lui prenant les deux mains pour la guider. Un, deux, OK, reste-là une minute. »

En entendant une porte s'ouvrir, elle avait été tentée de pousser de côté le bandeau qu'il lui faisait porter. « Jack, où sommes-nous ? Que se passe-t-il ? Elle l'avait senti revenir à elle et soudain il l'avait portée dans ses bras. Jack ! Qu'est-ce que tu fais ?

— Je porte ma nouvelle épouse dans notre nouvelle demeure.

— Nouvelle épouse ? Mais as-tu perdu la tête ? avait-elle demandé lorsqu'il l'avait posée par terre et avait défait le bandeau. Une fois que ses yeux s'étaient accommodés à la lumière, elle avait vu les hauts plafonds, le bois brillant, et du verre— plein, plein de verre par lequel il y avait une vue époustouflante de l'océan. C'est quoi, cet endroit ? Où sommes-nous ? »

Il l'avait enlacée et embrassée. « Nous sommes chez nous. Joyeux Noël.

— Chez nous ? Elle avait regardé encore une fois autour d'elle. Je ne comprends pas. »

Il avait pris sa main pour la mener à la cuisine.

Par les portes-fenêtres elle avait vu une terrasse en pierre entourant une piscine dans le sol habillée d'un carrelage exquis. « Est-ce que tu as acheté cette maison, Jack ?

— Pas exactement. J'ai construit cette maison. »

Elle avait virevolté pour regarder encore une fois autour d'elle et avait réalisé qu'une partie de ce qu'elle avait vu lui était familier. « Oh, mon Dieu, tu l'as construite. Tu as construit ma maison, n'est-ce pas ? avait-elle demandé en un murmure, ses yeux se remplissant de larmes. La maison que tu avais dessinée pour moi après notre mariage ? »

Il avait hoché la tête.

Elle avait essuyé ses larmes. « Mais comment ? Quand ? Quand as-tu fait cela ?

— Pendant de nombreux soirs passés à travailler tard avec des « clients » et grâce à beaucoup, beaucoup de mensonges, avait-il dit avec le sourire coquin qui la faisait encore fondre comme neige au soleil après treize ans et demi ensemble.

— L'étage, avec le cercle et le verre, tu l'as fait aussi ? avait-elle demandé, pleine d'excitation lorsqu'elle s'était souvenue des détails des plans qu'il avait dessinés pour un futur hypothétique .

— Bien sûr que oui. Tu veux voir ? »

Elle avait hoché la tête et avait enlacé son mari. Qu'avait-elle donc fait pour mériter cet homme— cet homme incroyable, attentionné, généreux ? « Je veux voir, mais d'abord je ne veux que toi. Elle l'avait tenu tout contre elle. Je n'arrive pas à croire que tu aies fait cela. »

Il s'était éloigné pour mieux la regarder. « Tu pensais que j'avais oublié ?

— Tu as été tellement occupé avec l'entreprise. Cela fait des années que je n'y avais pas pensé.

— Je n'ai jamais cessé d'y penser, et quand cette propriété a été mise en vente, je me suis jeté dessus.

— C'est tellement beau, mais ça a dû coûter une fortune. Est-ce qu'on a les moyens ? Elle leva les yeux vers lui. L'entreprise que Jamie et lui avaient créée presque six ans auparavant avait un énorme succès, mais elle ne pensait pas qu'ils avaient ce genre d'argent.

— On peut se le permettre. J'ai beaucoup fait moi-même pour limiter les frais, mais je ne veux pas parler de ça. Je peux te montrer le reste ?

— Oui. Elle leva la main pour caresser son visage. Au cas où j'oublierais de le dire plus tard, merci, Jack. C'est la meilleure surprise que j'aie jamais eue. Elle l'avait tiré à elle et embrassé avec une intensité qui les avait laissés tous deux sans souffle.

— Waouh, avait-il dit quand elle l'avait finalement lâché. Il faut que je te construise une maison plus souvent. Viens voir. Il l'avait menée par la cuisine pour lui montrer le bureau, la salle à manger et le salon qui avait une immense cheminée en pierre. Des escaliers dans la cuisine et le salon menaient au deuxième étage qu'il avait construit pour les filles. Elles auront chacune leur salle de bain, ce qui sera essentiel lorsque nous ferons face aux années de l'adolescence. Tu seras contente de savoir que j'ai donné à chacune d'entre elles son propre chauffe-eau, comme ça il n'y aura plus de disputes à propos de l'eau chaude.

— Tu as pensé à tout. » Elle n'avait pas vu une seule chose qu'elle aurait voulu changer.

De l'autre côté des chambres des filles, il y avait trois chambres de plus.

« Il y a une chambre d'amis avec salle de bain privative et les deux autres pièces peuvent être utilisées comme salle de gym, ou ce que tu veux.

— OK, j'essaie de compter les salles de bain—

— Six, y compris la nôtre : une en bas, quatre ici à cet étage, et une de plus en haut. Sept chambres en tout. »

Sa main était venue couvrir sa bouche quand elle avait jeté un œil dans la chambre d'amis. « C'est tellement bouleversant. La maison était construite pour garder la vue spectaculaire de l'océan dans presque chaque pièce. Il avait laissé toutes les pièces blanches pour qu'elle puisse choisir la couleur de la peinture.

— Il faut que tu voies le meilleur. Il lui avait pris la main pour la mener à un escalier en colimaçon au milieu du premier étage. Après toi. »

Elle avait monté les marches qui tournaient, avait ouvert la porte en haut et avait poussé un cri. L'étage supérieur était circulaire avec des murs faits entièrement de verre, offrant une vue de la plage et du réservoir d'eau fraîche. Une cheminée au milieu séparait la chambre du salon. C'était la seule pièce qui était meublée avec un lit King-size neuf, style Louis Philippe en bois de merisier, et de luxueux meubles en cuir dans le coin salon.

Elle s'était tournée vers lui, les larmes aux yeux. « Oh, Jack, c'est exactement comme tu l'avais décrit.

— Tu t'en souviens ?

— Bien sûr. On restait au lit dans l'appartement de Beacon Hill, et tu me le décrivais dans le moindre détail. C'est tellement mieux que tout ce que j'avais imaginé. »

Il l'avait gentiment poussée vers la salle de bain spacieuse de la suite parentale dans laquelle il avait installé un énorme jacuzzi. Tout était en marbre et flambant-neuf.

« Encore une chose. Viens ici, dehors. » Il avait ouvert la porte coulissante qui donnait sur une petite terrasse suspendue au-dessus de la zone de la piscine et du rivage rocheux.

— Oh, regarde ça ! Elle s'était émerveillée devant la vue. L'océan d'hiver moussait avec une rage glaciale pendant que les mouettes plongeaient dans le ressac, cherchant leur déjeuner. Au loin, une longue plage s'étendait, déserte et nue, à l'exception de quelques coureurs enhardis et leurs chiens. C'est juste tellement incroyable. La plus belle maison que j'aie jamais vue.

— Je suis content que tu l'aimes bien. Le soulagement s'était lu sur son visage. J'étais plutôt inquiet.

— Que je l'aime bien ? Je l'adore ! Pourquoi étais-tu inquiet ?

Il avait haussé les épaules et fait un grand sourire. « Je suis marié depuis assez longtemps pour savoir combien les femmes sont difficiles quand il s'agit de leur maison.

— Tu n'avais pas à t'inquiéter. J'adore chaque centimètre carré. J'ai beaucoup de chance d'avoir un mari si talentueux. Elle l'avait embrassé à nouveau comme elle l'avait fait au rez-de-chaussée et l'avait enlacé, totalement enchantée. Je l'aime, je t'aime et je veux refaire le tour de la maison. »

Il s'était penché pour un autre de ces baisers qu'elle distribuait. « En temps voulu, » avait-il dit en la menant à l'intérieur et en fermant la porte contre le froid de décembre.

Elle avait posé ses mains sur son torse pour le guider à reculons vers le nouveau lit.

Il était tombé sur le lit, la tirant sur lui. « Tu sais, quand ils baptisent un navire, ils cassent une bouteille de champagne sur la proue, » avait-il dit l'œil brillant.

Elle l'avait embrassé. « Oui, je l'ai entendu dire. »

Il l'avait enlacée. « Sais-tu comment on baptise une nouvelle maison ?

— Je crois que je vais bientôt le découvrir. »

Kate sortit par la porte d'entrée. « Maman ? »

Clare secoua la tête et s'arracha à ses souvenirs. « J'arrive.

— Tout va bien ?

— Oui, ma chérie, tout va très bien. On y va ? »

CHAPITRE 4

La maison était plus ou moins comme dans son souvenir. Des meubles avaient été déplacés, les moquettes remplacées, de nouvelles photos accrochées et les plantes soit étaient mortes, soit avaient tellement poussé qu'elle ne les reconnaissait pas. Fidèle à sa promesse, Jack avait transformé le bureau en une chambre pour elle et la salle de bain du rez-de-chaussée avait été équipée de barres d'appui. Les filles avaient descendu ses vêtements du grenier et les avaient suspendus dans le placard du bureau.

La mère de Clare avait prévu de passer un mois avec elle et Sally Coleman, l'infirmière qui avait été en charge de ses soins pendant le coma, allait venir tous les jours pour continuer la physiothérapie de Clare.

Les filles firent une fête pour son retour à la maison et préparèrent son dîner préféré, un steak grillé avec des pommes de terre au four et une salade. Elles étaient tellement ravies de l'avoir de nouveau à la maison que Clare laissa leur enthousiasme la gagner. Mais au fur et à mesure que la soirée avançait, elle se rendait clairement compte que rien n'allait.

Elle commença à avoir du mal à repousser sa panique. Où était Jack ? Ne reviendrait-il vraiment plus jamais à grands bonds du travail, plein de passion et d'excitation, mourant d'envie de lui parler d'un design qu'il avait fini, d'un client qu'il avait décroché, ou d'un rire qu'il avait partagé avec Jamie ?

Comment était-ce possible qu'il n'habite plus ici ? Ou qu'il avait partagé cette maison, même de façon temporaire, avec une autre femme ? Comment avait-il pu l'épouser ? Comment était-ce arrivé ? Toutes les émotions qu'elle avait réussi à enterrer pendant les longs mois à l'hôpital firent brusquement surface. Sa poitrine se serra et elle sut qu'elle allait pleurer devant les filles si elle ne s'échappait pas immédiatement.

Clare se leva, et Maggie bondit pour lui prendre ses béquilles. « Merci pour ce dîner magnifique. Voulez-vous bien m'excuser ? » Elle boitilla jusqu'au bureau et ferma la porte.

Maggie se tourna vers sa grand-mère. « Qu'est-ce qu'elle a ?

— Je crois qu'elle est tout simplement bouleversée, ma chérie. Anna tapota la main de sa petite-fille. Il faut qu'elle s'habitue à beaucoup de changements dans sa vie. »

Le téléphone sonna et Kate se leva pour aller y répondre. « Salut, Papa. Kate lança un regard furtif aux autres. Oui, elle est à la maison. Tout s'est bien passé. Elle tint le téléphone de côté, sa main couvrant le microphone. Il veut parler à Maman. Est-ce que je dois aller la chercher ?

— Laisse-moi m'en occuper. Anna prit le téléphone sans fil de la main de Kate. Pourquoi est-ce que vous ne commencez pas à débarrasser, les filles ? Elle alla dans le salon. Bonsoir, Jack. C'est Anna.

— Bonsoir, Anna. Est-ce que tout va bien ?

— Tout va bien, mais je ne pense pas que Clare ait la force de bavarder tout de suite. Je peux lui demander de t'appeler dans un jour ou deux ?

— Bien sûr. Je voulais juste m'assurer qu'elle a tout ce qu'il lui faut. Je pourrais passer— »

À l'autre bout du téléphone, elle entendit un bébé pleurer. « Je ne pense pas que ce soit une bonne idée. Elle a besoin de s'habituer à comment sont les choses, maintenant, et de t'avoir ici…

— D'accord, je comprends.

— Je suis désolée.

— Ne le sois pas. Tu as raison. Je vais garder mes distances pendant quelque temps. Je suis content qu'elle vous ait, les filles et toi, qu'elle puisse s'appuyer sur vous maintenant.

— On va très bien s'occuper d'elle. Ne t'inquiète pas. C'est gentil de ta part d'avoir appelé.

— C'est gentil de ta part d'être encore sympa avec moi.

— Pourquoi ne le serais-je pas ?

— C'est juste que cette situation, c'est si… eh, bien… je suppose que compliqué est le meilleur mot auquel je puisse penser.

— Sans aucun doute, pendant quelque temps, mais cela va s'améliorer quand vous aurez eu du temps pour vous y faire. En attendant, laisse-la mener la barque pour l'instant, d'accord ?

— Bien sûr. Tu pourras lui dire que j'ai appelé ?

— Certainement. Au fait, félicitations à Andi et toi. J'ai entendu dire que vous aviez deux beaux petits garçons.

— Merci. Je suis sûr que tu les entends faire du boucan.

— Tu ferais mieux d'y aller. Prends soin de toi, Jack.

— Au revoir, Anna. »

Anna éteignit le téléphone et pensa au jeune homme merveilleux auquel sa fille avait été mariée. Clare l'aimait encore tellement. Cette situation serait plus facile si elle pouvait le détester ou lui en vouloir pour la fin de ce qui avait été un beau mariage. Mais ce n'était pas aussi simple que cela. Si ça l'avait été, Clare n'aurait pas souffert comme elle souffrait.

Clare ne quitta plus sa chambre ce soir-là.

Vers vingt-deux heures, sa mère frappa à la porte du bureau pour voir comment elle allait. « Tu vas bien ? »

Clare leva les yeux du fauteuil à bascule où elle était assise avec le journal intime de Frannie. « Je vais très bien. Je suis désolée pour tout à l'heure. Je parlerai aux filles demain matin.

— Ce ne sera pas nécessaire. Elles comprennent. Jack a appelé pour s'assurer que tu étais bien arrivée à la maison. Je lui ai dit que tu le rappellerais dans un jour ou deux.

— Merci. Je ne pourrais pas faire face à ça ce soir.

— C'est ce que je me suis dit. Qu'est-ce que tu as, là ? demanda Anna avec un signe de la tête vers le livre.

Clare expliqua que Frannie avait tenu un journal intime. « Cela m'aide à rassembler les pièces du puzzle.

— Tu crois que tu devrais lire ça ce soir ? Tu as eu une journée difficile.

— Ça va. Je te verrai demain matin, Maman. Merci pour tout. Je suis heureuse que tu sois là.

— N'hésite pas à m'appeler si tu as besoin de quelque chose.

— D'accord. »

Anna ferma la porte, et Clare se remit à lire le journal intime, incapable de résister à l'envie de se nourrir des mots de Frannie.

Le 14 février

Jamie est venu, en apportant des cadeaux comme il le fait toujours. Il n'arrête pas de venir voir si nous allons bien et il a toujours quelque chose pour les filles. Aujourd'hui il leur a apporté tout ce qu'il faut pour préparer des coupes glacées. Il avait des roses pour moi, et la carte disait, « Merci pour tout ce que tu fais pour prendre soin de mes filles préférées. Avec amour, Jamie. » Je sais que j'ai dû rougir de cinquante nuances de rouge, mais c'était tellement gentil de sa part.

Le 22 mars

Maggie m'a dit qu'elle avait une nouvelle amie. Elle n'était pas sûre comment expliquer à son amie ce qui ne va pas avec sa mère. Nous avons longuement parlé, mais je voyais bien qu'elle était encore inquiète. Quand j'ai commencé à remarquer que les filles ne faisaient plus venir leurs amies à la

*maison, j'ai décidé de parler à Jack de faire certains changements à la
maison. Il est temps de penser à installer Clare ailleurs pour que les filles
puissent retrouver leur maison d'avant. Aborder ce sujet me rend nerveuse,
mais il a besoin de l'entendre.*

Le 12 mai

Un an depuis l'accident de Clare...

Le 31 mai

*Aujourd'hui, c'était le déménagement. Jack a acheté un appartement sur
la plage pour Clare à moins de deux kilomètres de la maison. C'était affreux
de les regarder l'emmener de la maison qu'elle avait tant aimée et de se
demander si elle reviendraitun jour. Je croyais que Jack était triste avant,
mais là, c'est pire. Il s'est enfermé dans sa chambre et je ne sais pas ce que je
peux faire pour lui.*

Le 3 juin

*Jack a finalement abandonné sa veille au chevet de Clare et se concentre
à nouveau sur les filles. La pauvre Maggie avait tellement de questions à lui
poser. Il a fait de son mieux pour l'aider à comprendre que sa mère n'allait
pas se remettre, mais c'était un supplice pour lui— et pour elle. Il fait un vrai
effort pour renouer avec les filles, mais cela va prendre du temps. Ce
weekend, il les emmène sur l'île. Elles n'ont pas vraiment envie d'y aller, mais
il a désespérément besoin de passer du temps avec elles. J'espère que cela sera
passera bien pour eux tous.*

Le 17 juin

*Jack et les filles ont l'air d'aller mieux depuis leur weekend à Block Island.
Je ne suis pas sûre de ce qui s'est passé pendant qu'ils y étaient, mais elles sont
plus gentilles avec lui et acceptent mieux son nouveau rôle de parent unique.
Je suis contente pour lui— pour eux tous.*

. . .

Le 9 juillet

Jack est finalement retourné travailler aujourd'hui. Dieu merci.

Clare ferma le livre et le tint contre sa poitrine. Il y avait eu tellement de douleur et de chagrin. C'était comme si l'homme qui l'avait attaquée avait mis en route un tsunami dans la vie de tous ceux qu'elle aimait. Maintenant que l'eau avait finalement baissé, elle avait l'impression d'avoir atterri seule sur une île déserte avec absolument aucune idée de ce qu'il lui fallait faire ensuite.

CHAPITRE 5

*D*eux semaines après son retour à la maison, Anna conduisit Clare à un rendez-vous avec son psychiatre, le Dr Richard Baker. Il travaillait avec elle depuis qu'elle s'était souvenue de son viol et l'avait grandement aidée à faire face à tous les changements dans sa vie depuis son rétablissement.

Il arriva avec cinq minutes de retard, l'air exténué.

« Désolé de vous avoir fait attendre, Clare. » Il jeta sa mallette sur son bureau et ôta sa veste de sport en tweed. On m'a appelé pour une consultation à l'hôpital.

— C'est plus important. »

Il s'assit en face d'elle avec un bloc-notes en équilibre sur ses genoux. « Je suis désolé de n'avoir pu vous rencontrer avant que vous soyez rentrée chez vous. »

Elle sourit. « J'ai entendu dire que vous étiez en Grèce.

— Ma femme m'a fait une surprise avec un voyage pour notre trentième anniversaire de mariage. Je n'avais pas réalisé que cela coïnciderait avec votre sortie d'hôpital. Comment ça se passe ? »

Elle haussa les épaules. « Ça va, je suppose.

— Pas plus que ça ?

— C'est très bizarre d'être à la maison. Tout est pareil— mais aussi tellement différent. »

Il nota quelque chose sur son bloc-notes. « Parlons de ce qui est différent.

— Eh bien, Jill n'y habite plus. Elle est à l'université. Kate a eu son diplôme d'études secondaires et a une voiture et un travail, alors je ne la vois pratiquement pas.

— Et Maggie ?

— Elle passe beaucoup de temps chez Jack. C'est très excitant là-bas avec les bébés et tout le reste. »

Il leva la tête, l'air surpris. « Ils ont déjà les bébés ?

— Ils sont arrivés avec un mois d'avance, en plein milieu du mariage de leurs parents. »

Le Dr Baker tapota sa lèvre avec son stylo. « Waouh. Comment vous sentez-vous par rapport à cela ? »

Clare haussa les épaules. « Je suis contente pour eux que tout se soit bien passé.

— C'est extrêmement généreux de votre part. Nous y reviendrons dans une minute. Parlons encore de Maggie. Quel type d'entente de garde avez-vous pour elle ?

— Rien d'officiel. Jusqu'à présent on a fait deux nuits chez lui, deux nuits chez moi, avec quelques écarts.

— Comment se déplace-t-elle de l'un à l'autre ?

— D'habitude c'est Jack qui la conduit, mais parfois elle vient avec Kate.

— Vous le voyez souvent ?

— La plupart du temps on se fait juste un signe de la main quand il dépose Maggie.

Il me laisse de l'espace sur les conseils de ma mère, dit Clare avec un sourire ironique.

— Avez-vous besoin de cette distance ? »

Elle regarda ses mains qu'elle tordait sur ses genoux, et hocha la tête.

« Vous ne voulez pas le voir ? »

Elle secoua la tête et fut stupéfaite de réaliser qu'elle était au bord des larmes.

« Clare ?

— Je ne supporte pas d'être dans cette maison, murmura-t-elle alors qu'une grosse larme coula le long de sa joue. Je ne le *supporte pas*.

— Parce que Jack n'y est pas ?

— Surtout pour cela, mais aussi, il n'y a *personne*. Bon, ma mère reste avec moi, mais ce n'est pas ce que je veux dire. Avant tout ça, ma vie, c'était m'occuper d'eux. J'avais un travail, mais ma priorité, c'était ma famille. On dirait que je n'ai plus de famille. Mes filles ont grandi en mon absence et elles n'ont plus besoin de moi.

— Vous croyez vraiment cela ?

— Elles sont très autonomes. Elles se font à manger. Elles lavent même leur propre linge.

— Je suis sûr que vous savez qu'elles feraient cela maintenant, même si vous n'aviez pas été malade.

— Bien sûr, mais j'ai loupé la transition, alors je ressens cela comme encore une autre perte.

— Oui, j'en suis certain, mais vous ne devriez pas en déduire qu'elles n'ont pas besoin de vous. Sommes-nous jamais assez vieux pour ne plus avoir besoin de nos mères ?

— Je sais que moi, non. Je ne sais pas ce que j'aurais fait sans la mienne ces derniers mois.

— Alors, vous voyez ? Voilà. Donnez-leur du temps pour qu'elles s'adaptent à votre retour dans leur vie quotidienne. Elles commenceront à s'appuyer à nouveau sur vous.

— Je l'espère.

— Et Jack, alors ? Que ressentez-vous envers lui maintenant que vous êtes à la maison ? »

Elle sentit les larmes monter à nouveau et se livra à une bataille perdue d'avance pour les retenir. « Être rentrée me fait voir d'un autre œil notre divorce et tout ce qui s'est passé.

— Comment cela ?

— Quand j'étais à l'hôpital, je savais ce qui se passait entre lui et Andi, mais être à nouveau dans la maison que nous avons partagée — la maison qu'il a construite pour moi— et réaliser qu'il ne rentrera plus jamais… Elle secoua la tête. Cela a juste été… vraiment dur. »

Il lui tendit un mouchoir en papier. « Regrettez-vous votre décision de le laisser partir ?

— Non. Elle essuya ses larmes. C'était la chose à faire. Je crois toujours qu'être avec lui quand il voulait être avec quelqu'un d'autre aurait été pire que ceci. C'est juste qu'être dans *notre* maison sans lui est absolument insupportable.

— Avez-vous pensé à déménager ? Vous pourriez vendre la maison et vous installer ailleurs. »

Elle secoua la tête. « Je ne peux pas vendre cette maison. Je ne la vendrai jamais.

— Peut-être que vous pourriez louer quelque chose pendant deux ou trois mois. En tant qu'endroit de transition.

— Peut-être, mais pas avant que Kate ne parte pour Nashville.

— C'est une chose à considérer. Je ne veux pas vous voir mettre en danger votre rétablissement à cause de votre environnement. Vous pouvez changer cela. Peut-être pourriez-vous même trouver quelque chose loin de cette ville pendant quelque temps.

— Je ne peux pas quitter la ville. Je ne peux pas faire ça à Maggie.

— Pourquoi pas ? Que sont quelques mois si votre rétablissement est en jeu ? Après tout le temps qu'elle a dû passer sans vous, j'imagine qu'elle voudra que vous fassiez tout ce qu'il faut pour vous sentir mieux. Son père pourrait lui donner un foyer stable pendant que vous finissez de vous remettre, non ?

— Bien sûr.

— Alors peut-être devriez-vous y songer. Juste parce que les médecins étaient suffisamment satisfaits de votre rétablissement physique pour vous renvoyer chez vous ne veut pas dire que vous étiez complètement prête. Il tapota sa tête. Laissez-moi vous poser cette question : vous êtes-vous mise en colère contre lui pour l'instant ?

— En colère ?

— Contre Jack.

— Pourquoi serais-je en colère contre lui ? »

Le Dr Baker se cala sur sa chaise et l'étudia. « Vous êtes sérieuse, Clare ? Vous souvenez-vous de combien vous étiez en colère quand vous commenciez à récupérer et que vous avez appris l'existence d'Andi et des bébés ? Eh bien, maintenant il l'a épousée et il a deux nouveaux fils avec elle.

— Oui, mais je me suis faite à l'idée.

— Ah oui, vraiment ? La plupart des femmes dont le mari divorce après vingt ans pour une autre femme sont habituellement plutôt énervées. Ajoutez deux bébés et, eh bien, vous voyez le tableau.

— Ce n'est pas comme si tout se passait bien et qu'il était parti avec sa maîtresse. J'ai été longtemps malade, et il a rencontré quelqu'un d'autre. À quoi cela me servirait d'être en colère ? En quoi cela aiderait mes enfants ?

— Et ça vous va bien, d'être stoïque ? Être celle qui a perdu la personne la plus importante dans sa vie et qui encaisse en silence tandis que tous les autres vaquent à leurs occupations ? Je pense que vous êtes bien et bel en colère et que vous ne savez qu'en faire. »

Elle secoua la tête. « Je ne me sens pas en colère. Je me sens triste.

— Ce qui est aussi parfaitement normal. Entendons-nous bien. J'admire ce que vous avez fait. Je pense que vous avez probablement fait la meilleure chose au final, en le laissant partir. Mais ne vous trompez pas vous-même en vous privant de sentiments légitimes. Si vous vous sentez en colère, soyez en colère. Si vous vous sentez triste, soyez triste. Il n'y a qu'un chemin pour sortir de tout cela et il passe par là. Nier vos sentiments ne fera qu'allonger le parcours. »

Elle hocha la tête et tordit le mouchoir en papier dans ses mains.

« Je veux que vous réfléchissiez à un changement de décor. J'ai peur que vous fassiez marche-arrière si vous restez dans la maison.

— Je vais y réfléchir.

— Parlez-en à Maggie. Elle vous surprendra peut-être. »

Elle sourit. « Cela m'étonnerait que ça la dérange de rester chez son père pendant quelque temps. C'est là que tout se passe de nos jours.

— Pensez à ce qui est le mieux pour vous dans l'immédiat, Clare. Il est temps de prendre soin de vous.

— J'y penserai, » promit-elle.

~

Si être à la maison avait causé un retard dans les progrès de Clare au niveau mental, cela avait fait des merveilles pour sa santé physique. En l'espace d'un mois, elle n'avait plus besoin de béquilles et utilisait une canne. Elle boitait encore de façon prononcée et avait des difficultés avec les escaliers, mais un jour où elle était seule à la maison, elle avait forcé ses jambes récalcitrantes à monter deux étages jusqu'à la suite parentale du dernier étage qu'elle avait autrefois partagée avec Jack. Une vague d'émotion l'avait submergée dès qu'elle était entrée dans la pièce.

La grande pièce était vide et elle réalisa qu'elle ne l'avait jamais vue comme cela auparavant. Elle ouvrit la porte de ce qui était autrefois le placard de Jack et voulut pleurer du gouffre béant devant elle. Allant aux grandes baies vitrées qui donnaient sur l'océan, elle se baissa doucement, s'assit sur la moquette luxueuse et se souvint de quand Jack et elle pressaient les filles de finir leur rituel du coucher pour qu'ils puissent s'échapper et venir se relaxer ensemble ici.

Elle regarda l'eau et son plus grand désir était de retourner au moment où ses filles étaient petites et dépendaient d'elle pour tout, où Jack était à elle et elle croyait que rien ne pourrait jamais les séparer.

Les souvenirs défilaient dans sa tête comme des films de famille, des scènes du passé apparaissant l'une après l'autre. Prenant plaisir pendant un moment à la chaleur de ces réminiscences, elle pensa aux fêtes qu'ils avaient faites sur la terrasse de la piscine, aux réveils avec Jack au son des cris perçants des filles en bas, aux vacances avec la famille au sens large. Le film continua, et pendant quelque temps, elle le laissa faire.

Finalement, elle s'était levée pour redescendre. « Le docteur Baker a raison. Il faut que je m'en aille. »

CHAPITRE 6

*A*nna décida de passer un deuxième mois avec Clare et les occupa tellement toutes les deux que Clare n'eut pas le temps de ruminer. Clare savait que sa mère était restée plus pour lui tenir compagnie que pour l'aider. Alors qu'elle boitait encore, Clare se rendit vite compte qu'elle pouvait laisser sa canne à la maison. Lorsque ses forces revinrent, elles firent de longues promenades sur la plage et sortirent dîner avec des amis qui étaient ravis de voir Clare après sa longue maladie. Un weekend, son frère Tony et sa sœur Sue vinrent du Connecticut avec leur famille. Les filles étaient à la maison, elles aussi. La maison pleine de monde, c'était presque comme dans le bon vieux temps.

Presque.

Dix jours avant que Kate ne doive partir pour Nashville, le Dr Langston autorisa Clare à conduire. Anna l'emmena renouveler son permis de conduire, et Clare les conduisit au retour dans sa Volvo avec la plus grande prudence, ne dépassant jamais les cinquante kilomètres heure pendant le court trajet.

Le jour suivant, Jack appela. Elle ne lui avait pas parlé depuis deux semaines. Quand elle entendit sa voix à l'autre bout de la ligne, une boule de nerfs se forma dans son estomac, lui donnant envie de jurer de frustration. *Bah non, toujours pas remise de notre rupture.* Sa voix était tellement familière et réconfortante, comme une paire de chaussons bien usés ou un oreiller favori. *Ça suffit, Clare. Il n'est plus ta source de réconfort.*

« Comment vas-tu ? demanda-t-il.

— Très bien, et toi ? Ils étaient polis à en vomir. Elle avait envie de crier.

— Je manque toujours de sommeil. Je n'ai pas réussi à convaincre Andi d'embaucher quelqu'un pour nous aider. Elle veut tout faire elle-même jusqu'à ce qu'elle retourne travailler. »

Est-ce que sa nouvelle femme doit être si parfaite, bon sang ? C'est juste, ça ? « Je ne la blâme pas. Tu n'as jamais réussi à me faire changer d'avis sur ce point, non plus. »

Il rit. « Non, c'est vrai. La raison pour laquelle j'appelle, c'est que j'espérais pouvoir nous asseoir ensemble pour parler à Kate de son déménagement.

— Je pensais que tu avais tout réglé à ce propos. Elle ne put empê-cher son ton brusque. Toute cette histoire avait été, après tout, son affaire à lui avec Kate.

— Ça non alors, je n'ai pas tout réglé. C'est pour ça que je veux lui parler. Je veux que *nous* lui parlions.

— Pourquoi as-tu besoin de moi ? Ça a toujours été entre elle et toi depuis le début. »

Jack poussa un soupir. « C'était entre elle et moi avant que tu te remettes. Maintenant, c'est entre nous tous. Je pensais que tu aurais voulu participer. Il y eut une pause. J'ai besoin de ton aide, Clare. »

Maudit soit-il ! Pourquoi devait-il dire cela ? Il s'était attaqué à son talon d'Achille : son besoin qu'on ait besoin d'elle. « Très bien. Quand veux-tu le faire ?

— Le plus tôt sera le mieux. Il ne reste plus beaucoup de jours. Normalement elle ne travaille pas à l'hôtel le jeudi. Est-ce que ce jeudi te conviendrait, disons vers seize heures ? Je passerai et je lui deman-derai d'être là.

— Ça marche.

— Merci. Hé, j'ai cru entendre que tu conduisais à nouveau ?

— Pour l'instant, une seule fois. Le Dr Langston m'a donné le feu vert vendredi, et ma mère m'a emmenée à la préfecture hier avant que je ne me dégonfle.

— C'est merveilleux. Ça te donnera un peu de liberté.

— Je suppose. Écoute, Jack, il y a autre chose dont il faut que je te parle.

— Quoi donc ? »

Elle se mordit la lèvre et perdit son courage. « En fait, ça peut attendre jeudi. Je te parlerai à ce moment-là.

— Tout va bien ? »

Définir ce bien. « Oui, pas de quoi s'inquiéter. À bientôt. »

Clare se dit qu'elle aurait passé une heure à se préparer même si ce n'était pas pour le voir, lui. Elle aurait passé plus longtemps que les cinq minutes habituelles à se coiffer, se serait poudré légèrement le visage, et aurait choisi ses vêtements avec soin parce qu'elle se sentait mieux, et non parce que son ancien mari allait venir la voir. *Ouais, c'est ça, continue à te raconter des bobards*, pensa-t-elle en enfilant un jean moulant et un haut jaune vif à manches trois-quarts.

Étudiant son image dans la grande glace de la salle de bain du rez-de-chaussée, elle remarqua comment le haut dessinait sa poitrine et se rappela soudain combien Jack avait aimé ses seins. Il avait rarement manqué une occasion de les toucher, de se frotter contre eux, ou de dormir avec la main entre. Le souvenir de cette intimité lui coupa le souffle. Elle s'éloigna du miroir et entoura sa taille d'un bras protecteur pour essayer de retrouver son équilibre.

Cela faisait combien de temps qu'elle n'avait pas pensé à être au lit avec Jack ? Ou à dormir près de lui ? Ou à faire l'amour avec lui ? Son visage s'enflamma lorsqu'une vague de désir déferla en elle. Elle le désirait ardemment, lui, et la proximité qu'ils avaient toujours partagée.

« Oh, Jack, tu me manques tellement, » murmura-t-elle. Ses yeux se remplirent de larmes quand elle se demanda s'il dormait maintenant avec la main entre les seins d'Andi. L'idée la fit trembler, puis elle s'essuya les yeux et ouvrit la porte de la salle de bains.

« Clare ? appela Anna de la cuisine.

— J'arrive. Clare s'adossa au mur et de toutes ses forces essaya de faire revenir à la normale la couleur de ses joues. Prenant une grande inspiration, elle entra dans la cuisine. Me voilà.

— Comme tu es jolie, dit Anna.

— Merci. Clare prit une pomme dans le bol sur le plan de travail et la roula entre ses mains.

— C'est en quel honneur ? »

Le regard de Clare se heurta à celui de sa mère. Elle n'avait pas mentionné la rencontre avec Jack parce qu'elle savait que sa mère avait hâte de rentrer chez elle à Hartford depuis quelques jours et qu'elle n'irait pas si elle pensait que Clare pourrait avoir besoin d'elle. « Rien de spécial. À quelle heure tu pars ?

— J'y vais maintenant, comme ça je serai de retour avant la nuit. Tu es sûre que ça ira ? demanda Anna, son expression pleine d'inquiétude maternelle.

— Bien sûr. Maggie sera là pendant le weekend et Jill a mentionné qu'elle viendrait peut-être, elle aussi. Ça se passera très bien pour moi, ne te fais pas de soucis. »

Anna embrassa Clare sur la joue et prit son sac. « Je t'appellerai ce soir, et je serai de retour en un clin d'œil.

— C'est très bien. » Clare accompagna sa mère jusqu'à la porte d'entrée. Lorsqu'Anna quitta l'allée semi-circulaire en gravier, Clare lui fit signe de la main et referma la porte contre le froid de novembre.

Elle retourna à la cuisine et marcha le long des grandes baies vitrées pour regarder l'océan. Clare avait toujours détesté novembre. Ils avaient souvent gardé la piscine ouverte tout le mois d'octobre. Fin octobre, d'habitude, ils sortaient aussi de l'eau le voilier dont Jack était le propriétaire avec Jamie. Arrivé novembre, tout était fini. Penser au voilier lui rappelait encore une chose qui n'était plus à elle. La houle souleva en elle des émotions similaires pendant qu'elle pensait à ce qu'elle avait eu et perdu, et elle se demanda comment elle pourrait vivre sans.

~

Aux quatre coups de seize heures la sonnette de la porte retentit. Clare prit son courage à deux mains et ouvrit la porte avec un sourire forcé sur le visage, pour recevoir un nouveau coup au ventre en le voyant. Les cheveux foncés de Jack étaient ébouriffés par le vent et son visage rouge de froid. L'expression nerveuse et incertaine sur son visage la toucha profondément.

« Salut, entre. » Elle se poussa et se demanda si utiliser la sonnette de la maison qui lui appartenait avant lui avait semblé bizarre, à lui. Le parfum trop familier de son eau de toilette mélangée à l'odeur des feuilles qui se décomposent le suivit. « Puis-je t'offrir un café ou une boisson froide ?

— Non, merci, ça va. Il enleva son manteau en laine noire, l'adossa à une chaise du salon et se tourna vers elle. Tu es belle.

— Tu as l'air fatigué. »

Il fit un grand sourire. « Telle est la vie d'un père de jumeaux. Ils sont en train de me tuer. Maintenant je sais pourquoi les gens font les enfants quand ils sont jeunes et non pas vieux comme moi. »

Elle sourit. Il ne faisait pas plus que trente-cinq ans. Comme elle, il en avait quarante-six, mais contrairement à elle, il était aussi beau que le jour de leur première rencontre. « Tu as une photo ? »

Il chercha dans son portefeuille. « Voilà. »

Clare prit la photo et passa à côté de lui pour aller s'asseoir. « *Oh*, regarde-les. Ils sont adorables. » Ils avaient chacun d'épais cheveux noirs et brillants— les cheveux de Jack— des yeux qui semblaient être noisette, et de toute évidence étaient de vrais jumeaux. Elle lui rendit la photo. « Comment arrives-tu à les différencier ?

— Nous avons mis leurs initiales sur leurs couches avec un feutre, dit-il. Andi a commandé des bracelets d'identité avec leurs noms, mais ils ne sont pas encore arrivés. Il consulta sa montre. Où peut bien être Kate ? Je lui ai demandé d'être ici à seize heures.

— Elle n'a pas hérité de ton gène de la ponctualité. Laisse-lui quelques minutes et puis on essaiera son portable.

— De quoi voulais-tu me parler ?

— Parlons d'abord à Kate. Clare entendit la portière d'une voiture se refermer dehors. La voilà. »

Kate entra en coup de vent. « Salut, désolée, ça fait longtemps que vous attendez ? Elle les embrassa et s'affala sur le canapé.

— Non, je viens juste d'arriver, dit Jack.

— Je faisais quelques courses et je me suis fait prendre dans une file d'attente énorme à Target. »

Jack gémit. « Ah oui, *Target*, où mes filles dépensent la moitié de mon revenu annuel, dit-il en souriant. Je devrais acheter des actions de la société.

— Très drôle, Papa, mais j'ai dépensé mon argent à moi, » dit Kate, en lui tirant la langue.

Jack se tourna vers Clare, une expression d'incrédulité sur le visage. « T'as entendu ça ? Elle a dépensé son argent *à elle* ? C'est bien ce qu'elle a dit ? »

Clare rit, même si elle ne voulait pas se faire piéger par son charme facile et son humour naturel. Son mélange de confusion et d'amusement à propos de leurs filles avait toujours été quelque chose qu'elle adorait en lui. « Il me semble que c'est ce qu'elle a dit. Eh bien, Jack, c'est toi qui nous as convoqués pour cette réunion. Qu'est-ce qui te préoccupe ?

— Je me disais juste que nous devrions parler de ton déménagement, Kate, et de ce qui se passera une fois que tu y seras.

— Je suis contente que tu poses la question. J'ai quelques projets dont je veux vous parler, mais d'abord je veux vous remercier de me laisser y aller. Je sais que ce n'est pas facile pour vous et que vous préféreriez m'envoyer à l'université.

— Nous voulons que tu sois heureuse, dit Jack, en tendant le bras pour lui serrer la main. Pourquoi ne nous parles-tu pas de ces projets que tu as ?

— Je me suis inscrite à l'université de Belmont pour quelques classes.

— Tu as fait ça ? » demanda Clare, ébahie.

Kate hocha la tête. « Belmont a un excellent cours de gestion des industries du spectacle et de la musique. Je ne dis pas que je vais obtenir un diplôme universitaire, mais si cela doit devenir mon travail, je me suis dit que j'allais essayer. Je suis inscrite en Description de l'Industrie de la Musique et en Description des Technologies d'Enregistrement, des cours qui commencent en janvier. »

Jack et Clare échangèrent des regards lorsqu'elle continua.

« J'ai aussi pris mon argent que j'ai reçu en cadeau quand j'ai obtenu mon diplôme d'études secondaires et une partie de ce que j'ai gagné à l'hôtel pour enregistrer un CD de démonstration avec deux reprises et deux de mes chansons à moi. Tout ce que j'ai lu dit qu'il faut avoir une démo si tu veux parvenir à quoi que ce soit à Nashville.

— Quand est-ce que tu as fait tout ça ? demanda Jack, incrédule.

— En octobre. Je savais que tu étais occupé avec les petits et tout le reste. Je suis sérieuse à propos de tout ça, Papa.

— Je vois ça.

— Et en ce concerne l'hébergement ? demanda Clare.

— Je m'en suis chargé, dit Jack. Jamie et moi avons un ami de Berkeley, Reid Matthews, qui vit dans la banlieue de Nashville. Je l'ai appelé il y a deux ou trois semaines et il a dit qu'il était le propriétaire de quelques immeubles en ville. Il va me faire savoir demain au plus tard s'il a des appartements de libre.

— C'est super, Papa. Merci.

— Il s'est aussi proposé comme référent pour toi pendant que tu y seras. C'est un type sympa. Tu l'aimeras bien.

— On dirait qu'à vous deux, vous avez pensé à tout, dit Clare. On peut écouter ta démo ?

— Bien sûr, je l'ai dans la voiture. Je vais vite la chercher. »

Pendant qu'ils l'attendaient, Jack regarda Clare avec surprise. « Eh ben, dit-il. Elle ne te ressemble pas que physiquement.

— Comment ça ?

— Elle est efficace et organisée, tout comme toi.

— Et elle est axée sur les résultats comme toi. »

Kate revint, alluma le lecteur CD, et y enfila sa démo. Elle avait repris « Landslide » de Stevie Nicks et une version pour guitare sèche de « Always on My Mind » de Willie Nelson, ainsi que deux chansons à elle, « Funny » et « Since You Left. »

« Tu as un son magnifique, Kate. » Clare jeta un regard furtif sur Jack, se demandant d'où venait le talent incroyable de leur fille. « C'est vraiment impressionnant. »

Les yeux de Jack s'écarquillèrent avec incrédulité. « Je n'arrive pas à croire que c'est toi. »

Le plaisir de Kate se voyait sur son visage. « Merci. Je ne l'ai encore jouée pour personne. J'en étais incapable.

— Je ne sais pas pourquoi, dit Clare. C'est magnifique. J'adore cette chanson, "Landslide".

— Je sais. Je pense toujours à toi quand je l'entends.

— Je suis tellement fier de toi, Kate, dit Jack. Tu t'es vraiment lancée et t'as beaucoup réfléchi.

— Je n'ai qu'une année et je ne veux pas en gâcher ne serait-ce qu'une minute. J'ai aussi répondu à une annonce pour travailler dans une boîte de nuit avec des soirées « micros ouverts ». Si je décroche le travail, avec un peu de chance je pourrai aussi chanter. Elle regarda sa montre. En fait, il faut que j'y aille, là. Je dois faire la deuxième moitié des heures de mon collègue à l'hôtel ce soir. C'est l'anniversaire de sa femme.

— Une autre chose que je voulais mentionner c'est que j'ai loué un petit camion pour le jour du déménagement, et nous pourrons y attacher ta voiture pour la remorquer, dit Jack à Kate.

— Je prévoyais juste d'y aller en voiture et de voir ensuite. Tu ne peux pas partir maintenant, avec les bébés et tout.

— Tout est organisé. La mère et la tante d'Andi viennent de Chicago une semaine pour aider pendant que je t'aiderai à t'installer. Elles vont arriver la veille de ton anniversaire. J'ai promis à Maman que je t'emmènerai moi-même. »

Kate le prit dans ses bras. « Merci. Tu es le meilleur, Papa. Elle prit sa mère dans ses bras, aussi. Merci à toi, aussi, Maman. Je sais que ce n'est pas ce que tu voulais pour moi, mais j'apprécie ton soutien.

— Je veux ce que tu veux, ma chérie, quoi que ce soit, dit Clare. Je suis tellement fière de la jeune femme remarquable que tu es devenue. Clare aurait simplement voulu être présente pour voir la transformation.

— Je vous aime, tous les deux. À plus, dit Kate en faisant signe de la main une fois sur le pas de porte. Un instant plus tard, ils entendirent sa voiture s'éloigner.

— Il faut que je te félicite, Jack. La pièce était devenue sombre, alors Clare tendit la main pour allumer une lampe.

— Pour ?

— Il t'a fallu guider tout seul Kate et Jill pendant leurs années les plus difficiles. Tu as fait un travail admirable.

— J'ai eu beaucoup d'aide. Ce n'est pas que grâce à moi.

— C'est en grande partie grâce à toi puisque c'est toi qui as pris les décisions importantes. Tu as fait ce qu'il fallait en la laissant partir.

— J'espère que tu auras la même opinion dans un an. Il n'y a pas que les jumeaux qui m'empêchent de dormir la nuit. C'est terrifiant de penser à cette belle jeune fille seule dans une grande ville inconnue. Il trembla.

— Nous venons à l'instant de voir ce dont elle est capable. Elle se débrouillera très bien.

— Tu veux venir avec nous à Nashville ? J'aurais dû te le demander plus tôt. Je n'avais pas réalisé que tu te déplaçais si bien.

— Merci de m'inviter, mais c'est quelque chose que tu devrais faire seul avec elle. Tu as eu le courage de donner ton accord, alors tu devrais l'emmener.

— Tu es la bienvenue si tu changes d'avis.

— Je t'en suis reconnaissante, mais j'ai des projets, moi aussi. C'est ce dont je voulais te parler.

— Quel genre de projets ? »

Rassemblant ses idées, elle regarda le sol. Quand ils n'étaient que tous les deux, c'était facile d'oublier que Jack n'appartenait plus à son monde. « Je vais partir pendant quelque temps. Du moins, c'est ce que je veux faire, mais tout dépend de ta volonté d'avoir Maggie à temps plein.

Son visage exprima la surprise. « Partir où ?

— Dans le Vermont. »

Il la fixa du regard comme si elle partait pour la lune. « Qu'y a-t-il dans le Vermont ?

— Tony y a acheté une propriété pendant que j'étais malade, dit-elle en faisant référence à son frère. Il me laisse l'utiliser pendant quelques mois. »

Jack secoua la tête. « Des mois ? Je ne comprends pas.

— Non, tu ne comprendrais pas. Elle savait qu'elle donnait l'impression d'être presque narquoise mais elle s'en fichait.

— C'est censé vouloir dire quoi, ça ?

— Je ne supporte pas d'être ici ! Elle fit un geste de la main pour indiquer la maison. Tu ne comprends pas parce que tu n'es pas ici. Tu n'es pas *moi*, en train de vivre *ici*, sans *toi*. » L'instant même où elle prononça les mots, elle aurait voulu les rétracter. Elle ne voulait pas qu'il sache combien cela avait été difficile.

Il eut l'air dévasté. « Je ne sais pas quoi dire.

— Ne dis rien. Confirme simplement que tu peux garder Maggie quelques mois de plus. Je ne te demanderais pas de le faire si je n'en avais pas vraiment besoin. J'en ai vraiment besoin. Je sais que tu t'en es déjà occupé tout seul depuis trois ans, mais je te demande encore quelques mois. Elle s'efforça de ne pas pleurer.

— Il ne s'agit pas de Maggie. Bien sûr, je peux m'en occuper. C'est que je ne comprends pas pourquoi tu ne peux pas rester quelque part en ville si être dans cette maison est trop difficile pour toi. Les filles commencent juste à s'habituer à t'avoir à la maison. »

Elle se leva et alla regarder le patio où la piscine était couverte pour l'hiver. « Si je reste dans cette ville, combien de temps se passera-t-il, à ton avis, avant que je ne te rencontre avec ta nouvelle femme dans un restaurant ou au supermarché ? Combien de temps avant que ta femme ressorte et que je me retrouve nez-à-nez avec elle chez le teinturier ? Il me faut du temps pour m'y habituer avant de devoir voir cela tout le temps. Gardant le dos tourné, elle dit doucement, Ne m'oblige pas à te supplier, Jack.

— Je prendrai Maggie. Bien sûr que je la prendrai, dit-il d'un ton crispé. Tu pourras lui expliquer ? Elle ne comprendra pas.

— Je lui parlerai. Clare se retourna pour le regarder. Je n'essaie pas de faire en sorte que tu te sentes coupable, mais je ne peux pas te voir tout le temps et m'attendre à me remettre de ce qui s'est passé entre nous. J'ai besoin de prendre de la distance.

— De moi ?

— De toi et ton visage coupable, de cette maison pleine de souvenirs douloureux, de tes nouveaux bébés, de ta nouvelle femme et de ta nouvelle vie. De tout cela. Cela prit toute sa volonté pour ne pas s'effondrer en larmes à la vue de l'éclair de douleur qui traversa son beau visage.

— Je savais que c'était trop facile. Il secoua la tête en se levant. Tu étais tellement tolérante de notre divorce. Je me suis demandé quand est-ce que tu allais te mettre à me haïr.

— Je ne te hais pas, mais si je reste ici sous peu, cela se pourrait. Je ne veux pas que cela arrive.

— Alors, pars, dit-il, fatigué et résigné. Fais ce que tu as à faire. Je m'occuperai de Maggie.

— Merci. »

Il enfila son manteau et marcha jusqu'à la porte d'entrée. « Je suis désolé, Clare. »

Elle voulait crier. *Je ne veux pas que tu sois désolé. Je veux que tu sois à moi !* Mais elle ne dit rien lorsqu'il ferma la porte derrière lui.

« Reviens, gémit-elle regardant la voiture de Jack quitter l'allée de gravier. Je t'en prie, reviens. » Ce n'est qu'à ce moment-là qu'elle s'autorisa à pleurer.

CHAPITRE 7

*P*endant le cours du weekend, Clare organisa une soirée avec ses filles, dîner, films et manucures compris.

« Tu aimes cette couleur sur moi ? Maggie leva la main pour montrer ses ongles rouge-vif.

— C'est un peu trop voyant, dit Clare en s'étendant sur le canapé et regardant ses filles. Elles étaient assises autour de la table basse et se faisaient les ongles. J'aimais mieux le violet. »

Maggie prit la bouteille de dissolvant. « Ouais. Moi, aussi. »

Consciente de devoir se jeter à l'eau, Clare se releva et prit une inspiration profonde. « Il y a quelque chose dont je veux vous parler, les filles. »

Jill souffla sur ses ongles et secoua la main pour sécher le vernis. « De quoi ?

— Cela fait quelque temps que je pense à partir un peu. »

Kate leva la tête. « Partir où ?

— Vous vous souvenez que tonton Tony nous a dit qu'il avait acheté une maison dans le Vermont ? demanda Clare et les filles acquiescèrent. Je vais y aller pendant quelque temps pour l'aider avec le travail qu'il veut faire fairedans la maison. »

Les yeux de Maggie s'écarquillèrent. « Pendant combien de temps ?

— Trois mois, peut-être un peu plus.

— Mais pourquoi ? demanda Maggie, luttant pour retenir ses larmes. Tu viens juste de rentrer à la maison. »

Clare baissa la main pour lui caresser les cheveux. « Je sais, ma chérie. Mais voilà : c'est vraiment difficile pour moi d'être dans cette maison sans Papa. Je suppose que je ne m'étais pas rendu compte à quel point ce serait difficile jusqu'à ce que je sois là depuis un bout de temps. J'ai besoin de temps ailleurs pour m'ajuster à tout ce qui s'est passé.

— Ailleurs qu'avec nous ? demanda Jill.

— Non, ma chérie, cela n'a rien à voir avec vous, mes filles. J'espère que vous viendrez me rendre visite tout le temps. Vous pourrez même venir faire du ski cet hiver. Maggie, j'adorerais que tu viennes avec moi, mais toute ta vie est ici et je sais que tu détesterais être dans une nouvelle école ne serait-ce que pour quelque temps. Alors Papa a dit qu'il vous emmènera à Boston pour me rencontrer tous les quinze jours, ou peut-être que tu pourras venir avec Jill.

— J'aimais te savoir ici même si moi je n'allais plus y être, dit Kate tristement.

— Peu importe où je suis, je suis toujours disponible pour toi, dit Clare. Je sais que nous avons beaucoup de temps à rattraper et je déteste avoir ce besoin de m'enfuir pendant quelque temps, mais je ne peux pas nier que je le ressens en fait.

— Alors je vais habiter avec Papa ? demanda Maggie.

— Oui, et il est ravi de savoir qu'il va t'avoir rien que pour lui pendant un certain temps, dit Clare avec un sourire. Il a dit qu'ils auront besoin de ton aide avec les bébés. »

Maggie hocha la tête avec sérieux. « Ils ont *vraiment* besoin de moi. Ces petits ne sont pas faciles.

— Tu vas passer des moments fabuleux avec eux, et nous nous amuserons bien ensemble quand tu viendras passer le weekend avec moi, dit Clare, et Maggie sembla satisfaite. Et toi, Jill ? Tu viendras me voir ? »

Jill haussa les épaules. « D'accord. Si c'est là que tu vas être, je viendrai te voir et j'emmènerai Maggie. C'est bien mieux qu'où tu as été ces trois dernières années. »

Les yeux de Clare se remplirent de larmes. « N'importe où serait mieux que là. Elle tendit les bras pour enlacer ses filles. Je vous aime toutes tellement. Je sais que je vous ai déjà fait subir un vrai calvaire et que je vous demande encore un gros effort.

— Ce n'est pas grave, Maman, dit Kate. On veut que tu te sentes bien à nouveau.

— Je vous prendrai un billet d'avion pour le weekend dès que vous en aurez envie, dit Clare, balayant d'une main les doux cheveux blonds de Kate.

— Tu pars quand ? demanda Maggie.

— La semaine prochaine. Juste après le départ de Kate pour Nashville.

— Justement, dit Kate. Papa et Andi vont faire une fête en l'honneur de mon départ et pour mon anniversaire, le soir d'avant mon anniversaire. J'espère que tu viendras. Il va t'appeler pour t'en parler. »

L'estomac de Clare se noua d'anxiété. « Je ne sais pas, ma chérie. Je ne suis pas sûre d'être prête pour ce genre de chose.

« Allez ! Il *faut* que tu viennes, Maman, supplia Kate. Je veux que tu viennes. »

Clare se mordilla l'ongle du pouce. « Laisse-moi y réfléchir.

Clare était réveillée la moitié de la nuit, à essayer de s'imaginer fréquenter Jack et sa nouvelle femme dans leur nouvelle maison. Elle en était malade rien que d'y penser, alors elle ne pouvait pas s'imaginer comment ce serait d'y être *vraiment*. Mais comment dire non à Kate quand elle avait manqué tellement de choses avec les filles ?

« *Pouah*, grogna Clare. À quatre heures trente, elle abandonna l'idée de dormir et décida de se lever. Cela ne servait à rien d'essayer de dormir quand son esprit s'emballait. En allant à la cuisine pour se faire du café, la seule chose à laquelle elle arrivait à penser était l'expression sur le visage de Kate quand elle l'avait pratiquement suppliée de venir à la fête.

Quand les filles firent leur apparition juste avant onze heures, Clare avait préparé une cafetière de café, fait cuire des muffins aux myrtilles et nettoyé la cuisine. Le travail avait contribué à occuper son esprit.

« Bonjour, » grogna Jill en entrant dans la cuisine à la recherche de café.

Clare versa une tasse pour Jill de la cafetière qu'elle venait de préparer. Cela l'amusait encore de voir les plus grandes filles boire du café. « Bonjour, ma chérie. Tu as bien dormi ? »

Jill hocha la tête et prit sa première petite gorgée de café.

« C'est quoi, ton programme aujourd'hui ?

— Il faut que je sois de retour à l'école pour une réunion à propos d'un travail en commun à quatorze heures.

— Est-ce que tu as réfléchi depuis l'autre fois sur ton choix de discipline principale ? Il faut que tu te décides avant janvier, non ? »

Jill hocha encore une fois la tête. « Je me dis préparation aux études juridiques. »

Clare leva un sourcil d'étonnement. « Ah oui ? Depuis quand ? »

Jill amena un muffin et son café jusqu'à la table. « Depuis un bout de temps, en fait. Je prends un cours de droit constitutionnel ce semestre que j'adore.

— C'est fabuleux. Tu aimes bien te disputer, aussi, alors tu ferais une avocate formidable. »

Jill sourit jusqu'aux oreilles. « Papa a dit la même chose. »

Cela la blessa. Dans le passé, Clare aurait été la première à entendre ce genre de nouvelle.

« Eh, je voulais vous demander à toutes les deux : savez-vous où pourraient bien être mes après-skis ? demanda Clare. Je n'arrive pas à les trouver.

— Je crois qu'Andi a mis tous ces trucs-là au sous-sol près de la cuve à fuel.

— Oh, dit Clare, frappée par le rappel qu'Andi avait vécu dans la maison avec Jack et les filles pendant plus d'un an. Je n'ai pas regardé au sous-sol. Merci. »

Maggie entra dans la cuisine, une expression grincheuse sur le visage. « Quelqu'un a un tampon ?

— *Maggie*, s'écria Clare, ça fait combien de temps que tu as tes règles ?

— Presque un an. C'est arrivé juste après mon anniversaire.

— J'en ai, dit Jill et elle monta à l'étage pour aller les chercher.

— Mon Dieu, grogna Clare en s'affalant sur le canapé. Ai-je *tout* loupé ? C'est tellement de bonne heure. Tu avais à peine douze ans!

— Crois-moi, je le sais, dit Maggie.

— Quelle chose à vivre sans ta mère, dit Clare, pleine de regrets.

— Ce n'est pas grave, j'avais— » Maggie s'arrêta d'elle-même et rougit.

— Tu avais Andi, n'est-ce pas ? » demanda Clare doucement.

Maggie hocha la tête. « Elle m'a donné ce dont j'avais besoin et m'a emmenée dîner au restaurant pour célébrer ça. Elle en a fait toute une histoire. Elle a vraiment exagéré. »

Clare voyait bien que Maggie minimisait les choses pour ne pas lui faire de peine. « C'était gentil de sa part de faire cela. » Encore une fois, Clare lutta contre ce qui devenait une envie constante de pleurer.

Jill revint avec une poignée de tampons et les donna à sa sœur. « Voilà.

— Merci, » dit Maggie et s'achemina vers la salle de bains en traînant les pieds.

Kate entra, les cheveux encore mouillés après sa douche. « Bonjour, dit-elle en prenant sa tasse de voyage pour son café. Il faut que j'y aille. Je commence le travail à l'hôtel à midi, et ils vont faire une fête pour mon départ.

— Pas d'alcool, non ? demanda Clare.

— Je ne bois pas. Tu peux réserver ton discours sur cela à Jill, dit Kate avec un sourire taquin pour sa sœur.

— Mais *arrête*, Kate, » dit Jill en chantonnant.

Kate rit. « Maman, je pensais à la fête chez Papa. Je comprendrai si tu ne peux pas venir. Ce n'est pas grave. »

Clare embrassa sa deuxième fille. « Merci, mon amour. »

Après le départ de Jill et Kate, Jack appela.

« Comment vas-tu, demanda-t-il avec hésitation.

— Je vais très bien. Désolée d'avoir fait une scène l'autre jour.

— Ne sois pas désolée. Je suis vraiment content d'avoir Maggie. Je ne veux pas que tu penses que j'avais un problème avec ça.

— Je sais. Merci.

— Est-ce que Kate a mentionné la fête que nous faisons vendredi soir ?

— Oui, oui.

— J'espère que ta mère et toi êtes disponibles pour vous joindre à nous ?

— Je ne sais pas, Jack. Je ne suis pas sûre que ce soit une bonne idée.

— Fais ce que tu penses être le mieux pour toi. Je voulais simplement que tu saches que tu es la bienvenue.

— Merci.

— Tu te souviens que nous avons rendez-vous mardi avec Cooper pour signer les papiers pour la maison ?

— Je l'ai noté sur mon calendrier.

— Il y a une chose à ce propos.

— Y a-t-il un problème ? Elle se demanda s'il regrettait lui avoir donné la maison au cours du divorce.

— Non, mais j'ai demandé à Coop d'inclure dans les documents de transfert une clause qui dit que tu ne peux vendre la maison qu'à moi.

Une bouffée de colère monta en Clare. « Pourquoi ? Pour que tu puisses venir habiter là avec ta nouvelle famille ?

— Non, Clare, pour que je puisse la donner aux filles un jour si tu ne la veux pas, dit-il d'un ton contrôlé qui lui fit comprendre qu'il avait du mal à contenir sa propre animosité.

— Je suis désolée. C'était déplacé de ma part. Je ne vendrai jamais cette maison, et je ne le ferai certainement pas sans te consulter au préalable. »

Il soupira. « J'ai horreur de tout ça. »

Elle battit des cils pour retenir ses larmes. « Moi, aussi. Je pense que ce soit une bonne chose que je parte pendant quelque temps, Jack. Nous avons tous deux besoin de nous éloigner l'un de l'autre.

— Peut-être. Je te vois mardi à quatorze heures ?

— Je serai là.

— Dis à Maggie que je passerai la prendre aujourd'hui vers dix-sept heures, ajouta-t-il.

— D'accord. »

Le mardi, Clare arriva avant Jack au bureau de leur avocat. Cooper Hayes était un grand gaillard, ancien joueur de football et un vrai nounours qui était un bon ami à eux depuis des années.

« Comment ça va, ma chérie ? demanda-t-il en enlaçant Clare pour lui faire un de ses énormes câlins.

— Je vais bien, Coop. Janice est passée l'autre jour. C'était super de la voir.

— Elle a pris grand plaisir à te voir, aussi.

— Comment vont les garçons ? demanda Clare, même si Janice lui avait déjà tout dit.

— Barry est en deuxième année à UNH, dit-il, en faisant référence à l'université de New Hampshire. Et Jeff a commencé à Cornell en septembre. On se retrouve soudainement tout seuls à la maison.

— Janice et moi avons partagé notre peine à ce propos l'autre jour. »

Coop secoua la tête. « La pauvre, cela fait des mois qu'elle pleurniche. Il faut que je l'emmène passer de belles vacances bientôt. Elle en a besoin.

— Et toi non ? demanda Clare avec un sourire ironique. Les garçons avaient été la raison de vivre de Coop pendant des années.

« — Je ne peux rien te cacher, dit-il avec une expression triste. Je suis désolé de tout cela, Clare. »

Elle savait qu'il parlait de son divorce et elle tendit la main pour le toucher. « Merci. »

Le souffle de Clare fut coupé quand Jack entra le sourire aux lèvres et serra la main de Coop. Une fois de plus, elle se demanda combien de temps cela prendrait pour que son cœur cesse de palpiter chaque fois qu'elle le voyait ou entendait sa voix. Des mois ? Des années ? L'éternité ?

Il se pencha pour l'embrasser sur la joue lorsqu'ils se dirent bonjour.

Après avoir bavardé quelques minutes, Coop fit signe de s'asseoir à la table dans son bureau. « Vous avez parlé de la clause concernant la revente ?

— Oui, dit Jack.

— Cela te convient, Clare ? demanda Coop.

— Oui, dit-elle, pressée d'en finir. Tout à coup, la grande pièce lui sembla petite et sans air.

— Bon, d'accord, alors. Il me faut vos signatures là, là et là. » Coop montra du doigt l'endroit en bas de trois pages.

Clare vit l'hésitation de Jack avant qu'il ne signe la première page. Un muscle se contracta dans sa joue, et elle fut prise de tristesse en réalisant qu'il était ému de signer les papiers de la maison qu'il avait construite pour elle. Elle avait très envie de le toucher mais se retint.

Il gribouilla « John J. Harrington » en bas de la première page et la poussa vers elle.

Une fois qu'ils eurent signé chaque page, Coop rassembla le document. « Tu recevras l'acte notarié dans environ six semaines, Clare. Voilà, c'est aussi simple que cela.

— Merci, Coop, dit Jack, en se levant pour lui serrer la main.

— Oui, merci, ajouta Clare. Pour tout. Il s'était occupé de leur divorce avec discrétion et efficacité.

— Pas de problème, dit Coop en les raccompagnant jusqu'à la porte. Prenez soin de vous. »

~

Clare marcha avec Jack jusqu'au parking. Les sentiments nés de ce qu'ils venaient de faire l'avaient blessée. Elle était la nouvelle propriétaire d'une maison atypique valant des millions, mais elle ne ressentait qu'un vide douloureux qui la rongeait.

« Merci, Jack, dit-elle, sa voix chargée d'émotion. Je sais que ce n'était pas facile pour toi. »

Il haussa les épaules. « C'est ta maison. Ça l'a toujours été. Elle n'était à mon nom que pour que je puisse t'en faire la surprise. »

Quand ses yeux pleins de larmes la piquèrent, Clare voulut jurer à voix haute. Son corps avait encore une fois trahi son désir féroce de ne montrer aucunement à Jack ce qu'elle ressentait.

Il lui prit la main. « J'ai quelque chose à te dire, moi aussi. »

Levant les yeux vers lui, elle fut ébahie de voir que les yeux de Jack s'étaient aussi remplis de larmes. « Quoi ? » demanda-t-elle à voix basse.

Il eut l'air de chercher ses mots et d'essayer de contrôler ses émotions. « Cette vie qu'était la nôtre, elle m'a été arrachée à moi aussi, Clare, dit-il d'un ton doux et lent. Ce que nous avions ensemble — c'était à moi, aussi, et juste parce que j'ai maintenant Andi ne veut pas dire que je ne pleure pas ce que j'ai perdu avec toi. Ce qui nous a été *volé*. C'est juste que j'ai eu beaucoup plus de temps que toi pour m'habituer à faire sans. Je ne veux pas que tu penses que je suis parti sans jamais me retourner, parce que ce n'est pas ce que j'ai fait. Je n'aurais pas pu.

Elle laissa les larmes, causées par la douleur vive qu'elle vit sur son visage, couler le long de ses joues sans les retenir.

« Je t'aimerai *toujours*. Il essuya les larmes de Clare avec ses pouces et puis il l'enlaça. J'ai besoin que tu le saches.

— Jack. Pleurant doucement, elle posa son visage sur son torse et se laissa bercer par son parfum familier. Je ne sais pas quoi faire sans toi et notre vie ensemble. J'ai l'air tellement pathétique de dire ça, mais je ne sais vraiment pas.

— Tu vas trouver. Je le sais. Va dans le Vermont. Fais ce que tu dois faire et je m'occuperai de tout ici. Mais ça va aller. D'une façon ou d'une autre, nous y arriverons. »

Elle leva la main pour caresser son visage. « Je t'aimerai toujours, moi aussi. Peut-être que si j'arrive à faire la paix avec cela, je pourrai trouver une vie pour moi, sans toi. »

Il la prit à nouveau dans ses bras. « Alors va trouver la paix. »

CHAPITRE 8

*L*a semaine suivante fut un tourbillon d'activité, Clare aidant Kate à faire ses valises et à achever les préparatifs pour s'installer à Nashville. L'ami d'université de Jack, Reid Matthews, avait tenu parole en trouvant un appartement pour Kate dans le quartier à la mode de Green Hills, qui était près de l'Université de Belmont où elle s'était inscrite pour des cours.

Le vendredi matin commença froid et gris dès l'aube et les prévisions météorologiques annonçaient des bourrasques de neige. Clare se réveilla avec un sentiment d'angoisse. La fête, c'était ce soir-là, et Kate allait partir avec Jack tôt le lendemain matin.

Clare se leva pour prendre une douche et s'habiller. Dans la cuisine, sa mère buvait déjà à petites gorgées son café et lisait le journal du matin.

« Bonjour, dit Anna.

— Du nouveau ?

— Toujours les mêmes mauvaises nouvelles. Anna mit de côté le journal. Ses cheveux courts et gris étaient encore mouillés après sa douche. C'est à quelle heure, la fête ce soir ?

— Je ne sais pas. Clare versa une tasse de café et regarda l'océan déchaîné.

— Il faudra qu'on demande à Kate.

— Je n'y vais pas.

— Pardon ?

— J'en ai parlé à Kate. Elle comprend.

— Vraiment ? Anna croisa les bras, et ses yeux d'un bleu vif se plissèrent avec mécontentement. Que comprend-elle exactement ?

— Que je n'ai pas envie d'être en compagnie de son père et sa nouvelle femme pour l'instant. »

Anna poussa un grognement. « Grandis un peu, Clare. Il ne s'agit pas de toi. Il s'agit de ta *fille* — ta fille qui a dû célébrer *trois* anniversaires sans sa mère. »

Stupéfaite par l'éclat de sa mère, Clare la fixa du regard. « Si tu essayais de faire en sorte que je me sente coupable, tu as réussi.

— C'est bien. Alors tu viendras ?

— Je n'ai pas dit ça.

— J'ai essayé de m'occuper de mes oignons pendant tout ce temps, mais je ne peux pas te regarder faire cela à Kate et ne rien dire. Elle a besoin que tu sois là ce soir pour lui montrer ton soutien et lui dire au-revoir comme il le faut.

— Je ne peux pas, chuchota Clare, se souvenant de l'échange plein d'émotion avec Jack plus tôt dans la semaine. Je ne *peux pas*, c'est tout. »

Anna se leva. « Très bien. Fais ce que tu dois faire, mais tu le regretteras, Clare. Tu regretteras de l'avoir déçue. »

Après que sa mère eut quitté la pièce, Clare s'installa dans son fauteuil et rumina, furieuse. *Comment ose-t-elle ? Qu'en sait-elle ?* Personne *n'en sait rien.* Clare nourrit sa colère pendant plusieurs minutes jusqu'à ce que, tout à coup, la fureur disparut et elle fut submergé par le remords. Sa mère avait raison. Elle se comportait en enfant et ne pensait qu'à elle, alors que sa fille avait besoin d'elle. Elle se rendit au salon pour retrouver sa mère.

« La fête est à dix-neuf heures. Nous partirons un peu avant cela.

— Très bien, » dit Anna.

Clare et sa mère arrivèrent au portail de la maison de Jack juste après dix-neuf heures. Les filles s'y étaient rendues plus tôt pour aider avec les préparatifs pour la fête. La maison s'animait de lumières et de bougies électriques devant chaque fenêtre. Clare gara sa voiture en travers de l'allée du côté où se trouvait le petit camion de déménagement avec la coccinelle Volkswagen jaune de Kate qui y était accrochée. Clare s'accrocha plus fort au volant, l'anxiété jaillissant soudain à nouveau en elle.

« Tu vas bien ? » demanda Anna.

Clare avait des difficultés à respirer. « Oui, oui.

— Tu fais cela pour Kate, lui rappela Anna. Ne perds pas cela de vue.

— Oui, pour Kate. Clare expira longuement. Allons-y. »

Elles portèrent les cadeaux d'anniversaire et traversèrent l'allée jusqu'aux marches en pierre. Clare appuya sur la sonnette et entendit le carillon sonner à l'intérieur de la grande maison— la maison de Jack et Andi. *Tu fais cela pour ta fille.*

Kate ouvrit la porte. « Maman ! Tu es venue ! Elle les mena dans l'entrée. Bonsoir, Mamie.

— Bon anniversaire, ma chérie, » dit Anna en enlaçant sa petite-fille.

Kate pétillait d'excitation. « Merci. Laissez-moi prendre vos manteaux. »

Clare jeta rapidement un œil sur la maison des années 30. Elle y était entrée une fois auparavant, la dernière fois qu'elle était sur le marché et que l'agent immobilier avait fait portes ouvertes pour les autres agents immobiliers. À l'époque elle était vide et sans vie, mais maintenant la maison pulsait de la chaleur et de l'énergie qu'apportait une famille.

Elle leva les yeux vers le chandelier en cristal sophistiqué qui pendait du deuxième étage au-dessus de l'entrée au sol carrelé de noir et de blanc. Un escalier descendait de droite à gauche, bordé d'une rampe en acajou. Clare se souvenait d'un grand salon sur la droite qui s'étendait sur toute la largeur de la maison. Une salle à manger se situait sur la gauche, et la cuisine se trouvait au bout d'un couloir sous l'escalier.

Jack arriva par le couloir alors que Kate prenait leurs manteaux. Il portait un pull noir en cachemire avec un jean, et comme d'habitude il arrivait à paraître décontracté et élégant en même temps.

Il les enlaça toutes les deux et les embrassa. « Entrez donc, dit-il, les accompagnant jusqu'au grand salon où un feu brûlait dans la cheminée. Les plafonds hauts de plus de quatre mètres cinquante étaient bordés de moulures travaillées en acajou. De plus petites moulures encadraient les murs jaune pâle. À l'autre extrémité de la pièce il y avait une grande baie vitrée, et Clare se souvint d'une vue exquise de la mer pendant le jour.

Les meubles étaient arrangés avec goût en deux espaces pour s'asseoir près du feu. Des tables étaient garnies de mets, et un bar avait été mis en place tout au bout, dans un coin. Clare savait qu'Andi avait travaillé comme décoratrice au siège principal du Groupe Infinity à Chicago avant de venir à Rhode Island pour vivre avec Jack et diriger l'hôtel Infinity Newport. De toute évidence, elle n'avait pas perdu la main pour sa profession d'avant. La pièce était chaleureuse et accueillante.

« Votre maison est magnifique, Jack, dit Anna. Vous avez bien travaillé.

— Nous avions la fête comme motivation pour nous installer rapidement. En haut, c'est encore un désastre. Des boîtes partout. »

Kate donna une bière à sa mère et un verre de vin à sa grand-mère, et alla ouvrir à nouveau la porte. Elle revint quelques minutes plus tard avec la sœur de Jack, Frannie, son mari Jamie, et leurs jumeaux Owen et Olivia.

Ce fut un grand soulagement pour Clare de voir Frannie et elle s'approcha avec Jack pour les saluer. Jack souleva les jumeaux qui dirent bonsoir à « onque Jack » avec des bisous bien baveux.

« Vous vous souvenez de tante Clare, n'est-ce pas ? » dit Frannie aux petits qui avaient quinze mois. Ils avaient rendu visite à Clare deux semaines auparavant.

Owen tendit le bras pour toucher le visage de Clare. « Clare, » dit-il.

Clare embrassa la main potelée du bébé. Owen et Olivia avaient les yeux bleu vif de leur père et les cheveux d'un blond vénitien qui était un mélange adorable de l'auburn des cheveux de Frannie et du blond de ceux de Jamie.

Jamie prit Clare dans ses bras et l'embrassa sur la joue. « Ça fait tellement plaisir de te voir, » chuchota-t-il en la tenant tout près de lui.

Être dans ses bras était comme rentrer à la maison. Jamie était le meilleur ami de Jack depuis leur premier jour à l'université, ainsi que le témoin de Clare et Jack le jour de leur mariage et le parrain des trois filles. Qu'il ait épousé la sœur de Jack, Frannie, avait été l'une des plus grandes, et une des meilleures, surprises annoncées à Clare après son rétablissement.

« Jamie Booth, toujours aussi beau gosse, murmura-t-elle. Ne lâche rien, OK ? »

Il rit. « Jamais. »

Quand Clare le relâcha à contrecœur, elle remarqua qu'Andi était entrée dans la pièce.

Elle leur tendit la main. « Clare, Anna, nous sommes si heureux que vous ayez pu venir. »

Stupéfaite par sa beauté, Clare lui serra la main. La seule autre fois où Clare avait vu Andi, elle était enceinte de sept mois, des jumeaux. De toute évidence, elle s'était vite remise de la naissance.

« Merci de nous avoir invitées, » dit Clare quand elle se remit du choc initial de voir Jack et Andi ensemble pour la première fois—tous deux grands, bruns et beaux. *Quel magnifique couple forment-ils.*

Lorsque Andi la laissa pour aller saluer Frannie et Jamie, et que les autres étaient occupés avec de nouveaux arrivants, Clare prit un moment pour étudier Andi de plus près. Elle était grande— pas aussi grande que Jack— mais au moins dix centimètres plus grande que Clare qui ne mesurait qu'un mètre soixante-cinq. Ses longues boucles foncées étaient retenues ce soir en une queue de cheval, et elle arrivait à être classe et sobre dans un haut ivoire à col roulé, un jean usé, et des bottes noires. Clare était contente d'avoir, elle aussi, choisi de porter un jean. Les yeux d'Andi d'un brun doux étaient chaleureux et accueillants lorsqu'elle reçut un groupe d'amis de Kate. Clare savait qu'Andi avait trente-neuf ans, mais elle ne les faisait pas et ne montrait aucun signe de la fatigue qu'une mère de jumeaux de trois mois devait certainement ressentir.

Jill et Maggie arrivèrent avec des hors d'œuvres chauds. Elles présentèrent Clare à la mère d'Andi, Betty, qui portait dans ses bras l'un des jumeaux.

« Bonjour, petit, dit Clare, passant un doigt le long de la joue douce et duvetée du bébé.

— C'est Johnny, dit Betty.

— Comment le savez-vous ? demanda Clare.

— Je viens de le changer pour le mettre au lit, dit Betty avec un petit rire. Autrement je n'en saurai pas plus que vous. »

Un petit garçon blond traversa la pièce en courant, et Betty l'arrêta d'un regard sévère. Elle utilisa sa main libre pour donner un ordre dans la langue des signes au garçon malentendant, et il ralentit jusqu'à marcher.

« C'est mon autre petit-fils, Eric, dit Betty à Clare. Il a presque huit ans et nous donne du fil à retordre.

— Il est adorable. » Clare regarda Maggie mettre un bras autour d'Eric sans rater un mot de sa conversation avec une amie de Kate.

Clare s'éloigna du groupe pour s'asseoir sur un des canapés en cuir. Elle regarda Jack et Andi circuler dans la pièce, remarquant comme ils se déplaçaient avec la grâce facile d'un couple marié depuis longtemps. Elle fut forcée de se détourner quand Jack mit sa main dans le bas du dos d'Andi pour la tirer à lui. Il le fit si naturellement et inconsciemment que Clare se languit quand elle se rappela qu'il la touchait comme cela auparavant.

La pièce vibrait de musique, de voix et du son de la glace qui heurtait le cristal.

Frannie s'assit près de Clare. « Tu tiens bon ? » demanda-t-elle à voix basse.

« Par un fil, répondit Clare du même ton.

— Tu es magnifique. Tu es complètement remise.

— Mis à part ce boitement tenace dont je ne semble pas pouvoir me débarrasser.

— Tu y arriveras, dit Frannie en jetant un œil sur Jamie de l'autre côté de la pièce, qui tenait Olivia pendant qu'il bavardait avec Jack et Andi.

— J'ai fini ton journal intime, dit Clare. Ça a été une sacrée histoire quand Jack a rencontré Andi et toi et Jamie vous vous êtes mis ensemble. »

Frannie sourit. « Une semaine d'enfer.

— Raconte-la-moi, Frannie. J'ai lu l'histoire, mais je veux que tu me la racontes. »

Frannie leva un sourcil avec scepticisme. « Vraiment ? »

Clare hocha la tête. « C'est la première fois que je les vois ensemble. Plus que tout, cela m'a rendue curieuse. »

Frannie inspira profondément. « Eh bien, c'était la fin du mois d'août, et Andi est arrivée de Chicago pour faire une visite du site et préparer la décoration de l'hôtel Newport. À l'époque, elle était directrice du design intérieur pour Infinity. Jack l'a emmenée voir les manoirs, la ferme Hammersmith, et quelques-unes des autres choses à découvrir. Nous avons fait un tour de bateau et avons fait un barbecue à la maison pour tous les architectes d'intérieur. C'était la première fête que nous avons faite à la maison depuis que tout était arrivé et nous nous sommes bien amusés.

— Ton journal dit que c'est aussi à ce moment-là que les choses se sont intensifiées entre toi et Jamie. » Clare remarqua que les parents de Jack et Frannie, Madeline et John, venaient d'arriver et elle était impatiente de rendre à nouveau visite à ses anciens beaux-parents.

Frannie fit un signe de la main à ses parents. « C'est ça. Il y avait ce truc entre nous depuis une *éternité*, et ni l'un, ni l'autre ne l'avait admis à soi-même ou à personne d'autre. » Son regard s'adoucit quand il se posa sur son magnifique mari.

Clare sourit. « Je me suis *toujours* posé la question.

— Ah oui ? Nous, nous étions tellement surpris de découvrir que nous avions tous deux eu ces sentiments pour l'autre depuis des *années.* Frannie avait encore l'air d'en être stupéfaite, même plus de deux ans plus tard. Je suppose que quand nous avons vu Jack revivre, il nous a semblé que c'était le bon moment pour nous, aussi.

— Vous avez l'air si heureux ensemble. »

Frannie sourit. « Nous le sommes.

— Alors que s'est-il passé entre Jack et Andi ?

— T'es *sûre* que tu veux l'entendre ?

— Ce n'est pas un problème, dit Clare en faisant signe de la main à sa mère qui était à l'autre bout de la pièce avec Jill et le fils de Frannie, Owen.

— Eh bien, Jack a dit plus tard que c'était le coup de foudre. C'était assez bouleversant pour lui, parce que cela ne faisait que peu de temps qu'il avait arrêté d'essayer de trouver de l'aide pour toi et à ce moment-là il n'était retourné travailler que depuis un mois, plus ou moins. Je me souviens de quelque chose qu'il m'a dit cette semaine-là. Je ne l'ai jamais oublié. Il a dit, « je ne m'attendais pas à rencontrer quelqu'un qui me donnerait envie de quelque chose de plus. » Il avait cette fragilité. Il se souciait de ce que diraient les gens et il s'inquiétait pour les filles. Frannie haussa les épaules. C'était dur pour lui, Clare. Il s'est torturé. Ne crois pas le contraire. Mais il avait tellement souffert que je me souviens d'avoir été soulagée de voir à nouveau l'éclat de la vie dans ses yeux.

— Elle est retournée à Chicago, n'est-ce pas ? »

Frannie hocha la tête. « Mais il l'a convaincue de revenir lui rendre visite un weekend. Ils ont passé un merveilleux moment ensemble, mais elle a décidé qu'à cause de la distance et toutes les complications, ça ne marcherait pas entre eux. Nous avons essayé de le soutenir et de lui donner de l'espace, mais c'était affreux. Il était encore une fois terriblement triste. Bizarrement, c'est à peu près à ce moment-là que Jamie m'a demandé en mariage.

— Je suis vraiment désolée d'avoir raté ça.

— Moi, aussi. Je voulais tellement que tu sois mon témoin. »

Les yeux de Clare se remplirent de larmes lorsqu'elle la prit dans ses bras. « Oh, Frannie.

— Les filles ont fait un travail magnifique comme demoiselles d'honneur, mais tu ne m'as jamais manqué plus que pendant les mois précédant mon mariage. Frannie essuya ses yeux et repoussa la mélancolie. Enfin, Jack a broyé du noir pendant une semaine en gros, après le départ d'Andi. Puis ma mère lui a fait la morale en lui disant que la vie était trop courte pour louper une chance d'être heureux. Tout à coup, il était en route pour Chicago. Il ne m'a jamais trop raconté ce qui s'est passé là-bas, mais quoi qu'il ait fait, cela a dû marcher. Ils ont commencé à passer les weekends et les vacances ensemble. Elle est venue avec Eric quand Quinn s'est marié, dit Frannie, en parlant de l'assistante de longue date de Jack à son travail. Puis on a eu un ouragan qui les a obligés à rester ici pendant une semaine.

— Un très fort ? demanda Clare.

— Pas aussi fort qu'il aurait pu l'être, mais assez pour empêcher les déplacements pendant des jours. Bref, Jack lui a demandé de venir habiter ici, et le patron d'Andi a facilité les choses en lui offrant le poste de direction à l'hôtel Newport. Eric et elle ont déménagé le février d'après.

— C'était après ton mariage, n'est-ce pas ?

— C'est ça. Nous nous sommes mariés le jour de la Saint Sylvestre.

— Je me suis demandé comment les filles avaient réagi quand il leur a dit qu'elle emménageait.

— Eh bien, elles avaient passé pas mal de temps avec elle à ce moment-là, et Maggie, en particulier, était carrément folle d'Eric. Kate l'a beaucoup soutenu. Elle a dit qu'elle voulait qu'il soit heureux. Jill était contrariée au départ, mais elle s'est faite à l'idée au bout d'un moment. »

Clare jeta un œil sur Andi de l'autre côté de la pièce. Elle avait un bébé dans ses bras pendant qu'elle s'entretenait avec ses invités. « C'est difficile de ne pas l'aimer, on dirait. »

Frannie gloussa. « Tu as raison. Elle était gentille avec les filles et a respecté leurs limites. Je pense que c'est pour ça que ça a si bien marché. »

Jack les rejoignit, l'autre bébé dans les bras. « Frannie, je peux te donner Robby pendant une minute ? »

Elle tendit les bras. « Bien sûr. Viens voir tata Frannie, mon grand.

— Clare, nous devrions probablement proposer un toast en l'honneur de notre fille. Tu es partante ? » Jack tendit la main pour l'aider à se lever.

Elle prit sa main. « Seulement si c'est toi qui parles. Tu es plus fort que moi pour ce genre de chose. »

Clare se tint aux côtés de Jack près de la cheminée alors qu'il faisait tinter un verre avec sa cuillère pour faire le silence dans la pièce.

« Je veux vous remercier tous d'être là ce soir. Nous sommes ici pour souhaiter à Kate un joyeux dix-huitième anniversaire et toutes les chances du monde alors qu'elle commence cette nouvelle phase de sa vie. Il s'éclaircit la voix. À Nashville, dit-il, en ayant l'air de s'étouffer sur ce dernier mot alors que ses invités poussaient de petits rires. Kate, j'ai beaucoup de mal à croire que tu as déjà dix-huit ans, et juste pour m'en assurer, j'ai sorti ton acte de naissance aujourd'hui. » Il enfila la main dans sa poche pour y prendre une feuille de papier.

Kate grogna et lui fit une grimace.

Jack montra l'acte de naissance. « Les dates ne mentent pas, alors que cela nous plaise ou non, il est temps de te laisser partir. Tout ce que nous pouvons faire, c'est espérer qu'une fois que tu seras une grande star tu n'oublieras pas de rentrer à la maison de temps en temps. Ta mère et moi sommes tellement fiers de toi, et nous t'aimons très fort. Il leva son verre. À Kate. »

Les joues de Kate rougirent lorsque ses invités la félicitèrent. Elle alla prendre son père dans ses bras, et Clare fut à nouveau surprise de voir le nouveau niveau d'intimité entre Jack et les filles. Bien qu'il ait toujours été un père merveilleux, sa relation avec ses filles s'était de toute évidence développée et approfondie pendant sa longue maladie. Kate s'éloigna de lui et tendit les bras à sa mère.

« Voudrais-tu jouer pour nous, Kate ? demanda Clare en enlaçant sa fille.

— Avec grand plaisir. Kate regarda son père, en souriant à pleines dents. J'ai une chanson rien que pour toi.

— Pourquoi ai-je peur ? demanda-t-il.

— Oh, tu peux avoir *très* peur, » dit Kate en blaguant et elle alla trouver sa guitare.

Le silence retomba à nouveau dans la pièce quand Kate commença à jouer les premières notes de la chanson. « Celle-ci est de quelqu'un que j'espère rencontrer un jour— Martina McBride— et c'est pour toi, Papa. » Elle se lança dans le refrain de « Independence Day ».

Jack rit, rejetant sa tête en arrière. « Très drôle, Kate. »

Elle lui fit un sourire espiègle en finissant la chanson. « Celle-ci est pour vous autres, dit-elle, en se lançant dans une interprétation envoûtante de « I Will Remember You » de Sarah McLaughlin.

« Elle est formidable, n'est-ce pas ? » demanda Madeline Harrington à Clare.

Clare avait été tellement captivée par Kate qu'elle n'avait pas vu Jack s'en aller. Elle jeta un regard sur son ancienne belle-mère. « C'est certain. Elle ira aussi loin qu'elle le voudra.

— Je ne suis pas sûre si je dois espérer que cela arrive ou non, dit Madeline en soupirant.

— Tu n'approuves pas de son choix ?

— Ce n'est pas la question. Je m'inquiète— ni plus ni moins que Jack et toi, j'en suis certaine.

— J'ai un bon pressentiment. Je ne l'avais pas au départ, mais elle a hérité de la capacité de Jack d'accomplir les choses. Je ne crois pas m'être jamais aperçue de cela auparavant.

— Tu as réussi à rassurer une vieille grand-mère qui adore sa petite-fille, dit Madeline en souriant. C'est un tellement grand plaisir de t'avoir ici avec nous. Par moments, je ne peux toujours pas y croire. Nous en avons rêvé pendant tellement longtemps.

Touchée, Clare serra la main de la femme vieillissante. « Merci pour tous les coups de fil, les cartes et les visites. Tu as toujours été si bonne avec moi.

— Je t'aime, Clare, et je t'aimerai toujours. Pour le *restant* de ma vie tu seras ma belle-fille, et l'été prochain je veux te voir à Haven Hill, tu m'entends ? Madeline faisait référence à sa maison sur Block Island où elles avaient passé l'été ensemble pendant des années quand les filles étaient plus jeunes.

— Je te le promets, dit Clare en la serrant dans ses bras. Je t'aime aussi, Madeline.

— Bon, eh bien, j'ai dit à Betty que je l'aiderai à coucher les bébés. Il faut les deux grand-mères pour calmer ces petits coquins. »

Clare poussa un rire. « Bonne chance. »

Jill vint à elles avec un petit frère dans un bras et le seau à glace dans l'autre. Elle donna le bébé à sa grand-mère. « On me dit que tu es de service pour les coucher.

— C'est juste. Madeline tint son petit-fils à bout de bras pour le regarder. Et lequel des deux es-tu, mon amour ?

— Robby, dit Jill. Je crois.

— Est-ce qu'il a besoin d'être re-rempli ? demanda Clare en indiquant le seau à glace. Quand Jill hocha la tête, Clare le lui prit des mains. Je vais le faire.

— Merci, Maman. C'est par là, dit Jill en montrant du doigt où aller.

— Je trouverai. » Clare se faufila parmi les groupes de gens pour se rendre au couloir donnant sur le salon. Elle ouvrit la porte battante de la cuisine pour y trouver Jack, son front posé contre celui d'Andi. Cette dernière avait les mains sur le visage de Jack et lui parlait à voix basse.

Clare s'immobilisa. « Je suis désolée. »

CHAPITRE 9

omme si elle avait touché quelque chose de brûlant, les mains d'Andi tombèrent du visage de son mari.

« Clare, entre, » dit Jack.

Clare sentit ses joues prendre feu. « Je ne voulais pas vous interrompre.

— Ce n'est pas le cas, dit Andi courtoisement. Avons-nous besoin de plus de glace ? Elle prit le seau des mains de Clare. C'est dans le garage. Je vais en chercher. »

Quand Clare se tourna pour repartir d'où elle était venue, Jack l'arrêta. « Clare. »

Elle lui fit face et lutta contre l'embarras d'avoir assisté à un moment de tendresse entre son ancien mari et sa nouvelle femme.

« Je suis content que tu sois venue ce soir. Je sais que cela a beaucoup d'importance pour Kate. »

Elle hocha la tête. « Nous allons bientôt rentrer. Je me fatigue encore trop vite et toi, tu dois te lever de bonne heure. »

Il gémit. « Elle veut partir à cinq heures. »

Clare sourit. « Elle ne perd pas une minute.

— On partirait à minuit si je la laissais faire.

— Ta mère se fait du souci à propos de Kate.

— Crois-moi, je le sais. Je n'ai entendu *que ça*.

— Eh bien, faites bon voyage, et merci encore de l'emmener.

— J'avais promis de le faire.

— Rappelle-lui de m'appeler quand vous arrivez.

— D'accord. Quand est-ce que tu pars pour le Vermont ?

— Dans les quelques jours qui viennent. J'ai été si occupée à préparer Kate que je n'ai encore pas commencé à faire ma valise.

— Donne de tes nouvelles pendant que tu es là-haut.

— Oui, oui. »

Andi revint avec le seau à glace rempli.

Jack le lui prit des mains. « Je m'en occupe, » dit-il et il retourna à la fête.

Clare commença à le suivre mais fit marche arrière. « Andi ? dit-elle. Je veux te remercier d'avoir préparé cette belle fête pour Kate.

— Tout le plaisir était pour moi, dit Andi avec un sourire chaleureux.

— Et pour tout le reste, aussi. Tu as été si gentille avec mes filles. Je veux juste… eh bien… merci.

— Je les aime.

— Oui, il me semble bien.

— Nous sommes contents que tu aies pu venir ce soir. Jack m'a dit que tu as prévu de partir pendant quelque temps. Nous prendrons bien soin de Maggie pour toi. Ne t'inquiète pas pour elle.

— J'en suis reconnaissante. Je sais que c'est une lourde charge avec tout ce qui se passe. »

Les yeux d'Andi pétillèrent d'amusement. « Tu *blagues* ? Elle est d'une *énorme* aide avec les gars— avec eux tous. Je suis perdue sans elle les jours où elle est chez toi. »

Clare sourit, imaginant Maggie faisant sa loi avec tout le monde. « Je suis contente qu'elle t'aide.

— Prends soin de toi, Clare. Nous prendrons soin de Maggie.

— Merci. » *Dieu*, pensa Clare, *comme c'était gênant.* Pourtant, elle était curieusement soulagée de savoir que sa fille était aimée de la femme qui allait s'en occuper pendant que Clare reconstruisait sa vie.

~

« Puis-je vous emprunter la fille dont c'est l'anniversaire ? » demanda Clare.

Kate prit une dernière bouchée de gâteau et posa son assiette sur la table. « Excusez-moi, dit-elle à ses amis.

— Y a-t-il un endroit où nous pouvons parler ?

— Viens là-haut. » Kate mena sa mère à travers un labyrinthe de cartons jusqu'au bout du deuxième étage.

Clare essaya de ne pas se demander laquelle de toutes ces portes fermées menait à la chambre à coucher que Jack partageait avec Andi.

« Désolée du désordre, dit Kate. On a mis toute notre énergie à ranger en bas pour préparer pour ce soir.

— J'ai du mal à croire combien vous avez tous réussi à faire en à peine un peu plus d'un mois. »

Dans la chambre de Kate, il restait une dernière valise ouverte par terre. Clare s'émerveilla de la rapidité avec laquelle Kate avait réussi à mettre son empreinte à elle sur la pièce.

« Tu es prête ? demanda Clare en se rendant compte qu'elle ne verrait plus sa deuxième fille pendant un bout de temps.

— Pratiquement. Kate s'assit près de sa mère sur le lit. Merci d'être venue ce soir. Je sais que ce n'était pas facile pour toi.

— C'était une belle fête. »

Kate sourit. « Andi y a mis le paquet.

— Oui, c'est vrai. Tu vas me manquer, Kate. »

Quand Kate se pencha pour poser sa tête sur l'épaule de sa mère, Clare réalisa que la jeune fille pleurait.

« Qu'est-ce qu'il y a, ma petite ? Clare prit sa fille dans ses bras, rêvant de pouvoir remonter le temps jusqu'au moment où Kate était petite et dépendait d'elle pour tout.

— Je me sens mal de partir maintenant.

— À cause de moi ? »

Le cœur de Clare se serra quand elle vit la douleur sur le visage de sa fille. « Écoute, ma chérie. Tout ira bien pour moi. Je veux que tu ailles à Nashville, vives cette grande aventure et que tu profites de chaque instant. Je ne veux pas que tu passes ne serait-ce qu'une seconde à te soucier de moi, d'accord ? »

Kate hocha à nouveau la tête et s'essuya le visage. « D'accord.

— Promis ? Clare leva le menton de sa fille pour pouvoir voir ses magnifiques yeux bleus.

— Je te le promets.

— Je veux que tu m'appelles tout le temps. Je veux tout savoir de ce que tu fais. Aucun détail n'est trop anodin pour ta mère. »

Kate gloussa. « D'accord.

— Je t'aime, Kate. Nous t'aimons tous. Et nous sommes tellement fiers de toi d'avoir le courage de faire cela.

— Je t'aime, aussi. Je me réveille tous les jours et me sens si reconnaissante de t'avoir à nouveau dans ma vie.

— Je serai tout le temps là pour toi si tu as besoin de moi, Kate, où que je sois. Clare l'enlaça à nouveau. Tu me raccompagnes jusqu'à la porte ? »

Kate essuya ses dernières larmes. « Bien sûr. »

En bas, Clare trouva sa mère assise avec les parents de Jack.

« Prête à rentrer, Maman ? demanda Clare.

— Quand tu voudras. »

Madeline et John se levèrent pour les prendre toutes les deux dans leurs bras.

« C'était un vrai plaisir de te voir, ma chérie, dit John.

— Toi, aussi. »

Maggie vint les retrouver. « Vous partez ?

— Oui, on va y aller. Tu veux venir à la maison ce soir ?

— Je vais demander à Papa. » Maggie se hâta d'aller trouver Jack.

À ce moment précis Clare reconnut un autre séisme dans sa vie : les filles déféraient à Jack. Clare avait toujours été celle qui commandait, et avant son accident il ne leur serait pas passé par la tête de demander la permission de Jack si elle avait été dans la pièce. Elle avait été absente juste assez longtemps pour que cette dynamique change.

Maggie revint. « Papa veut que je reste ici ce soir parce que Mamie et Papi rentrent au Connecticut demain.

— Très bien, ma chérie. Je peux passer te prendre demain après-midi. »

Maggie dit au revoir à sa mère et sa grand-mère et les embrassa.

Clare et Anna dirent bonsoir, et Jack et Andi les accompagnèrent jusqu'à la porte. Tout était tellement *civilisé*, pensa-t-elle, si civilisé, punaise. Que diraient-ils, elle se demanda, si elle laissait se déchaîner la rage qu'elle sentait bouillir dans son ventre ? Que feraient-ils si elle attrapait Jack par le bras et le sortait de là en le traînant ?

« C'était une très belle fête, dit Clare, en résistant à l'envie de reprendre ce qui il fut un temps lui appartenait. Merci encore.

— Merci d'être venues, dit Andi.

— Fais attention sur la route demain, » dit Anna à Jack.

Il les prit toutes les deux dans ses bras. « D'accord. »

Clare garda le silence sur le chemin de la maison, en essayant de tout assimiler.

« Belle fête, dit Anna finalement.

— Très, en convint Clare. Tu avais raison, Maman. Merci de m'avoir forcée à y aller.

— Les mères ont toujours raison. Tu ne le sais pas encore ?

— Tu te vantes ! dit Clare avec un grand sourire. Je dois admettre que ça n'a pas été aussi pénible que je pensais.

— C'est probablement parce qu'Andi est si gentille.

— Oui, elle l'est vraiment. S'il faut qu'il soit avec quelqu'un d'autre, je suis contente que ce soit avec quelqu'un que les filles aiment bien.

— Si elles ne l'aimaient pas, il ne serait pas avec elle.

— Non. Non, il ne le serait pas. »

Kate se réveilla à quatre heures du matin, le cœur battant d'excitation. Et d'appréhension. Ses dix-huit ans— le jour qu'elle avait attendu et préparé, mais elle ne s'était pas rendu compte qu'elle serait aussi triste de quitter sa famille.

Elle se leva pour aller prendre sa douche. Une fois habillée, elle marcha dans le couloir sur la pointe des pieds jusqu'à la chambre des petits près de celle que son père partageait avec Andi. Les bébés dormaient paisiblement dans la pénombre d'avant l'aube, et Kate fit attention de ne pas les réveiller. Elle se pencha d'abord au-dessus du berceau de Robby, puis de celui de Johnny, pour observer le doux murmure de leur respiration. Ses yeux se remplirent de larmes. Ils grandiraient pendant qu'elle serait partie, et elle serait une inconnue lors de ses retours peu fréquents à la maison.

« Coucou, chuchota Andi en entrant dans la chambre. Tu es prête ?

— J'espère ne pas vous avoir dérangés, dit Kate en indiquant d'un signe de la tête l'écoute-bébé.

— Non. Ton papa est debout, alors je me suis levée aussi. Ça va, Kate ? »

Kate se tourna à nouveau vers le berceau de Johnny. « Ils ne me connaîtront pas, dit-elle, soudain submergée par les larmes.

— Oh, mais *si*, ma chérie. On parlera de toi tout le temps et on les emmènera te rendre visite. »

Kate s'égaya. « Vous feriez ça ?

— Bien sûr. Nous viendrons tous.

— Ils vont me manquer. Je ne m'attendais pas à les aimer autant.

— Et moi, je ne m'attendais pas à t'aimer autant, *toi*, » dit Andi.

Sa belle-mère lui tendit les bras et Kate se blottit contre elle. « Je t'aime, moi aussi, » murmura-t-elle.

Jack entra dans la pièce, ses cheveux encore mouillés après sa douche, pour trouver sa fille qui pleurait en silence dans les bras de sa femme. « Oh la la ! Que se passe-t-il ? » Il les dirigea vers le couloir et ferma la porte de la chambre des bébés.

« Kate est triste de laisser ses petits frères, » dit Andi en essuyant les larmes du visage de Kate.

Jack embrassa Kate sur le front et la prit dans ses bras. « On enverra plein de photos, promit-il. Tu es prête ?

— Presque, dit Kate. Il faut encore que je dise au revoir aux autres.

— Je vais prendre ta valise et on se retrouve en bas quand tu es prête, dit Jack.

— Merci. Kate ouvrit la porte de la chambre d'Eric et se faufila sans bruit dans la pièce silencieuse. Elle embrassa le cou chaud du garçon endormi jusqu'à ce qu'il se réveille en rigolant.

— Je m'en vais maintenant, » dit Kate en langage des signes.

Les grands yeux bleus d'Eric étaient solennels. « Non, je ne te laisserai pas partir.

— Prends bien soin de nos bébés pour moi, d'accord ? »

Il hocha la tête, et Kate lui tendit les bras. Elle le blottit contre elle pendant longtemps avant de s'éloigner pour le regarder. « Tu es mon frère, et je t'aime, Eric Harrington. » L'adoption par Jack du fils d'Andi n'avait été finalisé qu'une semaine auparavant, mais Kate le considérait comme un frère depuis bien plus longtemps.

« Moi aussi, je t'aime, dit-il en langue des signes.

— Tu veux m'aider à réveiller Maggie et Jill ? »

Il sourit jusqu'aux oreilles et sauta sur son dos pour qu'elle le porte dans le couloir.

Kate pleura longtemps après qu'ils aient traversé le pont de Newport en chemin pour la route 95 sud. Dire au revoir à ses sœurs, à ses grands-parents, à Andi et Eric, avait été affreux. Pour la première fois, Kate s'interrogea sur le bien-fondé de ce qu'elle faisait. Elle avait été si sûre que c'était ce qu'elle voulait, mais la réalité s'avérait redoutable. Pourtant, cela avait été mis en route et on ne pouvait plus faire marche arrière.

« Tu vas bien, ma belle ? demanda Jack.

— Je suppose. Partir, c'est pire que je pensais.

— Je ne pense pas qu'on puisse jamais bien se préparer à quitter sa maison.

— Je me suis tellement concentrée sur où j'allais que j'ai peu pensé à ce que je laissais derrière moi.

— La maison te manquera probablement au début, mais une fois que tu te seras fait des amis et auras trouvé une routine, cela deviendra plus facile.

— Vous avez vraiment rendu les choses plus difficiles en ayant ces bébés juste avant que je parte, dit-elle en s'efforçant de sourire. Je vous en remercie. »

Il fit une grimace. « Je suis désolé. Ohé ! Est-ce que quelqu'un a pensé à te souhaiter un bon anniversaire ? »

Elle rit. « *Non !*

« *Joyeux anniversaire—* » chanta-t-il.

Elle leva la main pour l'arrêter. « S'il-te-plaît. Il vaut mieux que ce soit moi qui chante. » Un silence amical s'installa entre eux pendant un temps. « Merci de faire ça, Papa. Je sais que c'est difficile pour toi de quitter la maison en ce moment.

— J'ai très hâte de faire *six bonnes nuits* de sommeil, mais ne le dis pas à Andi. »

Kate rit. « Je ne vendrai pas la mèche. Alors on va mettre combien de temps pour arriver ?

— Environ dix-sept heures dans une voiture normale. Dans ce tank, qui sait ? Peut-être plutôt une vingtaine d'heures. On verra bien. Si on est fatigués, on pourra s'arrêter pour la nuit. J'ai parlé à mon ami Reid hier, et il a insisté pour qu'on utilise la dépendance chez lui à Brentwood jusqu'à ce qu'on emménage dans ton appartement. Il a dit qu'on pouvait arriver à n'importe quelle heure, et que c'est prêt pour nous accueillir.

— C'est gentil de sa part.

— C'est un type bien. Tonton Jamie et moi, nous nous sommes beaucoup amusés avec lui à Berkeley, mais je ne l'ai pas revu depuis. Jamie est resté plus en contact avec lui que moi. En fait, c'était son idée que je le contacte.

— Il est architecte, lui aussi ?

— Je crois qu'il renouvelle son autorisation d'établissement, mais il est plus dans la promotion immobilière. D'après ce qu'on m'a dit, il a beaucoup de succès.

— Il a une famille ?

— Un fils, qui doit avoir vingt-cinq ans maintenant. Reid s'est marié la même semaine que nous avons obtenu notre diplôme de Berkeley et son fils est né cette année-là. Le fils est avocat et il habite dans le même immeuble où sera ton appartement.

— Est-ce que Reid est encore marié ? »

Jack secoua la tête. « Sa femme est morte jeune dans un accident de voiture. Je me souviens de quand c'est arrivé. C'était vraiment triste parce que son fils était un petit bout de chou à l'époque.

— Quel dommage.

— J'ai hâte de le revoir. »

Pendant que Kate parlait à son père, elle sentit sa tristesse se transformer à nouveau en excitation. Elle était finalement sur la route de Nashville.

EN AVANT, MARCHE !

L'ordre qui dit au groupe de commencer à avancer.

CHAPITRE 10

« Kate. Jack la poussa. Réveille-toi. »

Elle s'étira. « Où sommes-nous ?

— À quelques kilomètres de la ville. Mais on la voit déjà. »

Lorsque Kate regarda pour la toute première fois Nashville, elle se demanda si elle trouverait ce qu'elle cherchait quelque part au milieu de ces lumières et ces immeubles qui constituaient la silhouette urbaine nocturne de la célèbre ville américaine de la musique.

« Quelle heure est-il ? »

Jack retint un bâillement. « Presque deux heures du matin. »

Le voyage avait pris plus de vingt-et-une heures dans le camion. Ils avaient partagé la conduite, mais il était resté éveillé pendant qu'elle était au volant.

« J'ai besoin d'aide pour trouver mon chemin, dit Jack. Regarde si tu vois la route 65 sud. Reid habite à environ trente kilomètres de la ville. »

Ils traversèrent la rivière Cumberland en se dirigeant vers le centre-ville de Nashville sur la route 40. « Regarde un peu le bâtiment qui ressemble à Batman, dit Jack.

— C'est l'immeuble d'AT&T. Le bleu, c'est le centre des Arts du Spectacle du Tennessee. »

Amusé, Jack lui jeta un œil. « N'y a-t-il rien que tu ne saches déjà sur cette ville ?

— Bah, on verra, mais j'ai lu tout ce que j'ai pu trouver. Kate admira la vue par la vitre de la ville qui se révélait à eux. « La I-65 est là. »

Jack lui tendit les instructions pour arriver chez Reid. « C'est quelle sortie ?

— Euh, soixante-quatorze. »

Trente minutes après avoir laissé les lumières de la ville derrière eux, ils prirent le dernier tournant sur la route de campagne qui menait à la propriété de Reid.

« Voilà le signe. » Kate montra du doigt l'arche au-dessus d'une allée pavée. Le nom « Matthews » était sculpté sur un panneau en haut de l'arche. Une palissade de bois blanc longeait la route et la longue allée. « Waouh, dit Kate. De jour, ça doit être quelque chose, cette propriété. » La palissade continuait à perte de vue jusqu'au bout de la nuit. Des arbres énormes qui étaient peut-être des chênes délimitaient l'allée.

« Reid a dit que les dépendances se trouvaient à un kilomètre et demi de la route, sur la droite, » expliqua Jack.

Ils virent la lumière extérieure laissée allumée pour eux avant de voir la dépendance elle-même. « C'est ça, la dépendance ? demanda Kate. J'avais imaginé un petit cottage. »

Jack gara le camion dans l'allée devant la maison à étages. « Je suppose que la maison principale est à encore deux kilomètres et demi en continuant sur l'allée.

— J'ai hâte de voir ça. Kate sauta du camion et s'étira. Elle prit vite leurs sacs derrière son siège et suivit son père jusqu'à la porte, qui n'était pas fermée à clé. Oh, c'est si mignon ! »

La maison était meublée avec un mélange d'antiquités et de meubles de style country. Une cheminée en pierre dominait le salon.

« Reid a laissé un mot, dit Jack. Il dit, 'Bienvenue Jack et Kate ! Mettez-vous à l'aise. Les chambres sont en haut. Il y a des serviettes de bain dans les salles de bains. Faites la grasse matinée et venez à la maison principale pour un brunch quand vous vous levez. Hâte de vous voir. Reid.'

— C'est gentil, dit Kate. Je ne sais pas toi, mais moi, je suis crevée. » Jack s'étira et bâilla. « Moi, aussi. »

Ils montèrent leurs sacs pour aller trouver les chambres.

« Papa ? dit Kate.

— Ouais ?

— Aujourd'hui, c'était fun. Merci encore pour tout ça. »

Il l'embrassa sur la joue. « Tout le plaisir est pour moi. Va dormir un peu. »

Quand Kate se réveilla le lendemain matin, elle n'arrivait pas à se rappeler où elle était. Puis cela lui revint par petits bouts : dans le camion, l'immeuble Batman, le panneau sculpté « Matthews », et la dépendance plus grande qu'elle ne l'avait imaginée. Elle était finalement à Nashville, ou plutôt, plus de trente kilomètres au sud de la ville. En bâillant fort, elle regarda le réveil. Dix heures et quart. La pièce était baignée de lumière. Comme le salon en bas, la chambre cosy était décorée avec des touches esprit campagne. Des antiquités en bois foncé, les murs ornés de soie rose et des rideaux en dentelle qui complétaient le grand lit à baldaquins avec un édredon en dentelle anglaise blanche.

Kate s'étirait pour se débarrasser de ses nœuds musculaires quand son père frappa à la porte.

« Entre, cria-t-elle.

— Bonjour, dit-il. Il avait l'air, lui aussi, de s'être réveillé à l'instant.

— Bonjour. Tu as bien dormi ?

— Oui, alors, dit Jack avec un grand sourire. Huit heures magnifiques sans interruption aucune. »

Kate gloussa. « J'ai une faim de loup.

— Eh bien, prenons une douche et habillons-nous, comme ça on pourra aller trouver Reid. Je ne sais pas toi, mais moi je veux voir

comment est la maison principale si ça, ça compte comme
dépendance.

— Je suis bien d'accord. Donne-moi trente minutes. »

Le temps que Kate le rejoigne en bas, Jack avait décroché la voiture de
Kate du camion. Kate fut surprise de voir qu'il faisait presque aussi
froid dehors qu'il avait fait en partant de chez eux.

Il lui jeta les clés pour qu'elle les conduise jusqu'en haut de la
colline. Ils pouvaient maintenant voir la terre vallonnée et verdoyante
qui constituait la propriété de Reid et la palissade blanche en bois qui
s'étendait à perte de vue.

« Oh, putain, marmonna-t-elle quand elle aperçut l'énorme
demeure de style Tudor en haut de la colline.

— Je suis censé te dire de ne pas jurer, mais *oh, putain* est la bonne
expression.

— À côté, la maison de Papi et Mamie à Greenwich est une
cabane. » Kate se gara dans la grande allée près d'une Mercedes SUV
noire et d'une Saab gris métallisé.

Avant qu'ils puissent appuyer sur la sonnette, la porte s'ouvrit et
une domestique en uniforme les accueillit. « Bonjour, M. Harrington,
Mlle Harrington, je m'appelle Martha. Veuillez entrer, dit-elle d'une
voix traînante typique du Sud, en leur faisant signe d'entrer dans le
vestibule. « Les deux MM Matthews sont là. »

Lorsque Martha les conduisit dans ce qu'elle appelait la salle de
réception, Kate remarqua que la maison sentait le même genre de
vieille fortune héritée qu'elle avait ressentie dans celle de ses grands-
parents. Mais cette maison était encore plus spectaculaire : avec des
antiquités, des tableaux aux cadres dorés à l'or fin, d'énormes miroirs,
des chandeliers et de somptueux rideaux en velours.

Et dans la salle de réception deux des plus beaux hommes que Kate
avait jamais vus les attendaient. Ses amies avaient toujours soutenu
que son père et Jamie étaient « très sexy. » Kate les pensait folles. Son
père et Jamie étaient *vieux* ! Mais dès que son regard se posa sur Reid

Matthews, elle comprit enfin. Il avait le même âge que son père, et elle ne pouvait le nier— il était sexy. Et le fils— *waouh*, se dit Kate pour la deuxième fois ce matin-là, *oh putain* !

Reid vint à la rencontre du père de Kate et lui serra la main avec enthousiasme. « Cela me fait tellement plaisir de te voir, Jack. Tu n'as pas du tout changé. Je t'aurais reconnu n'importe où.

— Toi, de même. Merci beaucoup de ton hospitalité. »

Pendant qu'ils se saluaient, Kate en profita pour étudier Reid. Il était grand, mais pas tout à fait aussi grand que son père. Ses cheveux châtains étaient légèrement saupoudrés de gris argenté et ses yeux marron, en forme d'amande, avaient un air presque endormi. Mais c'étaient ses pommettes qui le faisaient passer de simplement beau à incroyablement sexy. Au moment où elle se rendit compte qu'elle le fixait, Jack passa le bras autour de ses épaules.

« Reid, voici ma fille, Kate.

— Enchanté, Kate, dit Reid dans un accent du Sud trempé dans le miel en lui serrant la main. Et voici mon fils, Ashton. » Le jeune homme avait les cheveux d'un blond foncé, les yeux verts et la corpulence d'un joueur de football. Le seul trait qu'il partageait avec son père était ces pommettes spectaculaires.

Ashton serra la main de Kate et puis de Jack. « Ravi de vous rencontrer, Kate, monsieur, » dit-il avec les mêmes intonations longues.

Jack s'esclaffa en entendant le mot « monsieur ». « Appelle-moi Jack, s'il-te-plaît.

— Vous devez être affamés, tous les deux, dit Reid. Martha nous a préparé un festin, alors venez. »

Jack complimenta Reid sur sa maison pendant qu'il les conduisit à la salle à manger, où la table imposante pouvait facilement accueillir trente personnes.

« C'est un peu beaucoup, hein ? dit Reid, l'air amusé.

— C'est incroyable, dit Kate.

— Ashton est la quatrième génération de Matthews à vivre ici, dit Reid. Mais il s'est récemment évadé et a pris un appartement en ville.

— J'ai pris mes jambes à mon cou, » dit Ashton pour rire.

Martha les gâta en les gavant d'œufs frits à la poêle, de biscuits et sauce gravy[1], de gruau, saucisses et croissants.

Une demi-heure plus tard, Jack leva la main en geignant. « Je me rends, Martha. Je ne peux tout simplement pas avaler une autre bouchée. »

Elle rit. « Vous êtes vraiment un charmeur, M. Jack. Ça oui, alors.

— Il l'a toujours été, dit Reid avec un clin d'œil à l'intention de Kate. Les filles à Berkeley *adoraient* ton papa.

— On m'a toujours dit que c'était Jamie qui les attirait comme des mouches, dit Kate.

— Jamie était dans une catégorie à part, » dit Reid.

Jack rit. « C'est un fait, mais d'après mes souvenirs, tu te débrouillais très bien, toi aussi. Je n'arrive pas à croire qu'il y a vingt-cinq ans de cela.

— C'est comme si c'était hier, dit Reid avec nostalgie. C'étaient nos meilleures années. Ma grande escapade du Tennessee.

— Que du bonheur, dit Jack, l'air d'être ailleurs. Son portable qui sonnait le ramena à l'instant présent. Excusez-moi. C'est ma femme. Il se leva et sortit de la pièce.

— Jamie a dit que ton père s'était récemment remarié, dit Reid à Kate.

— Oui, oui. Sa femme s'appelle Andi, et ils ont des jumeaux qui ont trois mois, Johnny et Robby.

— Que ça ne t'inspire pas, Papa, » le taquina Ashton.

Reid rit. « Ne t'inquiète pas. J'ai tourné cette page-là, moi.

— Je crois que c'est ce que pensait mon père, aussi, dit Kate, et les deux hommes rirent.

— Alors, Kate, ton père me dit que tu es ici pour décrocher le gros lot, dit Ashton avec un soupçon d'amusement.

— C'est le but. »

Il leva un sourcil sceptique. « Alors tu sais vraiment chanter ? »

Kate n'était pas certaine d'apprécier son attitude. « Balance-moi quelque chose. » Elle croisa les bras et pencha la tête avec défi.

« Qu'est-ce que tu veux dire ?

— Je pourrais chanter quelque chose mais tu dirais que j'ai répété. Alors dis-moi ce que tu veux entendre. »

Ashton eut l'air d'y réfléchir considérablement. « Je sais, dit-il avec un grand sourire, Chante 'Crazy' pour moi. »

Ah, un cadeau! Patsy Cline était une de ses préférées. Sans rompre le contact visuel avec Ashton, Kate chanta la chanson en utilisant la technique du belting, avec quelques aménagements à elle qu'elle avait perfectionnés pendant le long été passé à chanter à l'hôtel.

« Ne me dites pas que vous lui avez lancé un défi, » dit Jack quand il revint dans la pièce.

Reid et Ashton avaient l'air abasourdi, et Kate savait qu'elle semblait probablement contente d'elle. Tant pis. Il l'avait cherchée, alors elle lui avait montré ce qu'elle avait dans le ventre.

« Waouh, » dit Reid.

Ashton s'affala dans son fauteuil. « Ouais, murmura-t-il. Waouh. »

Maintenant Kate était gênée. « Mon père me dit que vous avez un appartement que je peux louerdit-elle à Reid, en essayant d'ignorer qu'Ashton continuait à la fixer du regard.

— Oui, oui. Il va être repeint ce weekend. Tu devrais pouvoir emménager lundi ou mardi au plus tard. Il est entièrement meublé, et je l'ai vérifié moi-même hier. Tout est en bon ordre.

— Merci, dit Kate.

— C'est un endroit super, dit Ashton. Tu vas aimer. »

Alors qu'elle n'était pas certaine d'aimer ce qu'elle voyait en lui, elle le crut sur parole à propos de l'immeuble où était l'appartement.

« En fait, je vais en ville, là, dit Ashton à Kate. Tu veux venir ? Je pourrais te faire visiter.

— Ce serait super, répondit Kate, ayant hâte de voir la ville. Tu veux y aller, Papa ?

— Je crois que je vais rester ici et bavarder avec Reid.

— Je la ramènerai plus tard, » dit Ashton à Jack.

Kate tendit ses clés à son père et l'embrassa sur la joue. « À tout à l'heure. »

～

Après leur départ, Reid emmena Jack aux écuries. « Ta fille sait vraiment chanter, mon vieux, dit Reid.

— Je sais. On lui a donné une guitare quand elle avait douze ans. À peu près un an plus tard, elle est sortie de sa chambre et a dit, « Écoutez ça. » On était époustouflés. Elle joue et chante depuis.

— Je connais des gens dans l'industrie. Je pourrais passer quelques coups de fil.

— Merci, mais je ne pense pas qu'elle veuille faire comme ça. Pourquoi on n'attend pas de voir ce qui se passe ?

— Ça ne doit pas être facile pour toi. »

Jack poussa un soupir. « Tu n'en as pas idée. Je me sens mieux de savoir qu'elle a toi et Ashton qu'elle peut appeler si elle a des problèmes.

— On s'occupera bien d'elle. Ne t'inquiète pas.

— J'apprécie. Vraiment.

— Il vient un moment où il faut qu'on les laisse faire leur vie. Je n'étais pas content qu'Ashton aille vivre en ville, mais il avait besoin d'espace et de sa vie privée. Il y a droit.

— C'est un jeune homme bien. Cela n'a pas dû être facile pour toi de l'élever seul.

— C'est mon meilleur ami. Ce garçon ne m'a jamais apporté autre chose que de la joie. Je ne sais pas ce que j'aurais fait sans lui quand Cindy est morte.

— J'étais vraiment désolé d'apprendre son décès.

— On en a bavé pendant quelque temps. »

Jack voyait encore une pointe de tristesse dans les yeux de son ami. « Tu ne t'es jamais remarié ?

— Loin de là, dit Reid en haussant les épaules. Quand tu as eu ce que j'ai eu, eh bien, ce n'est pas facile de le remplacer. J'ai entendu dire que tu as eu tes moments difficiles, toi aussi.

— Ces quelques dernières années il y a eu des hauts et des bas, c'est le moins qu'on puisse dire.

— Jamie a dit que la mère de Kate est pratiquement remise.

— Oui, Clare va beaucoup mieux.

— Et tu t'es récemment remarié ? »

Jack hocha la tête. « J'ai rencontré Andi environ un après l'accident de Clare. Le temps qu'elle se remette après trois ans dans le coma, Andi vivait avec nous et nous attendions les jumeaux. C'était une situation difficile.

— Bon Dieu, dit Reid pendant qu'ils s'appuyèrent contre la palissade blanche pour regarder un dresseur travailler avec un cheval noir pur-sang. J'imagine. Qu'est que tu as fait ?

— Eh bien, Clare a décidé de mettre fin à notre mariage, ce qui je suppose était la chose juste à faire, vu tout ce qui s'était passé. Mais c'était dur. On était mariés depuis vingt ans— chacune de ces années était heureuse jusqu'à ce que tout cela arrive.

— Alors tu as épousé Andi. »

Jack hocha la tête. « Il y a trois mois. Les bébés sont nés en plein milieu de notre mariage. »

Reid le hua. « Tu me fais marcher !

— Bah, non, dit Jack avec un grand sourire. C'était une sacrée journée.

— Alors attends, tu as Kate et les jumeaux…

— Jill a dix-neuf ans et est en deuxième année à Brown. Maggie va avoir treize ans le mois prochain, et j'ai adopté le fils d'Andi, Eric, qui a presque huit ans.

— Je ne sais plus à combien on en est. »

Jack sourit jusqu'aux oreilles. « Six. »

Reid secoua la tête, amusé. « Tu as bien travaillé depuis la dernière fois que je t'ai vu. J'ai beaucoup lu sur ton entreprise. Vous vous êtes fait une bonne renommée, les gars. Et Jamie a épousé ta sœur. C'est quelque chose, hein ? Je me souviens de quand Frannie t'avait rendu visite en Californie.

— Elle n'a pratiquement pas changé depuis. Ils vont très bien ensemble. Ils ont des jumeaux, eux aussi. Un garçon et une fille de quinze mois.

— Dieu, que ma vie est ennuyeuse comparée à vous tous. Tout ce que je fais, c'est travailler alors que vous peuplez le monde tous les deux. Huit gamins à vous deux !

— On a des bébés, Reid. On a quarante-six ans et tous les deux, on court après des bébés. Profite de l'ennui. *Célèbre* l'ennui. »

Reid rit. « C'est vraiment bon de te voir. »

Ashton conduisit Kate en ville dans sa Saab argentée qui sentait encore le neuf.

« Belle voiture, dit-elle.

— Merci, c'est la première chose que j'ai achetée quand j'ai eu mon diplôme d'avocat au mois de mai et que j'ai commencé à travailler.

— Où as-tu fait tes études ?

— Je suis resté ici et suis allé à Vanderbilt pour le premier cycle universitaire et l'école de droit. J'ai pensé à aller dans un autre État, mais je ne voulais pas laisser mon père. Il n'a que moi. »

Il le dit vraiment comme si ce n'était rien du tout, de sorte qu'il monta d'un cran dans l'estime de Kate par rapport à l'impression initiale qu'elle s'était formée de lui. Peut-être n'était-il pas aussi arrogant qu'il avait semblé au départ. « Où travailles-tu ?

— Je suis associé d'une firme en centre-ville qui se spécialise dans le droit du spectacle. Dans cette ville, tout tourne autour de cela.

— Mais tu n'es pas *obligé* de travailler, non ?

— Et toi ? »

Kate rit. « Je suppose que non, mais je ne me vois pas vivre aux crochets de mon père pour le restant de ma vie. Il n'accepterait pas, de toute façon.

— Et tu penses que le mien accepterait ? Il voulait que je travaille pour son entreprise, mais j'ai toujours voulu devenir avocat.

— Que fait sa société ?

— Principalement de la promotion immobilière commerciale. La société s'appelle RMD, Reid Matthews Development. Tu verras ses pancartes partout dans la ville. Il est impliqué dans pratiquement tout ce qui se fait ici.

— Et il n'a pas besoin d'avocat ?

— Il en a une tripotée. Peut-être qu'un jour je me joindrai à eux, mais pour l'instant je veux faire ce que je fais. Je m'amuse dans mon travail. »

Le portable de Kate sonna. « C'est ma mère, lui dit-elle. Coucou, Maman. Je suis désolée de ne pas avoir appelé. On est arrivés à deux heures du matin.

— Tout s'est bien passé ? demanda Clare.

— Oui, super. Pas de bouchon et une bonne météo. La maison de Reid, l'ami de Papa, est incroyable. Son fils Ashton est en train de m'emmener en ville là, pour que je jette mon premier coup d'œil.

— Je suis contente de savoir que vous êtes bien arrivés. Amuse-toi bien, et appelle-moi quand tu auras un moment.

— D'accord. Quand est-ce que tu pars ?

— Peut-être mercredi. Je te le ferai savoir.

— OK. On se parle bientôt. Je t'aime.

— Moi aussi, ma chérie. »

Kate ferma son portable et se tourna à nouveau vers Ashton. « Désolée.

— Il n'y a pas de quoi. Il prit la sortie de Green Hills. Je vais te montrer où se trouve l'appartement.

— Ah ouais, cool. »

Ils traversèrent un quartier magnifique où se dressaient de majestueuses vieilles demeures, des bars, des restaurants et des magasins.

« Voilà le Bluebird, dit Ashton en montrant du doigt le célèbre café. Celui-là et Mabel's sont les seuls vrais endroits pour la musique dans ce coin de la ville. Les autres sont en plein centre.

— Le Bluebird fait des soirées à scène ouverte tous les lundis. Je veux y aller demain.

— Tu as des chansons inédites ?

— J'ai tout un tas de chansons à moi.

— N'oublie pas d'apporter un bail signé. Il te faudra prouver que tu habites dans la ville. »

Ashton se faufila dans la circulation avant de tourner à gauche pour entrer dans l'immeuble de l'appartement. Six constructions, chacune avec quatre maisons de ville à façade en briques, formaient un carré autour d'une zone de parking. Une piscine et une salle de sport se situaient tout au bout de l'aire de stationnement avec aménagement paysager.

« C'est vraiment joli, dit Kate.

— *Home sweet home.* »

Kate poussa un petit rire. « J'adore ton accent.

— Au moins, je ne parle pas comme un Yankee prétentieux.

— Moi, non plus !

— D'accord, ma chère, si tu le dis. Son sourire à fossettes était plein d'un charme facile et la brise qui passait la fenêtre ouverte ébouriffa ses cheveux blonds. Ton appartement est dans ce bâtiment-là et le mien est là-bas. » Il montra l'autre côté du parking en faisant demi-tour avec la voiture pour repartir.

Il lui fit la visite en voiture de tous les points touristiques de Nashville : le Country Music Hall of Fame, panthéon de la musique country, le « Music Row » où toutes les maisons de disques avaient des bureaux, le Grand Ole Opry, salle légendaire de musique country, le Parthénon et les universités de Belmont et Vanderbilt. Pendant qu'ils traversaient la ville, il lui lançait des questions sur ses connaissances sur le Tennessee.

« Sais-tu qui sont les trois présidents originaires du Tennessee ?

— Elle est facile, celle-là : Andrew Johnson, Andrew Jackson, et James K. Polk.

— Excellent, vingt sur vingt. Mais connais-tu le quatrième président honorifique venu du Tennessee ?

— Président honorifique ? De quoi tu parles ?

— Mais de Jack Daniels, bien sûr, » dit-il avec un sourire charmant.

Elle éclata de rire. « C'est drôle, je ne l'ai pas vu dans mes livres sur l'histoire de l'Amérique.

— C'est un secret bien gardé. »

Ils retournèrent à Green Hills pour aller chez Mabel's, où elle avait déposé sa candidature pour un travail avant de quitter Rhode Island.

« Un pote d'université à moi est employé au bar ici, dit Ashton lorsqu'il gara la voiture dans la rue. Allons voir s'il travaille. »

Kate le suivit dans une cave sombre où l'odeur de cigarette et de bière éventée se mélangeait à la musique qui venait d'une scène à l'arrière de la grande pièce ouverte. Deux bars au premier étage assuraient les revenus de l'établissement. Un panneau au mur au-dessus d'un des bars disait, « Tous bienvenus : stars actuelles, passées, futures, ou pas. »

Les murs étaient couverts de photos encadrées des rois et reines de la musique country, nombreux d'entre eux posant avec une femme noire énorme qui devait être Mabel elle-même. Par-ci, par-là entre les photos se trouvaient des disques d'or, des instruments de musique, et des copies de chansons écrites à la main et encadrées. Ashton prit Kate par la main pour la garder près de lui lorsqu'ils se faufilèrent parmi la foule du dimanche après-midi. Il la conduisit jusqu'au deuxième étage, où un guitariste jouait en solo sur une autre scène encore.

Ashton tira Kate derrière lui et fit signe au barman. « Voici Butch Cassidy, cria-t-il au-dessus du bruit.

— Ce n'est certainement pas votre nom, » dit Kate au barman jovial. Il avait les cheveux foncés et bouclés coupés très court et des yeux bleus espiègles.

Butch sourit jusqu'aux oreilles et tendit la main vers Kate. « Que dire ? Ma mère avait le sens de l'humour. »

Pas sûre si elle devait le croire, Kate lui serra la main.

« Qu'est-ce que je peux vous servir ? demanda Butch. Ils étaient obligés de crier pour qu'on les entende par-dessus la musique.

— Deux bières ? dit Ashton, en regardant Kate.

— Juste un Coca light pour moi.

— Kate est une nouvelle venue du Rhode Island. Elle est ici pour faire fortune. Ashton avait perdu le ton légèrement cynique qu'il avait avant qu'elle ne chante pour lui.

— C'est l'histoire de tous ici, non ? Butch fit signe de la tête vers la pièce pleine de gens en servant une bière-pression à Ashton. Ils essaient d'atteindre la célébrité. Tous autant qu'ils sont.

— Celle-ci est peut-être différente, dit Ashton en lançant un regard admiratif sur Kate. Elle a une sacrée voix.

— Ah ouais ? Comment vous vous êtes retrouvée avec ce type ?

Butch avait la même façon traînante de parler du Tennessee central qu'Ashton.

— Nos pères sont amis. J'ai déposé ma candidature pour un travail ici. À qui dois-je parler ?

— Le manager, c'est Charlie Sledge. Il sera là demain matin. C'est quoi, ton nom de famille ? Je te recommanderai.

— Harrington.

— Kate Harrington, dit Butch. Je m'en souviendrai. Peut-être qu'un jour je pourrai dire que je t'ai rencontrée le jour où tu as atterri à Nashville.

— Peut-être bien, » dit Kate, en absorbant le chaos qu'était Mabel's, remplie de la satisfaction d'être exactement où elle voulait être.

Le lundi, Kate arriva à dix-sept heures trente, l'heure pour s'inscrire pour chanter dans la soirée scène ouverte au Bluebird, mais ne réussit pas à monter sur scène ce soir-là. Ils lui donnèrent un ticket pour « chanter la prochaine fois ». Elle prévit d'y retourner le lundi suivant, et Reid et Ashton promirent de venir la soutenir. Jack surprit Kate avec des billets pour le spectacle du mardi soir au Grand Ole Opry et invita les Matthews à venir avec eux. Kate adora le spectacle, qui comprenait un groupe d'inconnus pleins de talent et la participation exceptionnelle de Vince Gill. Reid dit qu'il n'était pas allé au Opry depuis plus de quinze ans et remercia Jack et Kate de lui avoir donné une excuse pour jouer aux touristes dans sa propre ville.

Avec l'aide de Butch, Kate décrocha un travail à débarrasser et nettoyer les tables qui devait commencer dans quelques jours.

Le vendredi venu, son père l'avait aidée à s'installer dans l'appartement du Westchester. Ils rendirent le camion et passèrent les deux jours suivants à jouer aux touristes. Ils visitèrent le Country Music Hall of Fame, écoutèrent du jazz chez F. Scott's, allèrent voir la plantation Belmont, et firent le tour des lieux de l'industrie de la musique à ne pas manquer, y compris le Bluebird, In & Out et Tootsie's.

Avant de quitter l'appartement de Kate pour l'Aéroport International de Nashville, Jack lui donna un sac cadeau.

« Qu'est-ce que c'est ?

— Juste quelques trucs pour que j'arrive à dormir la nuit pendant que tu es ici. »

Kate rit quand elle sortit du sac une bombe lacrymogène et un bouton d'alerte. « Un sac-cadeau de sécurité. Merci. Il lui avait déjà donné une carte de crédit à utiliser pour tout ce dont elle avait besoin.

— Je veux que tu gardes tout ça tout le temps avec toi, tu m'entends ? »

Elle lui tapota la joue. « D'accord. J'espère que tu ne vas pas t'inquiéter à tout instant de la journée. Tu ne peux pas faire ça.

— J'essaierai de bien me tenir et te laisser tranquille, mais il faut que tu m'appelles. Souvent. Sinon, je me ferai du souci.

— J'ai l'impression que je vais avoir le mal du pays pendant quelque temps. Tu n'en pourras plus de mes coups de fil. »

Il la tira et la blottit contre lui. « Jamais, » chuchota-t-il.

Avant qu'elle puisse se laisser aller à son envie folle de pleurer toutes les larmes de son corps, Kate s'éloigna de lui. « On ferait mieux d'y aller. »

Ils conduisirent la courte distance jusqu'à l'aéroport en silence. Kate prit un ticket au parking de courte durée pour pouvoir accompagner son père.

Quand elle ne put aller plus loin avec lui, il se tourna vers elle. « Tu sais où me trouver si tu as besoin de quoi que ce soit, OK ? »

Ses mains sur son torse, elle leva les yeux vers lui. « Je sais toujours où te trouver. Je veux que tu essaies très fort de ne pas t'inquiéter.

— Fais attention à qui tu accordes ta confiance ici, Kate. C'est une ville sans merci. Ils ne font qu'une bouchée des petites filles comme toi. Ne te laisse pas entraîner dans leurs merdes. Reid et Ashton ont tous deux ma carte de visite. Ils savent qu'il faut m'appeler s'ils te voient te diriger vers un quelconque problème.

— Des espions, hein ? demanda Kate avec un grand sourire. Elle n'attendait rien de moins de lui.

— Non, des amis. Reste en contact avec eux. Ce sont des gens bien.

— Je le ferai. Elle s'accrocha à lui bien plus longtemps qu'elle pensait le faire et, quand elle put finalement s'en séparer, elle ne fut pas surprise de voir des larmes dans ses yeux à lui aussi. Tu te souviens de mon film préféré quand j'étais petite ?

— Mais bien sûr. J'ai dû regarder *Le Magicien d'Oz* cent fois avec toi.

— Alors tu te souviens de ce que dit Dorothée à l'Épouvantail en quittant Oz. Je crois que tu me manqueras plus que tout. »

Il la serra fort et n'essaya pas de cacher ses larmes. « Je t'aime, tu vas me manquer, et si je ne m'en vais pas tout de suite, je n'arriverai jamais à te laisser ici.

— Je t'aime, aussi. Vas-y. » Elle le poussa doucement et le regarda passer la sécurité.

Quand il arriva de l'autre côté, il se tourna et lui fit signe de la main une dernière fois.

Elle lui envoya un baiser. Et puis, il était parti, et elle était seule à Nashville.

---

1. 'Biscuits and gravy' est un plat de petit-déjeuner très prisé dans le sud américain.

CHAPITRE 11

À Rhode Island, Clare fit ses derniers préparatifs pour son voyage vers le nord. Sa mère l'aida à compléter sa longue liste de choses à faire qui comprenait transférer ses mails, annuler temporairement sa télévision par câble, contacter le Dr Langston et faire réviser la Volvo. Alors que le bilan de santé de Clare était parfait, la vieille voiture n'eut pas cette chance. Quand les mécaniciens identifièrent plusieurs problèmes majeurs avec la voiture, Clare céda et finit par en acheter une autre. Elle choisit une Volvo de couleur bordeaux, avec quatre roues motrices et un porte-skis, pour pouvoir emmener les skis des filles avec elle jusqu'au Vermont.

Le mercredi, elle était finalement prête à faire le long voyage de cinq heures vers le nord. Elle passa sa dernière nuit chez elle avec sa mère et Maggie. Sa mère partit tôt le mercredi matin pour rentrer chez elle à Hartford, et Clare se confondit en remerciements pour sa compagnie et son aide ces derniers mois.

Sa nouvelle voiture chargée comme une mule, Clare avait prévu de prendre la route après avoir déposée Maggie à l'école.

« Je te verrai juste après Noël, d'accord ? dit-elle à Maggie lorsqu'elles arrivèrent à l'école. Maggie et Jill allaient venir passer une semaine dans le Vermont pendant leurs vacances d'hiver.

— J'ai hâte de faire du ski, dit Maggie.

— Je suis désolée de rater les fêtes de fin d'année et ton anniversaire, mais on célébrera quand tu viendras. Je te le promets.

— OK. Bah, il vaut mieux que j'y aille. » Maggie jeta un œil par la fenêtre aux hordes d'écoliers qui s'engouffraient dans l'école.

Clare se battit contre les souvenirs qui l'assaillirent lorsqu'elle se pencha pour prendre sa fille dans ses bras. « Sois gentille pour Papa et Andi. Je t'aime.

— Je t'aime, moi aussi. Je t'appellerai.

— T'as intérêt, » dit Clare avec un sourire.

Maggie sortit, ferma la portière, et fit un signe de la main du trottoir.

Clare se laissa aller à une petite séance de pitié mais se ressaisit en arrivant au pont de Newport. Le pont pour se diriger nord vers Boston se trouvait assez loin de chez elle, mais quelque chose à propos de celui-ci symbolisait la maison, et en l'occurrence, quitter la maison. Elle ne pourrait jamais laisser Newport derrière elle pour toujours, du moins pas tant que Maggie y habitait encore, mais il y avait quelque chose de tellement nécessaire dans ce qu'elle faisait qu'elle ne pouvait s'empêcher d'avoir hâte d'arriver au Vermont et de s'y installer. Les mots du Dr Baker rejouaient sans cesse dans sa mémoire— *c'est le moment de vous occuper de vous pour que vous puissiez être là pour vos filles quand elles auront besoin de vous.*

La radio lui tint compagnie lorsqu'elle quitta Providence, au nord de Rhode Island, et arriva dans le sud du Massachusetts. Au bout de quatre-vingt-dix minutes, les gratte-ciels de Boston apparurent à l'horizon, rappelant comme toujours à Clare quand Jack l'avait emmenée tout en haut du « Pru » pour la première fois. L'immeuble de Prudential était un des bâtiments les plus connus de Boston.

Comme ses muscles commençaient à se raidir d'avoir été si longtemps assise, elle décida de s'arrêter en ville pour se dégourdir les jambes dans son ancien quartier de Beacon Hill. Elle prit la sortie de Storrow Drive et se gara sur Newberry Street. Serrant son manteau d'hiver autour de son corps, Clare se mit à descendre Newberry Street, réconfortée par le fait que peu avait changé dans le joli quartier historique où Jack et elle avaient habité en tant que jeunes mariés. Les étroites rues pavées, les lampadaires à gaz et les maisons de ville aux façades de briques étaient exactement comme elle s'en rappelait. Il y avait des souvenirs ici, aussi, mais des bons.

En se baladant le long de Beacon Street, Clare arriva à la maison en briques de trois étages où ils avaient eu un appartement sous les toits. Debout sur le trottoir, la tête levée pour l'examiner, elle se souvenait encore de chaque détail de cet endroit. À l'époque, Jack avait travaillé pour le père de Jamie, l'architecte de renommée mondiale Neil Booth, et pouvait se rendre à son bureau à pied de l'appartement. Clare, qui avait été institutrice de remplacement dans le système scolaire de Boston, l'avait souvent rencontré à mi-chemin pour aller dîner dans un des petits restaurants sympathiques, ou faire une balade dans le parc des Boston Commons. Jetant un œil tout au bout de Beacon Street, elle aperçut le panneau Citgo suspendu au-dessus du grand champ de Fenway Park et se souvint des nombreuses soirées d'été passées à manger des hot-dogs et du popcorn dans les gradins quand les Red Sox jouaient chez eux.

Elle se rappela de l'excitation de Jack le soir où ils apprirent qu'elle était finalement enceinte. Ils essayaient depuis plus d'un an et commençaient à demander si quelque chose n'allait pas quand Jill est arrivée, suivie à peine un an plus tard par Kate. Elle était enceinte de Jill quand ils avaient déménagé à Newport, mais Clare n'avait jamais oublié ces premières années à Boston quand ils n'étaient que tous les deux, Jack et elle.

Après un dernier coup d'œil nostalgique à la maison de Beacon Street, elle retourna à sa voiture. Stimulée par sa marche, elle traversa la ville pour aller chercher la route 93 direction nord. C'était curieux qu'elle se soit sentie stimulée plutôt qu'attristée par sa visite dans leur vieux quartier.

Du progrès.

Clare arriva à Stowe, Vermont, un peu après 15 h cet après-midi-là. Le Mont Mansfield se profilait au loin lorsqu'elle traversa la ville pittoresque. Des skieurs arrivés en début de saison et habillés de pantalons de ski, parkas, chapeaux et après-skis se bousculaient sur les trottoirs. Suivant les instructions de son frère Tony, Clare conduisit jusqu'au bout de la ville, passant la mairie, un bazar, une librairie, plusieurs brocanteurs, un café, une église avec un clocher blanc et une épicerie.

Une minute plus tard, elle s'arrêta devant une maison coloniale à deux étages au toit couvert de bardeaux, avec un large perron et des volets rouge vif. Clare était contente que la maison se trouvât à une distance de la ville faisable à pied.

Elle descendit de la voiture dans un air qui était bien plus froid qu'à la maison et qu'à Boston. Sur la terrasse avant, elle souleva un coin d'un pot en terre cuite pour y trouver la clé, exactement où Tony avait dit qu'elle serait. L'intérieur était accueillant, bien qu'un peu délabré. Elle vit tout de suite que, bien que chaleureux et attirant, l'endroit avait besoin de travail. La peinture avait l'air défraîchi, et les sols en bois avaient grand besoin d'être refaits. La cuisine et la salle de bain du rez-de-chaussée étaient démodés. Au deuxième étage il y avait quatre chambres et deux salles de bain, en meilleur état, mais qui avaient tout de même besoin d'être rafraîchies.

Des étagères qui encadraient la télévision dans le salon étaient remplies de films et de livres laissés par les propriétaires précédents qui avaient utilisé la maison comme gîte de neige. Les pièces étaient meublées dans le style que Tony avait appelé « maison de ski chic », ce qui, Clare réalisait maintenant, voulait dire un mélange de meubles qui n'allaient pas les uns avec les autres. Tony et sa femme Miranda avaient acheté la maison pour investissement, avec l'espoir de l'utiliser pour des escapades le weekend. Mais Tony n'avait pas prévu qu'il serait bloqué par un des procès pour meurtre les plus difficiles du Connecticut depuis des dizaines d'années. En tant que procureur de la région de Hartford, il n'allait pas partir beaucoup en weekend l'année qui venait, et le couple était reconnaissant du fait que Clare accepte de superviser les rénovations.

Elle augmenta le chauffage et sortit pour décharger sa voiture. Une heure plus tard, elle était installée dans la suite parentale au deuxième étage, avec sa salle de bain, qui offrait une vue sur le clocher blanc de l'église de Stowe. Après avoir défait sa valise, elle laissa un message pour la société de gestion immobilière qui s'occupait de la maison pour leur faire savoir qu'elle était arrivée. Quand son estomac lui fit savoir qu'il était l'heure du repas du soir, Clare décida de retourner en ville pour trouver quelque chose à manger. Elle irait à la conquête de l'épicerie demain matin.

Un restaurant qui s'appelait McHugh's avait l'air accueillant, alors elle se gara une rue plus loin et fit du lèche-vitrines jusqu'au restaurant. Une fois à l'intérieur de McHugh's, elle s'assit au comptoir, et commanda une tasse de café et le bœuf braisé parmi la liste des plats du jour.

Clare eut l'eau à la bouche quand la serveuse posa le bol de bœuf fumant devant elle.

« Bon appétit, » dit-elle, et elle s'en alla servir d'autres clients.

Quand elle revint quelques minutes plus tard, Clare avait presque fini de manger. « Je n'ai pas du tout aimé, » dit-elle.

La serveuse éclata de rire. « Je vois ça. Vous êtes nouvelle en ville ?

— Oui, oui. Je suis arrivée cet après-midi.

— Vous restez où ?

— Mon frère a une maison dans Maple Street. Je vais y passer quelques mois.

— Eh bien, vous avez choisi le bon moment pour venir à Stowe. C'est maintenant que tout se passe.

— Cela va être un grand plaisir. Mes filles font du ski et elles vont venir me rendre visite.

— Vous êtes d'où ?

— Newport, Rhode Island.

— Oh, j'adore Newport ! Je m'appelle Diana Cummings, au fait. Elle tendit la main vers Clare. Ce boui-boui m'appartient. »

Clare rit et lui serra la main. « Ce n'est pas un boui-boui, et c'était le meilleur bœuf braisé que j'aie jamais mangé. Moi, c'est Clare Harrington.

— Avec des compliments comme ceux-là, j'espère que vous allez devenir une habituée. Diana essuya le comptoir et resservit du café à Clare.

— C'est sûr, dit Clare, avec du baume au cœur. Diana avait l'air d'être quelqu'un qui pourrait devenir une amie. Je vais faire faire du travail à la maison. Pouvez-vous recommander quelqu'un ?

— Quel genre de travail ?

— De la peinture, refaire le parquet, une nouvelle cuisine et rénover plusieurs salles de bains.

— La meilleure personne à laquelle je puisse penser, c'est Aidan O'Malley, mais il peut être difficile à contacter. Il est très populaire par ici.

— Il habite à Stowe ?

— Juste à la sortie de la ville. Je crois que sa carte de visite est sur le tableau. Diana montra d'un signe de la main le tableau d'affichage bien rempli près de la caisse. Vous serez peut-être obligée de fouiller un peu pour la trouver. »

Clare alla explorer le tableau d'affichage. Elle trouva finalement la carte de visite d'O'Malley Restorations sous plusieurs couches de cartes de visites d'entreprises locales, et nota le numéro.

« Merci pour les infos, dit Clare en enfilant son manteau et payant sa facture.

— Tout le plaisir est pour moi. Bienvenue à Stowe. Revenez vite.

— Sans faute, » promit Clare.

Elle retourna à la maison et essaya d'allumer un feu avec le bois entassé sur la terrasse à l'avant. Quand il prit finalement, elle se rendit à la cuisine pour appeler Aidan O'Malley. Son répondeur automatique se mit en route, alors elle laissa un message et le numéro de téléphone de la maison. Si elle n'avait pas de nouvelles dans un jour ou deux, elle demanderait à son entourage le numéro d'autres artisans.

Clare appela aussi les filles et sa mère pour leur faire savoir qu'elle était bien arrivée à Stowe. Tony l'avait prévenue que la réception pour son portable pourrait être variable dans les montagnes, et elle voulait que les filles aient le numéro de la maison.

Les appels finis, elle se couvrit d'une couette et s'installa sur le canapé avec un livre qu'elle avait trouvé sur l'étagère du salon. Mais au lieu d'ouvrir le livre, Clare regarda fixement le feu, essayant d'identifier un sentiment curieux qui ne l'avait pas quittée de la journée. Après plusieurs longs moments à y réfléchir, elle décida que ce qu'elle éprouvait plus que tout était du soulagement.

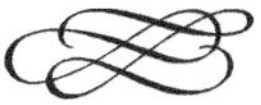

CHAPITRE 12

Clare rentrait de courses le lendemain matin quand le téléphone de la maison sonna.

« C'est Aidan O'Malley. Vous m'avez appelé ?

— Oui, Diana Cummings de McHugh's vous a recommandé. J'ai besoin de faire faire des travaux à ma maison.

— À l'intérieur ou à l'extérieur ?

— À l'intérieur. Clare, comme lui, alla droit au but. La cuisine, les salles de bain, les sols, la peinture.

— Je peux venir autour de quinze heures aujourd'hui pour y jeter un œil. Cela vous convient ?

— Quinze heures, c'est très bien. Je suis au 22 Maple Street.

— Je connais la maison. Quelqu'un qui vit ailleurs l'a achetée comme résidence secondaire l'année dernière. C'est vous ?

— Je vis ailleurs, mais la maison ne m'appartient pas. Elle est à mon frère. Je vais l'aider avec les travaux.

— Ah, d'accord. On se voit à quinze heures. »

Il était parti avant qu'elle puisse dire d'accord ou au revoir. *Eh bien, avec un peu de chance ses connaissances en rénovations sont meilleures que ses manières au téléphone,* pensa Clare en sortant des céréales et des pâtes d'un sac posé sur le plan de travail de la cuisine.

Quand tout fut rangé, elle mit son épais parka pour aller en ville à pied, pour regarder de plus près les boutiques sur Main Street. Elle flâna dans plusieurs brocantes, notant dans un coin de sa tête les articles qui seraient parfaits pour la maison de Tony, les travaux finis. Il lui avait donné carte blanche sur les rénovations et les meubles, et Clare avait hâte de dépenser l'argent de son frère.

Devant le Coin du Livre, Clare observa une femme plus âgée qu'elle fixer à la fenêtre une pancarte disant « Recherchons personnel ». La femme sourit à Clare et lui fit signe d'entrer.

« Venez, venez à l'intérieur, dit-elle quand Clare ouvrit la porte. Vous avez l'air glacée là-dehors. »

Un feu brûlait dans un poêle à bois dans un coin de la boutique douillette, qui semblait être conçue plus pour la lecture des livres que pour leur vente. Des canapés et des fauteuils bien usés étaient placés autour du poêle. Les bibliothèques se fondaient si discrètement dans les murs qu'elles semblaient être un ajout après coup.

« Puis-je vous offrir une tasse de thé ou de café ? » La femme arrivait à donner un aspect mode à une chemise en flanelle et un jean. Sa longue natte grise la vieillissait. Cependant, son joli visage en cœur disait la vérité – qu'elle était plus près de cinquante que de soixante ans.

« Je prendrais bien un café, merci. » Clare se frotta vigoureusement les mains. Elle n'avait pas réalisé combien il faisait froid, qu'elle était à bout de souffle et qu'il fallait qu'elle fasse attention à se ménager. La dernière chose dont elle avait besoin était de retarder sa guérison.

« Voilà. La femme montra du doigt l'endroit où elle gardait le lait et le sucre. Servez-vous.

— Merci. Votre boutique est adorable. Je pourrais passer une journée entière assise devant ce feu avec un bon livre.

— N'hésitez pas à le faire dès que vous en aurez envie. Je m'appelle Beatrice Simmons, mais tout le monde m'appelle Bea. »

Clare lui serra la main. « Clare Harrington.

— Enchantée. Je ne crois pas vous avoir déjà vue dans la boutique.

— C'est mon deuxième jour à Stowe.

— Oh ! Soyez la bienvenue ! Cela vous plaît pour l'instant ?

— J'adore. Tout le monde est tellement accueillant.

— C'est comme ça, Stowe. Vous n'auriez pas pu trouver une ville plus accueillante. Vous allez rester longtemps ?

— Trois mois, je pense, peut-être un peu plus. Je fais faire des travaux à la maison, et et mon séjour ici dépendra du temps qu'ils prendront. Elle parla à Bea de la maison de son frère.

— Vous avez déjà embauché quelqu'un ?

— Diana de McHugh's a recommandé Aidan O'Malley. Vous le connaissez ? »

Bea gloussa. « Oh que *oui*, je le connais. C'est un peu une célébrité dans le coin. »

Sa curiosité éveillée, Clare dit, « Une célébrité ? Diana n'a pas mentionné cela.

— Attendons de voir ce que vous penserez de lui quand vous l'aurez rencontré, dit Bea, l'œil espiègle. Il faudra revenir me voir pour me le dire. »

Clare sourit. « Voilà une façon de s'assurer d'une nouvelle visite par un client potentiel.

— Vous ne cherchez pas un travail, par hasard ?

— Pas vraiment. Pourquoi ? De quoi avez-vous besoin ?

— Je cherche désespérément de l'aide pendant les vacances, quelques heures par-ci par-là pendant la pleine saison. »

L'idée parut idéale à Clare. Travailler à temps partiel serait une façon formidable de rencontrer des gens et cela la sortirait de la maison. Elle décida sur un coup de tête. « Je prends le travail.

— Vous acceptez ? C'est vrai ?

— Avec grand plaisir— mais à une condition.

— Laquelle ?

— Je ne veux pas que vous me payiez. Je n'ai pas besoin d'argent, mais une diversion serait vraiment appréciée.

— Je ne peux pas faire ça ! Bien sûr qu'il me faudrait vous payer.

— Vous me rendriez autant service à moi que moi à vous. Et puis, je manquerai peut-être un peu de pratique puisque je n'ai pas travaillé depuis un bout de temps.

— Ce n'est pas un problème. On peut vous former en un rien de temps. C'est plutôt facile, en fait.

— Il faut que je vous dise que je me remets d'un accident, alors il me faudra peut-être m'asseoir de temps en temps.

— Rien de grave, j'espère. »

Oh, non, rien de grave, juste l'anéantissement de toute ma vie. « Cela ne devrait pas m'empêcher de faire ma part de travail.

— Vous pouvez commencer demain après-midi ? C'est calme après quatorze heures habituellement, alors je pourrai vous former. Nous discuterons de la question du paiement plus tard.

— Je serai là. Clare serra la main de Bea. J'ai hâte. »

Bea prit le papierque Clare l'avait vue scotcher à la fenêtre, et l'enleva. « Moi aussi, Clare. Vous me sauvez la vie.

— Tout le plaisir est pour moi. À demain. »

Les clochettes de la porte tintèrent quand Clare laissa derrière elle la chaleur de la librairie. Le coup d'air froid était presque choquant—et vivifiant. *J'ai un travail. Je sauve la vie de quelqu'un !*

Arrivée à quinze heures trente, Clare était convaincue qu'Aidan O'Malley n'allait pas venir, et elle sortit les pages jaunes pour trouver quelqu'un d'autre. La sonnette la fit sursauter quand elle retentit à quinze heures quarante-cinq. Elle se leva pour ouvrir et se retrouva face au dos fort d'un homme de grande stature qui parlait dans un portable alors qu'un autre sonnait avec insistance de sa place près d'un bipeur attaché à sa ceinture. Clare prit plaisir à attendre que le bipeur sonne aussi. Elle ne fut pas déçue. Tout en continuant sans hésitation la discussion enflammée qu'il avait sur le premier portable, il vérifia l'identité de l'appelant sur le deuxième et l'écran LCD du bipeur.

Il portait une veste rouge usée en duvet d'oie par-dessus une chemise en flanelle, avec un jean et une paire de bottes de travail souillées. Un bandana rouge montrait le bout de son nez par le trou de la poche arrière du jean blanchi de l'homme—pas que Clare regardait l'arrière de son jean, ni rien. Il se trouvait simplement là, sur sa terrasse avant. Qu'était-elle supposée regarder d'autre ? Les revers de sa chemise en flanelle étaient remontés pour révéler un maillot de corps blanc à manches longues. Ses cheveux brun foncé formaient des boucles autour de ce qui fut peut-être autrefois une casquette de base-ball des Red Sox.

« Faut que je prenne encore un appel, dit-il. Va chez le menuisier avant ce soir et prends la bonne commande. Tu peux être chez les Miller pour six heures demain matin pour les faire installer. Il faut qu'ils soient en place demain à cette heure-ci pour que les mecs puissent commencer le plancher. Il s'arrêta pour écouter. Mais fais-le, c'est tout, bon sang. » Il ferma le téléphone avec force et prononça avec énervement un juron, ce qui indiqua à Clare qu'il n'avait pas réalisé qu'elle le regardait.

Le voir jongler entre cinquante choses à la fois lui rappela sa vie d'agent immobilier quand il n'y avait jamais assez d'heures dans la journée et, elle aussi, avait été prisonnière de multiples téléphones portables et d'un bipeur. Cette vie-là ne lui manquait pas et elle remercia en silence l'homme sur sa terrasse de l'avoir convaincue d'abandonner l'idée qu'elle reprendrait cette existence-là un jour. *Non, merci*, pensa-t-elle, intriguée par cette révélation plutôt majeure en ce deuxième jour dans le Vermont. *Cet endroit fait des merveilles !*

Après s'être défait du deuxième coup de fil en aboyant d'autres ordres, il sembla finalement se souvenir d'où il était. Quand il se retourna, Clare poussa presque un cri. Debout sur sa terrasse se trouvait un charpentier beau à en crever, et il était d'humeur exécrable.

« Moi, c'est O'Malley. Que puis-je faire pour vous ? Ses joues étaient roses, comme s'il avait passé toute la journée dehors.

— Entrez donc, dit-elle. D'un coup d'œil furtif, Clare vit dans ses yeux verts orageux que tout comme elle il avait une âme blessée. Plus tard, elle éplucherait chaque détail de la rencontre pour essayer de comprendre comment elle avait su, sans l'ombre d'un doute, que lui aussi avait vécu une sorte de tragédie dévastatrice.

Secouée, elle le conduisit dans la maison. « La cuisine est par-là. Je veux commencer par ça. Il y a trois salles de bain à moderniser et les sols en bois à revitrifier. Nous aimerions aussi repeindre tout l'intérieur. »

Il poussa un sifflement bas. « Ça va vous coûter un paquet, dit-il, soulevant sa casquette pour sortir un crayon noir de ses cheveux.

— Ce n'est pas un problème. Mon frère peut se permettre de dépenser.

— Vous avez l'autorisation de prendre des décisions ? Je déteste être bloqué par des décisions de comités.

— Il n'y a que moi. Mon frère n'a pas le temps de s'en occuper pour l'instant, alors je fais cela pour lui, » dit Clare en le suivant de pièce en pièce.

Mis à part l'occasionnel grognement, il ne dit plus rien. Il prit des notes, quelques mesures, et poussa d'autres grognements. Il ignora les deux portables et le bipeur quand ils sonnèrent à nouveau.

Clare le suivit quand il redescendit.

« C'est quoi, le plan pour la cuisine ? On recommence à zéro ?

— Oui, ils veulent de nouveaux placards, plans de travail et électroménager.

— Du granite ?

— Oui. »

Il grogna à nouveau, se tordit le cou, apparemment pour estimer combien de placards iraient dans une cuisine réaménagée, et nota quelque chose dans son calepin.

« Pareil avec les salles de bains ? On sort tout et on recommence ?

— Oui. »

Il enfila le calepin dans la poche de sa chemise et coinça le crayon encore une fois sous sa casquette. « J'ai ce qu'il me faut. Dix mille pour la main d'œuvre. Je vous ferai parvenir un devis d'ici un jour ou deux.

— Je vais faire faire un ou deux devis de plus. »

Il haussa les épaules. « Comme vous voudrez.

— Si je vous embauche, quand pourriez-vous commencer ?

— Probablement dans à peu près deux semaines. Je suis en train de finir deux autres boulots en ce moment et puis je vais libérer mon équipe pour l'hiver. Je ferai ce chantier-ci moi-même. »

Sceptique, Clare leva un sourcil. « Vous n'aurez pas besoin d'aide ?

— Vous m'embauchez, le travail sera fait. Ne vous inquiétez pas de comment. »

Son ton était à la limite du malpoli, mais après avoir été témoin de la scène sur sa terrasse avant, elle comprit qu'il était davantage bousculé qu'impoli.

« Très bien. Faites-moi parvenir votre devis quand vous le pourrez. »

Les deux portables et le bipeur sonnèrent ensemble. Il soupira et partit avec un signe de la main peu enthousiaste.

Aidan s'assit dans son pick-up pour répondre aux deux appels. Il répondit à deux appels par le bipeur et donna quelques ordres de plus. *Bande de cons*, pensa-t-il des gars qui travaillaient pour lui. *Peuvent pas prendre une seule décision tout seuls.* Il avait hâte de finir ces quelques derniers jobs pour qu'il puisse s'en séparer. Ils allaient en Floride pour y travailler l'hiver, ce qui convenait très bien à Aidan. Bon débarras !

Il posa sa tête contre l'appuie-tête. *Il faut que quelque chose change.* Les téléphones et le bipeur maudits étaient posés sur ses genoux, les maillons d'une chaîne qui le liaient à une vie dans laquelle il était tombé par hasard et dont il ne voulait plus. Depuis quelque temps maintenant, il réfléchissait à arrêter la construction du neuf pour se consacrer à la rénovation comme celle que souhaitait la jolie blonde à l'intérieur.

O'Malley Restorations s'était trop éloigné de la restauration.

Au fil du temps, il s'était retrouvé prisonnier des téléphones, des bipeurs et des imbéciles. Peut-être était-ce parce que sa trentaine filait entre ses doigts qu'il devenait introspectif. *Qui sait ? C'est peut-être à cause de la bande d'abrutis.* En démarrant son pick-up, Aidan espéra que la blonde— il avait noté son nom quelque part— l'embaucherait. Ce travail pourrait être le nouveau départ dont il avait désespérément besoin.

Après le départ d'Aidan, Clare utilisa l'annuaire pour identifier deux artisans de plus. Elle leur laissa des messages avant de se rendre à la fenêtre pour trouver le grand pick-up bleu marine d'Aidan O'Malley encore garé devant la maison. Elle le regarda pencher sa tête en arrière en un mouvement de lassitude qui lui toucha le cœur. Il semblait si malheureux que Clare eut de la peine pour lui. Il ne lui vint pas à l'esprit de se demander pourquoi.

CHAPITRE 13

Kate avait trouvé une routine et commençait à se sentir chez elle dans son nouvel appartement. Elle débutait chaque journée avec une heure à la gym suivie d'au moins deux heures à pratiquer la guitare. Les nouvelles chansons sur lesquelles elle travaillait avançaient bien et elle espérait avoir la chance de les lancer bientôt au Bluebird.

Ashton et Reid passaient voir si elle allait bien avec une telle régularité religieuse que Kate suspectait qu'ils l'avaient écrit dans leur emploi du temps. Elle passa Thanksgiving avec eux dans la maison de Reid. Cela fut un jour relaxant avec un repas magnifique, des jeux de société et des films. Elle avait apprécié leur compagnie, même si sa propre famille lui avait terriblement manqué. Reid l'avait invitée à venir à la maison pour aller faire du cheval dimanche, et elle avait hâte.

Les jours où elle travaillait, elle partait de bonne heure pour pouvoir passer voir Butch, le barman chez Mabel's, avant de commencer. Il était devenu son seul ami, puisque la plupart des femmes avec lesquelles elle travaillait l'ignoraient.

« Je ne sais pas ce que je leur ai fait, » se plaignit Kate à Butch un jour avant le travail. Elle prenait un Coca Light pendant qu'il préparait le bar.

Butch lui fit un sourire plein de sympathie. « Tu ne leur as rien fait, ma chérie. Elles se sentent menacées par toi.

— *Par moi ?* Comment peuvent-elles être menacées par *moi* ?

— Parce qu'elles veulent ce que toi tu veux et maintenant qu'elles t'ont entendu chanter, elles savent que tu es meilleure qu'elles. »

Charlie, le gérant, lui avait finalement permis de monter sur scène le lendemain de son audition au Bluebird. Elle avait eu quelques jours excitants. Après sa représentation, Charlie avait vanté sans cesse ses qualités de chanteuse ce qui, Kate le comprenait maintenant, avait ensuite donné lieu à une hostilité accrue de la part de ses collègues. Elle mordilla nerveusement l'ongle de son pouce. Certaines de ces femmes lui faisaient peur. « Ce n'est pas juste.

— Non, ça ne l'est pas, mais les gens sont comme ça dans cette ville. Jetant un coup d'œil autour de lui pour s'assurer que personne ne le regardait, Butch sortit une feuille de papier de sa poche. J'ai arraché ça du mur pour toi. Un des meilleurs groupes privés de la ville cherche une nouvelle chanteuse principale. Je me suis dit que tu serais peut-être intéressée. »

Elle lui prit la feuille des mains. « Merci. Qu'est-ce qu'un groupe privé ?

— Ils jouent chez des particuliers partout en ville. Les jeunes talents adorent être sur scène avec eux parce qu'on ne sait jamais qui va être à la fête. Beaucoup ont été découverts comme ça. Les Rafters sont très populaires, alors ça pourrait peut-être te lancer. »

Elle leva vers lui des yeux pleins de gratitude. « Merci, Butch. »

Il haussa les épaules. « Personne parmi les autres ne le mérite. Pas vu comment ils t'ont traitée.

— T'es un vrai ami. » Elle étudia le prospectus et apprit que le groupe tenait des auditions le lendemain.

« Tu as parlé à Ashton ? demanda Butch en sortant des verres du lave-vaisselle derrière le bar.

— Pas ces derniers jours.

— Je crois qu'il est complètement mordu de toi. »

Elle leva la tête d'un coup. « *Quoi ? Ashton ?* »

Butch sourit jusqu'aux oreilles en voyant le choc sur son visage. « Ouvre les yeux.

— Mais on est juste amis. Je ne pensais même pas qu'il m'aimait bien.

— Oh, il t'aime bien, oui, alors. »

Kate s'installa confortablement pour digérer ces informations nouvelles. Elle aurait dû être folle d'Ashton. Il était beau, réussissait dans le travail, était drôle et oh, ce corps qu'il avait… Mais elle était forcée d'admettre qu'elle n'attendait pas avec hâte d'entendre la voix d'Ashton chaque jour. Non, c'était au père de celui-ci qu'elle adorait parler.

Reid lui fit la surprise le soir suivant de s'arrêter chez Mabel's pendant que Kate travaillait. Elle fut ébahie de le voir parler à Butch au bar. Pendant qu'elle l'observait de l'autre côté de la pièce, il jeta la tête en arrière, riant de quelque chose qu'avait dit Butch et le cœur de Kate s'emballa. Reid portait un costume foncé et était tellement magnifique qu'elle ne pouvait détourner le regard. Quand elle eut finalement un moment de répit dans le travail, elle trouva le courage d'aller lui dire bonjour.

« Salut, dit-elle. Alors tu es de sortie un soir en semaine ?

— J'avais une réunion en ville et j'ai décidé de venir te surveiller.

— Tu dois remettre un rapport écrit à mon père ?

— Tous les mois et il insiste sur une réunion face-à-face avec chaque rapport, dit Reid avec un grand sourire.

— Qu'est-ce que tu bois ? Elle voulait tout savoir sur lui.

— Un whisky avec de la glace — pour la route. »

Quand il tendit la main pour prendre sa boisson, un bouton de manchette en or apparut sous la manche de la veste de son costume. Il y avait quelque chose de tellement sexy et de classe à propos de ce petit bout d'or qui tenait sa manche blanche amidonnée que la bouche de Kate en devint sèche. Elle fut obnubilée par son doigt qui traçait un chemin sur la condensation de son verre.

« Quel genre de réunion as-tu eu ? demanda-t-elle quand elle détourna finalement les yeux de sa main.

— Comité de zonage. On a plusieurs projets qui attendent leur décision.

— Ça doit être intéressant. »

Il rit. « Crois-moi, ça ne l'est pas. Et toi, quoi de neuf ?

— Oh ! Écoute ça ! J'ai fait un essai aujourd'hui avec un groupe qui s'appelle les Rafters. Ils tiennent des auditions pour une nouvelle chanteuse principale.

— C'est super. Comment ça s'est passé ?

— Vraiment bien, il me semble. Ils m'ont appelée pour que je revienne demain. Je suis contente que tu sois passé. Je mourais d'envie de te le dire. »

Son sourire illumina son beau visage. « C'est formidable, Kate. Ils sont excellents. Je les ai vus jouer à plusieurs fêtes.

— Ah oui ? »

Il hocha la tête.

« J'espère vraiment qu'ils vont me prendre.

— Je parie que oui. Tu es venue au travail à pied ce soir ? »

Penchant la tête, elle sourit de toutes ses dents. « Devrais-je mentir et dire non ? »

Il fit semblant de prendre des notes dans un calepin invisible. « Cela va faire partie de mon rapport— marcher dans la nuit et mentir. Plusieurs points de démérite. »

Elle rit. « Tu vas me causer de gros problèmes.

— Je vais te raccompagner jusqu'à la maison, te garder en sécurité et faire en sorte que tu n'aies pas de gros problèmes.

— Ne sois pas dingue. J'ai encore une heure à faire ici et toi tu dois travailler demain.

— Je te l'ai dit, je ne veux pas que tu te balades seule la nuit. C'est une *grande* ville, tu sais.

— J'ai l'impression d'entendre mon père. Rentre. Il est tard, et tu as déjà travaillé douze heures aujourd'hui.

— Et qui joue au parent maintenant ? demanda-t-il avec une grimace enjouée. Je vais attendre. »

Kate eut alors du mal à bouger.

« Vas-y, dit-il. J'attendrai. »

Quand elle finit le travail à vingt-trois heures, elle fit signe de la main à Butch pour lui dire bonsoir, et descendit devant Reid. Une fois dehors, elle prit un grand bol d'air frais. « La fumée m'a irritée ce soir.

— Ça ne peut pas être bon pour ta voix.

— Non, ça ne l'est pas. Même si les Rafters ne me prennent pas, je vais peut-être démissionner de Mabel's. La fumée est dégueulasse et les gens sont plutôt cons. »

Il s'arrêta de marcher et se tourna vers elle. « Cons ?

— Méchants.

— Ils sont *méchants* ? Envers *toi* ? »

Il avait l'air si fâché pour elle qu'elle sourit. « Butch dit que c'est parce que je chante mieux qu'eux.

— Butch a probablement raison. Il est plutôt futé avec ce genre de choses.

— Je n'ai pas l'habitude qu'on ne m'aime pas à cause de ma musique, mais je suppose qu'il faut s'y attendre ici.

— Je suis désolé, ma chérie. Cela me fait vraiment de la peine de l'entendre. »

Son désarroi était si sincère que Kate glissa sa main au creux de son bras et appuya la tête contre son épaule. « Tu vas leur casser la gueule à tous, pour moi ? demanda-t-elle en se moquant de son accent.

— Je vais peut-être être forcé de le faire.

— Ils n'en valent pas la peine. Du reste, j'ai prévu de me venger de manière traditionnelle. »

Amusé, il baissa les yeux vers elle. « Ah, ouais ? Comment ça ?

— Je vais devenir célèbre. »

Il rit. « Je n'en doute pas, dit-il alors qu'ils arrivaient aux marches de sa maison de ville. Tout va bien avec l'appartement ?

— Ouais, sauf le propriétaire-exploiteur. Il est vraiment pénible.

— T'es vraiment une sale gosse, hein ?

— Parfois. L'appartement est super, merci. J'adore avoir mon endroit à moi.

— N'hésite pas à appeler le propriétaire-exploiteur si jamais tu as besoin de quelque chose.

— D'accord. On se voit toujours dimanche ?

— Sans faute. Tu te souviens de comment venir ?

— Ouais. J'y serai vers midi. Ça va ?

— C'est parfait. Eh bien, à dimanche. Il l'embrassa sur la joue.

— Qui va te raccompagner jusqu'à ta voiture ?

— Je crois que je devrais pouvoir la trouver tout seul.

— C'est une *grande* ville, tu sais, » dit-elle en imitant la morale qu'il lui avait faite plus tôt.

Il rit. « Tu es vraiment une sale gosse.

— Ouais, ouais, mets-le dans ton rapport. Appelle-moi de ta voiture. Je ne pourrai pas dormir si je dois me demander si tu ne t'es pas fait attaquer dans cette grande ville.

— D'accord. Va à l'intérieur avant que je parte. »

En haut de l'escalier, elle ouvrit sa porte avec la clé et une fois à l'intérieur lui fit un signe de la main derrière la porte en verre.

Il fit un mouvement de rotation avec sa main.

Elle leva les yeux au ciel et tourna le verrou. Elle monta l'escalier en courant jusqu'à son salon, attrapa son portable et fit son numéro de téléphone.

« Je ne viens pas tout juste de te quitter ? » demanda-t-il en répondant à l'appel.

Elle entendait le sourire dans sa voix. « J'étais très inquiète que tu te fasses agresser en marchant à ta voiture.

— Et pourtant tu n'as pas du tout peur de rentrer à pied toute seule par la même route tard le soir. C'est ironique, non ?

— Tu fais tellement bégueule quand tu prends ce ton.

— Quel ton ?

— Celui-là. Tu viens de bâiller ?

— T'entends des choses.

— Je t'avais dit de ne pas m'attendre. Maintenant il va falloir que tu me parles tout au long du chemin jusqu'à la maison pour que je ne me fasse pas du souci que tu t'endormes en conduisant. Elle entendit le double bip quand il déverrouilla sa voiture.

— Je ne vais pas m'endormir. Je suis dans la voiture, alors tu peux te mettre au lit, maintenant.

— Parle-moi un peu plus, s'il-te-plaît ? demanda-t-elle doucement.

— Qu'est-ce qui ne va pas, ma chérie ?

— Rien. J'ai juste un peu le mal du pays aujourd'hui.

— Tu as appelé chez toi ?

— Ouais, mais les petits faisaient la java alors mon père et Andi ne pouvaient pas bavarder. Maggie était chez sa copine. Je n'ai pas réussi à avoir maman et Jill était en cours.

— Je suis désolé. Tu vas rentrer pendant quelques jours à Noël, non ?

— Ouais, mais c'est dans encore un mois, presque.

— Eh bien, il faut voir ça comme ça : au moins les choses progressent ici. Tu as pu chanter plusieurs fois en public et maintenant il y a cette nouvelle possibilité avec le groupe.

— C'est vrai.

— Je n'en ai pas beaucoup parlé, mais je connais des gens qui pourraient t'aider à arriver là où tu veux aller—

— Non ! Je ne veux pas de ça, Reid. Tu m'entends ? Ne me pistonne pas.

— OK, OK, calme-toi. Je ne ferai que ce que tu veux.

— Tu me le promets ? Il faut que tu me le promettes. Je ne veux pas que ça se passe comme ça.

— Je te le promets. Mais si je ne pensais pas que tu avais le talent qu'il fallait, je ne te l'aurais pas proposé. Tu es cent fois meilleure que les autres. Tu mérites une chance.

— Si c'est vrai, je l'aurai. Je t'en prie, Reid. Ne fais pas jouer tes relations.

— J'ai dit que je ne le ferai pas.

— OK.

— Puisque tu t'es mis en tête de me tenir compagnie, tu veux bien chanter pour moi ?

— Qu'est-ce que tu as envie d'entendre ?

— Fais-moi une surprise. »

Elle chanta « Time to Fly, » une des chansons qu'elle avait écrite depuis son arrivée à Nashville. Quand elle eut fini, il ne dit rien. « Oh, non, je ne t'ai pas endormi, non ?

— Non, dit-il d'un ton bourru. Certainement pas. C'était très beau, Kate. Tu n'as vraiment aucune idée de combien tu es talentueuse, hein ?

— Je n'y pense pas beaucoup. C'est juste quelque chose que je fais. Ça fait tellement partie de moi.

— Tu ne vas avoir besoin d'aide ni de moi, ni de personne. »

Elle gloussa nerveusement lorsque quelque chose dans sa voix remua en elle des sentiments qu'elle n'avait jamais ressentis auparavant avec autant d'intensité. « Je suppose qu'on verra, n'est-ce pas ?

— Oui, en effet. Eh bien, je suis presque à la maison. Il est temps d'éteindre la lumière.

— Merci de m'avoir tenu compagnie.

— Merci à *toi*. Je te vois bientôt.

— Bonne nuit. » Elle raccrocha mais resta longtemps à penser à lui et à compter les heures avant qu'elle puisse le revoir.

Dimanche était ensoleillé et exceptionnellement chaud pour la saison. Après la conversation intense qu'ils avaient eu l'autre soir, Kate était passée de l'excitation de voir Reid à la nervosité, surtout qu'Ashton n'allait pas se joindre à eux. Il était en Floride pour un weekend de pêche avec ses amis de l'université de droit, mais il était passé pour voir comment elle allait avant de partir. Elle avait ravalé sa culpabilité quand elle lui avait assuré qu'elle allait très bien. Il avait promis de téléphoner en rentrant, mais elle lui avait dit qu'il n'était pas obligé. Vu ce que lui avait révélé Butch, elle se souciait de ne pas donner de faux espoir à Ashton. Il avait simplement ri et dit que bien sûr il appellerait. *Pouah*, pensa-t-elle en se rendant à la maison de Reid avec la fenêtre de la voiture ouverte. *Quel bordel est en train de se dessiner ?*

Sa nervosité à l'idée de voir Reid augmenta encore quand elle arriva à l'entrée de la longue allée. *Ne sois pas ridicule, Kate. Il est assez vieux pour être ton père.* Elle eut un frisson en imaginant la réaction de son père s'il apprenait le béguin fou qu'elle avait pour son ami. Elle n'avait eu qu'un seul petit ami sérieux et c'était l'année dernière. Ryan était adorable et elle s'était imaginée amoureuse de lui. Mais quand son père avait pété un plomb après les avoir trouvés en train de se peloter, Ryan avait pris ses jambes à son cou et n'était jamais revenu. *C'est aussi bien. Qui veut d'un garçon quand on peut avoir un homme ?*

L'homme en question apparut quand elle gara sa voiture à côté de son SUV Mercedes noir. Son cœur s'emballa follement quand elle le vit portant un jean usé, des bottes de cowboy et un pull beige-avoine qui n'avait plus l'air tout neuf. Pour la première fois de sa vie, Kate ressentit un tel désir qu'elle en eut l'eau à la bouche. *Calmos, Kate*, se dit-elle quand il tendit la main pour ouvrir sa portière. *Fais un tour de cheval et reste calme.*

Son sourire la fit frémir.

« Bien, tu m'as trouvé.

— Sans aucune difficulté, » dit Kate avec plus de légèreté qu'elle ne ressentait. Elle se demanda s'il mourrait de choc si elle tendait les mains et tirait sa belle bouche à la sienne. Tout ce qu'elle pouvait faire, c'était résister à l'envie quand il se tint assez près pour qu'elle le touche, sentant l'air frais et les agrumes. Tous ses sens étaient en alerte, ce qui était également nouveau pour elle.

Reid l'accompagna aux écuries, deux sacs jetés par-dessus son épaule. « C'est une journée magnifique pour faire du cheval. Il ne fait jamais aussi chaud au mois de novembre.

— J'ai parlé à ma sœur ce matin. Il neige à Providence.

— Jill, c'est ça ? »

Kate était occupée à le regarder marcher. « Oui, oui. » Il la fit sursauter quand soudain il se tourna vers elle.

« Tout va bien, Kate ? » Quand il l'étudia de ses yeux marron si doux, il sembla voir tout ce qu'elle essayait tellement fort de lui cacher.

Tout à coup submergée de désir, elle était certaine qu'il devait le voir. Comment ne pouvait-il pas ? « Pourquoi poses-tu la question ?

— Tu as l'air tendue. Tu es nerveuse ou quelque chose ? »

Son premier instinct fut de le nier, mais elle ne le put pas. « En quelque sorte.

— Pourquoi ? »

Elle le regarda dans les yeux. « Je ne suis pas sûre. »

Ni l'un ni l'autre ne détourna le regard pendant un long moment durant lequel Kate se rendit clairement compte que lui aussi avait des sentiments pour elle. Son cœur s'emballa de joie devant ce qu'elle voyait sur son visage. Du désir. Pur et simple.

Il lui tendit la main. « Faisons un tour de cheval. »

Elle prit sa main comme si elle l'avait fait déjà cent fois et elle le suivit dans les écuries où plus d'une douzaine de chevaux sortaient la tête de leur box pour inspecter les visiteurs.

« Oh, ils sont magnifiques ! s'écria Kate. Ils sont tous à toi ?

— La moitié d'entre eux. Les autres appartiennent à des amis d'Ashton qui les laissent en pension gratuite ici.

— C'est gentil de ta part. »

Il haussa les épaules. « C'était une bonne façon de faire venir les jeunes régulièrement quand ils étaient au lycée et à l'université. Ils viennent toujours presque tous les weekends pour faire du cheval.

— Bonjour Monsieur, dit un vieux palefrenier qui sortit de la sellerie.

— Bonjour Derek. Voici Kate Harrington, une nouvelle amie. Elle viendra peut-être faire du cheval de temps à autre quand nous ne serons pas à la maison.

— Très bien. Nous ferons en sorte de la mettre à l'aise.

— Merci, dit Kate.

— J'ai sellé Thunder pour vous, Monsieur et Sugar pour mademoiselle Kate, comme vous me l'avez demandé. Derek tendit à Kate une carotte qu'il avait sortie de la poche de sa veste pour qu'elle puisse faire connaissance avec Sugar.

— Merci, Derek, dit Reid quelques minutes plus tard quand il aida Kate à monter sur la douce jument blanche comme la neige.

Pendant que Kate cherchait à s'installer confortablement sur la selle de Sugar, elle regarda Reid mettre deux sacoches sur le dos de Thunder. « Il est beau, dit-elle. Le compliment fut récompensé par un grand hennissement qui la fit rire.

— Il doit bien t'aimer, dit Reid. Il ne parle qu'aux personnes qu'il aime. »

Ils sortirent les chevaux de la zone d'entraînement fermée par un portail.

« Est-ce que Sugar t'appartient ?

— Non, elle appartient à une amie d'Ashton qui est absente pendant quelques semaines. Elle m'a demandé de faire faire un peu d'exercice à Sugar. Allez, faisons-les bosser. » Il toucha de ses talons le flanc de Thunder et le cheval se lança au petit galop.

Kate en fit autant, poussant Sugar à galoper à fond sur les collines vertes. Après avoir parcouru une bonne distance, Reid fit ralentir Thunder jusqu'au trot et le dirigea vers un ruisseau.

Kate rit quand elle le rattrapa. « C'était fabuleux. Je n'avais pas fait de cheval comme ça depuis tellement longtemps.

— Thunder devient récalcitrant si on ne fait pas une bonne course tous les deux ou trois jours.

Thunder ricana et Kate pouffa de rire, ravie. « Il est humain !

— J'en suis convaincu depuis qu'il était tout petit poulain. Reid aida Kate à descendre de Sugar, et ils menèrent les chevaux boire au ruisseau.

— Quelle magnifique propriété tu as.

— Je suis content qu'elle te plaise. J'espère que tu te viendras te mettre complètement à l'aise ici dès que tu auras envie d'échapper à la ville.

— Merci, » dit-elle, se sentant timide à nouveau. Rien que de se tenir près de lui elle avait la tête qui tournait.

Il leva la main pour prendre les sacoches du dos de Thunder. « Martha nous a préparé des sandwichs. Tu as faim ?

— Oui, oui. Kate le suivit jusqu'à un endroit sous un grand chêne où il étendit un plaid sur l'herbe. Il avait l'air tellement à l'aise dans sa peau lorsqu'il s'allongea sur la couverture. Kate appréciait être avec un homme qui respirait ce genre de confiance en soi facile. Elle était fatiguée des garçons qui faisaient semblant d'être des hommes. Devant elle se tenait un vrai homme et c'était choquant de reconnaître qu'elle le désirait comme elle n'avait jamais désiré aucun des garçons qui lui avaient fait la cour à la maison.

— Tu vas finir par t'asseoir ? » demanda-t-il avec un grand sourire.

Elle sursauta lorsqu'il l'arracha à ses pensées, puis s'assit tout au bout de la couverture.

Il mâchouilla un brin d'herbe et la regarda avec ses yeux qui voyaient tout, même les secrets qu'elle essayait désespérément de lui cacher. « Qu'est-ce que tu as, aujourd'hui, ma chérie ? T'es comme une chatte sur un toit brûlant. »

Ses joues s'enflammèrent. « Rien. »

Il la regarda encore longuement avant de hausser les épaules et ouvrit le deuxième sac. « J'espère que de la dinde te va, dit-il, lui tendant un des sandwichs épais et une boisson gazeuse light.

— C'est très bien. Merci. »

Kate lui jeta des regards furtifs pendant qu'ils mangaient en silence. Plus elle le regardait, plus il lui était difficile d'avaler. Elle n'avait jamais eu des sentiments comme ceux-ci et n'avait aucune idée de comment y faire face. La tension devint vite insupportable. Il fallait qu'elle s'éloigne de lui avant qu'elle ne se fasse pas honte, alors elle posa son sandwich, se leva, et retourna au ruisseau où elle posa la tête contre le cou doux de Sugar. Elle sursauta quand Reid vint derrière elle et posa ses mains sur ses épaules.

« Je voudrais que tu me dises ce qui te tracasse.

— Je ne peux pas, » chuchota-t-elle.

Il la tourna pour lui faire face. « Maintenant tu m'inquiètes. »

Levant les yeux vers lui, elle ne put résister à l'envie folle de lui caresser le visage.

La prise de conscience se vit soudain dans son regard et il enleva la main de Kate de son visage et embrassa sa paume. « Kate, ma chérie, tu es belle, mais tu es trop jeune pour moi. Je suis un vieil homme.

— Non, tu ne l'es pas. Elle posa sa tête contre son torse. Tu es parfait. » Enroulant ses bras autour de son cou, elle pencha sa tête, le mettant au défi de l'embrasser.

Il leva les bras pour lui prendre les mains et doucement se retira de son étreinte. « Ma chérie, *je t'en prie*. Ton papa m'a demandé de garder un œil sur toi, mais je ne pense pas que c'est cela qu'il avait en tête. »

Elle lui serra les mains plus fort. « Je ne veux pas parler de lui.

— Cela ne va pas arriver, Kate.

— C'est déjà fait.

— Ça ne peut pas.

— Pourquoi pas ? Nous sommes tous deux des adultes.

— Tu pourrais être ma fille.

— Mais je ne le suis pas, dit-elle, dessinant de son doigt le contour de sa mâchoire.

— Je suis flatté, ma chérie, vraiment, je le suis. »

Elle retira sa main de la sienne. « Mais tu n'es pas intéressé.

— Bien sûr que je suis intéressé, mais je ne vais pas profiter d'une jeune fille. Je ne suis pas comme ça.

— Tu sais quoi ? dit-elle, soudain furieuse. Tu peux te le garder, ton petit discours sur « la petite fille ». J'ai cessé d'être une petite fille le jour où ma mère s'est fait renverser par une voiture devant mes yeux, alors épargne-moi tes conneries. » Elle balança la jambe au-dessus du dos de Sugar et partit avant qu'il puisse répondre. De retour aux écuries, elle rendit Sugar à Derek qui était stupéfait. Elle se rendait à sa voiture quand Reid arriva en trombe sur Thunder.

Il était descendu du cheval avant même de l'avoir mis à l'arrêt. « Kate ! Bordel ! *Kate* ! »

Elle chercha la poignée de la portière, mais la main de Reid sur la sienne l'arrêta.

« Ne pars pas, dit-il. Parle-moi. S'il-te-plaît.

— Il n'y a plus rien à dire. »

Ses yeux la supplièrent. « Reste. »

Par-dessus l'épaule de Reid, elle vit Derek venir reprendre Thunder de la cour et disparaître discrètement dans les écuries.

Elle regarda droit dans les yeux de Reid. « Si tu me traites comme une enfant, tu me briseras le cœur. »

Sa mâchoire se crispa, il hocha la tête et prit sa main pour l'emmener dans la maison. « Je peux t'offrir quelque chose ? »

Elle secoua la tête et le suivit dans le salon.

Il la tira près de lui sur le canapé. « Je suis désolé, dit-il, prenant le visage de Kate dans sa main. Je ne te vois pas comme une petite fille, Kate, et là est le problème. Tu fais femme et tu agis comme une femme. C'est juste que je ne peux pas ignorer que tu n'as que dix-huit ans. Les gens me traiteraient de vieux pervers.

— Personne n'a besoin de le savoir. »

Reposant son front contre le sien, il sourit. « Ma chérie, après la scène dans la cour, il me semble que Derek se doute déjà de quelque chose et nous n'avons encore rien fait. »

Son utilisation du mot « encore » la remplit d'espoir. Il était en train de changer d'avis.

« Ce que tu as dit près du ruisseau, sur ta mère. Raconte-moi. Il enroula un bras autour d'elle pour la blottir contre lui. Quand elle se raidit, il baissa les yeux vers elle. Qu'est-ce qu'il y a ?

— Et Martha ?

— Elle rend visite à sa famille le dimanche après-midi. »

Sachant qu'ils étaient seuls, Kate se détendit contre lui. « J'avais quatorze ans, dit-elle, laissant son esprit retourner à la journée la plus sombre de sa vie. Nous avions la meilleure des vies. Mes parents étaient formidables— contrairement aux parents de beaucoup de mes amis. Ils étaient encore tellement amoureux, et nous en étions toujours conscients. J'avais mes sœurs, mes amis, l'école, ma musique. J'étais heureuse, tu sais ? »

Il passa sa main dans les cheveux blonds de Kate, et hocha la tête.

« Et puis un jour maman, mes sœurs et moi sommes allées faire du shopping. Alors que nous quittions le centre commercial, cette voiture a foncé droit sur nous. Le conducteur avait complètement perdu le contrôle. » Les larmes coulèrent le long de son visage.

Reid les essuya.

« Mes sœurs et moi avons fait un bond pour nous écarter, mais ma mère est restée là, figée. Nous lui avons hurlé de se pousser, mais elle n'a pas bougé. La voiture l'a heurtée et maman est passée par-dessus. Il y avait du sang partout. Le souvenir lui fit froid dans le dos. Nous avons appris plus tard que le conducteur avait fait une crise cardiaque fatale, c'est pourquoi la voiture allait aussi vite. Je me souviens encore de l'expression sur le visage de mon père quand il est arrivé en courant aux urgences. Il avait ce regard hagard qui lui est resté long-temps après. D'une certaine façon, c'était comme si nous les avions perdus tous les deux ce jour-là. »

Reid la serra plus fort et posa sa joue contre les cheveux de Kate. « Je suis désolé, ma chérie, dit-il avec son accent traînant du Sud qu'elle aimait déjà.

— Rien n'a plus été pareil depuis. Elle est restée dans le coma arti-ficiel après l'accident. Le temps est passé et il a eu l'air d'aller mieux quand il a réalisé que rester à son chevet toutes les heures de la journée n'allait pas la ramener à lui. Puis il a rencontré Andi.

— Qu'en as-tu pensé ?

— J'étais tellement soulagée de le voir à nouveau heureux que ça ne m'a pas vraiment gênée. Jill n'en était pas contente au départ, mais au bout d'un moment elle s'y est faite. Andi est spéciale. Je pense que d'une certaine façon elle nous a tous sauvés.

— C'est exactement ce que m'a dit ton père d'elle.

— C'est vrai. Elle était tout à fait ce dont nous avions besoin.

— Mais ta mère s'est remise. »

Kate hocha la tête. « Depuis je crois aux miracles. Après tout ce temps, elle a juste ouvert les yeux et regardé mon père comme s'il venait de s'écouler cinq minutes. Mais Andi était enceinte des jumeaux à ce moment-là, alors c'était compliqué.

— Ton père m'a dit. J'ai l'impression que ta mère est une femme courageuse. Peu de gens pourraient faire ce qu'elle a fait. Cela a dû être d'une extrême difficulté pour elle de renoncer à lui.

— Ouais, bah, je me demande si elle ne le regrette pas. C'est comme si elle s'en était vraiment rendu compte que maintenant qu'elle est rentrée de l'hôpital. Elle est allée passer quelques mois dans le Vermont pour s'échapper de tout cela.

— Est-ce que tu as su pourquoi elle ne s'est pas poussée quand la voiture est arrivée ? »

Elle hocha la tête et passa un bras autour de la taille de Reid.

Il l'embrassa sur le front. « Tu n'es pas obligée de me le dire si tu n'en as pas envie.

— J'en ai envie, mais c'est juste si terrible. Elle fit une pause et prit une grande inspiration. Elle était agent immobilier. Elle montrait une maison à un mec quand il l'a violée. Il a dit qu'il tuerait l'une de nous si jamais elle le disait à quelqu'un.

— Bon sang, murmura Reid.

— Alors elle n'en a soufflé mot à personne. Elle a juste vécu avec. Quelques mois après être sortie du coma, elle s'est souvenue de tout et a compris qu'elle avait vu la voiture comme une façon d'y mettre fin. Elle a pensé que si elle mourrait, il ne nous harcèlerait plus jamais.

— Oh, mon Dieu. »

Kate se tourna pour mieux le voir. « Tu sais le pire ? Tout le temps, tout le temps qu'elle nous était perdue, je me suis demandé si j'aurais pu la pousser et la sauver de la voiture. J'étais assez près pour le faire, mais je me suis juste dit qu'elle allait bouger avant qu'il ne soit trop tard.

— Oh, ma chérie, tu te serais peut-être fait écraser, toi.

— Je n'ai jamais dit cela à personne, confessa-t-elle.

— Je suis contente que tu te sois confiée à moi.

— Je ne suis pas une petite fille, Reid. » Elle leva le visage vers le sien et l'embrassa doucement sur les lèvres.

Cette fois il la laissa faire.

CHAPITRE 14

Après deux après-midis à la librairie, Clare se sentait assez confiante pour tenir la caisse. La petite boutique avait un système informatique étonnamment complexe, mais Bea fut patiente quand elle montra à Clare comment enregistrer les ventes, compléter le registre d'inventaire pour les nouveaux arrivages et trouver les objets dans la boutique. Clare apprit à garder la cafetière pleine et le poêle à bois attisé. Plus que tout, elle découvrit que la minuscule librairie était un foyer d'activité dans la petite ville. Bea connaissait tout le monde et présenta sa nouvelle employée à de nombreux résidents permanents de Stowe. Elle invita Clare également à la réunion du jeudi soir de son club de lecture.

« Je serais ravie mais je n'ai pas lu le livre, dit Clare.

— Ne t'inquiète pas, dit Bea. Le livre est la dernière des choses dont nous discutons à ces réunions. Plus que tout, je veux que tu rencontres mes autres amies. »

Clare accepta son invitation avec plaisir.

Aidan O'Malley avait prévu de commencer le travail sur la maison quelques jours plus tard. Les autres devis qu'elle avait fait faire étaient moins chers que le sien, mais Bea avait fait de tels compliments sur son travail et sa réputation que Clare consulta son frère, et il fut d'accord que cela valait le surcoût.

« J'espère juste qu'il va mettre en veilleuse sa personnalité acerbe, » dit Clare à Bea après avoir décidé de donner le travail à Aidan.

Bea pouffa de rire. « Cela fait partie d'un tout. Il est diablement sexy, non ?

— Je n'ai pas remarqué.

— Menteuse !

— Tu as dit que c'était une célébrité par ici. Avec ce caractère-là, je ne peux pas m'imaginer qu'il ait beaucoup d'amis.

— Oh, il a *beaucoup* d'amis. Il est célèbre auprès des femmes.

— Je suis sûre qu'il en voit pas mal.

— En fait, non. Elles lui courent après sans cesse, mais depuis toutes ces années que je le connais, je ne crois pas qu'il ait eu d'histoire avec qui que ce soit. C'est sa résistance qui le rend encore plus attirant pour les femmes en ville. L'excitation de la poursuite.

— Dieu, comme j'ai horreur de ça. Les femmes peuvent être tellement pathétiques.

— Tu changeras peut-être de chanson une fois que tu l'auras eu chez toi pendant quelques mois. »

Clare fit une grimace de dégoût. « Cela m'étonnerait.

— On verra, » dit Bea avec un sourire confiant.

Clare était ravie de trouver Diana Cummings du restaurant du coin parmi les femmes qui se rencontraient au Coin du Livre le jeudi. Clare fréquentait régulièrement McHugh's et prenait plaisir à parler avec Diana.

« Bonsoir, Clare, dit Diana. Bea m'avait dit qu'elle t'avait embobinée pour que tu viennes à nos réunions.

— C'est gentil à vous de m'inclure.

— Oh, je t'en prie, tout le plaisir est pour nous. On se fatigue d'entendre toujours les mêmes ragots. On a besoin de sang neuf. » Diana avait les cheveux roux et des taches de rousseur saupoudraient le haut de son nez. Clare se dit qu'elle devait avoir autour de trente-cinq ans. Elle savait que Diana était mariée mais n'avait pas encore d'enfant et gérait l'entreprise que ses parents avaient créée plus de quarante ans auparavant.

Bea ouvrit plusieurs bouteilles de vin pendant que les femmes commençaient à déguster les amuse-bouches qu'elles avaient apportés. À l'exception notable d'Aidan O'Malley, les gens de Stowe étaient tellement amicaux envers elle et ce soir n'était pas une exception. Ils mirent Clare complètement à l'aise.

Le groupe de dix femmes s'assit en cercle devant le poêle à bois. « OK, Clare, tu es sur la sellette ce soir, dit une jeune blonde qui s'appelait Naomi. Raconte-nous ta vie.

— Tu n'es pas obligée, Clare, dit Bea en regardant Naomi avec sévérité.

— Non, ça ne me gêne pas. Voyons voir. Je suis originaire du Connecticut, mais je vis à Newport, Rhode Island, depuis pratiquement vingt ans. Je suis ici pendant quelques mois pour aider mon frère avec des travaux qu'il fait faire à sa maison dans Maple Street.

— J'ai entendu dire que tu avais embauché Aidan O'Malley, dit une femme qui s'appelait Jessica.

— En effet.

— Il est *magnifique*, dit Jessica avec une expression rêveuse.

L'expression de Bea, qui de l'autre côté du cercle semblait dire « je t'avais prévenue », fit sourire Clare.

— Tu as des enfants ? demanda Naomi.

— Trois filles qui ont dix-neuf, dix-huit et treize ans.

— Tu es mariée ? demanda Naomi. Quand Bea lui lança encore un regard noir, Naomi dit, Quoi ?

— Je viens de divorcer.

— Oh, désolée, dit Naomi. On le déteste, alors ?

— Naomi ! dit Diana. Ça suffit. Ce n'est pas parce que tu détestes ton ex que tout le monde doit faire de même.

— Vous avez toutes *intérêt* à détester mon ex, » dit Naomi.

Clare rit. « Non. Je ne déteste pas le mien.

— C'est mieux comme ça, dit une des autres femmes.

— Oui, acquiesça Clare.

— Bon, alors parlons de John Adams, » dit Bea, détournant l'attention du groupe de Clare et la redirigeant vers le livre.

Clare sourit à Bea avec gratitude. Elle se sentait mieux depuis qu'elle était à Stowe et parler de Jack n'était pas une priorité pour le moment.

～

Aidan O'Malley arriva avec un bruit sourd puis un grand boum à six heures trente du matin le mardi suivant.

Clare se leva pour regarder par la fenêtre. Du deuxième étage, elle l'observa traîner une scie circulaire sur sa terrasse. À en juger par la façon dont il retourna d'un pas raide à son pick-up, elle comprit qu'il était d'humeur agréable comme d'habitude.

Puisque Aidan allait commencer par la cuisine, Clare avait déménagé les objets essentiels, les installant dans une des chambres libres à l'étage. Elle avait une cafetière, un micro-ondes, et un mini frigo qu'elle avait acheté pour se débrouiller pendant les semaines où elle serait sans cuisine. Enfilant une robe de chambre, elle se brossa les dents et passa sa main dans ses cheveux en descendant au rez-de-chaussée pour aller lui ouvrir.

« Bonjour, dit-elle.

— Salut. »

Au moins ce n'était pas un grognement.

« Je vous ai fait faire une clé pour que vous puissiez aller et venir. » Bea l'avait si chaudement recommandé que Clare avait décidé de lui confier une clé. Cela faisait partie de sa détermination à reconnaître que ce n'était pas parce qu'elle avait rencontré un monstre que tous les hommes étaient mauvais.

Il prit la clé et l'enfonça dans la poche de son jean délavé. « Merci.

— Vous êtes très bavard, n'est-ce pas, O'Malley ? »

Il arrêta ce qu'il était en train de faire et la fixa du regard. « Hein ?

— Ça ne fait rien. Je vais vous laisser tranquille. Vous n'aurez qu'à pousser un grognement si vous avez besoin de quelque chose.

Elle avait grimpé la moitié de l'escalier quand il poussa un genre de grognement qui était peut-être un petit rire.

Cet après-midi-là à la librairie, Bea et Clare s'assirent derrière le comptoir pour décharger les boîtes du nouvel inventaire qui étaient arrivées plus tôt dans la journée. Les deux femmes bavardaient de façon continue pendant leurs après-midis ensemble. Bea remarquait souvent qu'elle ne savait pas comment elle avait pu faire sans Clare. Elles commencèrent à se confier l'une à l'autre, et c'est ainsi que Clare apprit que Bea ne s'était jamais mariée ni n'avait eu d'enfant, mais qu'elle gâtait ses nièces et ses neveux. Elle s'excusa pour l'interrogatoire auquel Clare avait été soumise lors de la réunion du club de lecture.

« Tu n'as pas à t'en excuser. Elles étaient simplement amicales.

— Elles sont indiscrètes. Surtout Naomi. Cette fille-là n'a jamais eu une pensée qu'elle n'ait pas partagée.

— C'est comme ça, les femmes. C'est ce que nous faisons.

— Tes filles vont bientôt venir te rendre visite ?

— Ma plus jeune et mon aînée viendront passer une semaine après Noël. Ma deuxième fille vit à Nashville cette année. Elle sera à Rhode Island avec la famille de son père pour Noël, mais elle repart le lendemain.

— Que fait-elle à Nashville ?

— La même chose que des milliers d'autres— elle essaie d'entrer dans l'industrie de la musique.

— Waouh. Elle est vraiment si douée que ça ?

— Oui, vraiment.

— Cela a dû être difficile pour toi de la laisser partir pour faire ça.

— Ce n'était pas exactement mon idée. Son père a donné son accord pendant que j'étais… Clare s'arrêta. Comment dire le reste à sa nouvelle amie ? Eh bien, disons qu'elle s'est mise d'accord avec lui. »

Bea leva un sourcil avec curiosité.

« C'est une longue histoire.

— Et ce ne sont pas mes oignons, ma belle.

— Je te le dirai, dit Clare avec hésitation. Je veux te le raconter. C'est juste… C'est plutôt lourd, et je ne veux pas qu'on ait pitié de moi. »

Bea l'étudia pendant un instant, et puis se leva, tourna le signe Ouvert du côté Fermé, et verrouilla la porte.

Bea resta assise, abasourdie, laissant les larmes couler le long de son visage. « Je ne sais pas quoi dire. »

Clare lui serra la main. « Tu n'as pas besoin de dire quoi que ce soit.

— Quand tu as dit que tu avais eu un accident, eh bien, il ne m'est pas passé par la tête que—

— Bien sûr que non. Ce n'est pas le genre d'histoire qu'on entend tous les jours. »

Soudain, Bea sortit de sa stupeur. « Pourquoi tu me réconfortes ? Viens ici. Elle prit Clare dans ses bras.

— Merci de m'avoir écoutée.

— Merci à toi de m'avoir confié ton histoire. Je suis tellement désolée de ce que ta famille a souffert.

— Merci, mais nous allons tous mieux maintenant.

— J'ai hâte de rencontrer tes filles. »

Clare sourit. « Elles vont t'aimer. Malgré tout cela, ce sont des gamines super. Je dois reconnaître ce qu'a fait Jack. Il a fait du bon travail avec elles pendant que j'étais malade.

— Je n'arrive pas à croire combien tu es généreuse envers lui.

— Je l'aime, dit Clare en haussant les épaules. Je veux qu'il soit heureux et un jour les choses iront mieux pour moi, aussi. Il faut que je le croie, ou tout cela aura été pour rien.

— Tu as fait une chose admirable. Tu as mis le bonheur de quelqu'un d'autre avant le tien. Je sais que l'avenir te réserve de bonnes choses.

— Je suis déjà plus heureuse que depuis des mois. Stowe me fait du bien. »

Bea serra la main de Clare. « Nous allons prendre bien soin de toi jusqu'à ce que tu sois prête à rentrer. »

Après le travail le jour suivant, Clare s'arrêta chez McHugh's pour prendre une soupe aux légumes pour le dîner. Instinctivement, elle commanda un deuxième bol à emporter.

Aidan passait une planche dans la scie circulaire sur la terrasse avant quand elle arriva à la maison. Il portait des lunettes de sécurité et la sciure s'était accrochée à son visage et à ses cheveux. Il finit la découpe, examina son travail et éteignit la scie.

« Salut, » dit-elle.

Il sursauta. « Oh, salut. Je ne vous avais pas vue.

— Je ne voulais pas vous déranger et que cela vous coûte un doigt. Ce truc-là a l'air plutôt sinistre. »

Il lui tint la contre-porte. « Ce n'est pas si dangereux que ça. »

Elle entra.

Portant la planche qu'il avait découpée, il suivit Clare.

« J'ai de la soupe. Vous avez faim ?

— Non, ça va. »

Elle leva le sac. « J'ai acheté du rab.

— Je dois dire que ça sent bon. Il passa sa main dans ses cheveux bruns ondulés pour enlever la sciure.

— Arrêtez de vous faire désirer et venez là-haut dans ma somptueuse salle à manger. Elle le conduisit à l'étage à la chambre d'amis qu'elle utilisait comme cuisine de dépannage.

— Laissez-moi me laver les mains, » dit-il, se faufilant dans la salle de bains.

Clare sortit la soupe et les cuillères en plastique du sac. L'arôme de la soupe lui mit l'eau à la bouche, mais elle n'en attendait pas moins de Diana.

Aidan entra et Clare lui tendit une des deux boîtes hermétiques.

« Vous voulez quelque chose à boire ? J'ai du Coca Light et deux bières, dit-elle, en regardant dans le petit frigo.

— Une bière serait super. Il prit la soupe et s'assit sur le canapé.

— Elle arrive. »

Clare déboucha la bière pour lui et prit sa soupe pour aller s'asseoir près de lui.

« Vous avez pris ça chez McHugh's ?

— Cela va de soi.

— Elle est bonne. Merci.

— De rien. »

Ils mangèrent en silence. C'était si paisible que quand le téléphone sonna elle sursauta. « Excusez-moi. » Elle se leva pour répondre dans sa chambre et fut ravie d'avoir Maggie au bout du fil, qui lui raconta une longue histoire sur ce qui se passait à l'école.

Aidan était en train de finir sa bière quand Clare revint et trouva sa soupe refroidie pendant qu'elle avait été au téléphone. « Désolée de l'interruption. Ma fille a eu une journée importante à l'école. »

Il la regarda avec surprise. « Vous avez une fille ?

— Trois, dit-elle, en sortant sa soupe du micro-ondes.

— Où sont-elles ? »

Il avait un ton presque accusatoire. Clare se tourna vers lui. Aujourd'hui il portait une chemise en flanelle bleue avec un jean délavé. Le maillot de corps Thermolactyl à manches longues semblait être une partie standard de son uniforme. Et puisqu'il avait passé la journée à l'intérieur, elle décida que ses joues roses étaient une caractéristique permanente et non le résultat d'avoir travaillé dans le froid. « La plus âgée est à Brown University à Providence, la deuxième vit à Nashville et la plus jeune est avec son papa à Rhode Island. C'était elle au téléphone.

— Pourquoi n'êtes-vous pas avec elles ? »

Aucun doute cette fois sur son ton— ni sur celui de Clare. « C'est une longue histoire et je ne suis pas certaine que cela vous regarde. »

Il se leva. « Vous avez raison. Ça ne me regarde pas. Merci pour la soupe. » Jetant la bouteille de bière dans la poubelle, il quitta la pièce.

Clare fulmina un instant avant de dévaler l'escalier et d'aller dans la cuisine aux placards arrachés où il nettoyait ses outils « Pourquoi ai-je le sentiment d'être jugée ? »

Il haussa les épaules. « Peut-être que vous vous sentez coupable.

— Mais vous êtes *incroyable*. Vous ne me connaissez pas du tout, et vous présumez *beaucoup*. Clare n'aurait pas pris la peine de lui répondre, s'il n'avait touché une corde sensible avec son commentaire sur la culpabilité.

— Tout ce que je sais, c'est que si j'avais une fille, je n'habiterais pas loin d'elle.

— C'est très facile de dire ça quand on ne l'a jamais vécu. »

Un rictus de douleur traversa son beau visage. « Vous avez absolument raison. À demain.

— Aidan… » Clare alla le chercher, mais il était déjà parti. Un instant plus tard elle entendit le crissement de ses pneus.

CHAPITRE 15

Clare et Aidan firent tout pour s'éviter les jours suivants. Ils se dirent poliment bonjour le matin et tout aussi poliment au revoir le soir. Au bout de trois jours, Clare n'en pouvait plus.

« Aidan, je suis désolée pour l'autre jour.

— N'y pensez plus, dit-il en mesurant le mur au-dessus de l'évier.

— Je ne peux pas ne pas y penser. Je sais que j'ai dit quelque chose qui vous a blessé et j'en suis désolée.

— Je n'ai pas été très sympa avec vous, non plus. Comment vous élevez vos enfants ne me regarde pas.

— C'est vrai. Qu'avait cet homme qui donnait à Clare l'impression qu'il fallait qu'elle s'explique ? C'est plus compliqué que cela en a l'air. Vous ne devriez pas tirer des conclusions hâtives.

— Laissons tomber, OK ? Il accrocha le mètre à sa ceinture et tendit la main. On fait une trêve ? »

Elle étudia sa main tendue pendant un instant avant de la prendre pour la serrer. « On fait une trêve.

— Vous avez déjà choisi les placards et le plan de travail ?

— J'ai rendez-vous demain pour le faire. Elle fit le tour pour regarder ce qu'il avait fait jusqu'à présent. Les murs étaient mis à nu où il avait enlevé les vieux placards et l'enduit marquait les endroits où il avait fait des réparations. Le sol en contreplaqué était couvert de poussière et de petits tas de mastic. J'adore comment vous avez transformé l'endroit.

— Vous l'aimerez quand ce sera fini.

— Alors qu'avez-vous fait de tous vos jouets ? »

Ses sourcils se plissèrent de confusion. « Quels jouets ?

— Les téléphones et le bipeur.

— Poubelle. Je n'ai gardé qu'un seul téléphone en cas d'urgence.

— Qu'est-ce qui a provoqué ce changement ?

— Appelez ça un changement de cap.

— Tant mieux pour vous.

— Je suis en train de m'habituer au calme.

— Bon, eh bien, je vais vous laisser vous remettre au travail. Je vais à la librairie.

— Bonne journée au bureau. Dites bonjour à Bea de ma part.

— Merci, je n'y manquerai pas. Elle enfila son parka pour se rendre à pied en ville et était arrivée devant la porte d'entrée quand il l'appela.

— Clare ? »

C'était la première fois qu'il l'adressait par son prénom. « Oui ? »

Il sortit de la cuisine et lui tendit un billet de vingt dollars.

« C'est pour quoi ?

— C'est moi qui offre la soupe ce soir.

— Oh, dit-elle. OK. »

Il repartit vers la cuisine. « À plus tard, » dit-il par-dessus son épaule.

« Alors il me tend un billet de vingt et me dit 'c'est moi qui offre la soupe ce soir.', Clare relaya à Bea quand elle arriva à la boutique. Qu'est-ce que ça veut dire ?

— Je dirais que c'est un rendez-vous galant, dit Bea avec son sourire caractéristique qui signifiait 'je te l'avais dit.'

— Mais *non*. Il me parle à peine.

— Vous vous êtes bien disputés l'autre soir. Comment peux-tu dire qu'il te parle à peine ?

— Se disputer, ça ne compte pas.

— Cherchez l'erreur, dit Bea avec une exaspération amusée : tu as été mariée pendant vingt ans et tu ne vois pas quand un homme est intéressé par toi, mais moi, je n'ai jamais été mariée et pourtant je le vois ?

— Tu vois *quoi* ? »

Bea prit Clare par les épaules et la traîna dans les minuscules toilettes à l'arrière de la boutique. « Regarde, dit-elle, debout derrière Clare.

— Qu'est-ce que je regarde ?

— Tu es belle femme, Clare. Tu as tous ces cheveux blonds de rêve et les yeux bleus les plus resplendissants que j'aie jamais vus de ma vie. Si une vieille femme comme moi peut voir combien tu es magnifique, tu ne crois pas qu'Aidan le remarque lui aussi ? »

Clare leva la main pour aplatir ses cheveux en un geste gêné. « Je ne suis pas prête à penser à des trucs de ce genre. J'ai assez des soucis comme ça.

— Peut-être que des 'trucs de ce genre' sont exactement ce qu'il te faut pour t'enlever les autres soucis, hein ?

— Je pense à l'autre type, celui qui m'a fait du mal, murmura Clare. J'ai pu le faire avec mon mari après parce que c'était Jack et mon amour pour lui était tellement plus fort que la peur. Mais je ne peux pas m'imaginer me laisser toucher par un autre homme. Y penser me donne la chair de poule, littéralement.

— Peut-être que le moment venu, tu te sentiras autrement, dit Bea en serrant les épaules de Clare. Ne te soucie pas de cela pour l'instant. Pas à pas. Concentre-toi sur la soupe. »

Clare rit et se tourna pour enlacer Bea. « Ça, je peux le faire. Me concentrer sur la soupe.

— Continue à te le répéter, dit Bea en sortant pour aller accueillir un client.

— Concentre-toi sur la soupe, » murmura Clare à son image dans le miroir.

Quand Clare ajouta à sa commande de soupe deux morceaux du cheese-cake fait maison de Diana, elle se dit que c'était parce qu'*elle* voulait du cheese-cake et non parce qu'elle pensait que cela lui ferait peut-être plaisir à *lui*. *Quelle nunuche, alors.*

Clare marcha lentement pour rentrer. Un chemin sur le trottoir avait été dégagé dans la trentaine de centimètres de neige tombée pendant la nuit. L'attitude désinvolte en ville envers ce qui aurait été une tempête de neige majeure à Rhode Island l'amusait. En marchant, elle continuait à se rappeler que ce n'était que de la soupe et, malgré ce qu'avait dit Bea, un bol de soupe ne constituait absolument pas un rendez-vous en amoureux. Même quelqu'un qui n'avait pas eu de rendez-vous galant depuis plus de vingt ans savait cela.

Mais quand elle tourna dans Maple Street, son cœur se mit à battre plus vite car elle vit Aidan posé sur ses marches devant la maison, buvant de la bière comme s'il faisait 25°C plutôt que -6°C. Elle ne pouvait nier qu'il semblait l'attendre.

« Comme ça on se repose pendant les heures de travail ? demanda-t-elle, le sourcil levé, en faisant un effort suprême pour être amusante. Son cœur s'arrêta presque quand Aidan la récompensa avec un sourire sincère. « Vous devriez faire cela plus souvent.

— Quoi ? Me reposer pendant le boulot ?

— Sourire. Cela vous va bien. »

Il la regarda droit dans les yeux pendant un moment avant de tourner son regard vers le sac qu'elle portait. « Qu'a préparé Diana aujourd'hui ?

— Du minestrone.

— Oh, ma soupe préférée. » Il se leva des marches et lui tint la porte d'entrée.

Passant près de lui pour s'engouffrer dans la maison, elle remarqua qu'il y avait une tache mouillée sur son jean, par la glace dans les escaliers, pas qu'elle regardait son jean, ni rien. « Où avez-vous trouvé la Sam Adams ? Ce n'est pas la marque que je prends. »

Il la suivit à l'étage jusqu'à sa salle à manger temporaire. « J'en ai acheté. Je ne peux pas boire le truc allégé que vous aimez. J'en ai racheté de votre marque, aussi. »

Surprise, elle se tourna vers lui. « Merci.

— C'est une offrande de paix, dit-il en prenant une de ses bières à elle du minuscule frigo et l'ouvrant pour elle.

— Moi offrir paix à toi en forme de bière, dit-elle en blaguant. Je pensais qu'on avait déjà fait la paix. La trêve, et tout ça ?

— Je me suis rendu compte que je ne vous avais pas demandé de m'excuser. C'était déplacé de vous faire la morale à propos de vos enfants, et j'en suis vraiment désolé.

— Merci, dit-elle, en lui lançant un coup d'œil méfiant.

— Quoi ?

— Vous me surprenez, O'Malley. »

Il gloussa. « Comment ça ?

— Je n'aurais pas pensé que vous étiez du genre à vous excuser.

— Pourquoi ai-je le sentiment d'être jugé ? » demanda-t-il, en imitant le ton de Clare de l'autre soir.

Les mains sur les hanches, elle le fusilla du regard. « Êtes-vous en train d'essayer de mettre en péril notre trêve ?

— Absolument pas. Je veux ce que vous avez dans ce sac.

— Voici votre monnaie et votre soupe. Merci pour le repas.

— Tout le plaisir est pour moi. » Il se servit une autre bière.

Clare s'assit sur le canapé et posa ses pieds sur la table basse. La jambe qu'elle s'était cassée dans l'accident lui faisait mal après l'après-midi à la boutique. Avec la période des achats de Noël qui avait commencé, il y avait plus de monde que d'habitude à la librairie. Elle prit une grande gorgée de sa bière.

Il s'assit par terre, le dos contre le canapé mais tourné de façon à pouvoir la voir. « Vous êtes vraiment une fille à bière, hein ?

— Ouais. Je l'ai toujours été. Quand on sortait, mon mari et moi, il prenait du vin, et moi je prenais de la bière. Il me taquinait avec ça. Sa voix s'éteignit. Elle n'avait pas pensé à Jack depuis des jours. D'où avait surgi ce souvenir tout à coup ?

— Ça a dû être une *sacrée* séparation. »

Elle lui lança un coup d'œil. « Pourquoi dites-vous cela ?

— L'expression sur votre visage quand vous l'avez mentionné, et puis celui que vous avez eu quand vous avez réalisé ce que vous veniez de dire. »

Clare n'était pas sûre si elle était agacée ou intriguée d'avoir trouvé une telle intelligence étonnante enfouie sous son apparence bourrue. « Je ne veux pas parler de lui.

— Très bien, alors on n'en parlera pas. Je peux vous demander autre chose qui ne me regarde pas ? »

Elle lui jeta un œil méfiant. « S'il le faut.

— Comment ça se fait que vous boitez ?

— J'ai fait une chute.

— Quel genre de chute ?

— Le genre qui vous fait boiter.

— Oh, ce genre-*là* de chute. Pourquoi ne pas l'avoir dit plus tôt ? »

Elle ne put se retenir de rire. « Puisque nous jouons au Jeu de la vérité, ai-je moi aussi le droit de poser quelques questions ?

— Allez-y.

— Depuis combien de temps habitez-vous à Stowe ?

— Neuf ans.

— Vous avez déjà été marié ?

— Comment savez-vous que je ne le suis pas maintenant ?

— Parce que vous êtes ici à consommer de la soupe avec moi.

— Je n'ai jamais été marié, dit-il, en baissant les yeux pour étudier sa bouteille de bière.

— Comment ça se fait ? »

Il haussa les épaules et gratta l'étiquette de la bouteille. « Je n'ai jamais rencontré la bonne personne, j'étais occupé à faire marcher mon entreprise. Vous savez, les raisons habituelles. »

Elle le regarda parler. Quelque chose ne sonnait pas juste, mais leur trêve était fragile alors elle laissa tomber.

« J'ai apporté du cheese-cake, dit-elle en remarquant le soulagement qui se lut sur son visage lorsqu'elle changea de sujet de conversation. Oui, il y avait anguille sous roche, c'était sûr. *Ce n'est pas grave. Je ne suis pas exactement en train de lui révéler mon âme, non plus.*

« J'adore le cheese-cake de Diana.

— C'est une déesse de la cuisine. »

Il gémit d'extase à la première bouchée.

Je me demande s'il fait le même bruit quand il... Bon Dieu, Clare. Ressaisis-toi !

« Parle-moi de tes enfants. »

Clare s'éclaircit la voix et effaça ses pensées mal placées avant de lui répondre. « Jill est la plus grande. Elle est en deuxième année à Brown. C'est celle qui se surpasse dans tout.

— C'est clair si elle à Brown. »

Clare sourit. « Elle dit qu'elle veut devenir avocate. C'est une excellente athlète. Elle a joué au hockey sur gazon et au lacrosse[1] au lycée, et elle est dans l'équipe de lacrosse à Brown. Elle a hâte de venir faire du ski ici.

— Elle vous ressemble ?

— Non. C'est son père tout craché. Elle a les cheveux foncés et les yeux bleu-gris. Elles sont toutes grandes comme lui, aussi. Moi, je suis une naine à côté d'elles. Même Maggie, ma plus jeune, est presque aussi grande que moi. Mais Kate et moi pourrions être jumelles. Elle me ressemble comme deux gouttes d'eau.

— Elle a de la chance, » dit Aidan sans lever les yeux de son cheese-cake.

L'estomac de Clare se retourna de façon inhabituelle au compliment inattendu. « Et vous me surprenez encore, O'Malley. »

Son sourire en coin était plein de charme. « Je suis tout en surprises.

— On dirait bien.

— Kate, c'est celle qui est à Nashville ?

— Oui. Elle m'a appelée l'autre jour pour me dire qu'elle avait été prise comme chanteuse principale d'un groupe qui joue chez les particuliers à Nashville. Je suppose que ce n'est pas une mince affaire parce qu'on ne sait jamais qui va être présent aux fêtes. Plein de gens sont découverts comme ça.

— C'est super.

— Je suis contente de la voir progresser. Son père lui a donné un an pour décrocher un contrat d'enregistrement sinon il faudra qu'elle rentre et qu'elle aille à l'université.

— Il ne la croit pas capable de le faire.

— Qu'est-ce qui vous fait dire ça ? demanda Clare, étonnée par sa franchise.

— Il lui fait plaisir pendant un an pour pouvoir dire qu'il l'a soutenue. S'il croyait vraiment qu'elle en était capable, il ne lui aurait pas imposé de limite dans le temps. »

Clare n'y avait pas pensé comme cela. « Je ne crois pas que ce soit pour ça qu'il l'ait fait, dit-elle mais tout à coup elle n'en était pas si sûre.

— Et Maggie, alors ?

— Maggie n'était pas prévue. Je pensais en avoir fini avec les bébés quand elle est arrivée. Elle a les cheveux foncés de son père et mes yeux, et un cœur gentil et généreux qui m'abasourdit par moments. Le fils de sa belle-mère est sourd, et elle a appris le langage des signes si bien qu'elle le parle couramment. Elle est incroyable.

— Alors il s'est remarié ?

— Hein ?

— Votre ex-mari.

— Oui.

— Ah, je vois. Son regard entendu insinuait qu'il avait tout compris.

— Tireriez-vous des conclusions hâtives encore une fois ? Parce que vous pourriez finir par vous excuser deux fois le même jour. »

Il rit. « Pourquoi est-ce que toutes les mères maîtrisent parfaitement ce regard et ce ton ?

— Quel ton ? demanda-t-elle de façon hautaine.

— Ce ton-*là*. Je peux poser juste une question de plus ?

— Je ne sais pas. Vous commencez à m'irriter à nouveau. »

Pour une raison quelconque, cela sembla lui plaire. « Alors je vais faire en sorte que ce soit une bonne. Il attendit qu'elle hoche la tête pour donner son accord avant qu'il dise, « Voulez-vous dîner avec moi ? »

Clare essaya de cacher le choc qu'elle éprouva devant la question. « Je suis en train de dîner avec vous.

— Je veux dire un vrai dîner avec des serveurs et des nappes. Peut-être même des bougies, si vous êtes très gentille avec moi. »

Elle se cala contre le canapé, ébahie. OK, *là* ce serait un vrai rendez-vous galant. On ne pouvait le nier. « Je croyais que vous ne sortiez pas avec les femmes.

— Où avez-vous entendu dire ça ?

— Bea a dit— »

Il hurla de rire. « Vous avez fait votre petite enquête sur moi, n'est-ce pas ?

— Ne vous flattez pas, dit-elle, étonnée de combien le rire adoucissait son visage. Elle me l'a dit d'elle-même.

— Oui, oui.

— Elle dit que les femmes de la ville se ruent pour sortir avec vous. Pourquoi voulez-vous sortir avec moi ?

— Parce que j'aime me disputer— je veux dire parler— avec vous. De plus, vous semblez avoir une très mauvaise opinion de moi, alors je ne peux absolument pas vous décevoir.

— Avez-vous déçu beaucoup de femmes ?

— Des tonnes. Les histoires sont légendaires, mais je suis sûr que vous les avez déjà toutes entendues. »

Elle avait entendu exactement le contraire, mais elle n'était pas près de le lui dire. « Vous êtes vraiment trop modeste, O'Malley.

— Alors ?

— Alors je vais dîner avec vous, mais on ne sort pas ensemble. Pas vraiment. »

Il déplia ses jambes et se leva. « Vous savez quoi ? Je crois que je vais attendre une vraie sortie. Vous n'aurez qu'à me faire savoir quand vous serez prête. »

Encore une fois, il la surprit. « D'accord, mais cela risque de prendre du temps. » *Ou de ne jamais arriver.*

« Ça tombe bien pour vous. Je suis un homme patient. J'ai fait tout ce que je peux dans la cuisine jusqu'à ce que les placards arrivent, alors je vais commencer la salle de bain du rez-de-chaussée. Je vous vois demain.

— D'accord. »

À la porte, il se tourna pour la scruter de ses yeux verts endormis tellement sexy. « Je ne sais pas ce qui vous est arrivé, Clare, mais vous n'avez pas besoin d'avoir peur de moi. »

Elle soutint son regard pendant un long moment. « J'aime vous parler, moi aussi. »

Il sourit et lui fit un signe de la main en descendant les marches de l'escalier. Une minute plus tard, elle entendit la porte d'entrée se refermer doucement derrière lui.

---

1. Plus vieux sport américain, d'origine amérindienne. Les joueurs se servent d'une crosse pour mettre une balle dans le but adverse.

CHAPITRE 16

Kate fit un pas vers le micro et le silence descendit sur la salle bondée. C'était la première fois qu'elle chantait officiellement avec les Rafters et elle avait été une boule de nerfs toute la journée. Mais le trac disparut quand le groupe joua à son signal. Puis elle fit ce qui lui venait aussi naturellement que respirer. Elle se plongea dans une interprétation sensuelle de « I Can't Make You Love Me » de Bonnie Raitt. La robe de cocktail en soie noire de Kate bougeait avec elle pendant qu'elle se balançait au rythme de la musique. La dynamique avec le groupe avait été magique depuis leur tout premier essai ensemble. Ils s'étaient mis d'accord pour qu'elle chante ses propres chansons pendant leurs pauses. Ce soir ils jouaient dans une grande propriété à Hendersonville, un peu au nord de la ville.

La première chanson se termina et le guitariste principal, Billy Weston, parla dans le micro. « Faites du bruit pour notre nouvelle chanteuse, Kate Harrington. »

Un tonnerre d'applaudissements remplit la salle. « Merci, dit Kate sans montrer le soulagement qu'elle ressentait. À la fin du premier set, Kate était la reine de la salle et elle voyait bien que le groupe était content d'elle.

« Nous allons faire une petite pause, mais Kate va continuer à vous divertir avec sa musique, alors ne partez pas, » dit Billy.

Kate souleva sa guitare et s'assit sur le tabouret que Billy avait mis sur scène pour elle. Elle régla le micro et brancha sa guitare. Quand elle leva la tête elle vit entrer Reid qui portait une veste de sport en tweed par-dessus une chemise beige clair.

Il lui sourit et lui fit un clin d'œil mais fut forcé de détourner son attention d'elle quand quelqu'un lui dit bonjour.

Kate essaya de se reprendre alors que son cœur s'emballait d'excitation. Rien que de le voir, elle avait le souffle coupé et la tête qui tournait. Elle ne l'avait pas vu depuis plus d'une semaine et pendant ce temps elle avait répété avec le groupe dix heures par jour alors que lui était en voyage d'affaires. Ils s'étaient parlé presque tous les jours, d'habitude tard le soir et quelques fois pendant plus d'une heure. Quand elle avait mentionné qu'elle allait faire ses débuts avec le groupe, Reid l'avait surprise en lui disant qu'il était invité à la fête.

Pendant les vingt minutes qu'elle joua sans le groupe, elle sentit constamment les yeux de Reid sur elle. Mais comme toujours quand elle était sur scène, elle se détacha de tout et laissa la musique devenir son monde. Elle avait perfectionné cette capacité pendant l'été à l'hôtel et elle était contente de la trouver maintenant. C'était aussi un avantage de jouer pour un public aussi généreux en applaudissements.

Elle était épuisée lorsque le groupe finit sa dernière série de chansons à minuit.

« Vous êtes une sacrée chanteuse, ma petite dame, » dit un vieil homme ivre.

Kate se recula quand il s'approcha trop.

Reid arriva derrière elle, la prit par le coude, et l'éloigna du fan trop enthousiaste. « Quel magnifique spectacle, ma petite dame, » murmura-t-il dans le creux de son oreille.

Elle poussa un petit rire. « Tu veux bien déposer la petite dame à la maison ?

— Où est ta voiture ?

— À la maison. Je me suis fait déposer par Billy.

— Allons-y. »

Ils dirent bonsoir aux hôtes, qui étaient pleins d'éloges pour la performance sur scène de Kate.

Dehors, Reid l'aida à monter dans la Mercedes.

Kate s'appuya contre le cuir doux du siège et ôta ses grands talons. « Mon Dieu, je suis tellement fatiguée. Je travaillais par périodes de quatre heures à l'hôtel, mais je n'ai pas souvenir d'avoir été aussi fatiguée que ça.

— Tu as travaillé dur ce soir.

— Je travaille dur depuis deux semaines. J'ai besoin de prendre une pause.

— Quand est-ce que tu joues de nouveau ? demanda-t-il en prenant la direction sud, vers la ville.

— Le weekend prochain. On ne répète pas jusqu'à mercredi, alors j'ai trois jours pour moi que je vais apprécier.

— Cela tombe bien. »

Elle tourna la tête pour le voir. Elle ne se fatiguait jamais de le regarder. « Pourquoi donc ?

— Il faut que j'aille passer la journée à Memphis lundi. Je me demandais si cela te dirait de venir. Il y a quelque chose là-bas que je pense que tu aimerais voir. »

Elle poussa un cri et s'assit toute droite dans son siège. « Graceland ? On peut aller à Graceland ? »

Il rit. « Je crois que tu n'en as pas vraiment envie.

— Ne joue pas avec mes sentiments quand il s'agit d'Elvis, baby, dit-elle en imitant l'accent du King.

— Alors je vais interpréter ça comme un oui. »

Elle lui prit la main. « Je serai ravie d'aller à Memphis avec toi. Et pas juste à cause d'Elvis. »

Il lui serra la main. « C'est bien. »

Quand ils arrivèrent à son appartement, il se gara sur une place de parking, arrêta le moteur et se tourna vers elle. « Tu as été magnifique ce soir, Kate. »

Elle n'avait pas lâché sa main. « Merci. Cela m'a aidée de t'avoir dans la salle. »

Plus tard, elle ne se rappellerait pas de qui avait fait le premier geste, mais ils se joignirent en une union explosive de lèvres, de langues et de chaleur. La seule pensée consciente qu'elle eut fut qu'aucun baiser n'avait jamais été comme cela pour elle. Tout son corps avait vibré lorsqu'elle avait enfoui sa main dans les cheveux de Reid pour le tirer à elle.

Quand elle gémit, il arracha ses lèvres à celles de Kate.

« Je suis désolé, dit-il. Je n'aurais pas dû faire ça.

— Arrête. Je t'en prie, ne gâche pas les choses. »

Il ferma les yeux et inspira profondément.

« Reid ?

— Ouais ?

— Tu veux bien recommencer ? S'il-te-plaît ? »

Il tendit la main pour toucher son visage, et se pencha pour l'embrasser doucement.

Le feu entre eux s'embrasa et Kate fut consciente du moment exact où il perdit le contrôle. Une de ses mains s'enroula derrière la tête de Kate alors que l'autre caressa sa jambe sous l'ourlet de sa robe courte. Sa langue explora chaque coin de sa bouche et quand elle répondit avec la même ardeur, il gémit.

« Kate, ma chérie, il faut que nous nous arrêtions, dit-il sans souffle, les yeux dans les siens. Je ne peux pas faire ça. »

Elle se redressa et de sa main tremblante lissa sa jupe.

Il sortit de la voiture et fit le tour pour lui ouvrir la portière.

L'air froid la frappa comme une gifle. Le parking était noir et silencieux lorsqu'il la raccompagna par les marches jusqu'à sa porte.

Elle posa la tête contre son torse. « J'ai besoin…

— Quoi, ma chérie ? »

Ses yeux se remplirent de larmes. « Tu veux bien me prendre dans tes bras ? Juste une minute ? »

Il l'enlaça.

Elle embrassa son cou et puis sa mâchoire. « Je sais que tu vas t'en vouloir et ruminer jusqu'à ce que tu arrives à la maison, murmura-t-elle. Mais je veux que tu gardes une chose à l'esprit.

— Quoi donc ?

— Personne n'a *jamais* eu cet effet sur moi, et tout ce qui est arrivé entre nous est arrivé parce que je le voulais. »

Il prit le visage de Kate dans ses mains et l'embrassa doucement. « Bonne nuit.

— Tu m'appelles demain ? »

Il hocha la tête.

« Pas de regrets ? »

Il l'embrassa encore et était parti avant qu'elle réalise qu'il n'avait pas répondu à sa question.

Pas de regrets ? Pas de regrets ? Elle blaguait ? Reid était dévoré par les regrets. Il l'avait pratiquement attaquée. Quel genre d'homme embrassait une fille de dix-huit ans comme ça ? Toute cette histoire avec elle était un vrai dérapage, et il fallait qu'il y mette fin. En filant vers le sud sur la route 65, son compteur indiquait presque 130 km/h, mais il ne le remarqua pas. La sonnerie de son portable le tira de sa stupeur. Réalisant combien il conduisait vite, il leva le pied de l'accélérateur et prit le téléphone.

« Allô ?

— Tu rumines ?

— On pourrait dire ça. Pourquoi était-ce tellement facile d'être honnête avec elle ? Pourquoi est-ce que tout était tellement facile avec elle ?

— Ne le fais pas.

— Je n'y peux rien, Kate. Je ne devrais pas laisser cela arriver entre nous.

— Je suis désolée que tu te sentes comme ça.

— Ma chérie, ça n'a rien à voir avec toi. Tu es absolument parfaite, mais j'avais presque vingt-huit ans quand tu es née. Comment veux-tu que j'oublie cela ?

— Tu es le seul à en faire tout un plat. »

Le rire qui lui échappa était plus dur qu'il ne l'aurait voulu. « Tu crois vraiment que je suis le seul qui en fera un problème ? Tu es vraiment si naïve que ça ?

— Je suppose. »

Il savait qu'il lui faisait du mal, mais peut-être que cela valait mieux maintenant plutôt que plus tard quand il y aurait sans doute plus en jeu. « As-tu passé ne serait-ce qu'une minute à imaginer ce que ton père en dirait ?

— Pourquoi aurait-il besoin de la savoir ? Je ne vais pas le lui dire. Toi, oui ?

— Oh, ouais. Je vais l'appeler et lui dire, 'Eh, Jack, ta fille a un mec dans sa vie, et, oh, au fait, c'est moi.' J'imagine que cela se passerait vraiment bien avec lui.

— Je ne sais pas pourquoi tu te mets dans tous tes états à propos de quelques simples baisers. »

Il marmonna un juron quand il réalisa qu'elle était en train de pleurer. « Si tu crois que ces baisers étaient simples, tu es plus naïve que je ne le pensais. Va te coucher, Kate. Il est tard et tu es fatiguée.

— Je suis désolée que tu sois en colère contre moi. Je ne veux pas que tu sois en colère. »

Il perdit toute envie de se battre. « Je ne suis pas en colère contre toi, ma chérie. Je suis en colère contre moi-même. J'aurais dû savoir que je ne pouvais pas laisser cela devenir si incontrôlable.

— Alors tu ne veux plus me voir ? »

Elle semblait avoir le cœur brisé, et cela faisait de la peine à Reid de savoir que c'était lui qui l'avait mise dans cet état. « Je n'ai pas dit ça. Laisse-moi t'appeler demain, OK ? Va dormir un peu.

— Je vais essayer. »

Il mit fin à l'appel et jeta le téléphone sur le siège passager avec un grognement de frustration. *Que vais-je faire ?* Quand elle avait demandé s'il ne voulait plus la voir, Reid avait reçu un coup de couteau. En admettant à lui-même que l'idée de ne jamais la revoir lui était inimaginable, il se rendit compte qu'il était amoureux d'elle— complètement, totalement, risiblement amoureux d'elle.

« Dieu, gémit-il. Qu'est-ce que je vais faire, *bon sang* ? »

Kate tourna et vira jusqu'à environ trois heures quand la fatigue prit le dessus et finalement elle glissa dans un sommeil agité. Elle était réveillée à nouveau à huit heures. À huit heures trente, elle prit le téléphone pour appeler Jill.

« T'as intérêt à être morte ou sérieusement blessée pour m'appeler si tôt que ça un dimanche, marmonna Jill dans le téléphone.

— Sérieusement blessée, dit Kate doucement.

— Quoi ? » demanda Jill, maintenant complètement réveillée et en état d'alerte.

Pendant quelques minutes, Kate ne pouvait parler à travers ses pleurs.

« T'es en train de me faire peur, Kate. Tu es blessée ?

— Pas physiquement, Kate arriva à dire.

— Prends une grande inspiration et parle-moi. Tout de suite.

— C'est lourd, Jill. Il faut que tu me jures que tu ne le diras à personne. Surtout pas à Papa. Tu me le jures ?

— Je ne sais pas si je peux le faire. Si tu es mêlée à des problèmes, je ne le lui cacherai pas.

— Ce n'est rien de ce genre. Tu me le promets ? Tu ne peux le dire à *personne*.

— OK, OK. Je te le promets. Maintenant, dis-moi !

— Il y a mec ici. Je crois que je l'aime et je ne sais pas quoi faire.

— Ça fait un mois que tu es là, comment peux-tu aimer quelqu'un ?

— C'est comme ça. Je ne sais pas pourquoi ni comment. Bon, si, je sais pourquoi. C'est l'homme le plus incroyable que j'aie jamais connu.

— Il t'aime bien, lui aussi ?

— Ouais.

— Alors où est le problème ?

— Il est, euh, enfin, il est plus âgé que moi.

— Est-ce que c'est le fils de l'ami de Papa ? Papa a dit qu'il pensait que tu l'aimais bien. Il n'a que quelques années de plus. Qu'est-ce que ça peut faire ?

— Ce n'est pas son fils. C'est lui. L'ami de Papa, Reid.

— Tu te fiches de moi ? Il a quoi ? Quarante-six ans ?

— Pas encore. Il va les avoir après Noël.

— Ah ouais, ça fait une *grosse* différence. Dieu merci, il n'a que quarante-cinq ans. Mais bon Dieu, Kate ! Papa deviendrait dingue s'il le savait !

— Tu as promis que tu ne le dirais à personne. Tu ne peux pas le lui dire.

— Qu'est-ce qu'il a ? Il n'a rien à se mettre sous la dent, ou quoi ? Qu'est-ce qu'il fiche avec quelqu'un de ton âge ?

— Ce n'est certainement pas parce qu'il n'a rien à se mettre sous la dent. Si tu le voyais, tu ne poserais pas cette question. Je ne sais pas comment c'est arrivé. Ça a tout de suite accroché entre nous. Je pense tout le temps à lui et je veux être tout le temps avec lui. Il me fait rire, je peux lui parler de tout, et il est *tellement* sexy. Tu ne peux pas t'imaginer…

— Waouh, dit Jill. Alors pourquoi t'es si malheureuse ?

— Parce qu'il est dans tous ses états à propos de la différence d'âge et j'ai tellement peur qu'il me dise qu'on ne peut plus se voir.

— Je suis contente de savoir qu'il a du bon sens. Il a raison, tu sais. Si jamais Papa apprenait ça… Je ne veux même pas y penser.

— Il ne va pas l'apprendre.

— Tu couches avec lui ?

— Non, mais j'en ai envie.

— Tu joues avec le feu. J'espère que tu le sais.

— Ça n'a peut-être aucune importance. Les yeux de Kate se remplirent de larmes. Il était tellement énervé hier soir que je n'aurai peut-être plus jamais de ses nouvelles.

— Pourquoi était-il énervé ?

— Les choses sont devenues plutôt intenses, et il a paniqué.

— Intenses comment ?

— Il m'a finalement embrassée— vraiment embrassée. C'était

incroyable. Elle frissonna, se souvenant de comment elle s'était sentie dans ses bras.

— Je ne sais pas quoi dire sauf de faire attention, Kate. Je ne veux pas te voir blessée.

— Tu ne le diras pas à Papa ?

— Non, mais je veux que tu continues à m'en parler. D'accord ?

— Ouais. Merci de m'avoir écoutée. Je craquais complètement, mais je me sens mieux juste de l'avoir dit à quelqu'un.

— Attention à qui tu le dis. Ce n'est pas quelque chose que la plupart des gens comprendraient.

— Je ne le dirai à personne d'autre.

— Quand est-ce que tu rentres à la maison ?

— La veille de Noël, mais il faut que je revienne le 26. On a un concert le 27.

— Je te vois bientôt, alors. Fais attention, Kate.

— Oui, oui. Merci.

— Pas de problème. »

~

Kate attendit toute la journée que Reid l'appelle. À dix-sept heures, elle se remit à pleurer. À dix-huit heures, elle était abattue et à dix-neuf heures, elle s'était convaincue qu'elle ne le verrait plus jamais. Pourtant, elle refusait de céder à l'envie terrible de l'appeler. C'était à lui de prendre les devants maintenant. Elle voulait simplement qu'il appelle. *Je suppose qu'on ne va pas à Graceland.*

Quand la sonnette de la porte retentit à dix-neuf heures trente, son cœur s'emballa. Elle descendit en courant le petit escalier et ouvrit la porte d'entrée pour trouver Ashton sur les marches extérieures tenant une pizza.

« J'apporte des cadeaux, » dit-il, un sourire joyeux sur son beau visage.

Gênée, Kate passa une main dans ses cheveux et s'efforça de sourire. « Salut. Entre.

— Eh. Il prit le menton de Kate et leva son visage vers le sien. C'est quoi, ça ? Tu pleurais ? »

Elle se frotta le nez. « Non. J'ai un rhume.

— Allez, ma belle, on ne me la fait pas à moi. Je sais quand une fille pleure. Viens là-haut et dis à ton vieux pote Ashton ce qui se passe. Il lui prit la main et la mena par les marches jusqu'au salon. Mettant la pizza sur la table basse, il s'assit près d'elle sur le canapé. Qui t'a rendue triste et où est-ce que je peux le trouver ? »

Kate avala sa salive. « Comment sais-tu que c'est un homme ?

— Parce que tous les hommes sont des salauds. Tu ne le sais pas encore ? »

Elle sourit timidement. « Sauf toi, c'est ça ?

— Cela va de soi. Que s'est-il passé ?

— Rien d'important. Juste ce type que j'ai rencontré chez Mabel's. Ça ne va pas marcher entre nous. Fin de l'histoire.

— Quelqu'un que je connais ? » demanda-t-il avec une inquiétude sincère.

Elle enleva une peluche de son pantalon de jogging. « Non, dit-elle sans le regarder. Quelle sorte de pizza as-tu apportée ?

— On change le sujet de conversation ?

— On peut, s'il-te-plaît ?

— Pepperoni.

— Ma préférée.

— Mon jour de chance. Il se leva pour aller chercher des serviettes en papier de la cuisine de Kate et leur servit une part de pizza à chacun. J'ai entendu parler de toi aujourd'hui.

— Ah oui ? »

Il hocha la tête. « J'étais au bureau, et je bavardais avec un des associés qui, il se trouve, était à ta fête hier soir. Il n'arrêtait pas de parler de cette fille, une chanteuse qui allait devenir une vedette énorme.

— Tais-toi, va, dit-elle en le poussant. Tu as inventé ça pour que je me sente mieux.

— Mais non ! Je le jure devant Dieu. Je n'ai pas réalisé qu'il parlait de toi jusqu'à ce qu'il mentionne les Rafters.

— Vraiment ?

— Vraiment. »

Ils partagèrent un sourire avant qu'il se lance dans une histoire sur une de ses clientes, une diva qui l'avait fait tourner en rond comme un toutou qui court après sa queue à essayer de finaliser un contrat pour qu'elle apparaisse dans une publicité pour de la nourriture pour chiens.

Kate rit tellement qu'elle oublia qu'elle était censée être triste. Ils mangèrent la pizza, regardèrent un film, et quand il se leva à vingt-deux heures, elle se sentait bien mieux.

« Merci de m'avoir tenu compagnie ce soir, » dit-elle quand elle l'accompagna à la porte.

Il l'embrassa sur le front. « Tout le plaisir est pour moi. Ça va aller ?

— Je vais très bien. Rentre. Tu dois travailler demain.

— Je suis juste là si tu as besoin de moi, dit-il en montrant du doigt l'autre côté du parking.

— Je sais. » Elle lui fit un signe de la main avant de remonter à l'étage pour ranger le salon.

Le téléphone sonna. « Qu'as-tu oublié ? demanda-t-elle quand elle répondit sans vérifier l'identité de l'appelant.

— Oublié ? » demanda Reid.

Son cœur fit un bond. « Oh, salut, c'est toi.

— Tu croyais que c'était qui ?

— Ashton était là à l'instant. Il a apporté une pizza. J'ai pensé qu'il avait oublié quelque chose.

— Oh.

— Quoi de neuf ? Elle fit un énorme effort pour donner l'impression qu'elle se fichait complètement du fait qu'il appelait. Il n'avait pas besoin de savoir qu'elle avait attendu toute la journée pour avoir de ses nouvelles.

— Je suis en ville. Je peux passer ?

— Cela dépend.

— De quoi ?

— Est-ce que tu es toujours en colère contre moi ? »

Il soupira. « Je n'ai jamais été en colère contre toi, Kate. Mais on a besoin de parler.

— Ce n'est pas de bon augure. Bon, bah, viens.

— Je serai là dans vingt minutes. »

Kate se précipita dans la douche. Quand elle ouvrit la porte d'entrée vingt minutes plus tard, elle s'était changée et portait un jean, un pull et les dessous les plus sexy en sa possession.

Juste au cas où.

$\mathcal{K}$ate s'assit sur le canapé et regarda Reid faire les cent pas pendant qu'il concluait son discours.

« Alors pour toutes ces raisons et bien d'autres encore, nous ne pouvons plus nous voir. Je suis désolé. La dernière chose au monde que je voulais, c'était te blesser, mais ce que nous faisons n'est pas acceptable. »

À en juger par son expression pleine de chagrin, ses mots lui faisaient aussi mal à lui qu'à elle.

« Tu ne vas rien dire ? » demanda-t-il, les mains sur les hanches.

Elle se mordilla la lèvre inférieure en scrutant Reid. « Est-ce que cela veut dire que nous n'allons pas à Graceland demain ? »

Il poussa un soupir, exaspéré. « Franchement, Kate, c'est tout ce que tu as à dire ? »

Réalisant que sa nonchalance l'affectait, elle haussa les épaules. « J'étais toute excitée d'aller à Memphis hier soir grâce à toi, et puis tu m'as embrassée et t'as paniqué. Ce n'est pas juste, non, il me semble ?

— Tout d'abord, c'est *toi* qui m'as embrassé. Et je n'ai *pas* paniqué. J'ai simplement eu l'opportunité d'y réfléchir aujourd'hui. Je ne veux pas de cette relation. »

Elle ne le crut pas un instant. « Je suppose que je vais être obligée de trouver mon chemin jusqu'à Graceland d'une autre façon, alors, » dit Kate en mordant l'ongle de son pouce pour donner l'impression d'être perdue dans ses pensées avec Elvis quand ce qu'elle voulait vraiment, c'était crier. *Il me peut pas y mettre fin maintenant ! Pas quand je viens de découvrir que je l'aime.*

Reid remit sa veste et remonta d'un coup la fermeture Éclair. « Très bien. Si tout ce qui t'importe, c'est Graceland, sois à la maison à sept heures. »

Elle sourit. « À sept heures donc. »

Il secoua la tête, descendit les marches en trombe et claqua la porte d'entrée derrière lui.

En entendant démarrer la voiture de Reid, elle se lamenta que ses beaux dessous avaient été gaspillés. « Bon, bah, tant pis. Différé n'est pas perdu. »

Quand Kate arriva chez Reid le lendemain matin, il vint à sa rencontre habillé d'un costume et d'une cravate bleu marine, une mallette en main ainsi qu'un autre sac. Kate avait mis un jean, un pull rose, ses nouvelles bottes de cowboy et un manteau en peau de mouton.

« Je ne me sens pas assez bien habillée, dit-elle en admirant combien il était sexy dans son costume.

— Il m'a fallu m'habiller pour ma réunion, mais j'ai un jean avec moi pour plus tard. Il tint ouverte la portière de la Mercedes pour Kate.

Elle remarqua qu'il fit de gros efforts pour ne pas la regarder lorsqu'il referma la portière. À la surprise de Kate, ils contournèrent la maison au lieu de prendre l'allée. « Où allons-nous ? »

Ses poings se crispèrent autour du volant d'irritation apparente.

« Tu sais quoi ? On n'a qu'à oublier tout ça. Je vois bien que tu ne veux pas de moi ici.

— J'ai dit que je t'emmenais, alors je le ferai.

— Oh, punaise, ne me rends surtout pas service. »

Il conduisit en un silence tendu pendant plusieurs kilomètres sur une route en terre battue jusqu'à ce qu'ils arrivent à une grande construction en métal blanc. Il gara la voiture et puis fit le tour pour ouvrir la portière de Kate. Même en colère, il était courtois.

« C'est quoi, cet endroit ?

— Où je garde mon avion.

— On prend *l'avion* ?

— Bien évidemment. Je n'ai pas six heures à ma disposition pour faire un aller-retour jusqu'à Memphis aujourd'hui.

— Tu n'as pas mentionné qu'on volait. Elle regarda autour d'elle, remarquant la piste de décollage et les tours d'éclairage à chaque bout. Où est le pilote ? demanda-t-elle avec appréhension.

— Tu le regardes.

— Pas question. Elle croisa les bras. Je n'y vais pas. »

Il grogna de dégoût et poussa les portes du hangar. « Merci pour le vote de confiance, ma petite, mais j'étais pilote avant ta naissance. »

Elle recula et le regarda utiliser une petite Jeep pour tracter un Cessna rutilant hors du bâtiment. Il jeta sa mallette et son sac dans la cabine de l'avion et puis prit plusieurs minutes pour faire le tour de l'avion, le touchant à des endroits variés et donnant des coups de pied ailleurs.

« Dernière chance. Il sortit ses clés. Tu peux reprendre la voiture jusqu'à la maison si tu ne veux pas venir.

— Ça prend combien de temps pour y aller ?

— Vingt minutes.

— Très bien. J'irai, mais je garderai les yeux fermés tout au long du voyage.

— Comme tu voudras. » Il l'accompagna à l'avion et lui fit signe de s'asseoir à côté de lui. Une fois qu'il eut complété une série de vérifications avant le vol, il passa la main au-dessus de l'épaule de Kate pour prendre la ceinture de sécurité. Le dos de sa main effleura sa poitrine et elle leva vite les yeux pour trouver ceux de Reid lorsqu'il enclencha la boucle avec un bruit sec.

Arrachant son regard à celui de Kate, Reid se concentra sur le tableau de bord alors que les moteurs vrombirent. Il ajusta un casque audio et roula jusqu'au bout de la piste de décollage.

Kate dit une prière dans sa tête pendant qu'ils fonçaient sur la piste et lorsqu'ils décollèrent. Malgré ses bonnes intentions, la curiosité prit le dessus et elle ouvrit les yeux. Subjuguée par la vue aérienne de sa propriété, elle observa la maison, le ruisseau où ils avaient fait boire les chevaux, la dépendance, les kilomètres de palissade blanche et les collines vertes du paysage vallonné.

« Je croyais que tu n'allais pas regarder.

— Tais-toi et pilote l'avion. »

Il rit. « Tu veux essayer ?

— Non ! »

Comme promis, ils atterrirent vingt minutes plus tard à l'aéroport international de Memphis, juste derrière un vol commercial.

« Tu peux regarder maintenant, dit Reid lorsqu'ils roulèrent jusqu'à un hangar à part du terminal principal de l'aéroport.

— Je me concentre sur ma respiration. Regarder, c'est le stade suivant. Elle lui jeta un coup d'œil. Je suis impressionnée.

— Par quoi ?

— Par le fait que tu sois pilote d'avion, dit-elle en faisant un signe de la tête vers le tableau de bord.

— Après toutes ces années, c'est exactement comme conduire une voiture. Je dois me déplacer pour le travail partout dans le Tennessee. Cela me fait gagner beaucoup de temps. »

Un homme du bureau de Memphis de Reid les attendait et les déposa en ville. Pendant qu'il était à sa réunion, Kate se promena dans un parc du coin et prit un café dans un restaurant au premier étage de son immeuble. À onze heures, il l'appela sur son portable pour dire qu'il descendait.

Il sortit de l'ascenseur en jean, bottes et un long manteau en cuir marron. Le costume qu'il avait porté plus tôt était dans une housse à vêtements jetée par-dessus son épaule. « Prête à y aller ? »

Elle n'avait pas encore vu ce manteau et Reid était tellement superbe avec qu'elle en perdit la parole pendant un instant et ne put qu'hocher la tête en réponse.

Reid avait les clés de la voiture qui les avait déposés de l'aéroport, et en lui tenant la portière, il jeta un regard anxieux vers le ciel. « Il faut qu'on surveille la météo. Ils ont prévu de la pluie. Si la température baisse encore, ce sera de la pluie verglaçante. Je n'aime pas voler par ce temps.

— Je n'ai pas l'impression qu'il fasse si froid que ça.

— Je sais, mais la température peut vite chuter à cette époque de l'année. Il faut que je passe voir quelques-uns de nos chantiers avant de partir pour Graceland. J'espère que cela ne te dérange pas.

— Bien sûr que non. T'es ici pour le travail. »

Il se rendit sur quatre chantiers dans des quartiers différents de la ville. Quand ils arrivèrent au premier, il ouvrit son coffre avec un bruit sec, pour en sortir un casque de protection.

Kate resta dans la voiture à chaque arrêt et le regarda se faire accueillir comme un roi.

Les chantiers étaient à différents stades de la construction. Un allait devenir un grand immeuble d'appartements, un autre un centre commercial, encore un autre un restaurant, et le dernier un hôtel. À chaque chantier Kate, fille d'architecte, étudia le rendu des bâtiments finis sur les affiches devant les bureaux temporaires. Les signes RMD qui lui étaient maintenant familiers identifiaient les travaux comme un Reid Matthews Development.

Elle se faisait une image plus complète aujourd'hui de l'homme dont elle était tombée amoureuse— le pilote compétent, l'homme d'affaires à succès, l'employeur respecté. Ces nouvelles caractéristiques, ajoutées à celles qu'elle connaissait déjà, augmentèrent encore le respect et l'admiration qu'elle lui portait. Elle l'observa serrer la main du chef de chantier à l'hôtel et enlever son casque en revenant à la voiture.

Il jeta le casque sur le siège arrière. « Désolé que cela ait pris autant de temps.

— Pas de problème. »

Il lança un autre regard inquiet vers le ciel. « Il faut que je sois honnête avec toi. On va peut-être se faire secouer un peu pendant le vol du retour. Cela ne me gêne pas, mais je n'aimerais pas te faire peur. On peut arrêter les frais et rentrer maintenant ou continuer comme prévu et faire un pari avec la météo. »

Kate cacha sa déception de rater Graceland. « Ce que tu penses sera le mieux. C'est toi le pilote. »

Il l'étudia et sembla prendre une décision qui n'avait rien à voir avec Graceland ou les nuages ténébreux. « Bon, écoute. Mangeons un bout et puis allons à Graceland. Chose promise, chose due. Je te ramènerai à la maison en un seul morceau. »

Dans la navette qui entrait par le portail décoré de notes de musique à Graceland, Reid confessa n'y être jamais allé auparavant.

« *Jamais ?* Kate le fixa, époustouflée. Tous les combien viens-tu à Memphis ?

— Presque une fois par semaine depuis vingt ans, dit-il avec un sourire timide.

— Il faut que tu apprennes à vivre, baby, » dit-elle, imitant parfaitement Elvis à nouveau.

Ils écoutèrent la voix de Lisa Marie Presley dans les écouteurs pendant qu'elle leur faisait visiter la salle à manger, le salon, la chambre à coucher d'Elvis et celle de ses parents. Ils se baladèrent dans la salle de musique où son piano à queue était l'attraction principale, avant de voir le billard adoré du King, son bureau d'affaires, et le fameux salon « jungle ». Kate adora absolument tout de l'endroit excessif et criard.

La tension qui avait vibré entre Reid et elle toute la journée disparut pendant qu'ils admirèrent la collection extensive des disques d'or d'Elvis et gloussèrent, ravis, en voyant certains de ses costumes les plus extravagants.

Kate montra du doigt une combinaison blanche incrustée de strass. « Tu serais adorable dans celle-ci, murmura-t-elle.

— Ni dans cette vie, ni dans aucune autre.

— Mauvais joueur. Elle était soulagée du retour de leur relation facile. C'était presque comme si son discours du soir d'avant n'avait jamais eu lieu.

— Traite-moi de ce que tu voudras, mais jamais de la vie ou de la mort je ne porterai un accoutrement comme celui-là. »

Le tour de la maison se termina dans le Jardin de Méditation, où Elvis était enterré avec plusieurs membres de sa famille. Devant la tombe d'Elvis, Kate glissa sa main dans celle de Reid.

« C'est tellement triste, chuchota Reid, enroulant ses doigts autour de ceux de Kate. Il avait tout, mais regarde comme il a fini.

— Seul et perdu, » dit Kate doucement.

Il lui jeta un regard furtif. « Ne laisse pas cela t'arriver à toi.

— Je n'ai pas grand-chose à voir avec Elvis Presley.

— Tu as le même genre de talent et ça va te mener sur un peu le même chemin que lui. »

La certitude de Reid la stupéfia. « Comment peux-tu en être si sûr ? »

Il haussa les épaules. « Appelons cela un pressentiment. »

La pluie commençait à tomber plus fort, alors ils rentrèrent en courant pour voir la collection de voitures. Le temps qu'ils visitent l'avion d'Elvis, la *Lisa Marie*, il tombait des cordes et il faisait considérablement plus froid qu'une heure auparavant.

« Merde. » Reid regarda le ciel, prit la main de Kate et la dépêcha de monter dans la navette pour retourner au parking.

Le vent hurlait et la pluie verglaçante tombait contre le pare-brise pendant qu'ils attendaient pour faire chauffer la voiture.

« Je ne vais pas voler dans ces conditions. Pas avec toi.

— Tu irais si tu étais seul ? Son sourire confiant lui fit comprendre qu'il l'avait fait maintes fois. On peut y aller. Ça ira pour moi.

— Non, tu aurais peur. Je ne ferai pas ça.

— Alors, quel est le plan ?

— Je suppose qu'il faut qu'on reste sur place.

Il sortit son portable de sa poche et fit défiler sa liste de numéros de téléphone jusqu'à ce qu'il trouve ce qu'il cherchait. « Bonjour, c'est Reid Matthews. J'aimerais réserver deux chambres pour ce soir, s'il-vous-plaît. Il écouta, soupira, et puis hocha la tête. Très bien. Je la prends. Merci.

— Qu'ont-ils dit ?

— Ils sont pleins mis à part une suite avec deux chambres. Il faudra faire avec. Un muscle dans sa joue se contracta. À cause d'une conférence en ville tous les hôtels sont pleins. »

Il semblait tellement contrarié qu'elle ne put s'empêcher de demander, « Qu'est-ce qui ne va pas ?

— J'ai l'impression qu'on me met à l'épreuve, là, Kate. Je veux vraiment faire ce qui est juste envers toi, mais les circonstances sont contre nous. Passer une nuit ici avec toi n'est *pas* une bonne idée.

— Pourquoi ne pas en profiter, nous amuser et essayer de ne pas nous faire trop de soucis ?

— Je suppose qu'on n'a pas le choix. »

Son désarroi était si palpable qu'elle tendit le bras pour lui prendre la main. Reid la surprit quand ses doigts s'enroulèrent autour de ceux de Kate et il leva sa main pour embrasser le dos de celle de Kate. Sur le chemin de l'hôtel, il appela chez lui pour dire à Martha qu'ils allaient rester à Memphis. Elle fut soulagée d'entendre qu'il n'allait pas voler par ce mauvais temps.

L'hôtel était petit mais élégant, et Reid avait l'air de bien connaître le portier qui les salua. Kate l'accompagna jusqu'au comptoir de l'accueil.

« Bonjour, M. Matthews, dit la femme au comptoir. Nous sommes ravis de vous revoir. »

Reid lui tendit sa carte de crédit. « Merci. »

Elle lui rendit sa carte avec deux clés électroniques. « Votre fille et vous devriez être très à l'aise dans la Suite Présidentielle au sixième étage. »

Quand Reid s'éclaircit la gorge, Kate baissa la tête pour étudier ses bottes.

« Merci, » dit-il, sa voix serrée de l'effort qu'il faisait.

En le suivant jusqu'à l'ascenseur, Kate voyait bien la tension dans ses épaules sous le manteau en cuir foncé. *Cette fichue femme ! C'était la dernière chose qu'il avait besoin d'entendre ! Sa fille ! Pouah !*

Il ne dit rien dans l'ascenseur. Quand les portes s'ouvrirent au sixième étage, il sortit en trombe avant elle, se dépêchant jusqu'à une chambre au bout du couloir. Il ouvrit la porte et la tint pour elle. Dès que la porte se referma, il explosa. « *Tu as entendu ce qu'a dit cette femme ? Ce qu'elle a supposé ? Tu vois maintenant ce que j'essayais de te dire ?* »

Kate savait qu'il lui fallait agir vite ou le perdre à jamais. Se débarrassant de son manteau en marchant, elle alla à lui et ôta le manteau en cuir des épaules de Reid.

Il se débattit. « Qu'est-ce que tu fais ? »

Elle le poussa, le faisant s'asseoir sur une luxueuse chaise tapissée.

« Kate— »

Le chevauchant, elle s'assit sur ses genoux et le sentit immédiatement durcir sous elle. Elle résista à ses efforts de la faire partir. « Je ne suis pas ta fille, dit-elle en un murmure rauque. Je le sais et tu le sais. C'est tout ce qui compte. Elle enfonça ses doigts dans les cheveux de Reid, le tira vers elle et l'embrassa avec tout l'amour qu'elle ressentait pour lui. Au début il lui résista, mais en bougeant sur ses genoux, elle sentit le contrôle de Reid l'abandonner.

— Kate, arrête, murmura-t-il contre ses lèvres alors que la langue de Kate flirtait avec celle de Reid. Tu commences quelque chose que je ne peux pas finir.

— Je te désire, Reid. Je te désire comme une femme adulte désire un homme. »

Ses mains épousèrent la courbe de ses fesses, la tirant plus près de lui. « Je te désire, moi aussi. Que Dieu m'aide, mais je te désire. »

Ils s'embrassèrent à nouveau et elle frissonna quand les mains de Reid glissèrent sous son pull pour caresser sa peau enfiévrée. Une bouffée de chaleur la traversa quand il défit l'attache à l'avant de son soutien-gorge et caressa ses seins. Il roula ses pouces sur ses tétons et elle trembla. « Je t'en *prie*, Reid, » dit-elle en haletant et elle posa ses lèvres sur les siennes.

Avec une puissance soudaine, il se leva sans mettre fin à leur baiser. Elle enroula ses bras et ses jambes autour de lui, sa langue se mêlant à celle de Reid quand il la porta à l'une des chambres. Quand il la posa à nouveau près du grand lit, elle avait les jambes en coton. Elle leva la main pour déboutonner la chemise de Reid et il tira le pull de Kate par-dessus sa tête. Ses yeux brillèrent d'un désir évident quand il découvrit le soutien-gorge en dentelle rose ouvert sur ses seins. Descendant les bretelles sur ses épaules, il le laissa tomber par terre près de son pull.

Debout à moitié nue devant un homme pour la première fois de sa vie, Kate aurait dû être complexée. Mais parce que c'était lui, et parce son désir pour lui était si fort, elle refusait d'être gênée. Elle ôta la chemise de Reid et enfouit son visage dans les poils bruns épars. Il trembla lorsque les lèvres de Kate effleurèrent son téton durci tandis que ses mains caressèrent son torse et son ventre musculeux. Quand elle arriva à la ceinture de son jean, il l'arrêta.

Levant le menton de Kate vers lui, il l'étudia attentivement. « Tu es sûre, Kate ? »

Elle hocha la tête.

« Je n'ai pas de protection.

— Je prends la pilule. »

La surprise se lut sur son visage.

« J'ai commencé un mois avant de quitter la maison. Au cas où.

— Je n'ai pas fait ça depuis longtemps, alors je suis en bonne santé. »

Elle tira sur le bouton de son jean et aurait juré qu'il avait arrêté de respirer quand elle en descendit la fermeture Eclair.

Ses mains sur le visage de Kate, il l'embrassa avec douceur. « Je t'aime, Kate. Je ne veux pas te faire de mal. »

En entendant ses mots d'amour, son cœur s'emballa. « Je t'aime aussi, mais si tu ne me fais pas l'amour tout de suite, je crois que je vais mourir, Reid. »

Il l'enlaça et baissa la tête pour l'embrasser. « Qu'est-ce que tu as déjà fait ?

— Rien. Ses joues s'enflammèrent d'embarras. Pas grand-chose... »

Reid respira profondément et leva la tête comme pour demander l'aide de Dieu. Ses mains bougèrent sur le dos de Kate, plus en un geste de réconfort que de séduction. Il déboutonna son jean, et l'aida à l'enlever, la laissant vêtue seulement du slip minuscule rose qui allait avec son soutien-gorge.

« Mon Dieu, Kate, il murmura contre son cou. Tu es tellement belle. »

Elle poussa le jean de Reid, mais il l'arrêta. « Pas tout de suite, ma chérie. » Il la posa sur le lit et s'allongea près d'elle.

Sous le feu de son regard, le corps de Kate vibrait de tension et de désir. Le bout de ses seins se durcit d'excitation, et le besoin entre ses jambes devint presque douloureux. Sentant son hésitation, elle prit sa main et la porta à son sein.

Il grogna et bougea pour se mettre sur elle. Baissant la tête, il effleura son téton d'abord avec ses lèvres et puis avec ses dents.

Sans le poids de Reid sur elle, Kate aurait flotté au-dessus du lit. Le tourbillon de sensations en elle était tellement envahissant qu'il en était presque insupportable. Quand il suça fort son bout de sein, un spasme commença entre ses jambes et se répandit de façon fulgurante en elle, envoyant des ondes de choc de ses doigts de pied à ceux de ses mains. Elle cria de surprise et de peur. « Qu'est-ce que… »

Respirant fort, Reid posa son front sur la poitrine de Kate.

« Que s'est-il passé ? demanda-t-elle d'une petite voix.

— Tu as eu un orgasme, ma chérie. »

Ses joues brûlèrent encore. « Oh. C'est normal ? »

Il sourit. « Ce n'est pas si facile que ça pour les femmes d'habitude, alors je dirai que tu es une fille qui a beaucoup de chance, Kate Harrington. »

Les bras tendus, elle le tira à elle. « Je veux tout faire, Reid. Montre-moi. »

Il rit doucement. « Tu vas me tuer.

— Au moins tu mourras heureux, » dit-elle avec un sourire coquin lorsqu'elle approcha la bouche de Reid de la sienne.

Leurs langues se mêlèrent en une explosion de passion qui les laissa tous deux sans souffle. Il remplit ses mains des seins de Kate et joua avec ses tétons. Elle arracha ses lèvres à celles de Reid et prit une grande inspiration.

Il embrassa sa mâchoire, son cou, sa gorge, et caressa de sa langue la clavicule de Kate.

Elle souleva ses hanches, le suppliant d'aller plus loin.

Doucement, il embrassa la courbe pentue de son sein.

Kate plaça ses mains par-dessus celles de Reid et les poussa ensemble, lui demandant de se concentrer sur ses tétons.

Il passa rapidement sa langue de l'un à l'autre.

Elle gémit et le besoin brûlant entre ses jambes devint encore urgent.

En descendant, il traîna ses lèvres sur les côtes de Kate et s'attarda sur son ventre, plongeant sa langue dans son nombril.

Kate était aveuglée par le désir. Rien dans sa vie aurait pu la préparer à cela. Elle mourait d'envie de lui— de la sensation de sa peau douce, du parfum citronné de son eau de toilette, de ses cheveux qui chatouillaient son ventre, de sa langue qui se frayait un chemin humide jusqu'au minuscule bout de dentelle qui la recouvrait.

D'un petit coup il écarta davantage les jambes de Kate et lui effleura la hanche d'un doigt pour aller le glisser dans le creux de son slip.

Glissant son doigt dans l'humidité de Kate, il semblait savoir exactement où elle désirait qu'il la touche. L'orgasme la prit encore au dépourvu, mais cette fois elle était trop occupée à essayer de respirer pour en avoir peur. En revenant sur terre, elle se rendit compte que son slip était en train de descendre le long de ses jambes. Enlevant son jean d'un coup de pied, Reid se coucha sur son flanc face à Kate.

Kate caressa le torse de Reid et laissa son regard errer jusqu'à son érection, qui tressaillait d'impatience. Son sexe était plus grand que Kate avait pensé et elle retint son souffle lorsqu'elle se demanda comment elle pourrait l'accueillir. Une goutte de sueur froide coula le long de sa colonne vertébrale.

À l'écoute de son anxiété, Reid prit la main de Kate et l'enroula autour de son sexe dur comme du fer. Quand elle le serra doucement, il gémit.

Elle le relâcha brusquement. « Je suis désolée. Je t'ai fait mal ?

— Non, non, » dit-il en soupirant, et il mit sa main sur celle de Kate pour lui montrer comment le caresser.

Fascinée par la douceur soyeuse de la peau qui en recouvrait la dureté, elle observa une goutte de moiteur se former au bout. Elle passa son pouce dans le liquide nacré et sentit Reid se raidir.

Il saisit sa main pour l'arrêter. « On aura fini avant même de commencer les bonnes choses si tu continues comme ça, » murmura-t-il, ses lèvres trouvant celles de Kate pour l'embrasser profondément. La main de Reid glissa le long de son dos jusqu'à ses fesses et puis entre ses jambes pour vérifier sa moiteur. « Kate… »

Incapable de penser à autre chose que le mouvement de ses doigts, elle ne pouvait que ressentir.

« Il faut que je te prépare, ma chérie. Sa main hésita devant sa fente. Cela te fera peut-être un peu mal. »

Elle ne pouvait penser qu'à son besoin urgent. « Ce n'est pas grave. »

Bougeant lentement et avec grand soin, il enfonça petit à petit un doigt en elle. En même temps, il referma ses lèvres autour de son téton. La combinaison était irrésistible. Elle se concentrait tellement sur le mordillement du bout de son sein qu'elle ne s'en aperçut presque pas quand il ajouta un autre doigt. Ses hanches allèrent à la rencontre de ses doigts en un mouvement presque involontaire.

Elle trembla violemment. « *Reid…*

— Ça te fait mal, ma chérie ?

— Non. » Elle blottit sa tête contre son torse et lui tendit les bras.

Il enleva ses doigts et bougea de façon à s'installer entre les jambes de Kate. « Regarde-moi, amour. »

Quand elle ouvrit les yeux, il avait baissé la tête vers elle et la fixait.

« Je t'aime, » dit-il, effleurant les lèvres de Kate d'avec les siennes.

L'attrapant par les épaules, elle dit, « Je t'aime, moi aussi. »

Il écarta davantage ses jambes. « Relaxe-toi, ma chérie.

— J'essaie. »

Il l'embrassa, un baiser profond et passionné qui détourna son attention— momentanément— de la pression entre ses jambes. Un instant de douleur intense et brûlante fut rapidement remplacé par le plaisir. Oh, Dieu, Reid était si bon.

Les mains de Kate descendirent son dos pour venir attraper son derrière.

Gémissant, il inclina ses hanches et s'enfouit en elle. « Ça va ? demanda-t-il, restant immobile pour lui donner le temps de s'accommoder.

— Hmmmm, oh, oui. »

Encouragé, il l'embrassa et passa la main sous les hanches de Kate pour les tenir, ses mouvements petits et tranquilles.

« *Oh*, s'écria-t-elle.

— Quoi, ma chérie ? Dis-moi ce qu'il te faut.

— *Plus*, supplia-t-elle, » poussant fort contre lui.

Il poussa une fois, deux fois.

C'est tout ce qu'il lui fallut pour la propulser vers un autre orgasme.

Reid prit soin d'elle pendant la tempête et puis il fut ravagé de même.

Avec Reid qui se reposait sur elle sans l'écraser, Kate savait qu'elle n'oublierait jamais ce moment. Cela n'avait pas été du tout ce à quoi elle s'était attendu. Ses amies avaient parlé d'un sentiment de déception après, mais ce n'était pas le cas pour Kate. Au contraire, elle se sentait euphorique. « Tu étais sérieux ?

— Quand ça ?

— Quand tu as dit que tu m'aimais. »

Il hocha la tête contre son cou.

« Mais tu voudrais que ce ne soit pas le cas ? »

Il se retira d'elle et roula sur son flanc pour la voir. « Je ne regretterai jamais de t'aimer. J'aimerais simplement que les choses soient différentes.

— Je peux te demander quelque chose ?

— Tout ce que tu veux.

— C'était bien pour toi ? »

Il se pencha pour l'embrasser, l'attirant d'un bras tout contre lui. « Pour moi, cela n'a été comme ça qu'avec une seule autre femme. Et il y a tellement longtemps que j'avais oublié que ça pouvait être aussi bon. »

Contente de sa réponse, Kate posa sa joue sur son bras plié et scruta le visage de Reid, voulant se souvenir de chaque détail. « Elle était comment ? Ta femme ? »

Il réfléchit pendant un moment avant de lui répondre. « Elle était très gentille et très dévouée à Ashton et à moi. Il lui ressemble.

— Comment tu l'as rencontrée ?

— Nous sommes allés au lycée ensemble et sommes restés en contact pendant l'université, même si nous sommes sortis avec d'autres personnes. Quand je suis rentré de Berkeley, tout ce que je voulais, c'était être avec elle. Nous nous sommes mariés quelques mois plus tard et avons eu Ashton tout de suite. Il n'avait que deux ans, et nous parlions de faire un autre enfant, quand Cindy a été tuée.

— Que lui est-il arrivé ?

— Elle faisait du bénévolat à l'hôpital en ville et rentrait à la maison quand un camion a traversé la voie centrale et l'a heurtée de front. Les ambulanciers ont dit qu'elle était morte sur le coup. Je ne peux que l'espérer.

— Je suis vraiment désolée, dit Kate, lui caressant le visage pour tenter d'effacer la peine qu'elle avait attisée.

— Il y a longtemps.

— Mais tu en es encore triste.

— J'en suis venu à me rendre compte qu'on ne se remet jamais de quelque chose comme cela. D'une façon ou d'une autre, on trouve une manière de vivre avec. Tu connais bien ça, toi, n'est-ce pas ? »

Hochant la tête, Kate bougea pour se mettre au-dessus de lui et embrassa son cou et son visage.

Il l'enlaça. « C'est bon d'être à nouveau amoureux, Kate. Quoi qu'il arrive, je n'aurai jamais de regrets à propos de cela. »

En bougeant sur lui, elle le sentit reprendre vie sous elle. « On peut recommencer ?

— Non, ma chérie. Tu vas avoir mal. »

Il gémit quand elle l'enfourcha et descendit sur lui.

« Je vais tenter ma chance. »

Ils retournèrent à Nashville en avion mardi en fin d'après-midi. Reid lança un regard à Kate du siège du pilote. « Qu'est-ce qui te fait sourire ?

— C'est une belle journée.

— C'est sûr. Il poussa le micro sur ses écouteurs pour pouvoir l'embrasser. Mais il faut qu'on parle de ce qui va se passer quand on sera de retour à la maison.

— Je sais.

— Tu ne peux en parler à personne. De nous.

— Je voudrais ne pas avoir à le cacher.

— Moi aussi. Mais les gens ne comprendraient pas, et cela m'apporterait beaucoup de problèmes.

— Je ne l'ai dit qu'à une seule personne. »

Il la regarda avec inquiétude. « Qui ?

— Ma sœur. Jill.

— Bon sang, Kate. Elle ne le dira pas à ton père, non ?

— Je lui ai fait promettre que non et je lui fais confiance. On a traversé des moments très difficiles ensemble ces dernières années. Elle ne le dira pas.

— J'espère que non. Je m'inquiète de comment faire avec Martha et du fait qu'Ashton est ton voisin. Cela pourrait devenir compliqué. Ressentant le découragement de Kate, il lui prit la main. On trouvera une solution, mon amour. Ne t'inquiète pas. »

Ils atterrirent quelques minutes plus tard. Après avoir dîné ensemble chez lui, elle rentra en voiture à son appartement. Il vint la chercher à vingt-deux heures et la ramena chez lui pour que la voiture de Kate ne soit pas dans son allée. Ils passèrent la nuit dans la chambre de Reid et repartirent le lendemain matin avant que Martha se lève.

« J'ai l'impression de commettre un crime en toute impunité, dit-elle en allant en ville.

— Je déteste me cacher. Je ne veux pas que tu penses ne serait-ce qu'une minute que j'ai honte de toi, Kate. Je t'adore. C'est juste que je ne veux faire subir ni à toi, ni à moi, ce qui arriverait si les gens découvraient que nous sommes ensemble.

— C'est bon. On a besoin de s'y habituer nous-mêmes avant que le monde entier l'apprenne de toute façon.

— Tu es géniale, dit-il en l'embrassant quand il la déposa à son appartement avant de s'en aller au travail.

— Je te vois ce soir ?

— J'ai hâte. »

Reid était dans son bureau, examinant des plans pour un immeuble de bureaux à Knoxville quand sa secrétaire lui fit savoir qu'Ashton était là pour le voir. Reid lui demanda de le faire entrer.

« Salut. Qu'est-ce qui t'amène dans mon quartier ?

— Je voulais voir mon vieux. Ashton se pencha pour prendre vite fait son père dans ses bras. Ça ne te dérange pas ? »

Reid sourit, ravi que son fils n'ait jamais renoncé en grandissant à cette affection facile qui les liait. « Ça ne me dérange absolument pas. Qu'est-ce que tu deviens ?

— Toujours pareil, je travaille beaucoup. Et toi ? Tu as l'air crevé. T'es malade ? »

Puisqu'il ne pouvait pas vraiment admettre ce qu'il avait passé les deux dernières nuits à faire au lieu de dormir, Reid secoua la tête. « Je vais très bien. »

Ashton fit les cent pas devant le bureau de son père. De toute évidence, quelque chose le préoccupait. « Je me demandais si tu avais parlé à Kate. »

Reid leva vite la tête pour regarder son fils dans les yeux. « Pourquoi ?

— Bah, j'étais chez elle dimanche soir et elle était dans tous ses états. Elle m'a dit qu'elle s'était disputée avec un type qu'elle avait rencontré chez Mabel's. Mais quand j'ai demandé à Butch s'il connaissait le mec, il n'avait aucun souvenir de la voir sortir avec quelqu'un pendant qu'elle y travaillait. Puis les quelques derniers jours je n'ai pas réussi à la joindre. Elle n'a pas répondu à son portable, et je suis juste inquiet qu'il se passe un truc avec elle. Tu crois qu'on devrait appeler son père ?

— Non, dit Reid avec insistance— trop d'insistance, en fait. Non, dit-il encore d'un ton plus normal. Je suis sûr qu'elle avait juste passé une mauvaise journée quand tu l'as vue. »

Ashton avait l'air tellement désemparé que Reid réalisa que son fils avait peut-être des sentiments pour Kate, lui aussi. *Bon Dieu.*

« Tu ne sais rien sur ce mec qu'elle voit ? » demanda Ashton, passant sa main dans ses cheveux blonds de frustration.

Le cœur de Reid s'emballa lorsqu'il regarda son fils droit dans les yeux. « Rien du tout. »

CHAPITRE 18

Clare travailla tard dans la librairie le jour du réveillon de Noël. Quand Bea retourna finalement le signe Ouvert et ferma la porte à clé, les deux femmes s'affalèrent dans un fauteuil devant le feu.

« Dieu merci, c'est fini pour un an, grogna Bea.

— J'ai tellement mal aux pieds.

— J'espère que tu n'en as pas trop fait.

— Non, non. Je prendrai un bain en arrivant à la maison. Je serai toute neuve demain.

— En parlant de demain, l'invitation est encore valable. Pourquoi tu ne viens pas avec moi ? Bea avait invité Clare au repas de Noël chez son frère à Burlington.

— Merci, Bea, mais je vais me reposer demain. Les filles arrivent le jour suivant, alors on fera la fête à ce moment-là. Il faut que je prépare leurs chambres et que je commence à cuisiner. Aidan a remis la vieille cuisinière et le frigo dans la cuisine pour moi.

— Tu es sûre que c'est une bonne idée de passer Noël toute seule ?

— Ça ira très bien, mais je suis reconnaissante de l'invitation.

— Bon, bah, si tu changes d'avis, il suffit de m'appeler demain matin, dit Bea en s'arrachant au fauteuil pour commencer à ranger

la boutique, qui donnait l'impression qu'une tornade était passée
par là.

— Ça ira sans moi la semaine prochaine ? Je peux venir travailler si
tu es occupée.

— Ce sera calme. Presque que des échanges, alors amuse-toi avec
tes filles et ne t'inquiète pas pour la boutique. »

Clare en était venue à tellement aimer le travail—et son temps avec
Bea—qu'elle avait été soulagée quand Bea lui avait demandé de rester
au moins jusqu'au Festival d'Hiver fin janvier. Clare enfila vite son
parka, son chapeau et ses gants pour rentrer à pied chez elle.

« Merci encore pour toute ton aide ce mois-ci. Bea fit un câlin
rapide à Clare. Tu m'as vraiment sauvé la vie.

— Il me semble que c'est toi qui m'as sauvée. Passe un merveilleux
Noël.

— Toi, aussi. »

Clare sortit dans le froid. Le minuscule village brillait de toutes les
lumières blanches dans les vitrines des boutiques. Les trottoirs
grouillaient d'acheteurs de dernière minute et les groupes habituels de
skieurs. De la musique de Noël venant des haut-parleurs devant l'épicerie ne faisait qu'ajouter à l'ambiance festive.

Du coin de Maple Street, Clare remarqua qu'Aidan avait allumé les
lumières du sapin qu'elle avait placé devant la fenêtre donnant sur la
rue. Les lumières blanches brillaient contre les ornements dorés
qu'elle avait achetés. Tout de ce Noël lui était étranger, mais elle était
déterminée à faire de son mieux. L'année prochaine elle serait de
retour à Rhode Island avec les filles. Peut-être que d'ici là elle serait à
l'aise avec l'idée de passer les fêtes avec Jack, Andi, et leurs familles
recomposées. *Bah, c'est un but à atteindre.* Ce serait ce qu'il y a de mieux
pour les filles. Elle détestait l'idée qu'elles aient à se faire trimballer
entre leurs parents divorcés pendant les fêtes.

Si jamais elle avait douté de sa décision de venir temporairement à
Stowe, elle pouvait maintenant dire qu'elle avait fait ce qu'il fallait.
Elle se sentait plus forte de jour en jour, physiquement et émotionnel-
lement. Dernièrement, elle avait été surprise de voir qu'elle pensait
moins souvent à Jack. En fait, elle avait commencé à réaliser que ses

pensées tournaient plus autour d'Aidan que de Jack ces jours-ci. *Un développement intéressant*, songea-t-elle.

Aidan n'avait plus mentionné la sortie « en amoureux » qu'il lui avait proposé dix jours avant et Clare savait qu'il ne lui demanderait pas une deuxième fois. Cela ne tenait qu'à elle. Ils avaient continué leurs dîners à la bonne franquette et leurs taquineries, mais il y avait quelque chose de sous-jacent entre eux maintenant qui n'avait pas été là avant qu'il lui demande de sortir avec lui.

Elle arriva par la porte d'entrée pour le trouver plié en deux, à passer l'aspirateur dans le salon, et elle prit un moment pour admirer la vue. Clare s'était habituée à le trouver chez elle quand elle rentrait de la boutique. D'habitude, il était très sale après avoir travaillé toute la journée, et ses cheveux étaient souvent couverts de sciure, mais la saleté et la poussière ne faisaient qu'ajouter à son charme masculin.

Il aspira l'énorme pile de sciure qu'il avait balayée au milieu de la pièce et arrêta l'aspirateur.

« Salut, dit-il. Quand est-ce que tu es arrivée à la maison ?

— Il y a une minute. J'ai pris plaisir à te regarder nettoyer ma maison.

— Je suis content d'être disponible pour te divertir, dit-il sèchement en jetant un œil sur sa montre. Il faut que je prenne la route dans quelques minutes. »

Il allait chez ses parents à Cape Cod pour les fêtes.

« Je pensais que tu serais déjà parti.

— Je voulais finir une dernière chose dans la salle de bains pour que ce soit prêt pour la phase deux à mon retour.

— Tu devrais y aller. T'as de la route.

— Tu es sûre que tu ne veux pas venir avec moi ? Je pourrai te ramener bien avant que les filles arrivent.

— Je te crois. Merci de l'offre, mais j'ai hâte de passer une journée bien tranquille demain.

— Alors l'idée de passer Noël avec mes parents, mes trois frères odieux, ma sœur, son mari et leurs trois gamins, ne te dit rien ? »

Elle rit en voyant son air chagriné. « Ça doit être adorable. Que je ne te retienne pas. »

Levant un sourcil, il dit, « Tu as vraiment hâte de te débarrasser de moi. Est-ce que ton petit copain attend dehors que je m'en aille ? » Il jeta un œil par la fenêtre.

Elle sourit. « T'es long à la détente.

— Ça te dérange si j'emprunte ta douche ? Ma mère va en faire tout un plat si j'arrive dans cet état et rentrer chez moi prendrait trop de temps.

— Je t'en prie. Les serviettes sont dans le placard derrière la porte.

— Merci. » Il alla à son pick-up chercher un sac de voyage et le monta à l'étage.

Pendant qu'il prenait la douche, Clare monta à sa cuisine temporaire pour préparer quelques sandwichs et un thermos de café pour qu'il les emporte avec lui. Elle était de retour au rez-de-chaussée quand il redescendit, quinze minutes plus tard.

« Tu vas mettre combien de temps à arriver ? » Elle se tourna et s'immobilisa en le voyant dans un col roulé marron et un jean— sans trous— qui le moulait exactement où il fallait. Il avait encore les cheveux mouillés, et son beau visage était lisse après qu'il s'était rasé. *Oh, punaise.*

Il ne détourna pas son regard, ses yeux verts pétillants d'amusement et de désir. « Environ quatre heures. »

Clare avala sa salive. « Je t'ai préparé des sandwichs et du café. »

Il eut l'air content et surpris en même temps. « Une fois maman, toujours maman, hein ? »

Elle haussa les épaules, et en lui donnant le sac, l'eau de toilette qu'elle aimait tant l'enivra.

Il lui prit le sac des mains et le posa par terre près de son sac de voyage. « Merci.

— Je t'en prie.

— Tu es sûre que ça ira, toute seule ? »

Touchée par son inquiétude, elle sourit. « J'en suis sûre.

— Eh, bien… » Il commença à se tourner vers la porte mais changea d'avis si rapidement que Clare n'eut pas le temps de mesurer ses intentions avant que ses lèvres se posent sur les siennes et qu'il l'ait prise dans ses bras forts. À son grand soulagement, le baiser n'alla pas de pair avec le désir soudain qu'elle avait vu dans ses yeux, presque comme s'il savait qu'il fallait y aller doucement avec elle. Quand il s'éloigna finalement d'elle, il avait l'air consterné. « Je suis désolé. Je ne pouvais attendre une minute de plus pour le faire. »

Elle leva les yeux vers lui. « Je suis contente que tu n'aies pas attendu, dit-elle en se mettant sur la pointe des pieds pour l'embrasser à nouveau. Tu ferais mieux d'y aller. Il se fait tard. »

Avec une grande réticence, il souleva son sac. « Je te verrai dans quelques jours.

— Souviens-toi, pas de journées de travail qui débutent à l'aube quand les filles seront là. Elles se lèvent tard.

— J'ai compris. Passe un Joyeux Noël. »

Elle l'accompagna à la porte. « Toi, aussi. »

Avec un dernier baiser à la va-vite, il était parti.

Clare le regarda monter dans son pick-up et lui fit un signe de la main lorsqu'il s'en alla. Elle éteignit la lumière de la terrasse, ferma la porte à clé et s'appuya contre, se concentrant pour que son cœur retrouve un rythme normal. « Eh bien, se dit-elle, en voilà une surprise. Avec un petit rire, elle ajouta, une très agréable surprise. »

En route, Aidan appela sa mère pour lui faire savoir qu'il était parti en retard. La dernière chose qu'il voulait, c'était énerver tout le monde à Noël et inquiéter Colleen O'Malley inutilement. Pendant deux heures après avoir fini sa journée de travail, il s'était occupé de bricoles chez Clare en attendant qu'elle rentre de la boutique. Il voulait être sûr que cela irait vraiment pour elle avant de la laisser passer Noël toute seule.

Il ne pouvait nier qu'elle réveillait des émotions qui sommeillaient en lui depuis tellement longtemps qu'il les avait oubliées. La vulnérabilité qui se dégageait d'elle créait en lui une envie puissante de la protéger de ce qu'elle fuyait. Il était également ébahi de voir à quel point il voulait savoir ce qui avait causé le regard hanté qu'il voyait de temps en temps dans ses incroyables yeux bleus.

Des heures plus tard, il pensait encore à elle, seule dans sa maison le réveillon de Noël pendânt qu'il se dirigeait vers le pont Sagamore à l'entrée de Cape Cod. En bâillant, il prit son portable, content d'avoir pensé à enregistrer le numéro de Clare plus tôt. Elle répondit à la deuxième sonnerie.

« Salut, dit-il. Je commence à fatiguer. Tu veux bien me tenir compagnie ?

— Avec plaisir. Où es-tu ?

— Presqu'au Cap, et puis j'ai encore à peu près une heure pour arriver à Chatham.

— Ta famille a toujours habité là ?

— Depuis presque quarante ans, juste après que mes parents se sont mariés. »

Clare gémit. « Oh, *bon Dieu*, O'Malley, *tu n'as même pas quarante ans ?* »

Il rit. « Pas tout à fait. C'est un problème ?

— J'ai six, non, attends, presque *sept* ans de plus que toi ?

— Quelle chance pour moi que tu n'en fasses que vingt-deux.

— Pouah, je devrais arrêter les frais et prendre mes jambes à mon cou. En réalité, il était ravi de l'entendre reconnaître qu'il se passait quelque chose entre eux. C'est vraiment trop gênant.

— Est-ce que je t'ai déjà dit que *j'adore* les femmes mûres ?

— Tu te rattrapes bien, dit-elle de ce ton sec qu'elle faisait si bien. Parle-moi de ta famille.

— Ça, c'est une sacrée histoire.

— J'ai le temps de t'écouter, si tu as le temps de me la raconter.

— D'accord. Voyons. Mes parents, Colleen et Dennis, ont grandi dans le même quartier sud de Boston. Les parents de mon père étaient des immigrés irlandais, mais lui est né dans la ville. Maman a émigré d'Irlande avec ses parents quand elle avait dix ans. Mamie Fitz, la maman de ma mère, a juré même sur son lit de mort que ma mère avait jeté son dévolu sur mon père dès son deuxième jour à Boston. Il avait quatre ans de plus qu'elle, et d'après ce qu'on nous a toujours dit, il n'avait aucune chance de lui échapper. »

Clare rit. « Elle me plaît déjà.

— Ouais, elle n'y va pas par quatre chemins. Notre histoire

préférée sur eux, c'est quand elle avait dix-neuf ans. Apparemment elle a sorti notre pauvre père d'un pub plein de fumée à Dorchester et lui a posé un ultimatum sur le trottoir devant tous ses compagnons de débauche. « C'est eux ou c'est moi, Dennis O'Malley, » l'imita Aidan avec un parfait accent irlandais. « À toi de choisir. »

— Elle n'a pas fait ça !

— Si, si. D'après la légende, la flamme dans ses yeux verts a mis à genoux le jeune O'Malley, et avec un regard triste vers les gars, il a dit, « Mais, toi, mon amour. Bien sûr, c'est toi que je choisis. » Elle l'a traîné devant le prêtre de la paroisse moins de deux semaines plus tard. Tout de suite après le mariage—et au grand désarroi de mon père—elle les a fait déménager pour Chatham. Papa était dans tous ses états. « Tous mes amis sont à Boston, » il s'était plaint.

— Elle n'était pas sotte.

— Mais oui, avait dit Maman, exactement. Maintenant trouve une façon de gagner ta vie ici, Dennis O'Malley, parce qu'il va y avoir des petits. Beaucoup de petits. » Alors Papa a fait ce qu'on lui a dit et a utilisé la seule compétence qu'il avait pour monter une entreprise de construction. O'Malley Construction a mis du temps à démarrer, et j'ai souvenir d'une enfance pleine d'amour mais sans les petits-plus superflus.

— Dis-moi que tu es né peu après leur mariage et que tu vas avoir quarante ans *très* bientôt.

— Dix mois jour pour jour après leur mariage. Je vais avoir quarante ans au mois de février. Est-ce assez tôt ?

— Je suppose qu'il faudra faire avec.

— Mon frère Brandon est né un an après moi. Deux ans plus tard, Colin est arrivé, et puis Declan l'année suivante. Brandon, Colin et moi avons été nommés d'après les frères aînés de ma mère qui lui ont brisé le cœur en restant en Irlande quand ses parents et elle sont venus habiter en Amérique. On a grandi fascinés par ses histoires sur nos oncles, et pendant des années elle a supplié Papa de payer un billet d'avion à ses frères pour qu'ils viennent. L'entreprise avait finalement commencé à faire de l'argent et il a cédé et fait venir les « garçons » en vacances pour trois semaines. Eh bien, les garçons étaient devenus des hommes pendant la vingtaine d'années qu'elle ne les avait pas vus. Le souvenir fit sourire Aidan. Ils ont fait des ravages à Chatham, comme une tornade, l'été de mes onze ans. Ils se sont battus dans tous les bars de la ville, et une fois qu'ils sont partis, au moins cinq filles ont déclaré qu'ils étaient le père de leur enfant. Ils nous ont bien marqués, et je vais me contenter de dire que Maman n'a plus jamais parlé d'une nouvelle visite. »

Clare hurla de rire. « Tu inventes tout ça !

— Absolument pas ! Oh, et j'ai oublié de dire que quand j'avais neuf ans ma sœur Erin est née. Maman a remercié Dieu de finalement lui avoir donné une fille. Mais l'ironie c'est que c'est Erin qui s'est avérée la plus dure. Nous les garçons, nous vivions dans une telle peur de Maman— quelque chose que dont nous ne nous sommes jamais complètement débarrassés— que nous n'osions pas lui désobéir. Erin, cependant, la défiait comme si c'était un sport sanguinaire. Dès ses tout premiers mots, ses batailles avec Maman étaient légendaires. Elles ont continué jusqu'à ce qu'Erin ait vingt-et-un ans et rencontre pauvre Tommy Maloney.

— Laisse-moi deviner, l'histoire se répète ?

— T'as compris. Erin a décidé que Tommy était le gars pour elle et s'est acharnée à le séduire avec une campagne d'une détermination si farouche que, bien qu'elle nous ait torturés pendant des années, nous étions désolés pour Tommy. Six mois plus tard ils étaient mariés et ont eu cinq enfants en cinq ans, au grand plaisir de Maman.

— J'adore, dit Clare en pouffant de rire. Où sont-ils maintenant ?

— Ils sont tous encore à Chatham. Mes frères et Tommy travaillent avec mon père. L'entreprise est devenue vraiment rentable une fois que nous étions assez grands pour travailler. L'année de mes quinze ans, Papa a fièrement rebaptisé l'entreprise O'Malley & Fils Constructions. Tout ce que je sais sur la construction et la restauration, je l'ai appris à travailler l'été avec lui pendant le lycée et l'université.

— Il t'a bien formé. Alors pourquoi tu ne travailles pas avec lui maintenant ?

— C'est encore une longue histoire, dit-il en traversant la ville de Chatham. Je suis presque arrivé.

— C'est comment, Chatham ? Je n'ai jamais passé beaucoup de temps au Cap. Il n'y avait pas vraiment de raison de quitter Newport l'été. »

Soulagé qu'elle n'ait pas choisi de poursuivre « l'autre » histoire, il dit, « Ça ressemble beaucoup à Stowe, en fait. Parfois je me dis que c'est pour cela que je me sens si bien à Stowe. En revanche, les saisons sont opposées. La population de Stowe augmente énormément pendant la saison du ski, alors que c'est la folie à Chatham pendant l'été quand les routes sont bondées de voitures et les plages envahies de touristes.

— Ça doit être comme Newport.

— Merci de m'avoir tenu compagnie, dit Aidan, la laissant partir à contrecœur. Il lui avait parlé plus à elle depuis le peu de temps qu'il la connaissait qu'il n'avait parlé à quiconque depuis des années. Il avait le sentiment qu'il ne se lasserait jamais de lui parler, une idée qui aurait dû le terrifier mais pour une raison quelconque ce n'était pas le cas.

— Tout le plaisir était pour moi. Vraiment. C'était la meilleure histoire que j'ai entendue depuis longtemps. Je n'ai pas encore décidé ce qui est réalité et ce qui est fiction.

— Tout est vrai, ma chérie, dit-il en riant. Aidan n'avait pas raconté cette histoire depuis des années et il avait pris plaisir à la partager avec elle. Je te parle bientôt. » Il raccrocha et prit l'allée de la demeure victorienne à trois étages de ses parents. La maison avait commencé par être un ranch mais était devenu un des projets préférés d'O'Malley Construction au fil des années, l'élargissant en même temps que la famille qu'elle abritait s'agrandissait.

Dennis avait failli faire une crise cardiaque en voyant les couleurs farfelues, genre maison de contes de fée, que Colleen avait commandées deux étés plus tôt, et les garçons savaient qu'ils n'avaient pas intérêt à le taquiner pour avoir cédé encore une fois à leur mère. Au lieu de cela, quand il pensait que Colleen n'écoutait pas, Dennis rouspétait de devoir vivre dans une maison qui ressemblait à un grand gâteau rose. Un sapin de Noël égayait la fenêtre avant et le contour de la maison était défini par des lumières blanches qui illuminaient la couleur ridicule.

Pendant qu'Aidan prenait son sac de voyage et un grand sac de cadeaux de l'arrière du pick-up, la porte d'entrée s'ouvrit d'un coup et Colleen, dans sa robe de chambre par-dessus sa chemise de nuit, accourut pour l'accueillir.

« Aidan O'Malley, viens ici et fais un gros câlin à ta maman, » dit-elle en l'enlaçant.

Il laissa tomber ses sacs, la souleva et la fit virevolter.

Elle le tapa. « Pose-moi, imbécile ! Tu vas te faire mal au dos !

— Tout ce que tu veux, Maman. Tu ne te fais pas légère. Combien tu pèses de nos jours ? Cinquante kilos ? »

Elle passa la main dans le creux de son coude pour le conduire à l'intérieur. « Tais-toi, va. Je n'ai pas fait cinquante kilos depuis avant ta naissance. Papa en a eu marre d'attendre et est parti au lit. Il a dit qu'il te verrait demain matin. »

La maison sentait la naphtaline, le sapin, et les épices. « Qu'est-ce que t'as cuisiné ?

— Qu'est-ce que je n'ai *pas* cuisiné ? Ta sœur et moi n'avons pas arrêté de la journée.

— De cuisiner ou de vous battre ? »

Elle grogna. « Un peu des deux. » La lumière au-dessus de la cuisinière illumina son visage encore joli. Elle allait avoir soixante ans à son prochain anniversaire mais elle faisait cinquante à tout casser, d'après Aidan. Le roux brillant de ses cheveux s'était estompé avec l'âge, pour devenir un auburn tout aussi attirant qui maintenant se mélangeait à des traces de gris. « Allez, entre là-dedans et laisse-moi te nourrir. »

Il s'assit à la table de la cuisine. « C'est bon. J'ai mangé sur la route.

— Des cochonneries, sans doute.

— Non, une amie à moi m'a préparé des sandwichs. »

Ses yeux s'écarquillèrent. « Une fille avec qui tu sors ?

— Maman, dit-il, un avertissement clair dans son ton. Pourquoi tu ne me donnes pas une bière avant de commencer à m'interroger ? »

Elle balaya les cheveux de son front et se pencha pour l'embrasser sur la joue. « Je ne sais pas pourquoi il faut que tu me fasses attendre, Aidan O'Malley. Tu sais que je m'inquiète pour toi.

— Il ne faut pas. Je vais très bien. »

Elle prit un Sam Adams du frigo, l'ouvrit pour lui et s'assit avec lui à la table. « Papa et moi sommes allés en ville en voiture hier, pour aller au cimetière, » dit-elle, en lui prenant la main.

Il baissa la tête pour regarder leurs mains jointes, la douleur le déchirant. Après toutes ces années, que cela puisse encore lui couper le souffle… « Merci.

— Tu devrais y aller toi aussi, tu sais. »

Il secoua la tête. « J'apprécie que vous y alliez.

— Madame Gough au bout de la rue a des problèmes de cœur depuis quelque temps. Peut-être que tu pourrais passer la voir pendant que tu es à la maison.

— Pour faire quoi ?

— Ne fais pas exprès de ne pas comprendre, Aidan. Tu pourrais t'assurer que son médecin fait tout ce qu'il faut.

— Je suis certain qu'elle est très bien soignée.

— Là-haut dans les montagnes, tu gâches les talents que Dieu t'a donnés.

— Ce n'est pas vrai. J'en utilise d'autres. Alors, qu'est-ce qu'il se passe demain ? »

Colleen fit une grimace au changement de conversation, et mit de côté un de ses sujets préférés. « Papa et moi allons chez Erin et Tommy de bonne heure pour regarder les enfants ouvrir leurs cadeaux. Puis on va tous à la messe de dix heures. Tout le monde revient ici après pour ouvrir les cadeaux et déjeuner. Tu es le bienvenu à la messe.

— Non, merci. »

Colleen soupira. « Ça briserait le cœur de Sarah de savoir que tu as perdu ta foi, Aidan. »

Se battant contre le désir de lui parler avec hargne, il s'efforça de garder un ton neutre. « Je suis sûr qu'elle comprendrait.

— Ça fait dix ans, mon cœur. Quand est-ce que tu vas recommencer à vivre ?

— Je ne sais pas. Il s'affala sur sa chaise. Sur la route en venant ici je me disais que Colin aurait dix ans maintenant. Je me suis demandé ce qu'il aurait voulu pour Noël cette année. Un skateboard ou un nouveau vélo ? Peut-être un gant de baseball. Probablement quelque chose d'électronique, aussi. »

Colleen se leva pour le prendre dans ses bras. « Pourquoi tu ne vas pas te coucher ? Tout ira mieux demain matin. »

Il rit. « J'aimerais avoir un sou pour chaque fois que je t'ai entendue dire ça.

— Et moi, j'aimerais pouvoir dire quelque chose pour effacer ta douleur. »

Lui tapotant la main, il ferma les yeux pour contenir les émotions qui le submergeaient. « Je le sais, Maman. Je le sais. »

CHAPITRE 19

*L*e soir avant que Kate rentre à Rhode Island pour Noël, Reid l'emmena dîner dans un restaurant bien caché dans Ruther-ford County. Ils avaient réussi à passer toutes les nuits ensemble depuis plus d'une semaine sans que quiconque ne leur pose de questions et commençaient à croire qu'ils pourraient vivre dans leur propre petite bulle. Après un dîner aux chandelles, il enfonça la main dans la poche de la veste de son costume et en sortit un paquet emballé. Il le poussa vers elle sur la table.

« Qu'est-ce que c'est ?

— Ouvre-le et tu verras.

— J'ai quelque chose pour toi, moi aussi, mais il faut que je te le donne plus tard. »

Il leva un sourcil.

Elle rit. « T'as l'esprit mal placé.

— Ouvre ton cadeau. »

Il portait un costume gris foncé avec une cravate rouge foncé et il était tellement beau que Kate ne pouvait détourner ses yeux de lui. « Je suis nerveuse, dit-elle, sentant que c'était un cadeau important.

— Ne le sois pas. Il lui prit la boîte des mains et en glissa le papier et le nœud. Je pense que ce talent que tu as te mènera un jour loin de moi, alors je voulais que tu puisses emporter mon cœur avec toi. À l'intérieur de la boîte il y avait un médaillon en or en forme de cœur serti d'un diamant.

— Oh, Reid, dit-elle, au bord des larmes. Quand elle ne put les retenir, elle lui prit la main. On peut y aller ? »

Il fit signe qu'on lui apporte l'addition et fit en sorte qu'ils soient sortis de là en quelques minutes. En marchant à sa voiture, il garda un bras autour d'elle. Un froid cinglant glaçait l'air, et la pleine lune se levait dans un ciel nocturne parsemé de nuages cotonneux. « Qu'est-ce qu'il y a, mon amour ? Je voulais te rendre heureuse, dit-il en balayant ses larmes.

— Tu l'as fait. Je suis désolée. C'est juste que je ne peux pas m'imaginer te laisser pendant deux jours pour rentrer à la maison pour Noël, alors encore moins laisser ma carrière m'éloigner de toi. Je ne veux pas de cela. »

Quand ils arrivèrent à sa voiture, il s'approcha pour l'embrasser et lui prit le coffret. La tournant vers lui, il souleva ses cheveux pour attacher le médaillon et l'embrasser dans le cou, lui donnant des frissons. « Je t'aime et je serai ici à t'attendre où que ta carrière puisse t'emmener. »

Elle se tourna pour poser sa tête contre le torse de Reid. « Je suis venue ici pour chercher la célébrité, mais je t'ai trouvé, toi. Le reste ne semble plus très important. Passant ses mains sur ses boutonnières, elle leva les yeux vers lui. À la fête où nous avons joué samedi soir, un producteur m'a donné sa carte. Il veut que je l'appelle après la période des fêtes.

— C'est fabuleux, Kate ! Pourquoi tu ne me l'as pas dit ? »
Elle haussa les épaules.
Il leva son menton. « Ma chérie, écoute-moi. Tu ne peux pas abandonner tous tes rêves parce que tu es tombée amoureuse de moi. Cela me briserait le cœur. Tu as un talent tellement rare et spécial et tu as besoin de voir où cela peut te mener. Bien que je te veuille ici avec moi, je ne me le pardonnerais jamais si j'étais un frein pour toi.

— Rentrons à la maison. Je veux te donner mon cadeau. »
Il ouvrit la portière de la voiture pour elle et garda sa main

enroulée autour de celle de Kate tout au long du chemin. Chez lui, Martha les attendait. Reid lui avait dit que Kate allait rester chez eux pour qu'il puisse l'accompagner à l'aéroport de bonne heure le lendemain matin.

« Bonsoir, M. Reid, Mlle Kate. La chambre d'amis est prête pour vous, Mlle Kate. J'aurai le petit déjeuner prêt bien à l'avance pour vous, pour que vous ne ratiez pas votre avion demain matin.

— Oh, vous n'êtes pas obligée, Martha, dit Kate. Je peux manger un bout à l'aéroport.

— Ne soyez pas ridicule. Je vous verrai demain matin, » dit-elle et puis elle alla se coucher dans ses appartements de l'autre côté de la cuisine.

Reid monta le petit sac de voyage de Kate à la chambre d'amis.

« Oh, j'ai oublié, j'ai aussi besoin de ma guitare.

— Je vais aller la chercher dans la voiture.

— Merci. » Jouant avec son nouveau médaillon, elle le regarda partir. *Dieu, comme je l'aime.* Elle se demanda si c'était normal de se sentir presque malade de l'explosion d'émotions qui se déchaînait en elle chaque fois qu'elle se trouvait près de lui.

Il revint avec sa guitare. « Allons allumer un feu dans ma chambre.

— Apporte ça. Elle montra d'un signe de la tête la guitare. Cela fait partie du cadeau que j'ai mentionné.

— Je suis intrigué, » dit-il avec un sourire en lui tendant la main.

Kate adorait la chambre de Reid. Il avait cassé un mur pour faire de deux chambres une grande. Les murs étaient peints en un marron intense qui s'accordait avec les meubles en cuir arrangés devant le feu. Son ordinateur portable et sa mallette étaient posés sur un petit bureau où il travaillait parfois le soir. Son lit était de l'autre côté de la pièce, qui donnait sur la salle de bains principale.

Il enleva son costume et sa cravate, défit son bouton de col, et remonta ses manches. Après avoir allumé le feu, il la rejoignit sur le canapé.

« Tu es prêt pour ton cadeau ?

— Je meurs de curiosité.

— Bah, ce n'est rien de spectaculaire, mais puisque tu as déjà un avion, je me suis dit, que puis-je offrir d'autre à l'homme qui a tout ?

— Ce n'est que depuis que je t'ai que j'ai tout, » dit-il en l'embrassant.

Elle mit ses mains sur son torse, faisant un effort timide pour le repousser. « Tu me fais perdre le fil de mes pensées.

— Désolé.

— Alors, *comme je disais*, dit-elle avec une expression sévère qui le fit rire, j'ai pensé à une chose que je pouvais te donner que tu ne trouverais nulle part ailleurs. Et j'en viens à la guitare. J'ai écrit une chanson pour toi. »

Son visage s'illumina de surprise et de joie. « Vraiment ? »

Elle hocha la tête, accordant sa guitare et prenant une grande inspiration pour se calmer. « Je crois que c'est la première fois que je suis nerveuse de chanter.

— Tu n'as jamais eu un public plus séduit. Jamais. »

Son sourire encourageant la mit à l'aise. « Alors j'y vais. » Elle se lança dans une introduction à la guitare compliquée et les yeux de Reid s'arrondirent d'étonnement.

Je croyais savoir
Ce qu'était l'amour
Et puis t'es venu...
Je croyais savoir
Comment ce serait,
Mais maintenant je vois,
Et maintenant c'est vrai...
Que je ne savais pas
Jusqu'à toi ...
Jusqu'à toi ...
Jusqu'à toi ...
Je croyais savoir
Et maintenant c'est vrai...
Ce qu'était la paix
Et puis t'es venu...
Je croyais savoir

Comment rêver
Et puis t'es venu...
Je croyais savoir
Comment ce serait
Mais maintenant je vois...
Je croyais savoir
Ce qu'était l'amour
Et puis t'es venu
Puis t'es venu...

Elle joua les notes finales de la chanson et posa sa guitare contre le canapé.

« Kate, dit-il, sa voix chargée d'émotion lorsqu'il prit sa bien-aimée dans ses bras. C'est le cadeau le plus incroyable qu'on m'ait jamais fait.

— Chaque fois que tu m'entendras chanter cette chanson, ce sera pour toi.

— Merci. Il l'embrassa tendrement. Tu sais quand est-ce que je suis tombé amoureux de toi ? »

Elle secoua la tête.

« Le premier jour dans la salle à manger quand Ashton t'a lancé le défi de chanter. Pendant des jours après cela, quand j'étais au travail, que je sortais Thunder ou que j'étais au lit, je t'ai entendue chanter *Crazy*. Tu as la plus exquise des voix. La voix d'un ange.

— Emmène-moi au lit, Reid. »

« Kate, ma chérie, réveille-toi. »

Kate émergea d'un sommeil profond pour trouver Reid assis au bord du lit. « Qu'est-ce qui ne va pas ? Elle remarqua qu'il était habillé d'un pull noir et d'un jean. Quelle heure est-il ?

— Trois heures trente. Allez, habille-toi. J'ai une surprise pour toi. »

Curieuse, Kate s'étira et bâilla avant de se lever. Elle fouilla dans son sac de voyage que Reid avait apporté de la chambre d'amis et en sortit un jean et un pull.

Ils enfilèrent de lourds manteaux, descendirent au rez-de-chaussée sur la pointe des pieds et sortirent par la porte de la cuisine. Kate fut surprise de voir qu'il neigeait faiblement mais que cela s'était accumulé assez rapidement pour couvrir la pelouse et l'allée.

Reid l'emmena aux écuries, sortit Thunder de son box et aida Kate à monter.

« On fait du cheval sans selle ? demanda-t-elle.

— On le fait de temps en temps. Il est habitué. Reid utilisa une fente dans la palissade pour prendre de l'élan et monter plus facilement derrière elle. Enlaçant Kate, Reid toucha gentiment les côtes de Thunder avec ses chevilles et guida le cheval jusqu'à un chemin à travers une forêt dense où les claquements des sabots étaient le seul son dans la nuit autrement silencieuse.

« Ferme les yeux, » murmura Reid.

Kate posa sa tête contre son épaule et fit ce qu'il lui avait demandé. Elle sentait les flocons de neige s'accrocher à ses cils.

Ils avancèrent pendant encore quelques minutes paisibles avant que Reid lui serre la main. « OK, ouvre les. »

Kate poussa un cri. « *Oh !* Reid ! » Ils avaient émergé des arbres dans une clairière illuminée d'une lune tellement pleine qu'elle éclairait comme en plein jour l'étendue sans fin recouverte de neige qui scintillait au clair de lune. Thunder resta immobile et silencieux pendant qu'ils admirèrent la vue glorieuse.

Kate chercha Reid derrière elle. « Je me souviendrai de cela toute ma vie. »

Il effleura de ses lèvres celles de Kate. « Moi, aussi. »

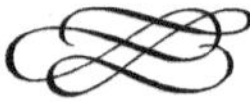

CHAPITRE 20

La maison O'Malley était un terrain foisonnant d'hypothèses pendant que la famille attendait que Declan arrive avec sa nouvelle copine. Aidan pensait que Dec était dingue d'infliger la famille à la pauvre fille pendant les fêtes, mais on ne lui avait pas demandé son avis.

« Alors soyez gentils et ne vous comportez pas comme des crétins, Colleen prévint ses trois autres fils qui étaient assis ensemble sur le canapé du salon.

— Ce n'est pas de nous que Dec devrait s'inquiéter, » marmonna Brandon sous sa barbe quand elle passa devant eux.

Aidan lui donna un coup de coude. Son frère avait vraiment une sale tête, avec une barbe de deux jours et les yeux rouges— signe infaillible qu'il avait bu jusqu'au petit matin. Dernièrement, d'autres membres de la famille avaient fait savoir à Aidan que Brandon commençait à avoir un problème d'alcool. Quand ils étaient plus jeunes, on prenait souvent Aidan et Brandon pour des jumeaux. Ils avaient tous deux les cheveux bruns et ondulés de leur père quand il était jeune, et les yeux verts de leur mère. Les ressemblances s'étaient estompées au fur et à mesure que l'âge et la vie avaient pesé sur eux.

Leurs frères et sœur plus jeunes avaient les cheveux blond vénitien de Colleen et les yeux bleus de Dennis.

Aidan et Colin sirotaient leur bière alors que Brandon buvait la sienne à grandes gorgées. Les enfants d'Erin couraient partout dans la maison, hurlant d'excitation.

« Putain de baraque de fous, » marmonna Colin.

Brandon se leva. « Il me faut une autre bière.

— T'en as déjà bu deux, dit Aidan.

— Occupe-toi de toi, Aidan. Est-ce que j'ai dit quoi que ce soit quand t'as été bourré pendant toute une année après la mort de Sarah ?

— Qu'est-ce que t'as comme excuse ? demanda Aidan.

— Ça suffit, les gars, » dit Colin.

Declan et sa copine, Jessica, arrivèrent peu après. Une fois qu'elle fut présentée à la tribu et qu'on l'eut forcée à prendre un verre, Colleen appela la famille à se mettre à table.

On avait trouvé une petite place pour des chaises additionnelles et ainsi accueillir tout le monde autour de la table de la salle à manger. Erin s'assit près d'Aidan. Son enfant le plus jeune était dans une chaise haute de l'autre côté d'elle.

Dennis présidait en bout de table. « Faisons la bénédiction pour que Maman puisse servir. »

La famille se donna la main et ils baissèrent la tête. Aidan le fit machinalement pour faire plaisir à ses parents.

« Seigneur, bénissez cette famille rassemblée ici devant vous, pria Dennis. Gardez-la en sécurité et prenez bien soin d'elle pendant l'année à venir et ramenez-la ici Noël prochain. Nous faisons une prière aujourd'hui pour les membres de la famille qui sont passés dans l'au-delà avant nous, surtout pour notre chère Sarah et le bébé Colin. Au nom du Seigneur. Amen.

— Amen, » répétèrent les autres.

Erin serra la main d'Aidan avant de la relâcher.

Quand tout le monde parti, Aidan aida sa mère à finir de nettoyer. Il remit dans le bureau de son père une des chaises additionnelles qu'ils avaient utilisées lors du dîner et fut attiré par l'étagère derrière le bureau. Chacun des cinq enfants O'Malley avait une étagère dans le bureau dédiée à leurs accomplissements d'enfance.

Aidan prit le livre recouvert de cuir aux pages bordées d'or qui était posé près de ses trophées de football. Il l'emmena au canapé où on voyait mieux. La couverture de l'album avait des lettres en relief qui disaient, « Aidan et Sarah, » avec la date de leur mariage en septembre. Il regarda les photos du plus beau jour de sa vie et sourit en voyant celle de lui debout avec Sarah devant la Rolls-Royce blanche avec laquelle Dennis les avait surpris. La page suivante, les quatre frères O'Malley étaient magnifiques dans leurs smokings gris. Ils souriaient avec un excès de confiance, des hommes trop jeunes pour croire qu'il puisse un jour leur arriver du mal.

Et Sarah. Elle était belle à couper le souffle, avec sa tignasse de cheveux foncés et ses yeux noisette. Le regard d'Aidan s'attarda sur la photo d'elle dans sa robe de mariée, avec le soleil qui se couchait au-dessus de l'eau derrière elle. Il fut stupéfait quand ses yeux se remplirent de larmes et il referma brusquement l'album photo.

Il avait menti à Clare quand il lui avait dit qu'il n'avait jamais été marié. Il avait dit ce mensonge tellement souvent les dix dernières années qu'il le croyait presque lui-même. Il trouvait que c'était plus facile de mentir que d'en parler. Ce n'était que quand il était ici, de retour à la maison, qu'il entendait prononcer le nom de Sarah ou celui de leur fils qui aurait maintenant dix ans.

Après être allée à la messe de bonne heure, Clare s'affaira le jour de Noël, préparant la visite des filles. Elle cuisina des lasagnes, une dinde et cuit plusieurs fournées de biscuits. Le téléphone sonna toute la journée. Quand les filles appelèrent une deuxième fois, Clare eut la chance de dire bonjour à Frannie et Jamie. Quand Jack prit l'appareil pour dire Joyeux Noël, Clare eut envie de pousser des cris de joie lorsqu'elle ne sentit aucune réaction physique au son de sa voix, mais elle se rendit compte qu'il lui manquait. C'était un mélange bizarre de soulagement et de tristesse.

Clare parla aussi à sa mère, à sa sœur Sue et à son frère Tony, ainsi qu'à ses nièces et neveux. Les coups de fils constants ne lui laissèrent pas le temps de se sentir seule, et le soir venu elle était fière d'elle d'avoir supporté un Noël seule pour la première fois de sa vie.

À vingt-et-une heures, elle se pelotonna sur le canapé devant *Le sapin a les boules* qui la fit rire comme si elle ne l'avait jamais vu. Le téléphone sonna encore à vingt-deux heures et la surprit. Qui restait-il ?

« Allô ?

— Salut, dit Aidan. Comment vas-tu ? »

Ravie d'avoir de ses nouvelles, Clare sourit. « Je vais très bien. Et toi ? Comment s'est passé le Noël de la famille O'Malley ?

— Pour citer mon frère Colin, c'était une putain de baraque de fous. Je viens de prendre une deuxième dose d'Advil. »

Clare rit. « Ça a dû être sympa.

— Qu'on ne s'y méprenne pas, c'est bien de les voir, mais j'habite seul. C'est toujours un vrai choc de revenir à la maison. Comment s'est passé ta journée ?

— Le téléphone n'a pas arrêté de sonner, mais entre les appels j'ai cuisiné, nettoyé, préparé les lits et emballé quelques cadeaux de dernière minute.

— T'as l'air d'aller bien.

— Je me sens bien.

— Bah, je voulais juste voir comment t'allais.

— Je suis contente que tu aies appelé. Alors que ça ne te fasse pas enfler les chevilles, O'Malley, mais tu me manques. C'est vraiment calme ici sans tout le boucan que tu fais.

— Seigneur, Mlle Scarlett, dit-il avec un dramatique accent traînant du Sud. Tu sais vraiment comment donner à un gars le sentiment d'être spécial. »

Elle rit. « Merci d'avoir appelé.

— Tu me manques, aussi. Je te vois bientôt. »

Clare raccrocha et tint le téléphone contre sa poitrine pendant plusieurs longues minutes.

Elle avait été sincère en lui disant qu'il lui manquait et soudain elle avait hâte qu'il revienne.

~

À Rhode Island, Kate comptait les minutes avant qu'elle puisse retourner à Nashville. Elle avait parlé à Reid deux fois dans la journée, mais rien ne pouvait remplacer sa présence. Elle avait pris plaisir à voir sa famille, mais en six petites semaines, Rhode Island n'était plus chez elle. Deux nuits loin de Reid semblaient une éternité. Elle ne pouvait pas croire à quelle vitesse il lui était devenu aussi essentiel que l'air et la musique.

Kate était allongée sur son lit chez son père et parlait à Jill tard le soir de Noël quand quelqu'un frappa à la porte. « Entrez.

— Je voulais juste dire bonne nuit, dit Andi. Vous avez besoin de quelque chose toutes les deux ?

— On a tout ce qu'il faut, dit Kate. Merci. Tu dois être épuisée.

— Je le suis. Je vais me coucher, là. Tout va bien, Kate ? Tu as été tellement réservée depuis que tu es rentrée à la maison.

— Je suis crevée d'avoir travaillé sans répit ces dernières semaines. On a eu des fêtes de Noël presque tous les soirs.

— Qu'est-ce que c'est que ça ? » demanda Andi en faisant un signe de la tête vers le médaillon.

Kate n'avait pas réalisé qu'elle jouait avec. Elle n'avait pas eu le cœur de l'enlever et l'avait gardé caché sous ses vêtements pendant son séjour à la maison. « Oh, juste quelque chose que le groupe m'a donné pour me remercier de mon dur labeur ce dernier mois. Elle était stupéfaite de la facilité avec laquelle elle avait menti.

— C'est très joli. Bon, je vous vois demain matin. Andi se retourna quand elle arriva à la porte. Tu sais que tu peux me parler si tu en as besoin, d'accord ? »

Kate hocha la tête. « Merci, mais je vais très bien. Franchement.

— Bonne nuit, alors.

— Joyeux Noël, dit Kate.

— Toi aussi, ma chérie. Bonne nuit, Jill.

— Bonne nuit, dit Jill. Quand la porte se referma, Jill regarda sa sœur. Papa va te tuer si jamais il l'apprend.

— Il ne le saura pas. » Kate roula sur son flanc et attrapa un oreiller. C'était un piètre substitut pour ce qu'elle voulait vraiment.

Reid avait passé une journée tranquille avec Ashton. Ils s'étaient échangés des cadeaux et avaient mangé de bonne heure un dîner que Martha avait préparé pour eux avant qu'elle parte passer la journée avec sa famille à elle. Plus tard le soir, une fois qu'Ashton était allé en ville rendre visite à des amis de lycée qui étaient là pour les fêtes, Reid se versa un cognac et s'assit pour écouter du Mozart sur sa chaine stéréo. Le feu projetait une lumière ambre sur le sapin de Noël de trois mètres.

Kate lui manquait avec une intensité qui lui faisait presque peur. Après la mort de Cindy, une fois qu'un temps respectable s'était écoulé, les femmes dans son entourage s'étaient occupées à essayer de lui trouver une nouvelle épouse. Il avait enduré d'innombrables dîners et rendez-vous arrangés avec une série de femmes « parfaites pour lui » qui ne voulaient rien d'autre que de s'occuper de lui et de son petit garçon. Bon, quelques-unes avaient probablement été plus inté-ressées par son argent, mais il n'en avait gardé aucune assez long-temps pour s'en rendre compte. Aucune d'entre elles n'avait réveillé en lui ce qu'avait Kate.

Après un certain temps ses amis avaient Dieu merci abandonné. Reid s'était plongé dans son travail et s'était occupé de son fils, et les invitations avaient cessé d'arriver lorsque ses amis, les uns après les autres, avaient arrêté d'appeler. Il n'avait même pas réalisé à quel point il était devenu isolé jusqu'à ce Kate fasse irruption dans sa vie et lui fasse voir ce qu'il avait raté toutes ces années.

Reid entendit Martha entrer par la porte de la cuisine. Elle avait finalement commencé à sentir le poids des années au cours des douze derniers mois, et il s'inquiétait quand elle conduisait la nuit. Mais chaque fois qu'il abordait le sujet, elle lui lançait ce regard plein de mépris qui avait marché sur lui depuis qu'il était enfant et il laissait tomber.

« Salut, dit-elle. Est-ce qu'Ashton est parti ? Quand ils étaient seuls, elle avait tendance à laisser tomber le ton formel qu'elle utilisait devant les invités.

— Il est resté ici toute la journée, mais il voulait aller voir ses amis. Comment a été ta journée ? »

Elle s'assit en face de lui. Chaque cheveu blanc comme la neige sur sa tête était parfaitement en place— comme toujours— mais il voyait l'épuisement dans ses doux yeux marron. « Fatigante. Toute la bande était chez Buddy, dit-elle en faisant référence à son fils.

— Je peux t'offrir quelque chose à boire ?

— Ciel, non. Ce serait ma fin. Mais merci. » Elle l'étudia attentivement.

Il leva un sourcil. « Quelque chose te chagrine, Martha ?

— En fait, oui. Tu sais que je t'aime comme mon fils, et je connais ma place dans cette maison, mais je ne peux pas rester sans rien dire quand je vois ce que tu es en train de faire.

— Qu'est-ce que je suis en train de faire ? » demanda-t-il l'air de rien, mais son cœur commença à battre plus vite.

Les yeux de Martha se plissèrent de colère. « Reid Matthews, tu sais *exactement* de quoi je parle. Je suis peut-être vieille, mais je ne suis pas née d'hier. Je ne sais pas ce que tu crois que tu fabriques avec cette fille. »

Il ne détourna pas le regard. « J'aime *cette fille*.

— T'es pas sérieux ! Elle secoua la tête avec incrédulité. Tes parents et ta chère femme doivent se retourner dans leur tombe, que Dieu les bénisse. »

Incapable de rester assis, il se leva d'un coup. « Bon sang, Martha ! Regarde comment je passe Noël— tout seul. Mon fils a sa vie maintenant, alors cela me laisse où, moi ? Je vais te dire où— seul

— comme je l'étais tout le temps jusqu'à ce que *cette fille* entre dans ma vie. Cela fait plus de vingt ans que je suis seul. Tu ne peux quand même pas rester assise là à me dire que je ne mérite pas un peu de bonheur.

— Pas comme ça, murmura Martha. Son père est ton ami. Il te l'a confiée pour en prendre soin.

— Tu sais ce que *cette fille*, qui est bien plus mûre que son âge, m'a dit une fois ? 'Reid,' elle a dit, 'les gens aiment ceux qu'ils aiment. Ils n'ont pas toujours le choix.'

— Quand tu as plus que deux fois son âge, c'est un choix. C'est carrément un choix.

— Je suis désolé que tu n'approuves pas.

— Ton fils approuve ? »

Reid détourna le regard.

« Tu sais que c'est mal, ou tu le lui aurais dit. Elle haussa les épaules et se leva. Je ne peux pas te dire comment vivre ta vie. Je ne peux que te dire combien je suis déçue. Je ferai ma valise demain matin. »

Il s'approcha d'elle et posa la main sur son épaule. « Ne fais pas ça, Martha. Je ne veux pas que tu partes. Tu fais partie de ma famille depuis plus de quarante ans. »

Les yeux remplis de larmes, elle se tourna vers lui. « Tu n'es pas l'homme que j'ai aidé à élever. Cet homme-là est honorable et honnête. Je ne te reconnais plus. Je serai partie demain matin. »

Après son départ, il se servit une boisson plus forte. Peut-être que s'il se saoulait à en rouler par terre, il mettrait fin aux hurlements dans sa tête.

Jack emmena Kate à l'aéroport le matin après Noël. « J'aurais voulu que tu restes plus longtemps, dit-il.

— Je sais, mais le groupe joue demain soir. J'ai eu tellement de chance qu'ils me prennent.

— C'est eux qui ont de la chance.

— T'es obligé de dire ça, dit-elle avec un sourire. Je n'arrive pas à croire combien les bébés ont grandi en seulement six semaines.

— Ils grandissent comme les mauvaises herbes. Au moins ils font leurs nuits de temps en temps maintenant. Cela nous surprend toujours quand ils le font. On se réveille et on saute du lit pour aller voir s'ils vont bien. »

Kate rit. « Plutôt toi que moi.

— Je suis content que tout se passe si bien pour toi à Nashville. Je dois admettre que quand j'y étais, je me suis demandé un peu si tu n'avais pas un faible pour Ashton.

— Quoi ? dit-elle, stupéfaite. On est juste amis.

— Ouais, bah, il est un peu vieux pour toi de toute façon, » dit Jack, prenant la sortie de l'aéroport.

L'estomac de Kate se serra et elle regarda par la fenêtre du côté passager. « Ouais, je suppose.

— Tu semblais ailleurs pendant que tu étais à la maison. Andi a dit la même chose. Tu es sûre que tout va bien ? Il n'y a rien que tu ne puisses pas me dire, tu sais. » Il se gara près du trottoir devant la porte des départs.

Si, Papa, il y a des choses que je ne peux pas te dire. Les larmes piquaient ses yeux.

« Quoi ? Qu'y a-t-il ? »

Elle secoua la tête. « Rien. J'ai juste horreur de te dire encore au revoir. »

Il la prit dans ses bras. « Tu me manques. Reviens à la maison bientôt, quand tu pourras rester plus longtemps.

— Oui, oui.

— Tu es sûre que tu ne veux pas que j'entre à l'intérieur avec toi ?

— J'en suis sûre. Je vais passer la sécurité tout de suite de toute façon. » Elle avait laissé sa guitare chez Reid et avait seulement un sac de cabine.

Jack sortit son sac du coffre et puis lui tendit les bras pour la prendre contre lui.

Kate cacha son visage dans le réconfort de son parfum familier.

« Je t'aime, ma chérie. »

Elle l'embrassa sur la joue. « Je t'aime, aussi. » Elle le regarda remonter en voiture et lui fit signe de la main jusqu'à ce que la BMW ait disparu. Puis elle s'engouffra dans l'aéroport, ayant hâte de retrouver Reid à la maison. C'était l'anniversaire de l'homme qu'elle aimait aujourd'hui, et il l'attendait.

COLONNE

Deux personnes ou plus qui se tiennent l'une derrière l'autre.

CHAPITRE 21

*J*ill et Maggie arrivèrent à Stowe tard dans l'après-midi le
jour après Noël. En quelques minutes elles remplirent la
maison silencieuse de sacs, de cadeaux, de bavardages et
de chaos. Clare était aux anges.

Une fois qu'elles avaient échangé leurs cadeaux de Noël et que
Maggie avait ouvert ses cadeaux d'anniversaire, Clare leur prépara un
chocolat chaud. « Alors, comment allait Kate ? demanda-t-elle.

— Elle n'est pas restée longtemps à la maison, se plaignit Maggie,
en tripotant un chou à la crème fouettée. Elle est arrivée la veille de
Noël, et elle est repartie ce matin.

— Elle travaille demain soir, ajouta Jill.

— Elle a l'air d'aller bien ? Je ne lui ai pas parlé autant que d'habitude ces dernières semaines.

— Elle était beaucoup au téléphone, dit Maggie d'un ton désap-
probateur.

— Vous croyez qu'elle ait un petit copain à Nashville ? demanda
Clare. Elle ne m'a rien dit à moi.

— Non, dit Jill. Alors quand est-ce qu'on peut aller skier ?

— Demain si vous voulez. Clare se demanda pourquoi Jill avait
changé de sujet de conversation si brusquement. Ils ont prévu une

grosse tempête de neige d'ici un jour ou deux. On verra ce que fait la météo.

— Cool, dit Maggie.

— Allons faire une balade en ville. Je veux vous présenter à mes nouvelles amies. »

Elles se couvrirent bien et se rendirent en ville où Clare les présenta avec fierté chez McHugh's et au Coin du Livre. Diana et Bea étaient ravies d'enfin rencontrer les filles de Clare. Les filles traînèrent Clare dans tous les magasins de la ville, même les quelques-uns dans lesquels elle ne s'était pas encore rendue. Le temps qu'elles prennent le chemin pour rentrer, il avait commencé à neiger doucement.

« C'est *qui, ça* ? » Maggie montra du doigt la maison.

Clare sourit en voyant Aidan penché sur la scie circulaire sur la terrasse avant. Elle sentit son visage brûler quand elle se souvint de l'avoir embrassé la veille de Noël. « *Ça*, c'est Aidan. C'est lui qui fait les travaux d'aménagement de la maison. »

Jill fit un grand sourire. « J'ai hâte de voir s'il est aussi bien vu de face que de dos. »

« Oh, que oui, dit Clare avec un sourire en coin. Tu peux me faire confiance. »

Les yeux de Jill s'écarquillèrent. « *Vraiment*, ma chère mère. Raconte-nous tout ! »

Clare haussa les épaules. « Il n'y a rien à raconter. On est amis. Vous allez le trouver sympa. » Quand elles arrivèrent à la maison, Clare attendit qu'il arrête la scie circulaire. « Salut. Tu es de retour. »

Il leva la tête et sourit. « Je voulais arriver avant la neige. T'as de nouvelles amies, Clare ? »

Maggie gloussa. « Nous sommes ses filles !

— Ses *filles* ? demanda Aidan en feignant l'horreur. Tu as des *filles* ?

— Très drôle. Jill et Maggie, voici Aidan O'Malley. C'est un charpentier à qui il manque un boulon.

— Je suis offusqué, dit Aidan.

— Tu t'en remettras. Venez, les filles. Commençons à préparer le dîner. On fait des lasagnes si tu veux rester, O'Malley.

— Avec grand plaisir. »

Elles le laissèrent travailler sur la terrasse et entrèrent.

« C'était quoi, tout *ça* ? demanda Jill.

— Quoi ? demanda Clare.

— Tu flirtais avec lui, dit Maggie comme si elle était une spécialiste dans le domaine.

— Mais non, pas du tout !

— Il est *magnifique*, » dit Maggie en soupirant.

Clare ne pouvait le nier. « Oui, n'est-ce pas ? »

Les yeux de Jill se firent tout ronds encore une fois. « Tu *l'aimes bien*, Maman ?

— On est amis. N'en fais pas tout un plat.

— Hmm. Jill mordit un morceau d'une carotte que Clare avait sortie pour faire une salade. Elle s'appuya contre le mur nu de la cuisine et observa sa mère avec intérêt.

— Hmm, rien du tout, » dit Clare, mais cela l'avait ébranlée que les filles aient si rapidement détecté son amitié grandissante avec Aidan.

Le temps qu'ils finissent de dîner et commencent une partie acharnée de Monopoly, les filles et Aidan étaient de grands amis.

« Ce sera quatre cents dollars, » lui dit Maggie quand il tomba sur la Promenade.

Il poussa un grognement. « Je suis fichu. Vous m'avez vraiment plumé, les filles.

— J'ai l'habitude, dit Clare en gardant son sérieux. Je compatis. »

Il se leva pour regarder par la fenêtre et vérifier la neige. « Je ferai mieux d'y aller, mais je reviendrai demain matin pour vous dégager.

— On peut le faire, dit Clare.

— Ça ne me dérange pas. Le ski sera superbe demain.

— Tu veux venir avec nous ? demanda Jill. Elles l'avaient interrogé sur les meilleures pistes de la montagne.

— Je ferai mieux d'avancer le travail.

— Tu peux venir, dit Clare. La maison sera là quand tu reviendras.

— Alors j'aimerais bien, admit Aidan. Je n'ai pas encore skié cette année.

— C'est bien, dit Maggie en terminant de ranger le jeu. Je vais au lit. À demain, Aidan.

— Moi aussi, je monte, dit Jill en bâillant fort.

— J'arrive dans une minute, leur cria Clare.

— Ce sont des enfants magnifiques, » dit Aidan en enfilant son manteau.

Clare l'accompagna à la porte d'entrée. « Moi, je les trouve bien. »

En souriant, il s'approcha d'elle. « Je comprends pourquoi.

— Ça tombe vraiment fort dehors. Tu devrais y aller. » Sa proximité lui donnait des papillons dans le ventre. Elle ne savait pas ce qui la rendait la plus nerveuse— de penser qu'il l'embrasserait peut-être à nouveau ou qu'il ne le ferait pas.

Il caressa la mâchoire de Clare avec ses pouces. « Tu m'as manqué, » dit-il en baissant la tête pour poser ses lèvres sur celles de Clare.

La senteur du sapin de Noël, de la sciure et un soupçon de l'eau de toilette qu'il avait portée la veille de Noël envahirent les sens de Clare. Elle sentit les bras d'Aidan l'enlacer et elle s'appuya contre lui. Sous son manteau, les mains de Clare trouvèrent le dos d'Aidan, alors qu'il effleura encore de ses lèvres celles de Clare.

« Aidan, murmura-t-elle contre ses lèvres.

— Hm ?

— Tu m'as manqué, aussi. Vraiment. »

Encouragé par sa confession, il la tira plus près. Quand il poussa doucement ses lèvres avec sa langue, elle ouvrit la bouche pour le laisser entrer. Le tourbillon de sa langue contre celle de Clare l'affaiblit, et sous peu ils étaient tous deux à bout de souffle.

Avec réticence, il s'éloigna d'un pas mais garda fermement la main de Clare dans la sienne. « Il y a bien longtemps que je n'avais pas attendu quoi que ce soit avec hâte comme j'attends de te voir tous les jours. Il embrassa sa main et puis sa joue. À demain. »

Avant qu'elle puisse trouver une réponse à cette déclaration stupéfiante, il était parti.

～

Aidan revint tôt le lendemain matin avec une pelle. Il déblaya le trottoir, les marches et la terrasse avant qu'il n'y ait de signes de vie à l'intérieur. Plus de trente centimètres de neige s'étaient accumulés dans la
nuit et le grondement des souffleuses à neige et le raclement des pelles
remplissaient l'air de Maple Street. Quand il eut fini avec la pelle, il
utilisa sa clé pour entrer dans la maison. Il comprit au silence que les
trois filles dormaient encore, alors il prépara sans faire de bruit du
café dans la cuisine. Il avait été impressionné hier soir par la façon
dont Clare avait rendu la cuisine en travaux chaleureuse et
accueillante pour ses filles. Elle y avait ramené la table de la cuisine du
salon et l'avait recouverte de sets de table festifs. Un arrangement de
feuilles de conifère et de houx avait rempli une carafe sur la table.

Il emmena une tasse de café dans la salle de bain du rez-de-chaussée. En travaillant, il pensa à la soirée qu'il avait passée avec Clare et
ses filles. Les gamines l'avaient surpris. Il s'était attendu à des adoles-
centes typiques, mais elles avaient été extrêmement polies avec leur
mère, et même soucieuses—se levant d'un bond pour aller lui chercher quelque chose ou pour lui remplir son verre sans qu'elle le leur
demande. Il n'avait vu aucun signe de l'attitude habituelle des adoles-
cents qu'il avait appris à voir chez les filles de leur âge en observant sa
propre sœur en action. C'était presque bizarre, en fait.

Il était aussi plus curieux qu'avant à propos de leur père, car la
seule ressemblance avec Clare étaient les yeux bleus spectaculaires de
Maggie. Les filles étaient magnifiques, et Aidan ressentit un accès de
jalousie inattendu quand il imagina ce à quoi devait ressembler leur
père.

Quand il entendit du remue-ménage à l'étage, il avait déjà appliqué
une couche de peinture aux murs de la salle de bain. Les nouveaux
sols de la salle de bain et de la cuisine seraient installés la semaine
prochaine. Le travail était légèrement en avance sur le calendrier, ce
qui l'inquiétait. Il lui fallait ralentir pour avoir plus de temps pour
apprendre à connaître Clare avant qu'elle retourne à Rhode Island. Il

n'aimait pas penser à son départ. Il avait été décontenancé par combien il avait eu envie de l'embrasser hier soir et il avait hâte de recommencer.

« Bonjour, » dit Jill devant la porte.

Il se tourna vers elle. « Salut. T'as bien dormi ?

— Ouais, j'étais fatiguée après avoir conduit si longtemps. C'est la plus grande distance que j'aie jamais conduite en un jour.

— Et puis c'est en montagne, ce qui peut être stressant.

— J'ai mal aux doigts à force de m'être accrochée au volant, admit-elle avec un grand sourire. À quelle heure veux-tu aller faire du ski ?

— Dès que vous autres êtes prêtes.

— Je vais réveiller Maggie. Dans trente minutes, plus ou moins ?

— C'est parfait.

— J'aime bien cette couleur, dit-elle en faisant un signe de la tête vers la peinture vert sauge.

— Ta maman l'a choisie.

— Elle a bon goût, » dit Jill avec un regard pointu qui lui fit comprendre qu'elle savait qu'il se passait quelque chose entre sa mère et lui.

Avant qu'il puisse répondre, elle se tourna et remonta à l'étage. Aidan rit, le compliment ambigu lui faisant plaisir outre mesure.

La zone de ski au mont Mansfield n'était pas aussi occupée qu'Aidan s'était attendu puisque c'était la semaine des vacances de Noël. Il se dit que les touristes avaient eu peur de la forte tombée de la neige pendant la nuit. *Bande de trouillards.* En l'espace d'une heure, les filles et lui avaient descendu trois fois la pente de niveau intermédiaire et étaient prêts à monter plus haut.

Ils skièrent jusqu'à la file d'attente pour un des télésièges pour les pistes avancées.

« Vous êtes vraiment fortes, dit Aidan. Je suis impressionné.

— Notre papa est bon skieur, dit Jill. Il nous a appris.

— Votre maman fait du ski ?

— Elle en faisait, dit Maggie. Avant.

— Avant sa chute ? »

Les filles le regardèrent, une expression confuse sur leur visage.

« Quelle chute ? demanda Jill.

— Euh, bah, elle a dit… Aidan avait l'impression d'emprunter un terrain glissant.

— Tu voulais dire avant qu'elle soit heurtée par la voiture, dit Maggie. Elle s'en remet encore.

— Pas tellement de l'accident mais plutôt du coma, ajouta Jill. Trois ans, c'est long pour rester inactif. »

Aidan avait l'impression que quelqu'un l'avait frappé. Fort.

Ils gardèrent le silence en grimpant la montagne dans le télésiège. Aidan en était étourdi. Ce n'était pas étonnant qu'elles la traitent comme si elle était en verre. *Trois ans dans le coma ? Bon sang.*

En arrivant en haut, ils descendirent du télésiège et se concentrèrent sur leur ski sur la piste exigeante. Aidan et Jill arrivèrent en bas de la piste quelques minutes avant Maggie, qui, se sentant fatiguée, leur avait fait signe de ne pas l'attendre.

Il savait qu'il ne devait pas demander, mais il ne put s'en empêcher. « Raconte-moi le reste, Jill.

— Pourquoi elle ne te l'a pas dit ?

— Je ne le sais pas, mais elle le fera. Quand elle sera prête. J'ai besoin de savoir. »

Jill baissa la tête, regarda ses skis et fit une pile de neige qu'elle poussa de côté. « Elle a été violée par un psychopathe qui a menacé de tuer l'une d'entre nous si elle le disait à qui que ce soit.

— Oh *non*. Non.

— Elle l'a gardé pour elle pendant longtemps, et puis un jour, elle n'en pouvait plus. Elle a laissé une voiture la percuter devant nos yeux, dit-elle, sa voix se brisant comme si le souvenir était encore une plaie ouverte. Elle pensait que si elle était morte, il ne pourrait pas nous faire de mal. »

La gorge serrée d'émotion et de rage, Aidan passa le bras autour de

Jill, qui semblait avoir besoin de réconfort après avoir rouvert une ancienne blessure. « C'est arrivé quand, ça ? »

Elle se blottit contre lui. « Il y a presque quatre ans. Elle se remet du coma depuis avril dernier. Les médecins nous avaient dit que c'était sans espoir, alors maintenant ils disent qu'elle est un véritable miracle.

— Ils ont attrapé le mec ? »

Elle hocha la tête. « Il était déjà en prison pour quelque chose d'autre.

— Et ton père dans l'histoire ?

— Ils sont divorcés.

— Je sais, mais pourquoi ?

— Tu devrais laisser maman te le raconter, dit-elle en lui jetant un regard méfiant.

— Je t'en prie, Jill, la supplia-t-il. Raconte-moi. »

Avec un grand soupir, elle enfonça son bâton de ski dans la neige avant de lever la tête vers lui. « Il a rencontré quelqu'un d'autre pendant que ma maman était malade. Le temps qu'elle se réveille, sa copine était enceinte de jumeaux. Ils se sont mariés en août, et les jumeaux sont nés le jour de leur mariage.

— Il l'a *laissée*, comme ça ? demanda-t-il, fou de rage et horrifié. Il a laissé ta mère pour cette autre femme ?

— Non, c'est maman qui l'a laissé, lui. Elle ne voulait pas qu'il ait à choisir. »

À ce moment précis, debout au pied de la montagne avec son bras autour de sa fille, Aidan tomba amoureux de Clare de tout son être.

Quand les filles repartirent le samedi suivant, elles avaient fait le tour de l'usine de fabrication des glaces Ben & Jerry's, visité le chalet de la famille Von Trapp et skié deux fois de plus avec Aidan. Il les avait rejointes tous les soirs pour dîner et les avait emmenées à son restaurant mexicain préféré à Burlington pour leur dernier soir. La seule chose qui gâcha leur voyage, par ailleurs exceptionnel, fut le gros rhume qu'attrapa Clare en milieu de semaine.

Depuis la conversation avec Jill, Aidan avait été torturé par des pensées de ce que Clare avait enduré. Il espérait qu'elle lui en parlerait d'elle-même, quand elle serait prête. Jusqu'alors, tout ce qu'il pouvait faire, c'était lui montrer combien elle— et maintenant ses filles — étaient devenues importantes pour lui.

Aidan arriva à la maison à peu près une demie heure après le départ des filles. La porte était fermée à clé, alors il utilisa sa clé et trouva Clare endormie sur le canapé dans le salon. Il monta à l'étage prendre une couverture et la descendit pour couvrir Clare. Quand il la borda, un grand œil bleu s'ouvrit.

« Salut, dit-elle, sa voix réduite à un coassement.

— Oh. Il fit une grimace. C'est pire qu'hier.

— Mm, » dit-elle, s'étouffant en toussant.

Il lui toucha le front. « Tu es brûlante. Tu as pris quelque chose ?

— Pas encore. Peux pas bouger.

— Tu as de l'Advil ou du Tylenol ?

— Salle de bain en haut. »

Il monta chercher le médicament et le temps qu'il revienne une minute plus tard, elle s'était rendormie encore.

« Clare, murmura-t-il. Réveille-toi. Allez, il faut que tu prennes quelque chose. »

Elle se réveilla assez longtemps pour avaler deux pilules.

Aidan la monta à l'étage dans ses bras. Elle ne bougea pas quand il remonta les couvertures sur elle. Il embrassa son front et descendit travailler pendant qu'elle dormait.

Deux heures plus tard elle dormait encore, alors il décida d'aller chez McHugh's pour lui prendre de la soupe. Il prit son pick-up pour ne s'absenter que quelques minutes. Quand il revint avec de la soupe de poule et les vœux de bon rétablissement de Diana, Clare n'était pas dans son lit. Il poussa un cri quand il la trouva recroquevillée sur le sol de la salle de bains.

« Clare ! Son cœur s'emballant de peur, il la secoua jusqu'à la réveiller. *Clare* !

— Que s'est-il passé ? » demanda-t-elle quand ses yeux s'ouvrirent finalement.

Il l'examina pour voir si elle était blessée. « Tu t'es évanouie ?

— J'ai dû. Il fallait que j'aille aux toilettes.

— Merde, t'es vraiment malade. On devrait t'emmener à l'hôpital. Il savait qu'elle avait un risque accru de pneumonie après son coma. Comment il le savait et pourquoi étaient ses secrets à lui.

— Non ! Ses yeux s'écarquillèrent de peur quand elle lui attrapa le bras. Pas d'hôpital, Aidan, s'il-te-plaît. »

Il y a une semaine il se serait disputé avec elle, mais maintenant il comprenait. « OK, ma chérie, ne t'inquiète pas. Pas d'hôpital. Je t'emmène chez moi. »

Clare grogna. « Pourquoi je ne peux pas juste rester ici ?

— Parce que cet endroit est plein de poussière et d'émanations de peinture. Ce n'est pas bon pour toi en ce moment. Il la souleva du sol et la porta jusqu'à la chambre. Avait-il déjà remarqué à quel point elle était menue ? Ne t'inquiète pas, tu n'auras rien à faire. »

Elle commença à pleurer.

« Qu'est-ce qui ne va pas ? Il l'enlaça pour qu'elle puisse reposer sa tête contre son torse.

— Je ne veux pas être malade. J'avais des grands projets pour après le départ des filles.

— Quel genre de projets ?

— J'allais te dire que j'étais prête pour la sortie en tête à tête dont tu avais parlé. C'est-à-dire, si tu le veux encore, » dit-elle en toussant.

L'embrassant sur la joue, il la serra fort contre lui. « Ça oui, c'est sûr, alors il faut que tu guérisses, d'accord ?

Elle hocha la tête et s'enfonça dans les oreillers pour le regarder préparer un sac de vêtements pour elle. Avant qu'il ait fini, elle s'était endormie à nouveau et ne bougea même pas quand il la porta à son pick-up.

~

La prochaine fois que Clare se réveilla, elle vit des étoiles. Littéralement. Regardant un Velux au-dessus d'elle, elle n'avait aucune idée d'où elle se trouvait. Sa tête était comme une citrouille, sa gorge en feu, elle avait l'impression qu'un éléphant lui écrasait la poitrine et elle était glacée. Elle poussa un grognement, et Aidan sortit des ténèbres.

Il passa la main sur le front et la joue de Clare. « Comment tu te sens ?

— Très mal. Je ne peux pas arrêter de grelotter. »

Il alla de l'autre côté du grand lit, s'enfila sous les couvertures et mit un bras autour d'elle pour la blottir contre lui. « C'est mieux ?

— Oui, oui. Elle sentait la chaleur d'Aidan à travers ses vêtements. Où sommes-nous ?

— Chez moi. Tu te souviens que je t'ai dit que je t'emmenais ici ?

— Vaguement. Quand une autre idée lui vint à l'esprit, elle essaya de s'asseoir. Et les filles ? Elles vont s'inquiéter si elles n'arrivent pas à me joindre. Elles ne voulaient pas partir parce que j'étais malade.

— J'ai appelé Jill. Il l'aida à se coucher. J'ai trouvé son numéro dans ton portable et lui ai fait savoir que tu passerais quelques jours ici. Je lui ai donné mon numéro et elle a promis d'appeler Kate. Alors ne te soucie de rien d'autre que de te remettre, d'accord ?

— Elles sont bien arrivées à la maison ?

— Oui, en toute sécurité. »

Elle se détendit contre lui. « OK. C'est bien. Merci.

— Tu as faim ? Je peux réchauffer la soupe que je t'ai prise chez McHugh's plus tôt.

— Peut-être dans une minute, dit-elle lorsque ses yeux se refermèrent. Je n'ai pas envie que tu me quittes. »

Il la tint fort contre lui. « Je ne vais nulle part. Il a fallu que tu tombes malade pour que j'arrive à te convaincre de te mettre au lit avec moi. Je veux en profiter. »

Elle fit un bruit qui était peut-être un rire, mais elle s'étouffa en toussant. « Je parie que ça n'a jamais été aussi bon pour toi au lit, » dit-elle quand elle fut à nouveau capable de parler.

En frottant son menton contre les cheveux doux de Clare, il dit,
« Pas depuis très, très longtemps.

— Aidan ?

— Quoi, ma chérie ?

— Merci de me tenir chaud.

— Tout le plaisir est pour moi. »

CHAPITRE 22

Le lendemain matin, Clare était pire. Quand Aidan se réveilla, il l'entendit siffler en dormant. Il prit sa température avec un thermomètre auriculaire et s'alarma quand il afficha 40.3. « Merde ! » Il sauta du lit pour trouver le téléphone.

Il fit le numéro à Rhode Island que Jill lui avait donné hier. La messagerie du Dr Langston prit un message et lui assura qu'il rappellerait dans l'heure. Quand le téléphone sonna vingt minutes plus tard, Aidan se jeta dessus.

« C'est le Dr Paul Langston. J'ai eu votre message, M. O'Malley. Vous êtes avec Clare Harrington ? »

Aidan sentit l'urgence dans la voix du docteur. « Oui, je suis un ami du Vermont. Je crois qu'elle fait une pneumonie.

— Quels sont ses symptômes ? »

Aidan récita la liste et donna la dernière température de Clare.

« Vous êtes médecin ? »

Aidan inspira profondément. « Je suis docteur en médecine. » Il n'avait pas prononcé ces mots depuis dix ans. « Mais je n'exerce pas. Si vous pouviez faire livrer quelque chose ici à la montagne, je pourrais l'administrer en intramusculaire.

— Donnez-moi le numéro de la pharmacie. Je vais immédiatement faire une ordonnance par téléphone pour de la pénicilline et commander les seringues pour vous pour qu'on puisse l'injecter au plus vite. »

Grandement soulagé, Aidan donna le numéro de téléphone de la pharmacie au docteur. « Merci.

— Vous connaissez ses antécédents ?

— Oui. Elle s'opposait à aller à l'hôpital.

— Je veux que vous me promettiez de la faire admettre quelque part si sa condition s'aggrave.

— D'accord.

— Elle est plus qu'une patiente pour moi. C'est une amie. Prenez bien soin d'elle.

— Elle est plus qu'une amie pour moi. Ne vous inquiétez pas. » Il raccrocha d'avec le médecin et appela Bea. Elle accepta d'aller à la pharmacie pour lui, pour qu'il n'ait pas à laisser Clare seule.

« Dépêche-toi, Bea. »

Clare flottait. Le martèlement dans sa tête et la douleur lancinante dans sa poitrine étaient loin derrière elle. Elle rêva que Bea était là et qu'Aidan lui faisait une piqûre, mais elle n'arrivait pas à se réveiller, même quand elle sentit que quelqu'un essayait de lui faire avaler de l'eau.

Si chaud ! Ai-je jamais eu si chaud ? Elle se débattit avec les couvertures, essayant de se libérer de leur poids. Une inquiétude persistante au fond de son esprit l'empêchait de se rendormir. Et si elle ne se réveillait pas ? C'était déjà arrivé. Est-ce que cela pourrait arriver à nouveau ? Les larmes coulèrent du coin de ses yeux alors qu'elle se battit contre les ténèbres.

Elle avait dû s'endormir. Où était Jack ? Était-ce sa voix qu'elle entendait ?

« Clare ma chérie, réveille-toi.

— Jack ? Elle ouvrit les yeux. Une lumière de l'autre côté de la pièce illuminait les beaux traits d'Aidan, et elle grimaça devant la brève expression de chagrin qui traversa son visage. Je rêvais. Je suis désolée.

— Pas de souci. Tu as faim ?

— Un peu.

— Ça va aller si je descends une minute te chercher quelque chose ? »

Elle hocha faiblement la tête.

« Qu'est-ce qui te fait envie ? De la soupe ? Des œufs ? Du pain grillé ? Tout ce que tu veux.

— Du pain grillé, s'il-te-plaît. »

Aidan l'embrassa sur la joue. « Ça vient tout de suite. Ne te sauve pas. »

Elle gémit à l'idée d'aller où que ce soit.

Il fallut qu'il la réveille à nouveau quand il revint avec le pain grillé.

« Quelle heure est-il ? demanda-t-elle en grignotant un toast à la cannelle.

— A peu près trois heures du matin.

— T'as été debout toute la nuit ? Je suis désolée.

— J'ai dormi quelques heures. Ne t'inquiète pas pour moi. Au fait, bonne année.

— Je l'ai loupée ?

— Complètement. T'étais endormie. Il balaya une mèche de ses cheveux et l'embrassa sur le front. Écoute, euh, j'ai besoin de te faire une piqûre.

— Alors je ne l'ai pas rêvé, ça ?

— Non.

— Tu sais ce que tu fais ? »

Il hocha la tête.

« Comment ?

— C'est une histoire pour un autre jour, quand tu iras mieux. Pour l'instant, tu me fais confiance ? »

Elle remua un doigt pour le faire venir plus près d'elle et pouvoir l'embrasser sur la joue. « Je te fais confiance.

— Merci, dit-il, et il lui fit l'injection. Maintenant, je veux que tu boives toute cette eau, tu m'entends ? On ne peut pas te laisser te déshydrater.

— Oui, chef, mais j'ai besoin de faire pipi. »

Il la porta à la salle de bains, qui était très similaire à celle de Clare chez elle à Rhode Island, sauf que le jacuzzi d'Aidan avait des portes coulissantes en verre que l'on pouvait ouvrir sur l'extérieur. Le clair de lune entrait par les fenêtres de toit. « D'après ce que j'ai vu, cette maison est vraiment spectaculaire. C'est toi qui l'as construite ?

— Chaque clou. Tu crois que tu peux tenir debout ?

— Bien sûr, » dit-elle, mais quand il la posa, la terre se mit à bouger. Elle tendit les bras pour attraper le lavabo sur pied.

Derrière elle, il la soutint. « Reprends-toi, dit-il. C'est bon ?

— Ouais, mais ne vas pas trop loin.

— Je serai juste devant la porte.

Quand elle eut fini, elle se lava les mains et la figure et passa les doigts dans ses cheveux. Elle avait peur de se regarder dans le miroir. Une quinte de toux féroce la déroba du peu d'énergie qu'il lui restait.

Quand il l'entendit tousser, Aidan entra et l'enlaça.

« Tu peux attraper ma brosse à dents pour moi ? demanda-t-elle quand la toux se fut calmée.

— Oui, oui. Tiens-toi à quelque chose. »

Il la laissa se tenir au lavabo et revint une minute plus tard avec sa brosse à dents. Dans l'armoire à pharmacie, il prit le dentifrice et en pressa un peu sur sa brosse.

« Le service est excellent dans cet hôpital.

— Nous ne faisons pas les choses à moitié, » dit-il, en la regardant dans les yeux quelques instants de plus que nécessaire.

Clare arracha son regard au sien pour se concentrer sur le brossage de ses dents. Pendant qu'elle brossait, elle se dit qu'être avec Aidan dans sa salle de bains au milieu de la nuit semblait tellement naturel. Il lui faudrait penser à la signification de cela quand elle n'aurait pas de fièvre à combattre.

« Prête pour le retour au lit ? »

Elle hocha la tête, et quand il la porta à nouveau à la chambre, elle enroula ses bras autour de son cou et posa sa tête contre son épaule comme si c'était sa place. Il s'était changé à un moment donné et portait un vieux T-shirt des Red Sox et un pantalon de jogging.

Il la borda de plusieurs couvertures et lui fit prendre encore deux cachets de Tylenol pour dompter la fièvre. Quand il fut satisfait de la quantité d'eau qu'elle avait bue, il s'enfila dans le lit avec elle. « Chaud ? Froid ?

— Juste bien pour l'instant, mais est-ce qu'on peut faire semblant que j'aie froid pour que tu viennes près de moi ?

— On peut, » dit-il, passant un bras sous Clare.

Elle se tourna vers lui et utilisa son torse comme oreiller. « Merci.

— De quoi ?

— De t'être occupé de moi. Je ne sais pas comment un rhume s'est dégradé aussi vite que ça. Elle passa une main sur son torse et découvrit qu'il était tout en muscle.

— C'est probablement une pneumonie. Il fit prisonnière sa main baladeuse, la prenant dans la sienne et la porta à ses lèvres. « Tu ferais mieux d'arrêter ça, ou je vais profiter d'une personne malade. »

Elle grogna de rire. « Oh, mon Dieu, tu blagues, là. Je suis un désastre ambulant. »

Il souleva son menton et embrassa Clare doucement. « Tu es sexy et belle, et je te veux, malade ou pas. Alors tiens-toi à carreaux. »

Sa poitrine se serra et pas à cause de sa maladie. « Est-ce que ça compte comme première sortie en amoureux ? »

Il rit. « Endors-toi. »

Elle lui serra la main, se pelotonna encore plus près de lui, et s'endormit une minute plus tard.

Clare dormit presque toute la journée suivante. Elle se réveilla à un moment donné au claque, claque, claque d'une hache qui coupait du bois et supposa qu'Aidan était dehors à faire du travail. Elle ne pouvait garder les yeux ouverts assez longtemps pour vérifier. Quand elle se réveilla la fois d'après, il faisait nuit. Sa tête lui fit un mal de chien pendant un instant quand elle poussa sur ses bras et se mit en position assise.

De l'autre côté de la pièce, Aidan leva les yeux du livre qu'il lisait. « Salut, la belle au bois dormant, t'es réveillée. »

Elle gémit. « J'ai du mal à croire que j'ai dormi toute la journée. »

Il vint s'asseoir au bord du lit. « Tu dois être affamée. J'ai essayé de te réveiller plus tôt, mais tu ne voulais rien en savoir.

— Désolée. J'ai un peu faim, mais pas trop.

— J'ai une idée. Pourquoi tu ne prendrais pas un bain dans le jacuzzi pendant que je nous fais à manger ?

— Ça me ferait plaisir. Je me sens tellement dégoûtante. »

L'embrassant sur le front, il dit, « Tu es très mignonne quand tu es malade.

— Bon sang, O'Malley, tu n'as vraiment *rien* à te mettre sous la dent, hein ? »

Il rit. « Ouais, elle va mieux. Allez, laisse-moi te déposer. » Il glissa ses bras sous elle pour la porter à la salle de bains. Après avoir ouvert le robinet et lui avoir apporté une serviette de bain, il retourna à la chambre chercher son sac. « Tu n'as besoin de rien d'autre ?

— J'ai tout ce qu'il me faut, merci.

— Attention quand tu rentres et quand tu sors du bain. T'es encore faible. Appelle-moi si tu as besoin de moi.

— Merci. »

Il la laissa seule, et elle enleva le pantalon de jogging et le T-shirt à manches longues qu'elle portait depuis ce qui lui paraissait être une semaine. Elle bougea avec précaution pour préserver le peu d'énergie qu'elle avait. L'eau bouillonnante qui pulsait dans la baignoire était divine contre son corps endolori, et elle poussa un grand soupir de plaisir. Avec une bouteille de shampoing placée dans un coin de la baignoire, elle se lava la tête. Après s'être trempée encore quelques minutes, elle commença à avoir la tête qui tournait à nouveau, alors elle sortit doucement de la baignoire et attrapa la serviette qu'Aidan avait laissée pour elle. Le geste simple de sortir du bain l'ayant épuisée, elle s'assit sur le couvercle fermé des toilettes pendant quelques minutes.

« Comment ça va là-dedans ? appela Aidan derrièrela porte.

— Très bien. Je vais sortir dans une minute.

— OK. Descends quand tu es prête. »

Clare trouva un pyjama en flanelle dans le sac et s'habilla. Elle peigna ses cheveux et se brossa les dents. Avant qu'elle puisse trouver l'énergie de finir de nettoyer la salle de bains, il lui fallut s'asseoir encore une minute. Elle ouvrit la porte, et les odeurs qui montaient à l'étage lui mirent l'eau à la bouche. Tout à coup, elle était affamée.

Elle posa son sac dans la chambre d'Aidan et alla à la recherche des escaliers. La maison, avec ossature en bois et toit pentu, plusieurs niveaux et des pièces dans des coins inattendus, était une merveille. L'escalier en colimaçon finissait en plein milieu d'une grande cuisine où Aidan touillait quelque chose sur le feu. La cuisine donnait sur un salon accueillant avec un piano à queue comme point de mire.

« Cette maison est incroyable ! »

Il se retourna de la cuisinière. « Je suis content qu'elle te plaise. Tu te sens mieux après ton bain ?

— Je suis une nouvelle femme. »

Il lui tira une chaise au bar. « Quelque chose à boire ?

— Juste de l'eau s'il-te-plaît. Elle le regarda se déplacer avec aise dans la cuisine, où du carrelage en terre cuite formait un panneau mural décoratif au-dessus d'un plan de travail en lames de bois abou-tées. Des casseroles brillantes en cuivre pendaient au-dessus de l'îlot central qui contenait la cuisinière. « C'est une sacrée cuisine.

— J'adore cuisiner.

— Encore une fois, tu me surprends, O'Malley. »

Il sourit. « C'est devenu mon but dans la vie, de te déstabiliser. » Il apporta deux assiettes de pâtes fumantes au comptoir de cuisine, attrapa une bière dans le frigo, et s'assit à côté d'elle.

« Ça sent tellement bon.

— Poulet Alfredo, une spécialité de la maison.

— C'est fabuleux et je suis impressionnée. Après avoir mangé la moitié de ce qu'il lui avait donné, elle poussa son assiette vers lui et il la finit.

— Tu as l'air d'aller mieux.

— J'ai l'énergie d'un nourrisson, mais à part cela, je me sens mieux. »

Il apporta les assiettes à l'évier et chargea le lave-vaisselle. Quand il revint, il lui tendit le téléphone. « Tu veux appeler les filles ? »

Elle hocha la tête, touchée par son attention. Les filles furent soulagées de savoir qu'elle allait mieux, et elle promit de les rappeler dans un jour ou deux.

Une fois qu'elle raccrocha d'avec Kate, il la conduisit à une pièce qui donnait sur le salon et qu'elle n'avait pas encore remarquée. Elle comprit immédiatement que c'était ici qu'il passait la plupart de son temps. Il y avait un bureau avec un ordinateur et des piles de papiers qu'elle supposa faire partie de son travail. Un poêle à bois occupait un coin de la pièce, et une télévision à écran plat était fixée au mur. Aidan l'installa sur le canapé et la couvrit d'une couverture avant de jeter une autre bûche sur le feu.

« Il fait assez chaud ? »

Elle hocha la tête, et il s'assit près d'elle.

« Il faut que je te dise quelque chose. »

Son beau visage était sérieux, et la peur fit des vagues en elle. À un moment donné dans son état fiévreux, elle était tombée amoureuse de lui et ne voulait pas entendre quelque chose qui gâcherait cela. Elle lui tendit les bras.

Il sembla soulagé de se blottir contre elle et il y resta pendant plusieurs longues minutes. Quand il leva finalement le regard vers elle, ses yeux étaient tellement tristes. « Je t'ai menti à propos de quelque choseet il faut que je te dise la vérité. »

Sa détresse toucha le cœur de Clare. « Tu n'es pas obligé, » dit-elle en lui caressant la joue.

Il embrassa la paume de sa main, envoyant une bouffée de désir en elle. Le regard d'Aidan percuta le sien. « Si, il le faut. Il faut que je te le dise parce que je t'aime, Clare. Pour la première fois depuis très longtemps, quelque chose est important pour moi. C'est toi qui es importante pour moi, et je ne veux pas mettre cela en péril. »

Elle se pencha pour l'embrasser et fut stupéfaite du désir affamé qu'elle sentit dans son baiser.

« Attends, dit-il. Il faut qu'on parle. »

Elle embrassa son front et sa joue. « Je t'aime aussi, Aidan, et il n'y a rien que tu puisses me dire qui changerait cela.

— Merci, dit-il, sa voix chargée d'émotion. Garde cette pensée en tête un instant. Il se leva, alla à son bureau, et revint en tenant un cadre photo contre son torse. Voici Sarah. Elle était mon épouse. » Il s'assit et donna la photo à Clare.

Cachant sa surprise, elle étudia la photo de la jeune femme aux longs cheveux bruns et aux yeux doux. « Elle est adorable, » dit Clare, la lui rendant. La douleur sur le visage d'Aidan rendit sans importance son mensonge.

Perdu dans ses souvenirs, il passa ses pouces sur le cadre. « Je l'ai rencontrée quand j'avais douze ans, et sa famille était venue à Chatham pour l'été. Cela faisait des années qu'elle venait, mais pour une raison ou une autre, nous ne nous étions jamais rencontrés auparavant. Sa sœur et elle ont traîné avec nous sur la plage tout l'été, et quand elle est rentrée à Boston, nous étions les meilleurs amis du monde. Il retourna le cadre. Scotchée au dos se trouvait une photo jaunie d'Aidan et Sarah à douze ans, bras-dessus bras-dessous à la plage.

« Nous nous sommes écrit des lettres pendant l'année scolaire, et de temps en temps nous arrivions à nous parler au téléphone. Quand elle est revenue l'été suivant, c'était comme si nous ne nous étions pas quittés. Mes frères me charriaient tellement à propos d'elle, mais je m'en fichais. Elle était ma personne préférée dans le monde entier. Ils l'aimaient bien, aussi, mais il fallait qu'ils fassent les abrutis avec moi. »

Clare sourit. « Bah, ça. »

Aidan mit la photo sur la table. « Arrivés à quinze ans, elle était ma petite amie. Nous volions des baisers dès que nous en avions l'opportunité, et j'étais fou amoureux d'elle. Pendant cette année scolaire-là, mes parents m'ont laissé prendre le bus pour aller en ville la voir un samedi par mois. Je vivais pour ces jours-là et je travaillais le reste du temps pour économiser de quoi m'acheter le ticket de bus. »

Clare vit qu'il avait du mal à raconter l'histoire, alors elle prit sa main.

« Le papa de Sarah était médecin à Boston. Il était toujours très gentil avec moi et il s'est intéressé à mon éducation. Je n'avais pas prévu d'aller à l'université parce que mon père voulait que je travaille avec lui. Mais Dr Sweeny savait que j'étais le premier de ma classe et il m'a encouragé à viser plus haut. Sarah et moi faisions alors beaucoup plus que nous embrasser, et ni elle ni moi n'avons jamais été intéressés par quelqu'un d'autre tout au long du lycée. L'été d'avant notre dernière année, nous avons élaboré un plan pour aller à l'université ensemble. Elle tenait absolument à aller à Yale, alors j'ai aussi envoyé ma candidature. Ça a été un vrai choc pour moi— et toute ma famille — quand j'ai été accepté. Mon père était déçu pour l'entreprise, mais il n'a pas essayé de m'empêcher de continuer mes études, probablement parce que j'avais trois frères plus jeunes pour prendre la place.

— Tu as été à Yale, » murmura Clare en réalisant que cet homme était bien plus qu'un charpentier.

Il montra le diplôme dans un cadre au-dessus de son bureau, suivi d'un deuxième tout à fait semblable. « Dr Sweeny m'a encouragé à essayer la classe préparatoire aux études médicales, et j'ai été surpris de voir que cela me plaisait. Sarah et moi avons habité ensemble après notre première année dans un appartement à New Haven. Nous pensions avoir réussi à le cacher, mais j'ai appris bien plus tard que nos parents le savaient et avaient choisi de l'ignorer. Ils avaient déjà compris qu'il ne fallait pas se battre contre ce qui se passait entre nous deux depuis que nous étions gamins.

— C'est très mignon, » dit Clare, touchée par son histoire mais remplie d'anxiété à propos d'où il voulait en venir.

Son visage se tordit en un petit sourire triste. « Nous nous sommes mariés à Chatham juste après avoir décroché notre diplôme de Yale. Ce fut de loin la meilleure journée de ma vie, dix ans presque jour pour jour après notre rencontre. J'ai fait médecine à Yale. Elle a fait les beaux-arts et a travaillé dans la section beaux-arts de l'université. Nous étions pauvres mais heureux. J'ai décidé de suivre Dr Sweeny en cardiologie. J'ai fini mon internat à l'hôpital Yale-New Haven et fait la demande pour effectuer un stage d'application au Mass General à Boston. Nous avons voulu retourner plus près de la maison parce que Sarah était finalement enceinte. Cela faisait longtemps que nous essayions de faire un bébé. »

Clare poussa un cri lorsqu'elle comprit que ce qui était arrivé à sa femme bien-aimée lui avait également pris un enfant. *Oh, mon Dieu. Je ne peux écouter cela.* L'expression torturée sur son visage lui brisa le cœur. « Aidan, mon chéri, peut-être que c'est assez pour l'instant. »

Il secoua la tête. « J'ai besoin de finir. » Après une grande inspiration, il dit, « Elle était enceinte de deux mois quand elle a trouvé une boule dans son sein. »

Clare gémit.

« Son père a fait jouer ses relations pour qu'elle puisse voir le meilleur cancérologue de la ville. En l'espace de vingt-quatre heures, nous savions que c'était très sérieux— un cancer du sein stade III. Elle avait vingt-neuf ans. Il secoua la tête comme s'il ne pouvait toujours pas y croire, même après toutes ces années. C'était un cancer agressif. Ils voulaient l'hospitaliser tout de suite et commencer la chimiothérapie, mais ils auraient été obligés d'interrompre la grossesse.

— Oh, Aidan. Les larmes coulèrent le long des joues de Clare.

— Elle a refusé de le faire. Je l'ai suppliée, mais elle n'a pas voulu tuer l'enfant que nous avions tant désiré. Je lui ai dit que c'était elle la personne sans laquelle je ne pouvais pas vivre, et qu'on pouvait faire d'autres enfants une fois qu'elle se serait remise. Il secoua la tête et balaya une larme de son visage. J'ai hurlé et crié à m'en époumoner, je l'ai suppliée, mais je n'ai pas réussi à la faire changer d'avis. Avec le temps, j'en suis venu à comprendre qu'elle savait qu'elle allait mourir et qu'elle ne voulait pas que je sois seul. »

Clare avait envie de le toucher, mais il était si loin d'elle à ce moment précis qu'elle eut peur de le faire sursauter.

Il se leva et alla à la fenêtre. « Alors il m'a fallu regarder notre enfant grandir pendant qu'elle m'échappait petit à petit. Elle a insisté pour que je continue mon stage d'application. Les gens à l'hôpital savaient ce que je vivais et ils ont été gentils avec moi. Nous avons emménagé avec ses parents parce qu'elle ne pouvait pas rester seule pendant que je travaillais. Je continuais à espérer que j'allais me réveiller du cauchemar qu'était devenu ma vie. J'étais tout agité et désespéré, alors que Sarah était toute calme et sereine. Elle adorait sentir le bébé pousser en elle. Il était plein d'énergie, il bougeait tout le temps. » À ce souvenir, il sourit, puis se tourna à nouveau vers Clare.

« Qu'est-il arrivé au bébé ? demanda-t-elle d'une petite voix.

— Elle est arrivée à trente-six semaines et avait des difficultés à respirer parce que le cancer avait atteint ses poumons. Son obstétricien avait prévu une césarienne, mais le soir d'avant elle a commencé à saigner. Je l'ai conduite d'urgence à l'hôpital, et ils l'ont prise tout de suite dans le bloc opératoire. Ils l'ont emmenée tellement vite que je ne me souviens pas de la dernière chose que je lui ai dite ni de ce qu'elle m'a dit. J'ai vraiment un trou. Ils l'ont endormie pour faire une césarienne d'urgence. Le bébé… » Le menton d'Aidan toucha sa poitrine et il secoua la tête.

Clare se leva pour aller à lui. Elle fut prise de vertige en se mettant debout trop vite, mais elle prit sur elle et enlaça Aidan.

Les pleurs secouèrent son corps. Elle le garda dans ses bras jusqu'à ce qu'il se ressaisisse et baissa ses yeux bouleversés vers elle. « Il était mort-né.

— Non, murmura Clare.

— Il était parfait avec tous ses doigts et ses orteils. Ils m'ont laissé le tenir dans mes bras, et j'ai essayé de me convaincre qu'il dormait simplement. Nous avions déjà décidé de l'appeler Colin— c'était celui de mes frères que Sarah préférait. Elle ne s'est pas réveillée de l'anesthésie, et elle est morte deux jours plus tard. Le seul réconfort était qu'elle n'a jamais su que son sacrifice n'avait servi à rien. »

Clare le ramena au canapé.

Après un long moment de silence, tout tremblant il prit une grande bouffée d'air. « Ils ont été enterrés ensemble, mais je n'y étais pas, dit-il, sa voix réduite à un murmure. Je ne pouvais pas y aller. Mes parents et les siens se sont occupés de tout. Je ne suis même pas allé au cimetière, ce qui rend ma mère dingue, mais ils y vont pour moi. J'ai quitté mon stage d'application. Je ne supportais plus l'odeur de l'hôpital, ni de savoir qu'avec toutes mes études je n'avais pas pu sauver les deux personnes que j'aimais le plus au monde. C'est aussi bien, parce que j'ai passé la plupart de l'année suivante bourré de toute façon.

— Comment as-tu fini ici ?

— La grand-mère de Sarah lui avait laissé un peu d'argent et nous avons acheté cette terre à peu près un an avant qu'elle tombe malade. Nous projetions d'y construire une maison pour le weekend. Elle m'a fait promettre d'utiliser l'argent pour construire une maison. Comme je ne suis pas mort à force de boire, je ne savais pas quoi faire d'autre, alors je suis venu ici dans les montagnes et j'ai construit cette baraque. J'avais l'intention de la vendre une fois finie.

— Pourquoi donc ?

— Je m'étais dit que ce serait trop douloureux de vivre ici sans elle, mais on n'avait pas passé beaucoup de temps ensemble ici et personne en ville ne la connaissait. La maison finie, j'ai commencé à me sentir chez moi. J'ai fait quelques travaux de construction à côté et rapidement les gens se sont mis à dire que je connaissais le métier. J'avais une entreprise et une maison, alors je suis resté. La seule personne ici qui sache que j'ai été médecin et que j'ai perdu ma femme et mon fils, est Bea. C'est une bonne amie, mais même elle ne connaît pas toute l'histoire.

— Merci de me l'avoir racontée. Je suis tellement désolée pour tout ce que tu as perdu. »

Il embrassa la main de Clare. « Je suis désolé de t'avoir menti quand je t'ai dit que je n'avais jamais été marié. Je me sens tellement déloyal envers Sarah quand je dis cela aux gens, mais c'est plus facile que d'en parler. Après toutes ces années, le mensonge me vient si facilement. Mais quand je t'ai menti, à toi, c'était la première fois que cela ne me semblait pas juste. Tu me pardonnes ? »

Clare le prit dans ses bras. « Il n'y a rien à pardonner. »

Il s'accrocha à elle, l'air d'avoir besoin du réconfort qu'elle offrait après avoir partagé son histoire douloureuse.

« Tu dois commencer à fatiguer, dit-il après un long moment de silence. Allons te remettre au lit. » Il prit sa main pour l'aider à se lever et la conduisit à l'étage.

Elle réussit à atteindre le premier palier avant que le vertige ne l'oblige à s'agripper à la balustrade.

Aidan la souleva et la porta le reste du chemin. « Il faut encore te ménager, dit-il en l'aidant à se mettre au lit.

— Je devrais pouvoir rentrer à la maison, néanmoins. Je t'ai assez dérangé.

— J'aime t'avoir ici. Je ne devrais probablement pas te dire que tu es la première femme à venir ici. »

Elle sourit. « Vraiment ?

— Comme tu dirais, attention à ce que ça ne te fasse pas enfler les chevilles, dit-il avec un sourire timide qui contrastait fortement avec son chagrin plus tôt.

— Trop tard. »

Il se mit au lit et se tourna pour être en face d'elle. « Reste ici pendant quelque temps. Jusqu'à ce que tu te sentes plus forte. »

Quand elle passa ses doigts dans les cheveux d'Aidan et se pencha vers lui pour l'embrasser, un feu de forêt s'alluma entre eux. Son baiser était plein d'amour, d'envie et de désir— un désir tellement fort qu'il aurait dû l'effrayer, mais ce n'était pas le cas car elle savait qu'il l'aimait.

Il s'éloigna pour la regarder, ses yeux pleins de fougue. « Pas comme ça, Clare. Quand nous ferons l'amour, et nous le ferons bien-tôt, ce sera pour nous. Pas pour le réconfort ni par sympathie. Il la blottit contre ses bras protecteurs. Reste avec moi pour l'instant ?

— OK, » dit-elle en espérant qu'elle pourrait surmonter ses propres démons le temps venu.

CHAPITRE 23

Kate vérifia l'adresse sur la carte de visite encore une fois et regarda l'immeuble en ruines avec désarroi. Ce n'était pas Music Row. C'était si loin de Music Row que cela aurait aussi bien pu être dans une autre ville. Harvey Welshiemer, le producteur qui lui avait donné sa carte pendant une fête avant Noël, avait été ravi d'avoir de ses nouvelles et avait insisté qu'elle vienne tout de suite à son bureau.

Elle poussa la porte et fut assaillie par l'odeur de nourriture grasse et ce qui était peut-être de l'urine. Les marches de l'escalier craquèrent lorsqu'elle monta au deuxième étage où un petit signe en plastique près de la porte disait 'Harvey Welshiemer, Disques Decade.' Kate regarda le couloir délabré avec sa peinture vert clair qui s'écaillait. Le vacarme d'une télévision traversait une des autres portes en bois. Elle songea à faire demi-tour, mais c'était un producteur alors elle s'efforça de frapper.

Harvey ouvrit la porte et son visage laid s'illumina.

« Kate, ma chérie, tu m'as trouvé. Entre. »

En jetant par-dessus son épaule un coup d'œil mélancolique sur l'escalier, elle entra, soudain consciente du fait que personne au monde ne savait où elle se trouvait. Elle comprit instantanément que c'était chez lui et non son bureau.

« Euh, je pensais qu'on se rencontrait à votre bureau, dit-elle pendant qu'il se dépêchait de ramasser les vêtements qui traînaient et les assiettes sales.

— Oui, c'est ici. Assieds-toi. »

Elle chercha du regard un coin où s'asseoir sans qu'elle ait peur d'attraper une maladie. « Je vais rester debout, merci. »

Il remit en place le devant de sa mèche rabattue et posa ses grosses hanches sur une chaise en vinyle craquée. « Je suis très content que tu sois passée. Tu es exactement le genre de jeune talent que recherchent les Disques Decade. Je vais faire de toi une grande star, ma petite. »

Kate fit un pas en arrière vers la porte. « Je ne suis pas trop sûre de la chose. »

Il se leva d'un bond bien plus vite qu'il n'aurait dû pouvoir le faire. « Où est-ce que tu crois que tu vas ? Je ne t'ai même pas dit ce que j'ai en tête pour toi. »

Elle s'appuya sur la porte, avec sa main sur la poignée dans son dos, persuadée de tout son être qu'elle ne voulait avoir rien savoir de ce qu'il avait en tête pour elle.

« On va faire ton début au Grand Ole Opry. Faire connaître ton nom. Tu as tes propres chansons ? Il continua vite avant qu'elle puisse répondre. Cela n'a pas d'importance. J'ai un type qui adorerait écrire pour une voix comme la tienne.

— M. Welshiemer—

— Appelle-moi Harvey, ma chérie. On va être de bons amis. Bon, laisse-moi trouver le contrat qu'il faut que je te fasse signer avant d'aller plus loin—

— M. Welshiemer— »

Ses yeux brillèrent de colère. « Écoute, ma petite, tu vas me faire de la peine si tu ne m'appelles pas Harvey. Il enfouit la main sous une pile de magazines sur une table basse bancale, et en tira une feuille de papier grand-format. Voici le contrat standard dans le monde du spectacle qui stipule toutes les façons dont je vais travailler pour toi pour faire de toi une star. Il sortit un stylo des profondeurs de sa poche de chemise tachée. Signe ici et on va se mettre au travail. »

Il était tellement concentré sur son baratin qu'il ne le remarqua pas quand Kate ouvrit la porte. Elle avait dévalé la moitié de l'escalier avant qu'il ne la rattrape. Quand il lui prit le bras pour l'empêcher de continuer sa descente, elle cria.

« Où tu crois que tu vas, putain ?

— Ne me touchez pas, » dit-elle en un grognement sourd.

Il la lâcha tellement brusquement qu'elle dégringola presque la dernière moitié de l'escalier. « On dirait qu'on est partis du mauvais pied, dit-il, son visage moite à quelques centimètres de celui de Kate. Si tu ne veux pas devenir une star, très bien, mais si j'étais toi je ramènerais mon joli petit cul en haut des marches et je signerai ce contrat. Tu crois sincèrement que tu es différente des millions de filles qui chantent à en perdre haleine partout dans cette ville ? Ça fait combien de temps que tu es là ? Combien de producteurs t'ont donné leur carte ? Je parie que je suis le premier à qui tu as même parlé. »

Ses mots l'affectèrent— trop. Mais même si elle ne réussissait jamais comme chanteuse, elle vendrait son âme au diable avant de vouloir passer une minute de plus en compagnie de cet homme répugnant.

« Notre relation d'affaires est terminée, dit-elle avec un regard qui le défiait de la toucher. Je préférerais travailler à La Maison des Gaufres plutôt que pour vous. Avec ces mots elle lui tourna le dos et descendit en cavalcade les marches qui restaient.

— Espèce de salope ! Tu te prends pour qui ? »

La fin de sa tirade fut coupée court quand la porte donnant sur la rue se referma derrière Kate. Elle prit des grandes bouffées d'air en quittant l'immeuble moitié en courant, moitié en marchant. Elle arriva à sa voiture, sauta dedans et verrouilla les portières avant de s'autoriser à pleurer. Ce n'était que par peur qu'il la suive qu'elle démarra la voiture et s'en alla.

Elle arriva à son appartement et courut prendre une douche. Sa rencontre avec Welshiemer l'avait laissée avec l'impression d'être sale et malade. Après dix minutes entières sous le jet, elle arriva finalement à s'arrêter de pleurer. Quand elle pensa à ce qui aurait pu arriver dans cet appartement immonde, elle commença à trembler.

Pour essayer d'oublier la rencontre cauchemardesque, elle s'efforça de penser à quelque chose de plaisant. Naturellement ses pensées se dirigèrent vers Reid et le Nouvel An qu'ils avaient passé ensemble. Elle sourit en se souvenant de ce qu'ils étaient en train de faire à minuit et tout à coup elle se sentit mieux. Il deviendrait fou s'il apprenait ce qui venait d'arriver, mais il travaillait à Knoxville et ne serait pas de retour avant le lendemain.

Quand elle fut finalement capable de respirer à nouveau normalement et que ses mains cessèrent de trembler, elle prit le téléphone pour appeler Ashton.

« C'est une agréable surprise, dit-il quand son assistante lui passa l'appel.

— Bonne année, dit Kate en faisant de son mieux pour avoir une voix normale.

— À toi aussi. Quoi de neuf ?

— Est-ce que je peux te demander une faveur ?

— Bien sûr, tout ce qu'il te faut.

— Tu connais un producteur qui s'appelle Harvey Welshiemer ? Les Disques Decade ? »

Ashton poussa un cri. « Bon Dieu, Kate, ce type-là est à fuir comme la peste. On a trois clientes qui essaient de terminer leur contrat avec lui. Il leur a fait signer des contrats à toute épreuve qui font qu'il leur est impossible de travailler *où que ce soit* et il ne fait rien pour elles. »

Kate fit une grimace. Pourquoi n'avait-elle pas appelé Ashton avant d'aller là-bas ? Dieu merci elle n'avait rien signé.

« Kate ? *Qu'est-ce qu'il y a ?* Oh, mon Dieu, tu n'as rien signé avec lui, non ?

— Non, non, dit-elle timidement. Je l'ai rencontré, mais il m'a dégoûtée, alors je me suis tirée avant qu'il puisse me forcer à signer.

— L'enfoiré, murmura Ashton. Ça va ?

— Maintenant oui.

— OK, écoute-moi, à partir de maintenant, tu ne parles à personne dans l'industrie de la musique— et je veux dire *personne*— sans que je sois là avec toi, t'as compris ? La prochaine fois que tu me vois, donne-moi un dollar.

— Pourquoi ?

— C'est mon avance sur honoraires. Une fois que tu l'auras payée, je serai officiellement ton avocat. »

Elle rit. « Tu es vraiment bon marché, Maître. Comment vais-je savoir que tu ne me le voleras pas ?

— Je suis sérieux, Kate. T'aurais pu te faire avoir royalement par ce mec aujourd'hui et ta carrière aurait été ruinée avant même de commencer. Ce n'est pas de la blague.

— Je suis désolée. Tu as raison. »

Il soupira. « Je n'essaie pas d'être pénible, mais il faut que tu fasses très attention.

— Je le sais maintenant. Merci, Ashton. J'ai un dollar ici spéciale-ment pour toi.

— Eh ben, tu m'as presque fait faire une crise cardiaque. Il expira longuement. Pourquoi on n'irait pas manger un bout ensemble plus tard. Tu es libre ?

— J'ai une répétition avec le groupe jusqu'à dix-neuf heures, mais je pourrais te rencontrer après.

— Chez F. Scott à vingt heures ?

— Parfait. J'y serai. Et merci pour tes conseils.

— Pas de quoi. Rappelle-toi de ce que je t'ai dit à propos de parler à des personnes dans le milieu, Kate. Je suis sérieux.

— Après ce qui s'est passé aujourd'hui, tu n'auras pas besoin de me le dire deux fois.

Chez F. Scott il y avait de l'ambiance quand Kate arriva avec cinq minutes de retard pour y rencontrer Ashton. Elle traversa le sol à carreaux noirs et blancs et le trouva au bar à l'attendre. Comme il était en costume-cravate, elle supposa qu'il était venu directement du travail.

« Salut, dit-il en l'embrassant sur la joue. Tu es toute belle.

— Merci, dit-elle, gênée par la façon dont ses yeux parcoururent son visage avec un intérêt évident. Toi, aussi.

— Notre table sera prête dans une minute. Tu veux prendre un verre ?

— De l'eau serait super. Je suis toujours assoiffée après une répétition. »

Il demanda de l'eau au barman et se leva pour offrir sa place assise dans le bar bondé. Un trio de jazz jouait sur la petite scène de l'autre côté de la pièce.

Le corps d'Ashton forma une barrière de protection autour d'elle. Une sensation de malaise traversa Kate lorsqu'elle arriva à une conclusion troublante : cela ressemblait beaucoup à un rendez-vous en amoureux.

« Tu as quelque chose pour moi ? Il tendit la main avec une expression d'attente.

— Oh, oui, j'ai failli oublier. Elle enfouit la main dans la poche de son jean et en sortit le dollar qu'elle y avait mis de côté plus tôt.

— Merci. Je suis maintenant officiellement ton avocat. Utilise-moi et abuse de moi, » dit-il avec un sourire sexy, ses mots lourds de sous-entendus.

Kate prit une inspiration profonde. « Ashton,

— Quoi, ma chérie ?

— Il faut qu'on parle. »

Le maître d'hôtel choisit précisément ce moment pour tapoter l'épaule d'Ashton et lui dire que leur table était prête. Ils le suivirent jusqu'à un coin caché. Une fois assis, Ashton commanda un verre de vin rouge. Kate resta avec l'eau.

« Qu'est-ce qui ne va pas, Kate ? »

Il était tellement adorable et si sincèrement inquiet pour elle qu'elle ne pouvait que l'aimer, juste pas de la manière dont elle se doutait qu'il l'aurait voulu. « Nous sommes amis, n'est-ce pas ?

— Bien entendu, nous le sommes. Pourquoi me demanderais-tu cela ?

— Euh, bah, je ne veux rien présumer, mais— »

Il tendit le bras sur la table pour lui prendre la main. « Crache le morceau, ma chérie.

— Je veux que nous soyons amis. Elle avala sa salive. Rien de plus qu'amis. »

Il soutint son regard longtemps avant de détourner les yeux. « Je suis désolé que tu te sentes comme ça. T'es vraiment une fille extraordinaire, Kate, et je mentirais si je disais que je n'aimerais pas être plus qu'un ami pour toi.

— Je suis désolée. J'apprécie vraiment ton amitié. Je ne veux pas la perdre. »

Il se ressaisit rapidement. « Ne sois pas bête, dit-il avec un grand sourire qui n'illuminait pas tout à fait ses yeux. Cela n'arrivera pas. D'ailleurs, je suis ton avocat maintenant, alors tu ne peux pas te débarrasser de moi aussi facilement que ça.

— Je suis désolée, dit-elle encore, touchée par la peine qu'il essayait tellement de dissimuler.

— Ne le sois pas, dit-il en l'étudiant. Qui que ce soit, il en a de la veine, cet enfoiré. J'espère qu'il le sait.

— Il le sait, » dit Kate doucement, la mort dans l'âme à propos de ce qu'elle— et le père d'Ashton— lui cachaient.

Ashton prit le menu. « Bon, alors, et si tu laissais ton avocat t'offrir le dîner ? Qu'est-ce qui te fait envie ? »

À Knoxville, Reid s'aventura dans le bar de l'hôtel pour y prendre un verre. Il était tard et il était fatigué après une journée de réunions non-stop pour cinq développements différents qu'il avait en cours de réalisation dans la ville. Dernièrement, il pensait à progressivement éliminer certaines de ses activités en dehors de Nashville. Les déplacements devenaient pénibles surtout maintenant qu'il avait une bonne raison de rester plus près de la maison. Mais il pensa ensuite, comme toujours, aux nombreuses personnes qu'il employait partout dans l'État. Ses obligations envers elles le poussaient à continuer.

Les obligations, pensa-t-il en sirotant un scotch avec des glaçons. Il avait une demi-vie derrière lui et des années encore devant avant qu'il puisse penser à la retraite.

Parfois quand il se laissait penser à ce qu'il voulait vraiment, il imaginait une minuscule maison sur la plage aux Caraïbes— une maison dont il pourrait s'occuper lui-même. Il n'avait jamais eu le choix de l'endroit où il vivait et cela avait commencé à lui peser. Dernièrement, il avait commencé à imaginer Kate avec lui dans ses rêveries. Ils pourraient faire de la voile, nager et faire l'amour sur la plage de sable fin.

Il soupira. Avec une maison qui était dans sa famille depuis des générations, une entreprise qui employait trois mille personnes, et l'économie de plusieurs villes du Tennessee qui dépendait de ses contributions, l'idée de tout foutre en l'air pour une baraque près de la mer était au mieux frivole, au pire irresponsable.

Reid sortit de son introspection quand la pièce commença à vibrer d'un courant d'excitation sous-jacent. Une silhouette imposante s'affala sur le tabouret suivant, et Reid regarda à deux fois quand il jeta un œil sur l'homme.

« Eh ben, ça alors ! dit Buddy Longstreet. Je le connais, ce clodo. »

Le barman regarda de travers un groupe de femmes qui essayaient de trouver le courage d'approcher Buddy au comptoir.

Reid rit et tapa son ami dans le dos. « De tous les bars du monde…

— Ouais, ouais, ouais, je connais la suite. Buddy fit basculer son Stetson noir pour révéler les yeux dorés endormis et la barbichette soignée qui avaient rendu dingues ses fans féminins depuis des années. Comment ça va, mec ? J'avais l'intention de t'appeler pour savoir ce qui s'est passé entre toi et Maman, bordel. Elle est verte de rage et elle ne veut pas me dire pourquoi. »

Reid prit une grande gorgée de sa boisson. Buddy était le fils de Martha et un géant de la musique country. Lui et sa femme, Taylor Jones, faisaient partie de la royauté de Nashville, surtout parce qu'ils étaient deux des personnes les plus gentilles dans une ville pas toujours connue pour la gentillesse de ses habitants. Quand Reid avait dit à Kate qu'il connaissait des gens dans le métier, il ne blaguait pas.

« Disons que c'était une différence d'opinion, dit Reid en réponse à la question de Buddy.

— Ça a dû être une sacrée dispute si aucun de vous ne veut cracher le morceau. Qu'est-ce que tu fais ici, de toute manière ?

— Réunion de la ville. On essaie d'obtenir les autorisations pour un immeuble de bureaux qu'on construit vers l'aéroport. Je savais qu'elle se terminerait tard, alors je passe la nuit ici. Et toi ?

— La chaîne de barbecue que je fais avec Freddie Perkins et George Gentry, dit Buddy, citant rapidement deux autres grands noms dans l'industrie de la musique. On ouvre notre dixième franchise ici le mois prochain. Je suis venu y jeter un œil.

— Ça fait plaisir de te voir, Buddy. Ça fait trop longtemps. Ils avaient grandi comme des frères dans des parties différentes de la maison de Reid.

— On est soit sur la route, soit en hibernation avec les mômes. »

Taylor et lui ne partaient en tournée qu'ensemble et seulement trois mois de l'année pour que leurs quatre enfants puissent avoir une vie à peu près normale. Reid avait beaucoup de respect pour la façon dont ils géraient deux carrières de haut niveau tout en gardant les bonnes priorités.

« Alors ta maman est vraiment en rogne, hein ?

— Oui, alors. Ça faisait des années que je lui demandais de prendre sa retraite dans la maison que je lui ai construite sur ma propriété, mais elle disait toujours qu'elle ne pouvait pas te laisser tout seul. Puis un jour elle se ramène et emménage dans la maison comme si elle l'avait prévu depuis toujours.

— Il était temps pour elle de s'arrêter de toute façon. Je suis juste désolé qu'elle soit partie comme ça.

— Tu devrais passer la voir. Lui faire un bisou et vous raccommoder. Taylor serait ravie de te voir, aussi.

— Ouais, peut-être, » dit Reid, mais il ne pensait pas être le bienvenu auprès de Martha, vu comment ils s'étaient quittés.

Ils burent en silence pendant quelques minutes alors que Reid réfléchit à une idée qui le travaillait depuis qu'il avait levé les yeux et trouvé Buddy assis à côté de lui. *Elle m'a dit de ne pas faire jouer mes relations. Mais je pourrais lui rendre les choses tellement faciles. Ce n'est pas comme si elle n'avait pas le talent qu'il faut... Mais elle m'a dit de ne pas le faire, et elle était sérieuse. Oh, et puis merde.*

« Écoute, Buddy, il y a une fille que je connais. C'est la fille d'un ami d'université à moi et elle est venue en ville pour poursuivre ses rêves. »

Buddy gémit. « Oh, *non*, tu ne vas pas me faire chier avec ça, quand même ? Tu sais combien de fois par jour on me parle de la fille de quelqu'un qui vient en ville avec des étoiles plein les yeux ?

— Celle-ci est différente. »

Buddy se cala contre le tabouret pour étudier son vieil ami. « Comment ça ?

— Elle a énormément de talent. C'est dur de croire combien elle est douée.

— Ah, ouais ? Et qu'est-ce qui fait de toi un tel expert ?

— Je ne suis pas expert, mais quand elle chante j'en ai des frissons, si c'est une indication. »

Buddy mâchouilla une petite paille en plastique. « À quoi elle ressemble ?

— Qu'est-ce que ça peut bien faire, putain ?

— T'as déjà vu une vraie mocheté sur scène à l'Opry ? demanda-t-il avec le grand sourire qui lui avait fait faire fortune.

— C'est une blonde magnifique avec les yeux bleus les plus incroyables que j'aie jamais vus.

— Hm, dit Buddy. Elle est si bien que ça, hein ?

— Je le jure devant Dieu.

— Elle a quel âge ?

— Dix-huit ans.

— Hm, dit Buddy à nouveau.

— Qu'est-ce que ça veut dire ? Hm ?

— Je me demande simplement si cette déesse de dix-huit ans avec la voix d'un ange a quelque chose à voir avec la raison pour laquelle ma mère est tellement furieuse avec toi. »

Reid garda une expression neutre, mais en son for intérieur il s'agitait. Il aurait dû savoir que Buddy verrait clair dans son jeu. « Je ne sais pas de quoi tu parles. J'ai dit que c'était la fille de mon ami. Elle a du talent. Je me suis dit que tu aurais peut-être une idée de comment elle pourrait prendre une longueur d'avance. C'est tout. »

Buddy le scruta en silence pendant un autre moment tendu. « OK, si tu le dis. Où est-ce que je peux la trouver ?

— Elle joue avec un groupe qui s'appelle les Rafters. Ils donnent un concert chez Mabel's jeudi prochain. Tu seras en ville ?

— Ouais. Je passerai. Si elle est aussi bonne que tu le dis, je verrai ce que je peux faire. Mais je ne te promets rien, tu m'entends ?

— J'ai compris. Et ça reste entre nous, d'accord ? Elle tient absolument à réussir toute seule. Elle ne veut pas d'aide. »

Buddy rit. « Juste la fille d'un ami, hein ? »

Reid se leva et jeta deux billets de vingt sur le bar pour payer leurs deux boissons. « C'était super de te voir, Buddy. »

Buddy lui tendit sa main. « Toi, aussi, frère. Tu passes quand tu veux. »

Reid serra la main de Buddy et se dirigea vers l'ascenseur avec un poids sur la poitrine. Kate le tuerait si jamais elle apprenait ce qu'il venait de faire.

Le lendemain après-midi, Reid appela Kate de l'avion pour lui dire qu'il serait à la maison dans vingt minutes. Alors qu'il effectuait l'approche finale de la piste, son cœur fondit quand il la vit sur le dos de Thunder sur la route en terre battue qui menait au hangar. Il ne se souvenait pas de la dernière fois que quelqu'un était venu à sa rencontre après un voyage et il avait hâte de faire atterrir l'avion.

Elle ouvrit les portes du hangar pour lui, et il entra l'avion dans le hangar. Le temps qu'il coupe les moteurs, saute de l'avion et ferme à clé le hangar, elle était remontée sur Thunder et l'attendait.

« Salut, ma chérie, quelle belle surprise. » Il jeta sa mallette et son sac de voyage dans la Mercedes et s'approcha pour caresser le cheval. « Je m'en vais rien qu'une nuit et déjà tu passes du temps avec mon meilleur pote ? Le cheval se frotta à sa joue.

— Il m'aime mieux que toi. Il me l'a dit.

— Il a bon goût en matière de femmes. »

Thunder hennit, et ils rirent.

« Je jure qu'il est humain. Kate se baissa pour toucher Reid. Tu viens avec moi ?

— Avec grand plaisir. »

Elle enleva son pied de l'étrier pour qu'il puisse monter derrière elle. Quand il l'enlaça et embrassa son cou, elle soupira de plaisir.

« Tu m'as manqué, dit-elle. Tu m'as ruinée. Je ne peux plus dormir seule. »

Il gémit. « Tu m'as manqué, aussi. »

Elle inclina la tête en arrière pour l'embrasser, et la passion s'enflamma entre eux malgré la position inconfortable et le mouvement du cheval.

« J'ai envie de toi, » lui chuchota-t-il à l'oreille, la faisant frissonner.

Elle mit Thunder au galop. « Rentrons à la maison. »

CHAPITRE 24

Le matin après qu'Aidan lui ait tout dit sur Sarah et Colin, Clare se réveilla avec une sensation nauséabonde qui n'avait rien à voir avec sa pneumonie. La dispute qu'ils avaient eue des semaines auparavant revint la hanter quand elle se souvint des mots affreux qu'elle lui avait lancés. *C'est facile de dire ça quand on n'a jamais été parent.* Elle fit une grimace. *Je n'arrive pas à croire qu'il m'ait adressé la parole après cela.*

À le regarder dormir près d'elle, elle était remplie d'amour pour lui. *Comment est-ce que cela ait pu arriver aussi rapidement ?* Il n'y a pas si longtemps, elle se demandait comment elle pouvait vivre sans Jack, et maintenant elle ne pouvait imaginer la vie sans Aidan.

Elle savait qu'il était temps de lui dire ce qui lui était arrivé à elle, mais elle avait laissé cela tellement loin derrière elle depuis qu'elle était à Stowe que cela la rendait malade de penser à s'y replonger, même brièvement, et même si Aidan méritait de le savoir. La possibilité qu'il puisse la regarder différemment après avoir entendu son histoire était terrifiante. La dernière chose qu'elle voulait, c'était la pitié de quelqu'un, surtout celle d'Aidan. Elle savait qu'elle le sous-estimait probablement, mais elle ne pouvait en parler, pas maintenant qu'elle se tenait au bord du précipice d'une toute nouvelle vie avec lui.

Je ne peux pas. Je ne peux pas gâcher cela en laissant cette horreur l'atteindre.

Elle tendit la main pour caresser ses cheveux, et un œil vert s'ouvrit en clignant.

Il sourit.

« Je suis désolée. Je ne voulais pas te réveiller.

— Je suis content que tu l'aies fait. Tu te sens mieux ? Il posa sa main sur le front de Clare. Tu es encore chaude, mais la fièvre peut aller et venir pendant encore quelques jours.

— Je me sens mieux, mais pas parfaite. J'ai la tête comme une citrouille et encore mal dans la poitrine.

— On va rester peinards aujourd'hui.

— Je t'empêche de travailler.

— J'ai une cliente fabuleuse en ce moment. Non seulement est-elle très, très mignonne, mais elle est aussi très compréhensive.

— Qui est-elle, et où puis-je la trouver ? »

Ses yeux s'illuminèrent de joie. « T'es jalouse ?

— Ne te flatte pas, O'Malley. »

Il éclata de rire. « Ouf ! Les choses reviennent à la normale. Quel soulagement.

— Aidan ? »

Il se tourna pour la regarder. « Ouais ?

— Je suis désolée de ce que j'ai dit l'autre jour sur le fait que tu n'as jamais été père. C'était une chose affreuse à dire.

— Ce n'est pas grave. Tu ne savais pas.

— C'était affreux et j'en suis désolée.

— Je l'ai cherché, en te critiquant. Ne t'en inquiète pas.

— Comment tu te sens après en avoir parlé hier soir ?

— Je suis content que tu saches. Il lui prit la main. C'est toujours un pari de raconter cette histoire parce que je ne veux pas être défini par ce que j'ai perdu. Je ne sais pas si cela a du sens, mais c'est une des raisons pour lesquelles j'aime vivre à Stowe. Personne n'est au courant ici, si bien que je ne suis pas l'objet de regards de compassion comme chez moi à Chatham ou quand je vois la famille de Sarah à Boston. Pour eux, je serai toujours le gars qui a perdu sa femme et son enfant.

— Je comprends parfaitement ce que tu veux dire, et si jamais je te regarde de cette façon-là, je m'en excuse d'avance. »

Il embrassa sa main.

« Tu sais, le tout premier jour où nous nous sommes rencontrés, je l'ai vu dans tes yeux, dit-elle. C'était vraiment étrange, mais je pouvais voir que tu avais subi une sorte de perte terrible. Je n'aurais jamais imaginé à quel point, mais je l'ai vu néanmoins.

— Est-ce que tu vas me dire pourquoi je vois la même chose quand je te regarde ? »

Sa question la surprit. « Un jour, peut-être, mais pour l'instant je veux juste profiter de ce qu'on a. Cela te va ? demanda-t-elle, mais elle voyait bien la déception sur son visage.

— D'accord. Il se pencha pour l'embrasser avant de se lever. Bea a appelé hier pendant que tu dormais. Elle veut passer te voir aujourd'hui si tu t'en sens la force.

— Ce serait super, dit Clare en le regardant enfiler un jean et un T-shirt à manches longues.

— Je vais nous préparer le petit-déjeuner, » dit-il en se dirigeant vers l'escalier.

Clare avait l'impression de ne pas avoir été à la hauteur. Il avait mis son âme à nu devant elle, mais elle n'avait pas pu faire de même pour lui et n'était pas sûre de jamais en être capable.

Bea vint les voir après le déjeuner et ils la reçurent dans le salon d'Ai-dan. Il alimenta le feu dans le poêle à bois pour elles avant de se rendre dans son garage pour travailler sur une Porsche vintage qu'il était en train de restaurer.

« Je suis tellement contente de te voir sur pied, dit Bea.

— Merci d'être venue. Et merci pour les livres.

— Mais de rien. On lit celui-ci de livre pour le club de lecture de la semaine prochaine, si tu te sens assez bien pour venir.

— J'espère que je pourrai. J'ai reçu le chèque que tu m'as envoyé. Je t'ai dit que je ne voulais pas que tu me paies.

« — Ne sois pas ridicule. Bien sûr qu'il me fallait te payer. Alors tu te sens mieux ?

— Oui et ce n'est pas trop tôt.

— Tu nous a fichu une sacrée frousse.

— Je n'arrive pas à croire à quelle vitesse je suis passée d'un rhume à une pneumonie. Dieu merci, Aidan savait ce qu'il fallait faire. »

Bea leva un sourcil. « Vous avez l'air assez proches, vous deux.

— Je l'aime, confessa Clare. Il est incroyable. »

Bea applaudit de joie. « Je le savais ! Je savais que vous seriez parfaits l'un pour l'autre. Qu'est-ce que je t'avais dit ? »

Clare poussa un petit rire. « Tu avais raison.

— C'est merveilleux, Clare. Vous le méritez tous les deux, après tout ce que vous avez enduré.

— Il m'a dit pour sa femme et son fils. C'est tellement triste.

— Je sais. Tu lui as dit ce qui t'est arrivé à toi ?

— Pas encore.

— Qu'est-ce que tu attends ? »

Clare n'était pas sûre exactement pourquoi l'idée de partager son passé avec Aidan lui faisait tellement peur. Mais Bea avait raison. Il méritait de connaître la vérité. Maintenant il fallait juste qu'elle trouve le courage de revivre son passé douloureux encore une fois.

Dans le garage, Aidan alluma le chauffage au kérosène et ouvrit le capot de la vieille voiture pour y observer le moteur bousillé. Il avait trouvé la voiture à la casse il y a un an et lentement la ramenait à la vie.

Lui aussi, revenait à la vie. Chaque jour qu'il passait avec Clare, il le sentait un peu plus. Il ne se souvenait pas de la dernière fois qu'il avait espéré quelque chose, mais sa relation avec elle l'avait aidé à voir qu'il ne faisait que subsister depuis qu'il avait perdu Sarah, sans vraiment vivre. Maintenant, il voulait plus encore une fois : il voulait une vie avec Clare et ses filles, mais pas avec des secrets entre eux. Même s'il comprenait mieux que la plupart des gens les raisons de Clare, il était frustré par son refus de s'ouvrir à lui. Il savait qu'elle lui faisait confiance— mais apparemment pas assez pour lui raconter son histoire.

Frappant du poing son établi avec exaspération, il se souvint tout à coup que Maggie avait appelé pour parler à sa mère quand Clare était sous la douche. Il entra dans la maison en passant par la cuisine et fut surpris d'entendre Bea parler à Clare dans le salon.

« Je veux le lui dire, dit Clare. Vraiment. Mais ai-je tort de vouloir ce temps avec lui sans que le passé vienne l'accabler ?

— Non, ma belle, tu n'as pas tort. C'est une chose terrible, une chose très laide, et je comprends que tu ne veuilles pas salir quelque chose de beau avec quelque chose de laid. Mais tu ne peux pas lui cacher cela à jamais. Cela fait partie de qui tu es maintenant, que tu le veuilles ou non. Et s'il l'apprenait de quelqu'un d'autre avant que tu aies pu lui en parler ? »

Aidan s'arrêta presque de respirer lorsqu'il se rendit compte que Clare en avait déjà parlé à Bea. Le chagrin l'assaillit.

« Qui pourrait bien lui en parler ? demanda Clare. Les filles ne le feraient jamais. Elles détestent en parler presque autant que moi.

— Tu en es sûre ?

— Sûre et certaine. »

Aidan bougea un peu pour qu'elles sachent qu'il était dans la maison et puis il passa sa tête dans le salon. « Coucou, j'ai oublié de te dire que Maggie a appelé quand tu étais sous la douche. »

Le sourire de Clare lui réchauffa le cœur. Ce sourire disait tout ce qu'elle ressentait pour lui, et c'était comme du baume sur sa peine.

« Merci, je l'appellerai dans pas longtemps. »

Bea se leva. « Il faut que je retourne à la boutique. J'ai laissé ma nièce en charge pendant une heure, mais on a été occupées cette semaine alors elle a probablement hâte de se faire remplacer.

— Je suis contente que tu sois venue, Bea. Je devrais me sentir assez bien pour travailler si tu as besoin de moi pendant le Festival d'Hiver. Kate et Maggie sont supposées venir cette semaine-là.

— Ne pense pas à travailler. Viens simplement me rendre visite avec les filles. » Elle embrassa Clare sur la joue.

Aidan raccompagna Bea à la porte et puis revint pour voir si Clare allait bien. « Tu as besoin de quelque chose ? »

Elle lui tendit la main. « Une seule chose. »

Il prit sa main et s'assit près d'elle. « Quoi donc ?

— Toi, » dit-elle en se penchant pour l'embrasser.

Il la prit dans ses bras et l'embrassa jusqu'à la désirer à la folie.

Elle gémit. « *Aidan.* »

Il se coucha sur le canapé sans interrompre le baiser, la tirant afin de la mettre sur lui. Il passa ses mains sur ses côtes, lui caressa les seins par-dessus son chemisier, lui faisant pousser un cri. « Tu veux que j'arrête ? » arriva-t-il à demander.

Elle se baissa pour l'embrasser à nouveau. « Non. »

Il enfila ses mains sous son chemisier et trouva sa peau douce et chaude.

Elle se redressa pour lui donner accès.

« Oh, mon Dieu, Clare, » soupira-t-il dans son cou, ses mains remplies de sa poitrine moelleuse. Et puis, comme si on lui avait jeté un seau d'eau froide, il se souvint de ce qui était arrivé à Clare et qu'il lui fallait faire attention avec elle. Il avait peur de l'effrayer si elle comprenait à quel point il la désirait.

Elle laissa échapper un gémissement lorsqu'il retira ses mains de ses seins et qu'il lissa sa chemise. « Quoi ? murmura-t-elle.

— Je ne veux pas faire ça sur le canapé. Il embrassa son front, son nez, puis ses lèvres tout en résistant à l'envie de la ravir. Et je devrais probablement t'inviter à dîner d'abord, non ? »

Riant, elle baissa les yeux vers lui. « Je t'aime. Je t'aime tellement.

— J'en suis très heureux, » dit-il, mais au plus profond de lui-même il souffrait qu'elle ne l'aime pas assez pour lui révéler ses secrets.

Pendant qu'Aidan grillait des steaks sur la terrasse, Clare rappela Maggie. La petite avait plein de nouvelles de son école, de ses amis et des jumeaux. Elle avait hâte de venir bientôt en weekend dans le

Vermont. Clare avait prévu de rencontrer Jack à Boston pas ce vendredi-là mais l'autre, pour venir la prendre.

« Est-ce qu'Aidan sera là ? demanda Maggie.

— Ouais. Clare se demanda si sa fille n'avait pas le béguin pour Aidan.

— C'est ton petit ami ?

— Je crois bien. En sachant que c'était un nouveau territoire pour Maggie, elle savait qu'il lui fallait demander. Ça ne te dérange pas ?

— Non. Il est gentil.

— Oui, c'est vrai. Clare regarda par la fenêtre l'endroit où il se tenait sur la terrasse, perdu dans ses pensées. Écoute mon amour, il faut que j'y aille. Tu m'appelles demain ?

— Tu seras encore chez Aidan ?

— Oui, pour l'instant. La poussière chez ton oncle Tony ne me ferait pas du bien après ma pneumonie. Or le prochain travail d'Aidan là-bas est de revitrifier les sols, ce qui fait énormément de poussière.

— C'est logique. Je t'aime.

— Je t'aime, aussi. »

Aidan entra avec les steaks. « Tout va bien pour Maggie ?

— Elle va très bien. Elle avait plein de nouvelles, comme d'habitude. »

Il sourit. « Elle est adorable. »

Clare le suivit dans la cuisine pour l'aider à mettre la table. « Je peux te demander quelque chose ?

— Bien sûr.

— Est-ce que tu penses parfois à avoir d'autres enfants ? »

Il se tourna vers elle. « Non.

— Jamais ? »

Il secoua la tête. « Pourquoi ? »

Elle se mordit la lèvre inférieure. « Bah, je me disais simplement que si tu tenais à avoir des enfants un jour, peut-être que tu devrais te mettre avec quelqu'un de plus jeune. »

Aidan vint mettre ses mains sur les épaules de Clare. « C'est à toi que je tiens, dit-il, en l'embrassant avec douceur.

— Mais si tu changeais d'avis au sujet des enfants—

— Cela n'arrivera pas. Je ne supporterais pas de revivre ça.

— Ce ne serait pas comme ça la prochaine fois, Aidan. Il faut que tu le saches.

— Je ne veux pas d'enfants. C'est toi que je veux. Vous avoir, tes filles et toi, me me rend parfaitement heureux.

— Il va falloir que je rentre à Rhode Island sous peu, tu sais.

— Je le sais.

— Qu'est-ce qu'on fera à ce moment-là ?

— Pourquoi ne vit-on pas un jour à la fois et on verra ce qui se passe ? »

Elle hocha la tête, et ils s'assirent pour manger.

« Je peux te demander quelque chose à mon tour ? dit Aidan.

— Bien sûr.

— Comment était ton mari ? »

Clare ne s'attendait pas à cette question. Elle posa sa fourchette et se cala sur sa chaise. « C'est un type bien. Je pense qu'il te plairait, en fait. Je sais que tu lui plairais. Jill lui ressemble comme deux gouttes d'eau.

— Je me rappelle t'avoir entendu dire ça déjà. Qu'est-ce qu'il fait ?

— C'est un architecte qui *adorerait* cette maison.

— Comment l'as-tu rencontré ?

— Je travaillais sur Block Island au bar. Il est venu un soir, on a commencé à bavarder, et une chose en a entraîné une autre. On a passé une semaine ensemble pendant qu'il y était en vacances. On a formé un couple pratiquement dès ce moment-là et on s'est mariés six mois plus tard. »

Aidan avait l'air amusé. « J'essaie de t'imaginer comme barman. »

Clare fit un grand sourire. « Uniquement l'été. Le reste de l'année j'enseignais en CE2 à Mystic, au Connecticut, mais j'ai laissé tomber l'enseignement quand j'ai déménagé à Boston pour aller vivre avec Jack. Quand Maggie a commencé l'école, je suis devenue agent immobilier.

— Je te vois bien faire ça. Absolument.

— Je ne fais plus ça, non plus, dit Clare, soulagée qu'il ne demande pas pourquoi.

— Il a réussi comme architecte ?

— Très bien. Il a fait ses débuts chez Neil Booth à Boston.

— Waouh.

— Le fils de Neil, Jamie, était le meilleur ami de Jack à Berkeley. Ils ont travaillé pour Neil pendant sept ans et puis ils ont commencé leur propre entreprise à Newport. La firme a eu plus de succès que nous ne l'avions imaginé.

— Je parie que tu as une maison fabuleuse, toi aussi, alors ?

— Oui, oui. Il me l'a construite et m'en a fait la surprise. Elle donne carrément sur la mer. Quand je suis arrivée à Stowe, j'ai mis deux semaines à m'habituer à dormir sans le grondement de l'océan.

— Il a l'air d'être un mec incroyable.

— Il l'est.

— Alors que s'est-il passé ? Comment avez-vous fini par divorcer ? »

Il lui avait donné l'opportunité parfaite de lui dire la vérité, mais quand Clare ouvrit la bouche, rien n'en sortit.

« Je suis désolé. Tu n'es pas obligée de répondre, mais il y a encore une chose que j'ai vraiment besoin de savoir.

— Quoi ? demanda-t-elle.

— Est-ce que tu es encore amoureuse de lui ? »

Clare réfléchit un instant. « Non, dit-elle, étonnée de réaliser que c'était vrai. Je ne le suis plus. »

Ce soir-là, Aidan porta Clare au lit après qu'elle s'était endormie devant un film. Des heures plus tard, il dormait en la tenant dans ses bras quand le téléphone les réveilla. Il prit le poste téléphonique près de son lit et s'assit quand il entendit la voix de son frère Colin.

« Aidan, dit Colin. Papa a fait une crise cardiaque. »

CHAPITRE 25

Buddy Longstreet était de mauvaise humeur. Taylor et lui profitaient d'une rare accalmie dans leur emploi du temps avant le début des répétitions de leur tournée d'été. À part une apparition commune dans le spectacle d'Ellen DeGeneres la semaine suivante, ils étaient complètement libres pour les jours à venir. Il préférait être à la maison, au lit avec sa superbe femme, plutôt que de se traîner jusqu'à Nashville pour se faire lécher les bottes chez Mabel's.

Il fut un temps, Buddy aurait vendu son âme pour devenir célèbre. Maintenant ce n'était qu'une épine dans le pied. Ils ne pouvaient aller nulle part sans le gaillard de 135 kilos qui les conduisait en ville dans la Cadillac Escalade de Buddy. Buddy tolérait le gros costaud uniquement parce qu'il éloignait les dingues de Taylor. Quand il était seul, il laissait habituellement l'agent de sécurité à la maison.

Il prit la main de Taylor, et elle le récompensa de ce sourire de cent watts qui le réduisait encore en bouillie après dix ans ensemble. Elle avait insisté pour venir lui tenir compagnie ce soir, et il en était heureux. Il détestait aller où que ce soit sans elle.

Personne d'autre que Reid Matthews aurait pu faire venir Buddy chez Mabel's ce soir pour voir une chanteuse inconnue. Mais Reid était la seule personne de sa vie d'avant la célébrité—mis à part sa mère—qui ne lui avait jamais demandé quoi que ce soit depuis qu'il était riche. En fait, Reid avait donné à Buddy l'argent pour enregistrer la démo qui lui avait permis de décrocher son premier contrat de disque. Il n'y avait rien que Buddy ne ferait pour cet enfoiré.

Il fallait aussi que Buddy admette qu'il était curieux de voir cette chanteuse vu la manière dont Reid lui en avait parlé. Reid ne lui avait pas tout dit, c'était sûr, raison de plus pour que Buddy se rende chez Mabel's.

« Qu'est-ce qu'il y a, mon bébé ? demanda Taylor. T'es tout tendu.

— Je préférerais te dire des mots doux et t'emmener au lit plutôt que d'aller en ville. »

Quand elle se pencha pour l'embrasser, ses doux cheveux noirs balayèrent le visage de Buddy et envoyèrent un électrochoc de désir au tigre dans son moteur. « Ne commence rien, mon ange, on est presque arrivés. »

Il l'enlaça pour la blottir contre lui. Elle était la meilleure chose qui lui soit jamais arrivée— mieux que tout le succès et l'argent, mieux que la musique et la célébrité. Rien de tout cela n'aurait de sens pour lui s'il ne l'avait pas, elle, pour garder ses pieds sur terre. Le jour le plus chanceux de la vie de Buddy eut lieu lorsque celui qui faisait la première partie fut atteint de mononucléose juste avant qu'ils ne prennent la route. Son directeur de tournée fit appel à Taylor Jones, alors inconnue, pour le remplacer. L'instant où Buddy posa le regard sur elle il était cuit— vaincu, abattu, anéanti. Elle lui avait donné du fil à retordre cet été-là, mais heureusement, il l'avait convaincue.

L'association avait été un succès personnel et professionnel. Ils avaient sorti cinq Numéros un avec leurs duos, en plus d'une douzaine de disques solo entre eux deux qui étaient devenus platine et même, dans quelques cas, double platine. Et malgré ce que la presse ne cessait de rapporter, ils étaient plus dévoués que jamais l'un à l'autre et à leurs quatre enfants.

« Nous voilà, M. Longstreet, » dit le grand costaud.

Buddy enfonça son Stetson noir caractéristique sur ses yeux et aida Taylor à descendre de voiture. Mabel avait son propre gorille posté à la porte, et ses yeux ronds comme des boulettes de viande sortirent presque de leur orbite quand il vit Buddy et Taylor émergèrent main dans la main de l'Escalade noire.

Buddy glissa un billet de cinquante dans la main du videur. « Reste cool, mec. Ma femme et moi voulons juste passer une bonne soirée. Tu peux nous trouver un coin privé d'où on peut regarder les Rafters ?

— Absolument, M. Longstreet. Avec plaisir. »

Le garde de Buddy suivit derrière eux, et les deux armoires à glace se frayèrent un chemin à travers la foule subjuguée. Une minute plus tard, Buddy et Taylor étaient installés à une table cachée dans un coin tout au fond du deuxième étage. Le garde du corps de Buddy se tint sur le côté au cas où quelqu'un viendrait trop près de son patron.

« Putain, je me souviens d'avoir joué ici quand j'étais au lycée et personne n'en avait rien à branler de moi, dit Buddy. Maintenant, c'est tout un spectacle rien que de passer la porte.

— Bah, on est à l'intérieur maintenant, alors décontracte-toi et profite, dit Taylor. C'est quand, la dernière fois qu'on est sortis en amoureux ? Tu peux commencer comme il faut en payant un verre à ta nana préférée. »

Il leva d'un doigt son chapeau pour pouvoir la voir. « Comment tu fais ça ?

— Fais quoi ?

— Tu chasses ma mauvaise humeur sans le moindre effort.

— Je sais comment te prendre, c'est tout. »

Il s'esclaffa. « *Merde alors !* Me prendre, moi. Je vais te donner quelque chose à prendre.

— Pas avant qu'on rentre à la maison, mon cœur, » dit-elle dans la voix de petite fille qui le rendait dingue.

Buddy rit à en avoir mal aux côtes et tout à coup il était ravi d'être sorti en tête à tête avec la meilleure nana du monde.

Dans les coulisses, Kate piquait une crise. L'excitation avait gagné tout le club à la nouvelle que Buddy Longstreet et Taylor Jones étaient venus voir les Rafters. *Qu'est-ce qu'ils nous veulent, putain ?* Billy et les gars flippaient. Ils étaient attendus sur scène dans trente minutes et Kate était en hyperventilation. Elle fouilla dans son sac pour trouver son portable et appela Reid.

« Tu ne vas pas en croire tes oreilles, dit-elle, encore déçue qu'il travaille tard et ne puisse pas venir au concert.

— Croire quoi ?

— Devine qui est là. Chez Mabel's.

— Qui ?

— Buddy Longstreet et Taylor Jones ! cria Kate.

— Tu me fais marcher, non ?

— Je te le jure. Et on a entendu dire qu'ils ont demandé une table d'où ils pouvaient nous voir !

— Waouh !

— Je ne peux pas.

— Quoi ?

— Je ne peux pas aller sur scène avec eux ici.

— Qu'est-ce que tu veux dire ? Bien sûr que si. Cela pourrait être un grand tournant pour toi.

— Et si je reste figée comme une imbécile sur scène ?

— Ça t'est déjà arrivé ?

— Non.

— Alors pourquoi tu penses que cela pourrait arriver ce soir ?

— Reid ! C'est Buddy et Taylor ! Comment suis-je censée chanter pendant qu'ils me regardent ? Je ne suis pas assez bien pour chanter pour eux. Ses yeux se remplirent de larmes.

— OK, maintenant tu me fiches en colère. Tu es aussi douée qu'eux. Alors tu vas aller sur scène et faire ce que tu fais de mieux, tu me comprends ? Je ne veux pas entendre un mot de plus sur le fait de ne pas être assez bien pour eux.

— OK, dit-elle d'une petite voix.

— Tu es fabuleuse, tu as du talent et je t'aime. Tu es capable de faire cela.

— Oui. J'en suis capable. OK, je prends une grande bouffée d'air. Merci.

— Tu veux bien faire une chose pour moi ?

— Tout ce que tu voudras.

— Tu leur chantes ma chanson ?

— D'accord. Je voudrais que tu sois là.

— Moi, aussi. Je serai là à t'attendre à la maison. »

Le cœur de Reid s'emballa quand il raccrocha. Il s'était volontairement gardé d'aller chez Mabel's, même s'il mourrait d'envie de voir Kate chanter pour Buddy et Taylor. Il savait que Buddy se doutait de sa liaison avec Kate et Reid ne voulait pas confirmer ses soupçons en étant présent.

Nerveux comme si c'était lui qui devait chanter devant des stars, il se leva pour se servir un scotch et calmer ses nerfs.

« Allez, Kate, chuchota-t-il, lui envoyant tout l'amour et le soutien qu'il avait pour elle. Fais ce que tu sais faire, chante, mon amour. »

Les Rafters n'avaient jamais mieux joué. Ils créèrent de la magie pure de la première note à la dernière et, quand ils quittèrent la scène juste après minuit, ils étaient en nage et euphoriques.

Kate passa une serviette sur son visage et son cou, en essayant de redescendre sur terre après l'exaltation d'avoir chanté sur scène. Elle était plus euphorique que d'habitude ce soir et les gars sautaient tous de joie autour d'elle, commandant des bières et célébrant leur soirée réussie.

Billie Weston, le guitariste principal du groupe, vint prendre Kate dans ses bras. « Un super spectacle, Kate, dit-il en lui faisant un bisou bruyant sur la joue. Tu as bien choisi ton soir pour déchirer, ma chérie !

— Merci. Toi, aussi, tu déchirais. Elle ne voulait rien de plus que d'enlever ses bottes de cowboy qui pesaient une tonne et se casser de là. En regardant le gérant de Mabel's, Charlie Sledge, se frayer un chemin parmi la foule des membres du groupe, leurs amis, et l'équipe technique, Kate prépara un plan pour s'évader et rentrer à la maison voir Reid.

— Kate ! appela Charlie. Kate, viens ici. »

Elle jeta sa serviette dans son grand sac et but à la bouteille une grande gorgée d'eau avant de se tourner vers Charlie. « Salut, qu'est-ce qu'il se passe ? »

Charlie se pencha près de son oreille et parla doucement. « Buddy et Taylor veulent que tu passes prendre un verre avec eux à leur table.

— C'est vrai ? Laisse-moi l'annoncer aux gars. Son cœur s'emballa d'excitation. *Oh, putain !*

— Juste toi, Kate, » murmura Charlie.

Kate regarda l'endroit où les cinq autres membres du groupe faisaient la fête. « Mais les gars—

— Rien que toi. Allez, ils attendent. »

En suivant Charlie jusqu'à la table dans le coin, Kate entendit la voix d'Ashton lui dire de ne parler à personne dans l'industrie sans qu'il soit là. *Il ne voulait certainement pas dire des gens comme Buddy et Taylor, quand même ?*

« Buddy, Taylor, voici Kate Harrington, » dit Charlie.

Buddy se leva d'un bond et tendit la main vers Kate. « C'est super de te rencontrer, ma belle. C'était un sacré concert que t'as fait ce soir. Impressionnant.

— Merci, » Kate arriva à dire.

Taylor serra la main de Kate. « Assieds-toi, ma chérie. »

Essayant encore de reprendre son souffle, Kate vit Charlie faire signe à Butch derrière le bar de leur apporter une tournée de boissons.

« Eh bien, je vais vous laisser tous faire connaissance, dit Charlie. Faites-moi savoir si vous avez besoin de quoi que ce soit.

— Merci, Charlie. Buddy se tourna vers Kate. Il faut que je te dise, ma belle, je n'en croyais pas mes oreilles. T'étais une *bombe* là-haut ce soir. »

Kate sentit ses joues brûler. « Merci, M. Longstreet.

— Oh, s'il-te-plaît, ma belle, appelle-moi Buddy.

— Tu as une voix incroyable, dit Taylor. Buddy et moi espérons que tu voudras travailler avec nous. »

Stupéfaite, Kate la fixa du regard. « Vous blaguez ? »

Ils rirent tous deux. « Mais non, on ne blague pas, dit Buddy. Du même ton décontracté qu'une personne normale utiliserait pour demander l'heure, il ajouta, Et si tu nous laissais faire de toi une star ? Ça te plairait ? »

Kate eut un moment d'absence. Elle avait imaginé comment cela aurait pu arriver. Aurait-elle rencontré quelqu'un à une fête ? Aurait-elle trouvé un message un jour d'un producteur qui avait reçu une copie de la démo qu'elle aurait envoyée à toutes les maisons de disques en ville ? Elle n'aurait jamais pu imaginer ce qui était en fait arrivé.

« Ma belle ? Tu vas bien ? Buddy montra le bout du nez sous son fameux Stetson.

— Euh, oui, balbutia Kate. C'est juste que… Je ne sais pas quoi dire.

— Et bien, tu me laisses parler une minute, alors, hein ? dit Buddy.

— Il est fort pour ça, mon Buddy— que des paroles, » dit Taylor avec un grand sourire.

Pour rire, il lança un regard noir à sa femme avant de continuer. « Voilà ce que j'en pense. Tous les étés, Taylor et moi, on prend un nouvel artiste en tournée pour assurer notre première partie. On fait des auditions depuis des semaines mais on n'a trouvé personne qui nous accroche comme toi ce soir. On aimerait t'emmener avec nous, si t'as envie de venir. On travaillera avec toi pour que tu sois prête. On est tout aussi impressionnés par tes chansons et on aimerait sortir « Je croyais savoir » sous notre marque de distribution pour te donner un peu de buzz avant la tournée. »

Kate avait la tête qui tournait. Est-ce que tout cela était vraiment en train d'arriver ? Ou allait-elle se réveiller et se rendre compte qu'elle avait tout rêvé ?

« Buddy, mon chou, tu la bombardes. Kate, pourquoi tu n'y réflé-chis pas et tu peux venir chez nous dans une semaine ou deux. On règlera les détails quand tu auras eu le temps de tout digérer. »

Taylor Jones l'invitait chez elle ? « Ce serait super. C'est juste que… je ne sais pas quoi dire. Merci. C'est un grand honneur que vous veuillez travailler avec nous. »

Taylor et Buddy échangèrent un coup d'œil.

« Ma chérie, on veut travailler avec toi, dit Buddy. Pas le groupe.

— Mais je ne peux pas leur faire ça, » protesta Kate.

Taylor posa sa main sur celle de Kate. « Ma belle, le groupe est super. Vous êtes tous fabuleux ensemble. Mais la raison pour laquelle Buddy et moi sommes encore assis ici, plutôt que d'être en train de rentrer chez nous, c'est toi. On veut travailler avec *toi*. Je veux que tu réfléchisses bien à cela. J'admire ta loyauté envers le groupe, mais si on offrait à l'un d'entre eux ce que nous t'offrons à toi, il le prendrait sans hésiter. Il ne se retournerait jamais. C'est ce qu'il faut que tu fasses. Taylor se tourna vers son mari. Buddy, mon amour, donne ta carte de visite à Kate et écris le numéro de la maison au dos. J'ai envie de rentrer.

— Passe-nous un coup de fil, ma belle. » Buddy donna sa carte de visite à Kate et se leva.

Kate prit la carte et se leva aussi pour leur serrer la main. « Merci. Un très grand merci à vous deux.

— Pense à ce qu'a dit Taylor, Kate. Elle a raison. On s'occupera bien de toi. »

Leur énorme garde du corps les raccompagna en coup de vent.

Billy courut à elle. « Alors qu'est-ce qu'il se passe, bon sang ? demanda-t-il, l'excitation dansant sur son visage.

— Rien, dit Kate, un nœud à l'estomac. Ils voulaient juste dire bonjour. »

Elle arriva à se contrôler jusqu'à ce qu'elle arrive chez Reid. Depuis que Martha avait démissionné, Kate avait pratiquement emménagé avec lui. Il n'avait pas dit grand-chose sur ce qui était arrivé avec Martha, mais Kate se doutait que cela avait quelque chose à voir avec elle.

Il l'attendait à la porte d'entrée, et elle se jeta dans ses bras.

« Comment ça s'est passé ? »

Elle ne pouvait sortir un mot, sa gorge nouée par les sanglots.

« Ma chérie, qu'est-ce que c'est ? Que s'est-il passé ? » Il la conduisit dans le salon pour s'asseoir.

« Tout, réussit-elle finalement à dire. Tout est arrivé. »

Il essuya les larmes de son visage. « Raconte-moi. Je suis en train de crever, là.

— Buddy et Taylor veulent m'emmener en tournée pour faire la première partie pour eux cet été. Et ils veulent que j'enregistre ta chanson pour qu'ils puissent la sortir comme single. »

Il poussa un cri. « T'es *sérieuse* ? »

Hochant la tête, elle renifla. « Mais ils ne veulent pas du groupe. Juste moi. Les larmes coulèrent le long de ses joues. Comment est-ce que je peux leur faire ça ? »

Reid la serra plus fort. « Il faut faire ce qui est le mieux pour toi, ma chérie.

— Mais ils ont tellement fait pour moi. Je leur dois tout. La seule raison pour laquelle Buddy et Taylor sont venus ce soir, c'était pour voir le groupe. Je ne peux pas leur baiser la gueule comme ça.

— Tu n'es pas obligée de décider ce soir. Pourquoi tu ne passes pas une bonne nuit et tu y réfléchiras un peu plus demain ?

— Il n'y a pas que ça.

— Quoi ?

— Tout l'été sur la route, murmura-t-elle. Loin de toi.

— Kate, *Buddy Longstreet* et *Taylor Jones* veulent t'emmener en tournée avec eux. M'enfin ! C'est le rêve qui devient réalité. Il leva son menton pour voir ses yeux. Tu te souviens de ce que je t'ai déjà dit ? Je serai ici, à t'attendre. C'est l'heure de prendre ton envol, mon amour. »

Elle sourit. « C'est ma chanson.

— C'est ton moment.

— Je t'aime. Je veux être avec toi, toujours.

— Tu le seras. Il posa ses lèvres sur les siennes. Allons nous coucher. Tu es épuisée. »

～

« Oh putain, mon mec, tu ne déconnais pas, dit Buddy sans introduction le lendemain matin quand il appela Reid.

— Je te l'avais dit.

— On a été vraiment éblouis, putain !

— J'ai entendu dire que vous lui avez offert la totale.

— Si ce n'était pas moi, c'aurait été quelqu'un d'autre, d'un jour à l'autre. Elle est incroyable.

— Je sais, dit Reid en soupirant. Tu feras attention à elle, OK ?

— Reid, tu sais que je t'aime, mec. On a été élevés comme des frères, non ?

— Tu sais que t'es un frère pour moi.

— Je vais te demander quelque chose, et je veux que tu me dises la vérité, d'accord ?

— OK. Reid savait ce qui l'attendait et décida d'être honnête avec Buddy. Cacher ce qu'il ressentait pour Kate devenait de plus en plus difficile avec chaque jour qui passait.

— Qu'est-ce qu'elle est pour toi ?

— Tout. »

Buddy s'arrêta avant de demander, « Qui d'autre le sait ?

— Ta mère et la sœur de Kate. Je m'en remets à toi pour la traiter avec délicatesse, Buddy. Je suis sérieux.

— Je te donne ma parole. »

CHAPITRE 26

Une fois Reid parti au travail, Kate sella Thunder et l'emmena faire une longue promenade le long du ruisseau. Elle aimait le cheval de Reid presque autant qu'elle aimait Reid. Pendant que Thunder galopait, Kate s'émerveilla de constater qu'elle se sentait vraiment chez elle dans le monde de Reid après seulement quelques mois avec lui. Il avait tout changé pour elle. Vivre avec lui, parler avec lui, dormir avec lui, faire l'amour avec lui, tout avec lui. C'était ce qui avait de l'importance pour elle maintenant, mais elle était tiraillée, tellement tiraillée entre cela et ce qu'offraient Buddy et Taylor. C'était ce qu'elle avait pensé vouloir— jusqu'à ce qu'on le lui offre, la forçant à choisir entre la carrière dont elle avait toujours rêvée et l'homme qui rendait sa vie parfaite.

Ralentissant Thunder jusqu'au pas pour qu'il puisse s'arrêter boire au ruisseau, Kate se souvint du pique-nique qu'elle y avait fait avec Reid le premier jour qu'elle avait réalisé à quel point il serait important pour elle.

Quand Kate retourna aux écuries, Derek n'y était pas, alors elle bouchonna Thunder, remplit son abreuvoir et sa mangeoire et rangea sa selle dans la sellerie.

De retour à la maison, elle monta à l'étage dans la chambre de Reid pour trouver la carte de visite que Buddy lui avait donnée. Couchée sur le lit, elle tint la carte longtemps dans sa main, la tournant et la retournant. Buddy Longstreet, Président-Directeur Général, Disques Long Road. Au dos, Buddy avait gribouillé leur numéro de téléphone à la maison. Buddy Longstreet et Taylor Jones lui avaient donné, à *elle*, leur numéro de téléphone. Plus elle tenait la carte, et plus tout cela devenait absurde, et tout à coup elle fut prise de vertige. *Buddy Long-street et Taylor Jones veulent travailler avec moi ! Kate Harrington va devenir une star !*

Elle se leva pour aller chercher son portable et elle appela le bureau d'Ashton.

« J'ai besoin de mon avocat, dit-elle quand elle l'eut au bout du fil.

— Bah bonjour, quand-même. Que peut-il faire pour toi aujourd'-hui, ton avocat ? »

Kate fut soulagée qu'il semblât content d'avoir de ses nouvelles. Elle ne lui avait pas parlé depuis le soir chez F. Scott's. « Eh bien, il semblerait que Buddy Longstreet et Taylor Jones veuillent travailler avec moi. »

Un silence de mort.

« Ashton ?

— Comment t'es entrée en contact avec eux ?

— Ils sont venus chez Mabel's hier soir alors que le groupe jouait et après ils m'ont demandé de prendre un verre avec eux. Ils veulent que je fasse la première partie cet été pour eux et ils veulent sortir une de mes chansons comme single avant la tournée. »

Encore du silence.

« Ashton ? Qu'est-ce qui ne va pas ? Ce n'est pas une bonne chose ?

— C'est une très bonne chose. Félicitations. Ce sont deux des personnes les plus respectables de la ville. Tu ne peux pas te tromper avec eux.

— Alors quel est le problème ?

— Rien. J'ai une réunion dans cinq minutes. Je peux t'appeler plus tard ?

— Bien sûr. » Kate se demanda pourquoi il ne semblait pas plus heureux pour elle.

~

Profitant d'une rare soirée sans répétition avec le groupe, Kate se blottit contre Reid pour regarder un film au lit.

« Je n'arrive pas à garder les yeux ouverts, dit-elle en bâillant.

— Ne te force pas. Ce n'est pas terrible, de toute façon. Pour pouvoir l'embrasser, il déplaça une pile de contrats qu'il était en train de relire. Pourquoi tu ne dors pas ? »

Elle poussa ses papiers. « Je ne veux pas dormir.

— Eh bien, qu'y a-t-il d'autre à faire ? » demanda-t-il avec un sourire espiègle.

Elle le tira à elle. « Je suis sûre qu'on trouvera quelque chose. »

Un grand fracas au rez-de-chaussée les fit sursauter.

« Qu'est-ce que c'est ? » demanda Kate.

Reid se leva et enfila son jean. « Je ne sais pas.

— Papa ?

— Merde ! Reid se dépêcha de monter sa braguette pour se rendre à la porte de la chambre.

— Papa, réveille-toi. J'entre. »

La porte s'ouvrit en grand avant que Reid ou Kate puissent s'en aller.

« Eh, bien. Qu'avons-nous ici ? Le visage d'Ashton se tordit de colère lorsqu'il regarda son père et puis Kate encore au lit. Quel idiot je fais, putain !

— Ashton, arrête. Reid leva une main pour empêcher son fils de pénétrer plus loin dans la chambre.

Ashton écarta son père. « Non, c'est à toi d'arrêter. Qu'est-ce que tu fous, *bordel* ? Elle est plus jeune que moi !

— Ashton, dit Kate, les larmes coulant le long de son visage.

— Tu *savais* que tu étais importante pour moi, Kate. Ça a vraiment dû te botter d'avoir un père et son fils en compétition pour toi.

— Non, dit-elle. Tu étais important pour moi, aussi.

— Mais pas assez pour me dire la vérité, hein ? C'est celui-là, le mec qui t'a brisé le cœur ; c'est à cause de lui que tu pleurais ? »

Kate détourna le regard.

Il grogna de dégoût. « Vous avez tous deux eu de nombreuses occasions de m'en parler. Au lieu de cela, vous avez fait de moi un imbécile. Vous n'êtes que deux menteurs qui se méritent l'un, l'autre. » Il se tourna et quitta la pièce en coup de vent, claquant la porte derrière lui.

« Reste ici, dit Reid à Kate. Il courut après Ashton dans les escaliers et sortit par la porte d'entrée. Reid était torse-nu et pieds-nus, mais il ne sentait pas le froid, seulement un frisson dans son cœur en voyant la douleur brûlante sur le visage de son fils. Ashton, arrête ! Il attrapa la veste d'Ashton et le fit se retourner. Ne pars pas comme ça.

— Je t'ai demandé *les yeux dans les yeux* si tu savais avec qui elle sortait, et tu m'as dit que tu ne savais pas. Tu m'as regardé en face et m'as menti. C'est comme ça que ça va être entre nous, maintenant ? Je ne peux pas croire le moindre mot que tu dis, putain ? La voix d'Ashton se brisa, tout comme le cœur de Reid.

— Attends, mon fils. Reid posa la main sur l'épaule d'Ashton pour l'empêcher de s'en aller. Parle-moi. »

Ashton se secoua pour qu'il ne le touche pas. « Et tu n'aurais pas la *moindre* idée de comment Buddy et Taylor l'aient trouvée ? »

Reid ne lui répondit pas.

Ashton poussa un rire sanglant. « Elle le sait ? »

Reid regarda ses pieds nus. « Non, dit-il doucement.

— C'est bien ce que je pensais. Tu dis la vérité à *qui* ?

— Je suis désolé. J'avais horreur de mentir, mais je l'aime et je savais que tu ne comprendrais pas.

— Peut-être que t'aurais pu me laisser décider par moi-même. Au lieu de ça, tu m'as regardé en face et m'as menti. Maintenant je ne croirai jamais plus ce que tu dis, putain. Il eut l'air de comprendre soudain quelque chose d'autre. C'est pour ça qu'elle est partie, Martha, hein ?

— Martha a pris sa retraite.

— Encore des mensonges, Papa ? Est-ce que t'as tellement perdu la tête que tu ne reconnais même plus la vérité ?

— Je sais que tu es en colère à l'instant, et tu as le droit de l'être—

— Je suis tellement plus qu'en colère que je ne sais même pas comment ça s'appelle.

— Attention à ce que tu fais de cela, Ashton. Souviens-toi de tous les gens qui dépendent de moi pour gagner leur vie. Si tu essaies de me faire du mal, tu leur feras du mal à eux aussi. »

Ashton se pencha si près qu'il était à deux ou trois centimètres du visage de son père. « Peut-être que tu aurais dû penser à eux avant de te mettre à baiser une fille de dix-huit ans. » Sur ce, il virevolta et marcha jusqu'à sa voiture. Une minute plus tard, il était parti en un nuage de poussière et de rage.

Le cœur lourd, Reid se traîna à l'étage pour y trouver Kate toute habillée et en larmes. « Je suis désolée, Reid, dit-elle entre les sanglots. Je suis tellement désolée. »

Il la prit dans ses bras. « C'est de ma faute. Je lui ai carrément menti. Il m'a demandé si je savais avec qui tu étais, et j'ai dit non. »

Elle se retira de ses bras. « C'est ton fils.

— Et toi, tu es ma vie, Kate.

— Il faut que tu ailles le retrouver.

— Il ne veut pas me voir pour le moment.

— Il faut que je m'en aille. »

Reid lui tendit la main. « Ne fais pas cela. Ne t'enfuis pas. »

Kate balaya les larmes de son visage. « Je me suis mise entre ton fils et toi.

— On va s'en remettre. Viens ici, mon amour. J'ai besoin de toi. » Il s'allongea près d'elle sur le lit. Je t'aime. Rien n'a changé. » Mais alors qu'il la blottit contre lui, il ne put s'empêcher de se demander si tout avait changé.

Quand Ashton arriva à la maison, il alla tout droit à sa cave à liqueurs. Avec deux shots de Jack Daniels qui lui réchauffèrent le corps, son cœur cessa finalement de battre la chamade.

« *Comment ai-je pu ne pas le voir ?* Je dois être le plus gros con du monde, putain. »

Quand Kate avait appelé à propos de sa réunion avec Buddy et Taylor, étonnamment tout était devenu aussi clair que le jour, à lui en couper le souffle. Buddy était comme un oncle pour lui, et il était le parrain des deux enfants les plus grands de Buddy et Taylor. Depuis qu'Ashton avait rejoint la firme d'avocats, Buddy lui avait envoyé tellement de travail qu'Ashton était en bonne voie pour devenir associé.

Après avoir parlé à Kate plus tôt, Ashton avait quitté le bureau et avait marché le long de la rivière pendant des heures, à essayer de trouver quoi faire. Quand il ne put attendre une minute de plus pour s'assurer que c'était vrai, il s'était rendu à la maison.

Un soupir le traversa lorsqu'il s'affala sur le canapé. La tête dans ses mains, dégoûté par le souvenir de la scène privée qu'il avait interrompue dans la chambre à coucher de son père, il fit une grimace quand il se rendit compte qu'il aurait pu les surprendre à un pire moment.

Kate était vraiment importante pour lui. Il aurait même pu l'aimer, mais elle ne l'avait jamais encouragé un tant soit peu. Au moins maintenant il savait pourquoi.

« Fils de pute, » murmura-t-il lorsqu'il se leva, alla à son bureau et fouilla dans une pile de papiers jusqu'à ce qu'il trouve ce qu'il cherchait. Il étudia la carte de visite pendant longtemps avant de décrocher le téléphone et composer le numéro à Rhode Island.

CHAPITRE 27

Aidan se déplaçait dans sa chambre à toute vitesse, jetant des vêtements dans un sac de voyage.

Clare se leva pour enfiler un jean et un pull.

« Qu'est-ce que tu fais ? demanda-t-il en fermant son sac.

— Je viens avec toi.

— Tu n'as pas à faire ça. Tu as été tellement malade. Ça ira pour moi. »

Clare soutint son regard avec détermination. « Je viens avec toi. Quand elle vit que ses yeux brillaient de larmes, elle alla à lui. Il va s'en sortir. Colin a dit qu'il était vivant, n'est-ce pas ? »

Aidan hocha la tête.

Clare le prit dans ses bras. « Ça va aller. Allons-y. » Elle prit son sac à elle, attrapa sa brosse à dents dans la salle de bains, et le suivit au rez-de-chaussée.

Lui tenant la main, elle posa sa tête sur l'épaule d'Aidan pendant qu'ils se dirigèrent par les montagnes vers le sud à toute allure dans son pick-up. Mis à part quelques semi-remorques, la route leur appartenait. Colin avait indiqué il y a peu de temps qu'il n'y avait pas de changement.

« Tu tiens bon ? demanda Clare.

— Ouais, dit-il, mais sa mâchoire était crispée.

— Parle-moi. À quoi tu penses ?

— Je ne suis pas prêt à perdre mon père.

— Cela ne va pas arriver. Clare défit sa ceinture de sécurité pour pouvoir s'approcher de lui. Il est au bon endroit, à se faire soigner comme il faut. »

Il souleva le bras pour la laisser venir contre lui. « J'espère que tu as raison. Merci d'être venue. J'aurais été dans tous mes états maintenant si j'avais été seul. »

Elle l'embrassa sur la joue. « Tu n'es plus seul. »

Il se pencha pour l'embrasser, et l'étincelle de désir les surprit tous les deux. « Comment est-ce possible que même en pleine crise et même à 130 km/h, je veuille encore t'embrasser ? Il l'embrassa à nouveau. J'espère que tu es prête pour ce qui arrivera à Chatham quand je vais débarquer avec toi.

— Que va-t-il arriver ?

— Ils vont se ruer sur toi.

— Ça va aller, » lui assura Clare.

Il rit. « On verra ce que tu diras dans un jour ou deux quand tu entendras ma mère et ma sœur préparer notre mariage.

— Mariage ? balbutia Clare.

—Tu n'as aucune idée de ce qui t'attend.

— Peut-être que je pourrai rester dans le pick-up toute la visite ? Ils ne me verront pas.

— Ils te trouveraient au flair. Tu sais que tu seras, officiellement, la deuxième femme avec laquelle ils m'ont vu ?

— Oui, je commence à comprendre. » Mais cela ne la gênait pas autant que cela aurait dû.

Ils arrivèrent à l'hôpital à cinq heures du matin. Clare avait vu Aidan devenir de plus en plus anxieux au fur et à mesure qu'ils se rapprochaient de Chatham.

Aidan attrapa la main de Clare et ils entrèrent en courant.

Elle était fière de pouvoir le suivre et y voyait le signe qu'elle avait fait encore des progrès dans son rétablissement du coma. Le poids dans sa poitrine et les crises de toux occasionnelles lui rappelaient la pneumonie dont elle avait souffert plus récemment.

On leur indiqua le troisième étage, où un grand groupe s'était rassemblé dans la salle d'attente. D'après les descriptions saisissantes qu'Aidan avait faites d'elle, Clare reconnut immédiatement Colleen O'Malley.

« Maman, où est-il ? demanda Aidan. Je veux le voir. »

Colleen se leva pour prendre dans ses bras son fils aîné. « Je suis contente que tu sois arrivé en un seul morceau, mon fils. Elle se pencha derrière lui pour mieux regarder Clare. Qui est avec toi ?

— Voici Clare Harrington. Colin, fais les présentations pendant que Maman m'emmène voir Papa, d'accord ? »

En regardant Aidan s'en aller avec Colleen, Clare sentit tous les yeux de la salle d'attente atterrir sur elle. « Bonjour, tout le monde, » dit-elle.

Heureusement, Colin se montra à la hauteur et fit ce que lui avait demandé son frère. Clare rencontra les frères d'Aidan, Brandon et Declan, sa sœur Erin et son beau-frère Tommy. Brandon avait peut-être ressemblé à Aidan à un moment donné, mais avec ses yeux rouges et son visage usé on lui donnait dix ans de plus. Les trois autres se ressemblaient beaucoup.

« C'est un plaisir de vous rencontrer tous. Clare s'assit à côté de Tommy.

— Tu es la chérie d'Aidan ? » demanda Erin.

Colin lança un regard noir à sa sœur. « Erin.

— Oui, je suppose qu'on pourrait dire ça. Clare soutint le regard d'Erin, qui semblait choquée qu'Aidan soit venu avec quelqu'un.

— Bah, ça alors, dit Brandon d'un ton un peu méchant. Le grand frère n'est pas mort de chagrin après tout.

— Ta gueule, Brandon, dit Declan sèchement.

— Comment va votre père ? Clare demanda à Colin, reconnaissant un visage amical dans le groupe hostile.

— Ils pensent que ça va aller, dit Colin. C'était une crise cardiaque légère. Son plus gros problème maintenant, c'est ma mère.

— Elle l'a forcé à prendre sa retraite et cela prend effet immédiatement, » ajouta Declan.

Clare fit une grimace. « Eh bien, au moins la crise cardiaque n'est pas aussi grave qu'elle aurait pu l'être.

— Mon père préfèrerait être mort qu'à la retraite, » dit Brandon.

Quelque chose en lui rendait Clare nerveuse.

Devant la chambre de Dennis, Aidan interrogea le cardiologue. Quand il se fut assuré que tout ce qui avait été fait lui convenait, il entra voir son père.

Il se tint à côté du lit de son père, la main du vieil homme rendue rugueuse par le travail dans la sienne.

« Je suis désolé que tu aies fait tout ce chemin pour rien, dit Dennis d'une voix affaiblie.

— Ce n'est pas pour rien, Papa. Je suis content que tu ailles bien.

— Il ne va pas *bien*, intervint Colleen. Ton père a fait une crise cardiaque.

— Le médecin a dit que c'était léger et plus un avertissement qu'autre chose, dit Aidan. T'as eu de la chance, Papa.

— Et si tu me donnais une minute tout seul avec mon petit, Maman. Va dire aux gamins qu'ils ne vont pas se débarrasser de leur vieux Papa aujourd'hui et fais-les rentrer à la maison. »

Elle embrassa la joue de son mari. « Ne le laisse pas s'énerver, Aidan. »

Une fois Colleen partie, Dennis soupira. « Il faut que tu me sortes d'ici, fiston. La crise cardiaque ne m'a pas tué, mais elle va le faire. »

Les jambes d'Aidan faillirent le lâcher tellement il était soulagé devant la fougue de son père. Pour la première fois depuis que Colin l'avait appelé, il put respirer à fond. « Tu n'iras nulle part tant que les médecins n'auront pas donné l'autorisation. »

Dennis gémit. « Tu étais mon dernier espoir. »

Aidan rit. « Ça n'a pas marché avec les autres, hein ?

— C'est une bande d'ingrats. Honore ton père, mon cul, oui. Il n'y en a pas un d'entre vous qui m'écoute, et vous ne l'avez jamais fait.

— Alors tu ne te demandes pas comment t'as fait pour te débarrasser aussi facilement de Maman à l'instant, là ? demanda Aidan en levant un sourcil.

— C'est vrai que c'était plutôt facile, maintenant que tu le dis.

— Je suis venu avec quelqu'un.

— C'est vrai ça ? dit Dennis, l'œil brillant. Une fille ? »

Aidan grogna de rire. « À ton avis ?

— Et tu l'as laissée là dehors toute seule à affronter ta mère et ta sœur ?

— Merde, t'as raison. Il vaut mieux que j'y aille avant qu'elles la fassent partir en courant.

— Écoute, mon fils, avant que tu t'en ailles sauver ta dulcinée, il y a quelque chose qu'il faut que je te demande, dit Dennis avec sérieux.

— Quoi ?

— Je crois que ta maman est sérieuse à propos de l'histoire de la retraite.

— J'ai bien peur que tu aies raison.

— Je veux que tu reviennes à la maison pour diriger l'entreprise. »

Aidan secoua la tête. « Papa—

—T'es le seul avec le sens des affaires. Les autres feraient faillite en six mois. J'ai besoin de toi.

— Je suis désolé, Papa. Il n'y a rien que je ne ferais pas pour toi, mais je ne peux pas revenir ici. Je commence juste à finalement reprendre le contrôle de ma vie. Revenir à la maison serait un pas en arrière pour moi— un pas malsain. »

Dennis scruta son fils pendant un moment. « Je comprends. Je n'aurais même pas dû te le demander, mais je suis désespéré. Je ne peux pas laisser quarante ans de dur labeur s'envoler, et je ne les laisserai pas se bagarrer tous.

— Et Colin ?

— Et ça passe sous le nez de Brandon comme ça ?

— Il n'a pas ce qu'il faut pour faire marcher une entreprise. Pas pour l'instant en tout cas.

— Il va falloir qu'on fasse quelque chose à propos de son problème d'alcool.

— Oui, mais occupons-nous de te remettre en forme d'abord. Pense à Colin encore, Papa. C'est le meilleur de nous tous. Sarah le disait toujours. Il a les qualités nécessaires, et il a les couilles pour ne pas se laisser faire par les garçons. Il a beaucoup pris de Maman.

— Oui, tu as raison, c'est vrai. Je vais y penser. Il vaut mieux que tu ailles sauver ta chérie, mon garçon. Tu viens me la présenter plus tard ?

— D'accord. Aidan se baissa pour embrasser son père sur la joue. Tu m'as fait peur. »

Dennis tapota le visage de son fils. « Je ne suis pas près de partir.

— C'est bien, dit Aidan d'un ton bourru. À plus tard. »

Aidan entra dans la salle d'attente et gémit lorsqu'il trouva Clare et sa mère se tenant par la main, la tête penchée l'une vers l'autre, plongées dans une conversation absorbante.

« *Maman*, qu'est-ce que tu lui racontes ?

— Ne sois pas malpoli, Aidan, » dit sa mère en regardant son fils d'un air perçant.

Clare retint son rire.

Il lança un regard d'avertissement pour lui faire comprendre que rire à ce moment précis ne serait pas une bonne idée. « Où sont les autres ?

— Ils sont rentrés se reposer, dit Clare.

— On va rentrer, aussi, dit-il. Clare a été très malade et elle était debout toute la nuit.

— Oui, on m'a dit que tu t'es très bien occupé d'elle pendant qu'elle souffrait de pneumonie, » dit Colleen en jetant un coup d'œil plein d'espoir à son fils, l'ancien médecin.

Clare prit Colleen dans ses bras. « Votre mari va bien se remettre. Essayez de ne pas vous inquiéter.

— Merci, ma belle, dit Colleen en faisant un clin d'œil à son fils par-dessus l'épaule de Clare.

— Maman, pourquoi tu ne rentres pas à la maison un peu ?

— Non, mon chéri, je reste ici avec Papa. Ça ira très bien. Allez-y, vous. »

Aidan embrassa sa mère et tendit la main à Clare. « On sera de retour plus tard. »

Ils sortirent dans le parking, où le soleil se levait sur une autre froide journée d'hiver. Le pare-brise avait gelé, alors ils attendirent que la voiture chauffe.

« T'as mis au moins cinq minutes à nouer des liens avec ma mère ?

— Elle est charmante. »

Aidan grogna. « Du moment que tu ne l'énerves pas. Là tu verrais comme elle est charmante.

— Je ne peux pas imaginer cela. Comment va ton père ?

— Il ne se laisse pas abattre, ce qui est bon signe.

— Dieu merci.

— Il a hâte de te rencontrer. »

Clare étouffa un bâillement. « Moi aussi, j'ai hâte de le rencontrer.

— D'abord tu vas dormir. Je ne veux pas que tu fasses une rechute.

— Oui, docteur O'Malley, » dit Clare avec un sourire espiègle.

Les yeux d'Aidan s'assombrirent. « Ne m'appelle pas comme ça, d'accord ?

— Je suis désolée. Je ne faisais que blaguer. »

Il lui embrassa la main. « Je ne veux pas être con, mais je ne supporte pas d'entendre ça.

— Je comprends. »

Ils traversèrent la ville pittoresque de Chatham en se rendant à la maison des parents d'Aidan. Il tourna à gauche dans Shore Road. « Je t'emmènerai voir le phare de Chatham une fois qu'on aura dormi.

— Ces maisons sont magnifiques.

— Il n'y avait rien de tout cela quand mes parents sont venus vivre ici. Il y a eu beaucoup de constructions et c'est devenu rupin, mais les

O'Malley gardent le quartier humble. Il faut que je te prévienne que la peinture extérieure de la maison n'était pas l'idée de mon père, dit-il en prenant l'allée de la maison colorée de ses parents.

— Oh, c'est adorable !

— C'est ridicule, marmonna Aidan. Il attrapa leurs sacs et la fit entrer. Ils montèrent tout de suite à l'ancienne chambre d'Aidan, où il enleva immédiatement sa chemise. Oh, bon sang, je suis crevé.

— Euh, Aidan, où est-ce que je dors ?

— Mais ici, à côté de moi.

— Je ne vais *certainement pas* dormir avec toi dans la maison de ta mère. Il n'en est pas question.

— Mais tu te fiches de moi, gémit Aidan. J'ai presque quarante ans, nom de Dieu. »

Clare grimaça. « Tu fais exprès de me rappeler tout le temps que tu n'as pas encore quarante ans, hein ? »

Il baissa son jean. « Ça n'a rien à voir. »

Les yeux de Clare se posèrent sur lui, et elle apprécia son torse et son ventre musclés.

« Tu vas vraiment me regarder comme ça et puis me dire que tu ne vas pas dormir avec moi ? »

Elle s'approcha de lui pour lui caresser la poitrine. « Mmh-mmh. »

Il fit prisonnière sa bouche en lui donnant un baiser brûlant. Se collant à elle, il ne lui laissa aucun doute sur combien il la désirait.

« Aidan, dit-elle, le souffle coupé. Arrête. Pas ici. »

Il l'enlaça pour qu'elle ne puisse pas s'échapper et l'embrassa encore comme si elle n'avait pas dit un traître mot.

« Où est-ce que je dors ? » demanda Clare quand elle réussit à se défaire de son baiser.

Geignant de frustration, Aidan posa son front contre celui de Clare. « Si un homme pouvait mourir de désir, je serais mort et froid comme la pierre maintenant, tu m'entends ?

— Bientôt, dit-elle avec un petit rire nerveux. Je te le promets. Mais pas ici. »

Il poussa un soupir torturé. « OK, viens. Tu peux prendre la chambre d'Erin. Ma mère sera carrément amoureuse de toi quand elle va l'apprendre. Mais tu le sais déjà, n'est-ce pas ? »

Clare sourit. « Qu'est-ce que tu m'as dit une fois ? Une fois maman, toujours maman ? »

Il la poussa doucement vers la chambre d'Erin. « Va dormir, petite maligne. La prochaine fois que je serai seul avec toi, il te faudra être bien reposée. *Très* bien reposée. »

Clare frissonna d'impatience. Malgré les craintes qui la rongeaient encore, elle avait hâte.

Après une journée entière avec les O'Malley, Clare avait l'impression de les connaître depuis toujours. Elle était à moitié amoureuse du père d'Aidan, qui la faisait rire à en pleurer lorsqu'il préparait son évasion de l'hôpital. Quand elle lui passa en douce une barre de Snickers du distributeur automatique dans le couloir, elle gagna une place permanente dans son cœur fragile.

Colin et Declan furent amicaux et courtois pendant le peu de temps qu'elle passa avec eux, et Erin s'épuisa à faire des allers-retours de l'hôpital chaque fois qu'elle trouvait quelqu'un pour rester avec ses enfants. Brandon disparut pendant une grande partie de la journée et certaines remarques firent penser à Clare qu'il avait un problème d'alcool. La famille se demandait avec inquiétude où il était allé.

Colleen prit Clare sous son aile, envoyant le message au reste de sa famille turbulente qu'elle avait été acceptée par la seule personne qui comptait. Comme l'avait prédit Aidan, Clare conquit Colleen pour toujours en insistant qu'ils fassent chambre à part. Les deux femmes restèrent à bavarder bien après qu'Aidan soit allé se coucher.

« J'ai failli moi-même faire une crise cardiaque quand Aidan est arrivé en te tenant la main, confessa Colleen. Ça fait des années que j'attends de revoir ça.

— Ce ne serait peut-être jamais arrivé si Dennis n'était pas tombé malade.

— Oh, je crois que tu te trompes. Je vois comment mon garçon te regarde. Il t'aurait emmenée ici sous peu même sans cela. »

Clare sourit. « Peut-être.

— Il est fragile, tu sais. La vie n'a pas été tendre avec lui.

— Je ne le décrirais pas comme fragile. Du moins, je ne voudrais pas qu'il nous entende utiliser ce mot-là.

— Je ne serais pas une bonne mère si je ne te demandais pas d'être bonne envers lui.

— Je l'aime, Colleen. Tu n'as pas à me demander d'être bonne envers lui. Il me rend la tâche facile. »

Colleen clignota des yeux pour retenir ses larmes. « Merci d'avoir dit exactement ce qu'il me fallait entendre, dit-elle avec son accent irlandais mélodieux. Laisse-moi te demander, est-ce qu'il a chanté pour toi ?

— Il chante ? demanda Clare, épatée.

— Divinement, mais pas depuis tout ce qui s'est passé avec Sarah et le bébé. C'est encore une chose en lui qui a eu l'air de mourir avec eux. Il jouait du piano aussi, avant. Tu as vu le piano chez lui ?

— Oui, mais je n'ai jamais pensé à lui poser des questions à ce propos.

— C'était le piano de Sarah. Elle jouait, elle aussi. J'ai réalisé qu'il avait du talent et j'ai insisté pour qu'il prenne des cours quand il était enfant. Il faisait semblant de détester ça pour que ses frères ne se moquent pas de lui, mais je savais que ce n'était pas vrai. Je continue d'espérer qu'il va s'y remettre un jour. »

Clare secoua la tête. « Il a tellement de qualités. Cela me stupéfie parfois. »

Acquiesçant, Colleen sourit. « J'aime tous mes enfants, mais j'ai une place spéciale dans mon cœur pour ce garçon.

— Moi, aussi, dit Clare, lui souriant à son tour.

— Je vais monter me coucher. Je peux t'offrir quelque chose ? »

Clare avait été gavée au point d'exploser plus tôt. « Rien du tout. Je vais monter me coucher bientôt, aussi.

— Bonne nuit, ma belle. » Colleen lui fit un câlin et grimpa à l'étage.

Clare écouta les bruits de la maison jusqu'à ce qu'elle devienne silencieuse, en pensant à Aidan. Elle l'aimait encore plus après l'avoir vu avec sa famille. Ses frères, sa sœur et lui s'étaient chambrés sans pitié, il avait laissé ses nièces et neveux grimper partout sur lui et il avait une affection si sincère pour ses parents que cela avait touché le cœur de Clare. Le tout ensemble donnait à Clare une image plus complète de lui.

Elle fut ramenée brutalement à la réalité par un grand fracas dans la cuisine et elle se leva pour aller investiguer.

Brandon marchait à tâtons dans le noir.

Clare alluma la lumière, et il se tourna vers elle, surpris.

« Tu m'as foutu une vraie frousse, » dit-il en articulant mal.

Clare recula. Elle sentait son odeur de l'autre côté de la pièce.

Il ouvrit le frigo pour prendre une bière.

Quand Clare se tourna pour quitter la pièce, il se jeta sur elle et lui attrapa le bras. « Me laisse pas boire tout seul. »

Clare essaya de se libérer, mais il resserra sa prise.

« Lâche-moi, dit-elle alors que son cœur s'emballait.

— T'es trop bien pour moi ? Il la déshabilla du regard. Tu gardes tout ça pour le grand frère ?

— J'ai dit lâche-moi, Brandon. Maintenant. Avant que je hurle à tue-tête et que je réveille toute la maisonnée. »

Mais au lieu de la laisser, il la coinça contre le plan de travail et la fit sa prisonnière avec le poids de son corps. « Je parie que tu es une crieuse. Est-ce que mon frère te fait crier ? »

Clare n'arrivait pas à respirer, et les points qui flottaient devant ses yeux lui rappelèrent l'autre fois qu'un homme l'avait tenue prisonnière. Cela ne pouvait *pas* être en train d'arriver à nouveau. « S'il-te-plaît, murmura-t-elle. Laisse-moi partir. »

Elle tomba presque par terre quand Brandon la relâcha soudain, le poing d'Aidan rencontrant la figure de son frère.

« *Qu'est-ce que tu fais, putain ?* Aidan prit Clare dans ses bras. *Tu as complètement perdu la tête ?* »

Le sang coula du nez de Brandon.

Colleen apparut à la porte de la cuisine. « Qu'est-ce qui se passe ? »

Elle poussa un cri quand elle vit Brandon par terre couvert de sang et Clare qui tremblait dans les bras d'Aidan. « Aidan, emmène-la là-haut, dit Colleen avec un regard plein de dégoût pour Brandon. Tout de suite. »

Aidan souleva Clare et l'emmena à sa chambre à l'étage.

« Mon Dieu, Clare, je suis désolé. Il s'enroula autour d'elle sur son lit.

— Je ne peux pas arrêter de trembler.

— Je vais le tuer.

— Non. Clare s'accrocha à lui. Ne me laisse pas.

— Jamais.

— Je suis désolée.

— De *quoi* ?

— Tu as frappé ton frère. À cause de moi.

— Il a de la chance que ce soit tout ce que je lui ai fait. Je le tuerai plutôt que de le laisser te faire du mal. Tu le sais, non ? Je me fiche de qui il est.

— Ne dis pas ça. »

Colleen vint à la porte. « Comment va-t-elle ?

— À ton avis ? Clairement, Aidan essayait de contenir sa rage. Il l'a pratiquement attaquée juste là dans la cuisine. Il est complètement hors de contrôle, Maman.

— Je le sais, dit-elle, ses joues baignées de larmes. Colin va venir le chercher.

— Il a besoin d'aide, dit Aidan.

— Oui. Colleen balaya les cheveux du front de Clare. Je suis tellement désolée, ma chérie. Cet homme-là n'est pas notre Brandon. On ne sait pas ce qui lui arrive dernièrement. Ça va, toi ?

— Ça va aller, dit Clare alors que les tremblements se transformèrent en frissons.

— Je veux que tu restes ici avec elle ce soir, tu m'entends, Aidan ?

— Tu n'as pas besoin de me le dire, Maman.

— Je suis désolée, Clare. » Colleen ferma la porte derrière elle lorsqu'elle quitta la pièce.

Pensant à ce qui aurait pu arriver si Aidan ne s'était pas présenté quand il l'avait fait, Clare commença à pleurer. Cinq minutes de peur avaient ravivé toute l'horreur qu'elle pensait avoir laissée derrière elle à jamais. Mais elle refusait de laisser cela gâcher ce qu'elle avait avec Aidan. Elle n'aurait jamais peur de lui.

« Je t'en prie, ne pleure pas, ma chérie. Je suis ici à tes côtés. Aidan embrassa ses cheveux, son visage, son cou. Je suis là, et je t'aime. Je suis tellement désolé. »

Quand elle put parler à nouveau, elle leva les yeux vers lui. « Aidan ?

— Quoi, ma chérie ?

— Comment tu savais que j'avais besoin de toi ?

— Je ne sais pas. Quelque chose m'a réveillé et j'étais en bas avant de m'en rendre compte.

— J'étais tellement contente de te voir. Elle leva son visage pour embrasser Aidan. Je t'aime.

— Je ne veux plus jamais que tu aies peur comme ça.

— Embrasse-moi, Aidan. J'ai besoin de toi. »

Il écrasa ses lèvres sur les siennes, et elle l'embrassa à son tour de tout son être.

Aidan se réveilla à l'aube et laissa Clare dormir dans son lit. En bas, il trouva sa mère qui prenait une tasse de café en solitaire dans la cuisine. Elle semblait avoir vieilli dans la nuit.

« Où vas-tu ? » lui demanda-t-elle.

Il enfila son manteau. « Il y a quelque chose dont je dois m'occuper. S'il-te-plaît ne pars pas à l'hôpital avant que je ne rentre. Je ne veux pas que Clare reste ici seule.

— Aidan. Qu'est-ce que tu vas faire ?

— Quelque chose qui aurait dû être fait il y a un an. »

En se rendant chez Colin, il travailla à contrôler sa rage. *De toutes les personnes au monde que Brandon, ivre mort, aurait pu clouer dans un coin, pourquoi fallait-il que ce soit Clare ? Et juste au moment où elle commençait à faire des progrès pour mettre le passé derrière elle.* Aidan frappa de frustration le volant avec sa main douloureuse. Son poing était meurtri là où il avait atterri sur le visage de son frère.

Il entra dans la maison de Colin par une porte arrière qui n'était jamais verrouillée. Colin était le premier d'entre eux à s'être acheté sa maison, un cottage de six pièces avec une vue d'Oyster Pond, qui était en train de s'écrouler quand il l'avait trouvé. Aidan ne s'arrêta pas ce matin-là pour admirer le parquet brillant ou les meubles confortables. C'était un homme qui avait une mission.

Dans la chambre d'amis, il trouva Brandon en train de dormir sur le ventre dans les mêmes vêtements qu'il portait hier. Aidan donna un coup de poing à son frère dans les côtes.

« *Putain de merde ?* dit Brandon avec un grognement.

— Debout.

— Qu'est-ce que tu veux ? »

Aidan attrapa la chemise de Brandon. « Lève-toi. *Tout de suite.* »

Se tenant la tête dans les mains, Brandon s'assit doucement pour faire face à son frère furieux. « T'as quelque chose coincé dans le cul, ou quoi ? »

En observant ses yeux au beurre noir et le sang séché sur le visage de son frère, Aidan se rendit compte que Brandon n'avait aucun souvenir de ce qui s'était passé la nuit précédente.

Colin entra dans la pièce.

« Il ne se souvient pas, dit Aidan à Colin.

— C'est toujours comme ça.

— Me souviens de quoi ? » Brandon parlait comme s'il avait la langue collée au palais. Il se toucha le nez et fit une grimace.

Aidan attrapa la chemise de son frère et le fit se lever. « Laisse-moi te mettre à jour, petit frère. Hier soir tu as titubé jusque dans la cuisine de Maman et as cloué la femme que j'aime dans un coin, où tu lui as fait tellement peur qu'elle a tremblé pendant deux heures après. »

Brandon poussa un cri. « Quoi ?

— Tu seras peut-être aussi intéressé de savoir qu'elle a déjà été violée une fois dans sa vie, alors je te tuerai toi, ou n'importe quel autre homme, avant de laisser cela lui arriver encore, tu m'as compris ?

— Bon Dieu, murmura Colin.

— Ouais, y'a de quoi dire bon Dieu. Aidan relâcha Brandon tellement soudainement qu'il tomba en arrière sur le lit. Je veux que tu m'écoutes, parce que je ne vais le dire qu'une fois. La seule raison pour laquelle tu n'es pas déjà en taule est que tu es malade. Tu as jusqu'à dix-sept heures aujourd'hui pour te faire admettre en cure de désintoxication— pour un minimum de trente jours. Si j'ai vent que tu leur dis ne serait-ce qu'une chose de travers à ces gens pendant que tu y seras, je ferai en sorte qu'elle porte plainte et je serai heureux de témoigner contre toi. Est-ce bien clair ?

— Ouais, dit Brandon d'une voix étranglée alors que ses yeux se remplirent de larmes. Je suis désolé, Aid.

— Moi, aussi. C'est la première femme qui ait compté pour moi depuis la mort de Sarah. C'est une sacrée façon de l'initier à la famille. »

Les pleurs secouèrent Brandon. « Je suis tellement désolé. »

Alors que les larmes coulèrent le long du visage meurtri et ensanglanté de son frère, Aidan se sentit s'adoucir, mais juste un peu. « Trouve de l'aide, Brandon. Ce n'est pas une menace en l'air que je fais.

— Je vais l'emmener, dit Colin. Je connais un endroit. »

Surpris, Aidan lui lança un regard.

« J'avais commencé à chercher. »

Aidan se tourna à nouveau vers Brandon, qui pleurait sur le lit. « Puisque Papa va bien, je vais emmener Clare et me tirer d'ici aujourd'hui. Mais je vais vérifier que tu fais ce que j'ai dit. Je n'hésiterai pas à appeler les flics.

— Tu n'auras pas à le faire, » dit Brandon.

Après un bref arrêt à l'hôpital pour voir Dennis, Aidan et Clare quittèrent Chatham.

« Il a l'air d'aller beaucoup mieux, dit Clare en sortant de la ville. Ta mère était ravie de savoir qu'il va rentrer aujourd'hui. »

Aidan grogna son acquiescence.

« On s'y remet ? »

Cela attira son attention. « À quoi ?

— Au grognement.

— J'ai grogné ? »

Elle hocha la tête. « Ça va, toi ?

— Ça va aller. Je suis désolé. Toute cette histoire avec Brandon m'a vraiment troublé. J'espère que tu voudras revenir ici.

— Bien sûr que oui. Il a besoin d'aide et tu fais en sorte qu'il en trouve. C'est tout, point final. On peut passer à autre chose ? S'il-te-plaît ?

— Je suppose que si toi tu peux le faire, moi aussi je peux.

— Je me demandais, tu es pressé de rentrer à Stowe ?

— Il faut que je me remette au travail sur la maison de ton frère, mais autrement, non. Pourquoi ?

— Eh bien, puisque nous sommes si près, cela te dérangerait si on passait un jour ou deux à Newport ? J'aimerais voir Maggie. »

Il la regarda. « Tu sais quoi ? Je serais ravi d'aller à Newport. »

VOLTE FACE

Un changement de direction à 180 degrés.

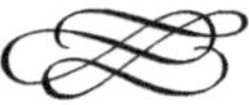

CHAPITRE 28

Le matin d'après la dispute avec Ashton, Kate avait l'impression d'avoir des grains de sable dans les yeux à force d'avoir pleuré. Lorsque Reid sortit de la salle de bains, une cravate qui pendouillait des deux côtés du col de sa chemise bien blanche, Kate resta au lit, la nausée au ventre encore à cause de l'horrible scène.

« Je voudrais que tu n'aies pas à travailler aujourd'hui. Bien que ce soit samedi, il était attendu en ville pour une réunion importante avec des investisseurs potentiels pour son prochain développement à Nashville.

— Je ne suis vraiment pas d'humeur à ça non plus. J'annulerais si je le pouvais, mais ils viennent d'un autre État.

— Tu peux m'attendre quinze minutes ? Elle se leva. Si tu veux bien me déposer en ville, je ferai quelques bricoles à la maison. »

Il se tint devant le miroir pour nouer sa cravate. « Bien sûr, amour, prends ton temps. Ma réunion ne commence qu'à dix heures. »

Elle alla à lui, lui massa les épaules, et posa son visage sur son dos. « Tu as réussi à dormir ? » demanda-t-elle en l'enlaçant.

Il lui prit les deux mains. « Pas vraiment.

— Tu vas essayer de voir Ashton aujourd'hui ?

— Il a besoin d'un jour ou deux pour se calmer.

— Et s'il ne se calme pas ?

— Il se calmera. On n'a jamais eu de problèmes entre nous. Ça va passer.

— Peut-être que nous devrions prendre nos distances pendant quelque temps jusqu'à ce qu'il se fasse à l'idée. » L'estomac de Kate se noua d'anxiété rien qu'à l'idée d'être sans Reid, ne serait-ce que de façon temporaire.

Il se tourna vers elle. « Non. Il nous faut rester forts ensemble, sinon à quoi bon ? On est dans une position inconfortable, là. Depuis le tout premier jour. Je ne veux pas m'y retrouver seul. »

Kate enroula ses bras autour de son cou pour l'attirer à elle. « Tu n'es pas seul. Nous sommes dans le même bateau. Si tu étais tout ce que je devais jamais avoir, ce serait déjà suffisant. Je t'aime à ce point-là.

— Moi, aussi, » dit-il en l'embrassant pendant que ses mains parcoururent les flancs de Kate.

Quand il prit ses fesses dans ses paumes pour la soulever, elle tira sa cravate. « Tu as dit que tu avais jusqu'à dix heures ? demanda-t-elle avec un sourire espiègle.

— Oui, oui. Il se pencha pour l'embrasser mais elle s'esquiva. En gémissant, il dit, Qu'est-ce que tu manigances ?

— Pose-moi. »

Il la laissa glisser doucement à terre devant lui.

Les yeux rivés sur les siens, elle défit sa ceinture.

« Kate… »

Elle libéra son érection et le dépêcha de se coucher sur le lit, puis se mit à genoux devant lui. Refermant sa main autour de son pénis palpitant et passant sa langue sur le bout, elle sourit au gémissement qui le traversa.

Il lui tendit le bras. « Chérie, viens ici.

— Dans une minute. Elle caressa de sa langue toute sa longueur dure avant de le prendre profondément dans sa bouche comme il aimait.

— Oh, Dieu, Kate. Il soupira. *Dieu.* »

Son plaisir évident nourrit l'enthousiasme de Kate pendant qu'elle le travaillait de sa main et sa bouche.

« Ça suffit, dit-il les dents serrées. Kate, allez, arrête. »

L'excitation d'une nouvelle expérience la poussa à continuer jusqu'à ce qu'il gémisse et jouisse avec un mouvement de hanches.

« Nom de Dieu, murmura-t-il quand elle se glissa sur le lit et vint se reposer sur lui.

— Est-ce une bonne chose ?

— Oui, dit-il en riant et en serrant ses bras autour d'elle. C'est une bonne chose, c'est sûr. Tu es une femme incroyable, et je t'aime tellement. »

Contente d'elle, Kate pressa ses lèvres contre celles de Reid et fut étonnée quand soudain il la retourna.

« À ton tour, » dit-il, l'œil brillant.

Reid conduisit comme un pilote de course en allant en ville. Il prit la sortie de Green Hills et la regarda avec une expression amusée. « Comment suis-je passé d'être en avance à être en retard ?

— Eh bien, tout d'abord je t'ai embrassé à cet endroit-ci, » dit-elle en le touchant.

La voiture fit une embardée. « Kate ! cria-t-il. Arrête ça. »

Elle rit. « T'as peur d'un rien.

— Garde tes mains pour toi, dit-il en entrant dans le parking de son immeuble et en se garant.

— Tu ne veux pas vraiment que je garde mes mains pour moi. Elle glissa sa main vers le haut de sa jambe et mordilla son oreille. Je le sais bien.

— Katherine, je t'ai transformée en une vraie bête de sexe. Je t'ai déjà laissé faire ce que tu voulais de moi, et maintenant je vais être terriblement en retard.

— J'adore quand tu fais l'homme convenable avec moi et que tu m'appelles Katherine, ronronna-t-elle, enfouissant ses mains dans ses cheveux et l'embrassant avec abandon.

— Continue comme ça et tu vas finir avec ta jupe au-dessus de ta tête en plein jour, *Katherine*. »

Elle rit. « Vas-y ! Son rire se figea dans sa gorge quand elle regarda par la vitre de la voiture et vit son père qui les regardait. Oh, merde. »

Reid arrêta de l'embrasser dans le cou assez longtemps pour demander, « Quoi ?

— Mon père. »

Reid poussa un cri et s'éloigna d'elle.

L'estomac de Kate se contracta et son cœur s'emballa. Son père avait l'expression aux lèvres pincées qu'il réservait aux occasions les plus extrêmes, et celle-ci en faisait certainement partie.

Reid lui serra la main et sortit de la voiture. « Jack—

Jack leva la main pour l'arrêter. « Ne parle pas, dit-il d'un ton glacial alors que son autre main formait un poing sur son flanc. Pas un traître mot.

— Papa, dit Kate en faisant le tour de la voiture pour venir à lui.

— Va à l'intérieur et fais ta valise. *Tout de suite !*

— Papa, entre, parlons, je t'en *prie*, » dit Kate, les larmes coulant le long de son visage.

Les lèvres de Jack devinrent plus fines et plus blanches et ses yeux au regard fou firent que Kate se demanda s'il avait été debout toute la nuit. Elle ne l'avait jamais vu comme cela.

Il lui attrapa le bras. « Fais ta valise, Kate. Tu rentres à la maison avec moi. »

Reid se mit entre eux deux. « Jack, lâche-la.

— Je m'étais dit que je n'allais pas te frapper. Mais si tu ne la *fermes pas*, je vais te démolir.

— Je ne te laisserai pas la traiter comme ça. »

Le visage de Jack devint rouge. « Tu ne me *laisseras* pas ? *Tu ne me laisseras pas ?* C'est ma *fille*, espèce de fils de pute. *Ma fille*. Je t'ai fait confiance avec la chose la plus précieuse au monde pour moi, alors je vais le redire une fois et je te conseille vivement d'écouter cette fois : *ne parle pas*. Jack traîna Kate dans les escaliers jusqu'à sa porte d'entrée. Allez, ouvre. »

Les mains tremblantes, Kate ouvrit la porte.

Reid les suivit dans la maison.

« Tu as dix minutes pour prendre les choses essentielles et après tu rentres avec moi, dit Jack. Ta petite aventure est terminée.

— Non, murmura-t-elle.

— *Qu'est-ce que tu as dit ?*

— Non.

— Kate, ce n'est vraiment, vraiment pas le moment de jouer à ça avec moi. Tu vas faire ce qu'on te dit.

— Je ne vais pas rentrer à la maison, dit-elle doucement. J'ai dix-huit ans. Tu ne peux pas m'obliger.

— Je ne sais pas ce qui t'est arrivé ici, mais je sais une chose et c'est que tu vas prendre ce vol même s'il faut que je te traîne jusqu'à l'avion.

— Je l'aime, » chuchota-t-elle.

Jack grogna. « Tu l'aimes. N'est-ce pas mignon ? »

Soudain furieuse, elle croisa les bras avec défi. « Tu ne serais pas un peu hypocrite, non ?

— Qu'est-ce que ça veut dire, ça, bordel ?

— Quand maman était malade et que tu es tombé amoureux d'Andi, qui t'a soutenu ? Tout ce que j'ai jamais voulu, c'était que tu sois heureux. Pourquoi tu ne peux pas faire de même pour moi ? »

Ses yeux gris brûlèrent de colère. « Parce qu'il y a deux mois j'aurais pu le faire foutre en taule pour ça. Ça répond à ta question ?

— Je suis tombée amoureuse, implora Kate. Je suis désolée si cela te fait de la peine, mais je ne l'ai pas fait pour te faire de la peine. Je ne te ferais jamais de peine exprès. Les gens aiment qui ils aiment. N'est-ce pas ce que nous avons appris de tout ce qui nous est arrivé ?

— Comment *oses*-tu comparer ma relation avec Andi à ce que tu fais avec ce pervers ? Je n'aurais jamais dû te laisser venir ici. C'est la plus grande erreur de ma vie. Non, attends. C'est la deuxième plus grande erreur. La première a été de penser que je pouvais faire *confiance* à mon ami pour faire attention à ma fille. C'était une bien plus grande erreur. »

Reid secoua la tête, l'air de faire un effort suprême pour garder le silence.

« Tu m'as donné un an pour obtenir un contrat d'enregistrement, et je l'ai fait en deux mois.

— Tout accord entre nous est parti en fumée l'instant où j'ai appris ce que tu avais combiné ici.

— Papa, écoute-moi ! Buddy Longstreet et Taylor Jones m'ont demandé de faire leur première partie pour leur tournée d'été. Je vais enregistrer une de mes chansons avec leur maison de disques avant la tournée. »

D'un geste de la main, il refusa de la prendre au sérieux. « Si tu ne viens pas avec moi tout de suite, je ferai une croix sur toi. Tu comprends ?

— Mais j'ai fait ce que je suis venue faire ! Ma carrière ne fait que commencer. Tu ne peux pas me demander de tout quitter maintenant. » Elle alla à Reid, et il passa le bras autour d'elle.

Les yeux de Jack s'enflammèrent de fureur alors qu'il les observait tous deux pendant un long moment tendu. « J'ai déjà annulé ta carte de crédit, et tu peux trouver toi-même comment faire pour payer à ton amant son loyer de deux mille dollars par mois. Débrouille-toi toute seule maintenant, et je veux que tu restes loin de mes autres enfants, bon sang. Je ne veux pas qu'ils soient intoxiqués par ta vie sordide.

— S'il-te-plaît, gémit Kate. Je t'aime. Ne me force pas à choisir.

— Tu as déjà fait tes choix, Kate. Maintenant tu peux vivre avec. Il la bouscula en se rendant à la porte.

— Papa ! » cria-t-elle en dévalant les escaliers derrière lui.

Il ne s'arrêta pas et ne se retourna pas une seule fois en se rendant à la voiture louée.

Kate courut derrière la voiture lorsqu'il s'en alla. « *Papa* ! » Quand il fut hors de vue, elle tomba à genoux sur le trottoir et sanglota.

Reid arriva derrière elle, la fit se lever et l'aida à rentrer. « Je ne peux *pas croire* qu'Ashton ait fait cela.

— Tu penses encore que ça va lui passer ? demanda Kate entre les sanglots.

— Non, dit-il avec une expression sombre alors que son portable sonna dans la poche de son costume pour la troisième fois. Oh, bordel. Il faut que je prenne l'appel. Ils se demandent où je suis. » Il garda le bras autour d'elle en répondant au coup de fil. « Je suis désolé, dit-il dans l'écouteur. Il va falloir remettre cela à plus tard. »

Kate s'essuya le visage et frissonna en revivant la confrontation avec son père.

« Je suis désolé qu'ils se sentent ainsi. La mâchoire de Reid se crispa. C'était une urgence inévitable. »

Du jour au lendemain leur monde entier était devenu une urgence impossible à éviter. Elle ne comprenait pas comment quelque chose de si beau pour elle pouvait être moche pour les autres. Ce n'était pas juste. Rien ne lui avait jamais fait autant de mal que de voir son père l'exclure de sa vie. Cela avait fait encore plus mal que perdre sa mère pendant trois ans. Elle poussa un cri. *Oh, mon Dieu. Il va le lui dire, et elle va me détester, elle aussi ! Et je viens juste de la retrouver !* Elle recommença à pleurer, en prenant de profondes bouffées d'air, des sanglots qui ne firent que s'intensifier quand elle pensa à Maggie, Eric, et les jumeaux.

Reid était en plein milieu d'une violente querelle au téléphone. « Je ne peux pas en parler à l'instant. Je vous appelle quand je pourrai. » Il coupa son portable rageusement et le jeta de l'autre côté de la pièce où il s'écrasa contre le mur et se brisa en morceaux. Avec un soupir profond, il laissa tomber sa tête entre ses mains.

Sa rare manifestation de colère surprit Kate.

Il lui tendit la main. « Je suis désolé.

— Reid, dit-elle, en pleurant à nouveau.

— Quoi, ma chérie ? »

Les larmes mouillèrent le visage de Kate. « Il a dit que je ne pouvais pas voir Maggie ou mes frères. Tu crois qu'il était sérieux ?

— Il est furieux pour l'instant. Quand il se sera calmé, il changera d'avis.

— Je ne crois pas. Je ne l'ai jamais vu comme ça. Elle eut une autre idée. Je vais appeler Andi. Elle lui parlera. »

Kate se rendit dans la cuisine pour prendre le téléphone et composa le numéro de Newport en retournant auprès de Reid. « Andi, c'est Kate.

— Bonjour, Kate. »

Le réconfort chaleureux de la voix de sa belle-mère fit monter de nouvelles larmes aux yeux de Kate. « Est-ce que tu as parlé à Papa ?

— Il est très en colère.

— Oui.

— Alors c'est vrai ? Tu t'es mise avec un homme de l'âge de ton père ?

— Ce n'est pas ce que tu crois. Je l'aime.

— C'est lui qui t'a donné le médaillon que tu portais à Noël ?

— Oui.

— Et tu t'es sentie obligée de me mentir quand je t'ai posé des questions à ce propos ?

— Je suis désolée, dit Kate, pleurant à nouveau. Papa est tellement furieux. Je ne sais pas quoi faire. Il a dit que je ne pouvais plus voir Maggie ou les garçons. Il ne peut pas être sérieux.

— Il est sérieux. Tu lui as fait beaucoup de peine et en lui faisant de la peine et en me mentant, tu m'as fait de la peine à moi, aussi. Je pense que tu n'as aucune idée de ce que tu as fait.

— Tout ce que j'ai fait, c'est aimer un homme formidable. Je pensais que toi, plus que quiconque, tu comprendrais.

— Quel genre d'homme formidable emmène au lit une fille qui a presque trente ans de moins que lui ? Non, je ne comprends pas du tout. Et si tu espères que j'intervienne en ta faveur auprès de ton père, tu m'as grandement sous-estimée. »

Kate balaya de nouvelles larmes. « Je suis désolée. Je t'aime, Andi. Je suis désolée de t'avoir menti. »

La voix d'Andi se brisa. « Je suis désolée que tu aies ressenti le besoin de le faire. Prends soin de toi, Kate.

— Andi— » dit Kate, mais le clic à l'autre bout lui fit comprendre qu'elle était partie. Kate s'effondra en pleurs, et rien de ce que dit ou fit Reid ne lui apporta du réconfort.

CHAPITRE 29

« T'es *sérieuse*, là ? demanda Aidan en suivant Clare dans sa maison à Newport. C'est ici que tu vis ? »

Clare rit de sa réaction. « Ta maison à toi n'est pas exactement une cabane. »

Il regarda la vue de l'océan de l'arrière de la maison. « Je n'avais pas imaginé ça.

— Je t'avais dit que mon ancien mari était architecte.

— C'est une œuvre d'art.

— Viens voir le reste. »

Clare l'emmena en haut voir les chambres des filles.

« Je vois au premier coup d'œil quelle chambre est celle de Jill et laquelle est celle de Maggie, alors je suppose que celle-ci est celle de Kate.

— C'est ça. J'ai hâte de la voir ce weekend.

— Et moi j'ai hâte de rencontrer ta fille qui te ressemble tant. Aidan montra du doigt l'escalier en colimaçon. Qu'y a-t-il là-haut ?

— Viens voir. » Clare monta devant lui, se préparant à un assaut d'émotions qui finalement ne vint pas. Elle n'éprouva que de la fierté en montrant maintenant à Aidan la maison qui avait tant d'importance pour elle.

Il se tint au milieu de la pièce circulaire, vide, aux murs de verre et fit un tour complet sur lui-même pour tout observer. « C'est hallucinant.

— Je devrais appeler Maggie pour lui faire savoir que nous sommes là.

— Dans une minute. Aidan l'enlaça. Cela a dû être très difficile de perdre la personne qui a fait tout ça pour toi. »

Sa perspicacité l'étonna. « Oui, oui, murmura-t-elle.

— Tu m'as, maintenant, dit-il le regard plein d'un amour passionné qui lui serra le cœur.

— Je le sais. » Elle leva la tête pour l'embrasser et fut surprise de l'intensité de sa réponse, comme s'il essayait de chasser toute sa douleur d'un seul baiser.

Il la blottit contre lui et changea d'angle pour pouvoir l'embrasser plus profondément. « Je te désire, Clare, dit-il contre ses lèvres après plusieurs long baisers brûlants. Je ne peux plus attendre. »

Une sensation de peur la traversa. Et si elle ne pouvait pas le faire ? Et si le moment venu elle ne pouvait pas aller jusqu'au bout ? Mais quand elle leva les yeux vers lui et ne vit qu'amour dans son regard et que désir pur sur son visage, elle sut qu'elle était en sécurité avec lui. Uniquement avec lui. « Viens en bas avec moi. »

Il la suivit jusqu'à sa chambre dans le bureau du rez-de-chaussée. « Pourquoi est-ce que ta chambre est ici, plutôt qu'en haut ?

— Je ne pouvais pas négocier l'escalier après… après ma chute. »

Il la prit dans ses bras. « Je t'aime, Clare. Tu sais qu'il n'y a rien que tu puisses me dire qui changerait cela, n'est-ce pas ? Rien. »

Elle hocha la tête. « Aidan ?

— Quoi, ma chérie ? »

Elle passa ses bras derrière le cou d'Aidan. « S'il-te-plaît, je t'en prie, tu peux me faire l'amour ? »

Il regarda au fond de ses yeux comme s'il essayait de trouver ses secrets avant de la soulever et de l'embrasser avec une ferveur renouvelée. Sous son chemisier, ses mains étaient fraîches contre la chaleur de sa peau, et Clare frissonna quand il la plaça sur le lit. Déterminée à ne pas laisser sa peur ruiner ce moment parfait, elle le tira à elle. Il atterrit sur elle sans avoir quitté ses lèvres. Son corps musculeux se moula à celui de Clare, la remplissant d'un tourbillon de sensations. Elle ne se souvenait pas que le désir était comme ça— ce besoin d'arracher les vêtements, d'embrasser, de mordre, de posséder. La folie… *Maintenant*, pensa-t-elle, poussant sa chemise et tirant sur le bouton de son jean.

Il arrêta le baiser assez longtemps pour passer vite fait la chemise au-dessus de sa tête et puis se concentra sur son cou, l'embrassant jusqu'au premier bouton de son chemisier. Il se battit contre les boutons, laissant un grognement de frustration lui échapper en tirant le chemisier par-dessus sa tête. Quand elle réussit à descendre sa braguette, il marmonna un juron.

Imprégnée du parfum boisé et des grands espaces qu'elle lui associait, elle passa sa main sur sa longueur, et il jura violemment quand elle appliqua une pression exactement où il fallait.

« Ma chérie, *arrête*— il haleta— ou ce sera fini avant qu'on commence. »

Elle poussa son jean mais perdit le fil de ses idées quand il parcourut de sa langue le haut de sa poitrine. À travers son soutien-gorge en satin, il roula son téton entre ses lèvres, la faisant gémir.

« Tellement belle, murmura-t-il en descendant les bretelles sur ses bras avec ses lèvres. Tellement parfaite. Il l'embrassa partout sauf là où elle le désirait le plus.

— *Aidan*. » Elle passa ses doigts dans ses cheveux et le tira à sa poitrine.

Riant, il écarta son soutien-gorge et lui lécha d'abord un bout de sein et puis l'autre. Il l'embrassa, la suça, et la mordilla jusqu'à ce qu'elle le désire à la folie. Puis ses yeux firent lentement l'amour à chaque centimètre de son corps pendant qu'il descendit petit à petit son jean le long de ses jambes et puis enleva son propre pantalon.

Flottant sur un nuage de sensations, elle perdit la capacité de penser ou respirer quand il se pencha pour poser des baisers chauds et mouillés de sa cheville à sa cuisse, s'arrêtant pour finalement presser ses lèvres contre son slip soyeux. La chaleur de sa bouche était presque suffisante pour la faire basculer.

Clare lui tira doucement les cheveux pour qu'il remonte à son niveau, et les poils doux de son torse lui donnèrent des frissons alors qu'elle poussa son boxer short. « Aidan, j'ai besoin de toi, *s'il-te-plaît.* »

Il bougea vite pour les débarrasser de leurs derniers vêtements et était en elle en un mouvement.

Il n'y eut ni fantômes, ni peurs, rien d'autre que lui quand ses yeux furent dans les siens, la défiant presque de détourner le regard.

« Je veux y aller doucement, dit-il, le visage crispé de l'effort de garder le contrôle. Je veux me souvenir de cela, mais je—

— Non, le supplia-t-elle. Ne va pas doucement. »

Il lui donna ce qu'elle voulait, des coups énergiques et pressants qui les mirent vite tous deux en nage. Elle fut emportée par des vagues rapides, presque violentes, de plaisir, et elle entraîna Aidan dans l'abysse avec elle.

Prenant de grandes inspirations saccadées, il se posa sur elle. « *Jésus,* » chuchota-t-il.

Elle gloussa. « Il ne peut pas t'aider maintenant.

— Je crois que personne ne pourrait. Je suis désolé de ne pas avoir duré plus longtemps.

— Je ne sais pas si j'aurais pu supporter beaucoup plus. »

Il leva la tête pour lui lancer un regard dépravé. « On ne fait *que* commencer, ma chérie.

— Est-ce une menace ou une promesse ? demanda-t-elle avec un grand sourire.

— Une promesse. Il l'embrassa et les fit rouler pour qu'elle se retrouve sur lui. Bel et bien une promesse. »

Bien plus tard, après qu'ils se firent livrer une pizza et la mangèrent au lit, Clare se rappela qu'elle n'avait pas appelé Maggie.

« Demain, dit Aidan, en bâillant quand il la blottit contre son torse.

— Je me sens un peu mal d'être ici et de ne pas l'avoir appelée. »

Il lui souleva le menton. « Est-ce qu'on peut avoir cette nuit, rien que cette nuit, pour nous ? On peut passer toute la journée avec Maggie demain, OK ?

— Il se fait tard de toute façon, dit-elle avec un grand soupir de bien-être, mais quelque chose la chagrinait toujours. Est-ce que ça te dérangerait tant que cela si je l'appelais maintenant pour nous mettre d'accord pour demain ? »

Il sourit et souleva son bras pour la laisser se lever. « Bien sûr que non. »

Elle se pencha pour l'embrasser. « Je vais faire très vite. Je te le promets.

— Tant mieux parce que je m'ennuie déjà de toi. »

Elle passa la main dans son armoire pour prendre une robe de chambre, et l'enfila en allant prendre le téléphone de l'autre côté de la pièce. Elle sentit les yeux d'Aidan sur elle lorsqu'elle composa le numéro du portable de Maggie.

« Salut ma belle, dit-elle quand Maggie répondit.

— Coucou, Maman.

— Devine quoi ? Aidan et moi sommes à Newport pendant un jour ou deux et nous espérions que tu sois libre demain.

— Qu'est-ce que vous faites ici ?

— Le père d'Aidan a eu une petite crise cardiaque, et je suis allée avec lui à Cape Cod pour voir comment allait son père. Comme nous étions tout près, nous sommes venus te voir.

— Ah, c'est bien, dit Maggie mais sans l'enthousiasme auquel s'attendait Clare.

— Qu'est-ce qui ne va pas, ma chérie ?

— T'as parlé à Kate ?

— Pas depuis deux ou trois jours, pourquoi ?

— Bah, euh, parce qu'il s'est passé quelque chose, mais je ne sais pas quoi. Papa a eu un appel hier soir d'un ami à elle à Nashville et il a pris l'avion pour y aller aujourd'hui. Il est sur le chemin de retour en ce moment. Je ne sais pas ce qui se passe, mais il était vraiment en colère à propos de quelque chose. Andi a l'air contrariée, elle aussi. »

L'estomac de Clare se noua d'anxiété. « Est-elle là ? Puis-je lui parler ?

— Oui, oui, je vais la chercher.

— Tu m'appelles demain matin ?

— D'accord. Voilà Andi.

— Bonsoir, Clare.

— Bonsoir, Andi. Tu sais ce qui se passe avec Kate ? »

Andi hésita. « Jack est en train de revenir de l'aéroport à l'instant. Je lui demande de t'appeler quand il arrive à la maison ?

— Elle va bien ? Elle est malade ?

— Ce n'est pas du tout ça.

— Andi, tu me rends très nerveuse. Je suis à Newport. Peux-tu lui demander de passer ici avant de rentrer ?

— D'accord. Je suis désolée, j'aimerais être plus précise mais tu devrais vraiment en discuter avec lui.

— OK. Merci. »

Aidan s'assit dans le lit. « Qu'est-ce qui ne va pas ?

— Je ne sais pas. Il s'est passé quelque chose à Nashville. Clare enfila son jean. Jack va venir ici. »

Aidan se leva pour trouver sa chemise. « Je suis sûr que si c'était une très mauvaise nouvelle, ils t'auraient déjà appelée, non ?

— Ouais, mais la femme de Jack était vraiment bizarre au téléphone, et Maggie aussi. »

Ils s'habillèrent, et Clare ramassa les restes de leur pique-nique de pizza. Elle essaya deux fois de contacter Kate, mais eut sa messagerie chaque fois.

Aidan la suivit pieds nus dans la cuisine, où il s'étira et passa les deux mains dans ses cheveux pour essayer d'y mettre un peu d'ordre. « Tu crois qu'il va savoir ce qu'on vient de faire dès le premier coup d'œil ?

— S'il se passe quelque chose avec une des filles, il ne pensera à rien d'autre.

— Tu ne dis jamais du mal de lui, dit Aidan en l'étudiant. Tu lui fais des compliments même sans le vouloir. C'est admirable.

— C'est un bon père. Elle posa la tête sur le torse d'Aidan. Je suis désolée que cela arrive ce soir, de tous les soirs possibles.

— Je comprends. Tu as des enfants, et ils passent en premier. »

La sonnette retentit.

L'estomac de Clare se tordit de nervosité.

« Je peux disparaître, si tu veux.

— Non, viens avec moi. » Elle lui tendit le bras, et ils marchèrent main dans la main jusqu'à l'entrée. Clare lâcha sa main et ouvrit la porte, mais fut stupéfaite de l'expression ravagée sur le visage de Jack. « Jack ! Que se passe-t-il ? »

Il entra et s'immobilisa en voyant Aidan.

« Jack, voici Aidan O'Malley. Aidan, Jack Harrington. »

S'évaluant l'un, l'autre, ils se serrèrent la main.

« Ravi de vous rencontrer, dit Aidan.

— De même. »

Clare regarda les yeux de Jack descendre pour observer les pieds nus d'Aidan.

« Qu'est-ce qui ne va pas avec Kate ? » demanda-t-elle.

Jack poussa un soupir d'exténuation et alla s'asseoir dans le salon. Aidan et Clare le suivirent.

« J'ai commis une terrible erreur en la laissant aller là-bas. » De désespoir, il laissa tomber sa tête dans ses mains.

Clare mit la main sur son épaule. « Qu'est-ce que c'est, Jack ? Tu me fais peur. »

Il la regarda avec les yeux brisés par le chagrin. « Elle a une aventure avec Reid Matthews. »

Clare poussa un cri et recula. « Quoi ? *Quoi ?*

— Oui, mon bon *ami* d'université, celui qui allait la surveiller pour moi. C'est ironique, hein ?

— Euh, peut-être que je devrais vous laisser seuls tous les deux, dit Aidan.

— Non, s'il-te-plaît, reste. Clare lui tendit la main. Ses jambes étaient de coton avec le choc et elle s'assit. Comment le sais-tu ?

— J'ai reçu un appel du fils de Reid, Ashton. Il venait tout juste de tout comprendre lui-même. Je lui avais donné ma carte de visite avant de partir et lui avais demandé de m'appeler s'il voyait qu'elle se mettait dans le pétrin. Je suppose que cela compte comme pétrin.

— Mais est-ce qu'il les a vus ensemble ? Est-ce que toi, tu les as vus ?

— La réponse est oui aux deux questions. Ashton a eu une grande confrontation avec son père et Kate hier soir avant de m'appeler. Il a dit que ça fait des mois que ça dure, presque depuis le tout début. Je ne voulais pas le croire parce que je pensais qu'il avait lui-même un faible pour Kate. Il se trouve que je ne me trompais pas à ce propos, mais ce n'était pas lui qui intéressait Kate. Jack passa une main dans ses cheveux, les traits de son visage déformés par le chagrin. Tout cela est de ma faute. Je n'aurais jamais dû accepter de la laisser faire cela. »

Clare lui prit les mains. « Tu ne peux pas te blâmer. Tu as fait tout ce que tu pouvais pour t'assurer qu'elle serait en sécurité.

— Apparemment j'en ai fait un peu *trop* en la mettant en contact avec Reid. Il poussa un soupir profond et bruyant. Il faut que je te le dise, Clare, je n'y croyais pas. Pas vraiment. C'est pourquoi je ne t'ai pas appelée tout de suite. Il secoua la tête et ses yeux se remplirent de larmes. Et puis je les ai vus ensemble. Ils ne savaient pas que je les regardais. Ils n'arrêtaient pas de se peloter dans sa voiture. »

Clare secoua la tête avec incrédulité. « Tu lui as parlé ? Qu'a-t-elle dit ?

— Qu'elle l'aime. Il me semble qu'elle le croit vraiment.

— Peut-être qu'elle ne couche pas avec lui, en fait. »

Jack grogna. « Bien sûr que si. T'aurais dû les voir dans la voiture. Je lui ai dit que je la ramenais à la maison avec moi, mais elle a refusé. Elle a dit qu'elle avait dix-huit ans et que je ne pouvais pas la forcer à faire quoi que ce soit. La vraie merde, c'est qu'elle a raison. Je l'ai emmenée là-bas, mais je ne peux pas l'obliger à revenir.

— Comment vous vous êtes quittés ?

— Je lui ai coupé les vivres et je lui ai dit de rester loin des autres gamins. Je ne veux pas qu'ils l'apprennent, surtout pas Maggie.

— Tu ne peux pas couper les ponts !

— Je ne vais pas financer son aventure avec un homme assez vieux pour être son père, Clare. Pas question. De toute manière, si ce qu'elle a dit est vrai, elle n'aura pas besoin de mon argent très bientôt.

— Qu'est-ce que tu veux dire ?

— Buddy Longstreet et Taylor Jones lui ont demandé d'aller en tournée avec eux cet été. Tu sais qui ils sont ?

— Juste les plus grands noms de la country music, proposa Aidan.

— Elle a vraiment réussi, alors ? demanda Clare, stupéfaite.

— Apparemment, ils vont produire un single pour elle, aussi.

— Waouh, elle doit être ravie. C'est ce qu'elle a toujours voulu. »

Jack soupira. « À quoi elle pensait, bon sang, pour se mettre avec Reid ?

— Je ne peux pas l'imaginer, dit Clare, consternée.

— Qu'est-ce qu'on va faire, Clare ? Je suis parti de là-bas convaincu d'avoir fait la chose juste en coupant les ponts, mais maintenant je ne sais plus. Tout le long du vol de retour, je me suis demandé si je la reverrai un jour. »

Il était tellement bouleversé que Clare eut de la peine pour lui. « Tu as fait tout ce que tu pouvais aujourd'hui. Pourquoi ne rentres-tu pas essayer de dormir un peu ? On peut en reparler demain et décider de ce que nous allons faire. »

Jack acquiesça et se leva. « Désolé de laver notre linge sale devant toi, Aidan. C'était un plaisir de te rencontrer. »

Aidan lui serra la main. « Pour moi également. »

Clare prit Jack dans ses bras à la porte d'entrée. « Merci d'être allé à Nashville. Je sais que cela n'a pas dû être facile pour toi.

— Tu as l'air d'aller bien, Clare, dit-il doucement.

— Je me sens bien. »

Il l'embrassa sur la joue. « Je te parle demain. »

Elle referma la porte derrière lui et posa sa tête contre.

Aidan arriva derrière elle pour lui masser les épaules. « Ça va ?

— Je suis stupéfaite. En l'espace d'une demi-heure, j'ai appris que ma fille a des rapports sexuels, qu'elle est avec un homme de mon âge et qu'elle va vraisemblablement devenir une grande star. C'est beaucoup à digérer d'un coup.

— C'est lourd. Aidan glissa le bras autour d'elle en la raccompagnant à la cuisine. Jack semblait dévasté.

— Il pense que c'est de sa faute parce que c'est lui qui l'a présentée à Reid. Elle prit le téléphone pour composer encore une fois le numéro de Kate. J'aimerais bien qu'elle réponde à son téléphone, bordel.

— Qu'est-ce que tu vas faire ?

— Je pense que je vais demander à Maggie de venir dans le Vermont un autre weekend. J'ai besoin de temps seule avec Kate le weekend prochain. Je suis sûre qu'elle est dans tous ses états après avoir vu Jack.

— Vous pouvez venir squatter chez moi, puisque les sols vont être en plein travaux chez ton frère d'ici le weekend prochain.

— Merci. Elle leva la tête pour l'embrasser. Essayant de retrouver leur humeur joviale d'avant, elle dit, « Tu sais que je ne dormirai pas avec toi pendant qu'elle est là, n'est-ce pas ? »

Il gémit et la dirigea vers la chambre. « Comment ça se fait que je savais que t'allais dire ça ?

— Je n'ai pas dit que tu ne pouvais pas me rendre visite. »

Son visage s'illumina. « Ça change tout. Il enleva sa chemise. Il faut que je te dise une chose.

— Quoi donc ?

— Ce n'était pas de la blague quand tu as dit que Jill lui ressemblait comme deux gouttes d'eau. C'est fou.

— Je sais. Attends de rencontrer mon petit clone à moi. »

Il ôta son jean d'un coup de pied. « J'ai hâte. Après une longue pause, il la regarda. Je ne m'attendais pas à ce qu'il soit tellement, tellement…

— Quoi ?

— Parfait. Je veux dire, le gars pourrait être une star d'Hollywood, punaise. »

Clare sourit, touchée par son soupçon d'insécurité. « Il faut que je fasse très attention là, parce que tes chevilles qui enflent sont toujours un souci pour moi, mais est-ce que tu t'es regardé dans la glace dernièrement, O'Malley ? »

Il sembla bien trop content du compliment. « Tu m'aimes pour de bon, hein c'est vrai ?

— J'en ai bien peur.

— C'est un type sympa, Clare.

— Oui.

— Maintenant que je l'ai rencontré, je suis plus curieux que jamais de savoir comment vous avez fait pour divorcer. »

Elle haussa les épaules en enlevant son jean. « Ça n'a pas marché entre nous, c'est tout. »

Clare lut la peine d'Aidan sur son visage lorsqu'elle évita encore une fois l'opportunité de se confier à lui. Elle savait qu'elle le blessait en gardant tout pour elle, mais tout allait si bien entre eux et c'était si bon, que la dernière chose qu'elle avait envie de faire était de parler du passé. Et pourtant, elle ne pouvait s'empêcher d'avoir l'impression d'être en sursis. Il savait qu'elle lui cachait certaines choses et il n'attendrait pas indéfiniment pour qu'on lui dise la vérité.

CHAPITRE 30

Comme Aidan n'était venu à Newport qu'une seule fois auparavant il y avait bien des années, Clare et Maggie passèrent le jour suivant à lui montrer les points d'intérêt. Ils marchèrent le long de la plage, firent du lèche-vitrines sur Thames Street, firent le tour en voiture d'Ocean Drive et terminèrent la journée avec une crème de palourdes du Maine au Black Pearl. Quand ils déposèrent Maggie chez Jack, Clare eut le sentiment d'avoir passé du bon temps avec sa fille cadette.

Maggie ne savait pas ce qui se passait avec Kate, juste que tous les adultes en étaient contrariés, alors elle comprit quand Clare dit qu'elle avait besoin de temps en tête à tête avec Kate. Clare et Jack furent d'accord qu'elle continue avec son plan de voir Kate dans le Vermont. Il espérait que Clare puisse faire entendre raison à leur fille.

Clare essaya plusieurs fois dans la journée de contacter Kate, mais l'appel était chaque fois dirigé vers sa messagerie vocale.

« J'espère qu'elle me rappellera bientôt, dit Clare alors qu'Aidan les conduisait à la maison.

— Après le bras de fer avec Jack, j'aurais pensé qu'elle apprécierait que tu l'appelles aujourd'hui. Peut-être que tu devrais essayer la maison du petit copain.

— Berk, je ne peux pas penser à un homme de mon âge en tant que *petit copain* de ma fille.

— Comment tu l'appellerais, alors ?

— Malade et pervers me viennent à l'esprit. »

Aidan rit. « C'est probablement un mec sympa. Je veux dire, c'était l'ami de Jack à un moment donné, non ?

— Ne me dis pas que tu approuves.

— Je n'approuve rien. Je me dis simplement que ce genre de flamme a tendance à s'éteindre vite plutôt que de durer. De plus, Jack a dit qu'elle partait en tournée cet été. Si ce n'est pas terminé avant qu'elle parte, ça le sera à ce moment-là.

— C'est vrai.

— Et puisqu'elle couche déjà avec lui, que pourrait-il arriver de pire entre maintenant et le moment de son départ ? »

Clare lui lança un regard noir. « Elle pourrait tomber enceinte.

— Au moins il est assez vieux pour savoir comment empêcher ça.

— Alors t'es en train de dire que nous devrions juste prendre notre mal en patience et espérer que ça disparaisse tout seul ?

— C'est ce que je ferais, moi. Si vous en faites trop, vous augmentez l'attrait de la chose.

— Tu te serais bien débrouillé, Aidan. »

Il haussa les épaules. « Je me suis demandé comment je m'en serais tiré si j'avais eu à élever Colin seul. J'étais tellement mal en point après la mort de Sarah, ç'aurait probablement été un désastre.

— Je n'ai aucun doute que tu aurais fait un père merveilleux.

— Je l'espère. »

« As-tu une de ces robes noires sexy que toutes les femmes gardent au fond de leur armoire pour les grandes occasions ? demanda Aidan le lendemain matin après qu'ils eurent dormi bien plus tard que prévu.

— C'est possible, dit-elle, intriguée.

— Et une paire de chaussures à talon, oh, disons, hautes comme ça ? Il écarta ses doigts d'une dizaine de centimètres.

— Peut-être. Pourquoi ?

— Eh bien, puisque tu as finalement accepté de sortir avec moi, je me disais que tu voudrais être prête quand on arrivera dans le Vermont.

— Alors il ne s'agit pas de pizza et de bière, hein ?

— Tu m'insultes. »

Clare rit et roula sur lui pour l'embrasser et l'arrêter de faire la moue. « Tu sais que je n'ai pas besoin de tout ça, non ? »

Il l'enlaça. « Peut-être que c'est moi qui ai besoin de te le donner. »

Elle baissa la tête pour l'embrasser, et il était presque midi avant qu'ils refassent surface.

« Tant pis pour le départ de bonne heure, dit Aidan quand ils se mirent finalement en route pour le Vermont.

— Si tu m'avais laissée me lever la première fois que j'ai essayé, ce ne serait pas l'après-midi maintenant.

— Je ne t'ai pas entendu te plaindre, dit-il avec un grand sourire confiant.

— Là n'est pas la question. »

Il rit. « Quelle est donc la question ? J'ai hâte d'entendre ça.

— On avait dit qu'on allait partir de bonne heure parce que tu voulais travailler cet après-midi, et puis je n'arrivais pas à te sortir du lit. »

Il lui prit la main. « C'était du temps utilisé à bon escient. Très bon escient.

— Ce n'est pas un problème de rater tout ce temps de travail ? Je me fiche de quand la maison sera terminée. Tu le sais. Mais entre le fait que je sois tombée malade, et puis ton père—

— Ne t'en inquiète pas.

— Bon, d'accord. Je ne m'en soucierai pas, » dit Clare, surprise de son ton sec.

Plusieurs moments de silence inconfortable suivirent.

Aidan lui jeta un œil et sembla se battre avec quelque chose. « Je ne travaille pas par obligation, dit-il finalement.

— Ah, non ?

— Tu te souviens quand j'ai dit que la grand-mère de Sarah lui avait laissé de l'argent ? »

Elle hocha la tête.

« Ai-je mentionné qu'il s'agissait de cinq millions de dollars ? »

Clare s'étouffa. « Non, tu n'as pas dit ça.

— On ne savait pas quoi faire avec un montant de cette ampleur, alors on en a utilisé une partie pour acheter une propriété à Boston et la terre dans le Vermont. Le père de Sarah a investi le reste pour nous. Après la mort de Sarah, j'ai essayé de rendre l'argent à ses parents, mais comme ils en avaient reçu plein eux aussi de sa grand-mère, ils n'ont pas voulu le prendre. »

Clare enroula ses mains autour de celle d'Aidan.

« Et puis, sa grand-mère m'avait toujours bien aimé, et ses parents ont insisté, persuadés qu'elle aurait voulu que j'aie l'argent. Après tout ce qui s'était passé, je me fichais de tout, surtout d'argent. Je l'avais pratiquement oublié quand un an plus tard son père est venu me voir. Il m'a dit que cela avait fructifié pour faire plus de sept millions, et qu'il fallait que j'en fasse quelque chose sinon j'allais perdre une grosse partie en impôts.

— C'est à ce moment-là que tu as construit la maison ?

— Ouais. J'ai aussi fini de payer le prêt sur la maison de mes parents et j'ai donné deux cent cinquante mille à chacun de mes frères et à ma sœur. J'ai payé tous les emprunts pour l'entreprise de mon père, ce qui me laissait encore presque cinq millions. Alors j'ai donné deux millions à la recherche pour le cancer du sein et j'ai investi le reste. Cela a fructifié encore pour faire environ cinq millions et demi, mais je n'y touche jamais. Je vis de ce que me rapporte mon entreprise, mais savoir que c'est là me donne la liberté de faire exactement ce que je veux.

— Tu as tout cet argent et pourtant tu travailles encore douze heures par jour, dit Clare, ébahie.

— Qu'est-ce que j'aurais pu faire d'autre ? Je ne pouvais pas juste me poser dans un fauteuil et penser à quel point ma vie était foutue. Il a fallu que je trouve un but, et mon entreprise me l'a donné. C'est devenu un peu ingérable ces dernières années et, à peu près quand on s'est rencontrés, j'ai décidé de réduire la partie nouvelles constructions. Cela ne m'amusait plus du tout. C'était trop intense. »

Elle sourit. « Je m'en souviens. Quand je pense à notre première rencontre, je vois des portables et un bipeur.

— Ils ne me manquent *pas*.

— Tu m'as aidée à voir que je ne veux plus de ce genre de vie, non plus. C'est pourquoi je ne retournerai pas dans l'immobilier.

— Qu'est-ce que tu vas faire ?

— Je n'en suis pas encore sûre, mais je suis en train de considérer plusieurs choses. Elle se pencha pour l'embrasser.

— Qu'est-ce que j'ai fait pour mériter cela ?

— Tu es un homme bien, Aidan O'Malley. Tu as tiré le meilleur des cartes qu'on t'a distribuées. Et même au milieu de ta propre douleur, tu as pensé aux autres. Tu as rendu la vie plus facile pour ta famille, tu as donné tout cet argent à la recherche pour le cancer et tu travailles tellement dur alors que tu n'en as pas besoin.

— Je me sens encore parfois coupable de la façon dont je suis venu à l'avoir.

— Il est bien plus important de considérer ce que tu en as fait. »

Il détourna son regard de la route assez longtemps pour lui jeter un œil. « Tu as une très bonne influence sur moi. Tu arrives d'une façon ou d'une autre à faire en sorte que je me sente mieux. »

Elle sourit. « Tu fais exactement la même chose pour moi. Pendant que nous parlons de tes millions, je suppose que je devrais te dire que la maison n'est pas la seule chose que j'ai obtenue de mon divorce, même si c'est la seule que j'ai demandée.

— Qu'est-ce que tu as eu d'autre ?

— Trois millions. Jack a gagné une fortune pendant que nous étions mariées et il a fait en sorte que je n'aie jamais plus à me soucier de l'argent.

— Ce qui est tout à fait juste. Tu as élevé ses enfants pour lui. »

Clare haussa les épaules. « C'était vraiment le meilleur moment de ma vie, quand mes filles étaient petites. Je ne m'attendais pas à ce genre de montant et je ne le voulais même pas. Il l'a fait sans me le dire. »

Aidan soupira. « Ce mec est vraiment trop. Je ne peux pas rivaliser avec lui. »

Elle lui serra la main. « Ce n'est pas une compétition, Aidan. Lui, c'est mon passé. Toi, tu es mon présent et, je l'espère, mon avenir.

— Je l'espère aussi.

— Cela te dérangerait de faire une pause pour nous étirer ? demanda Clare quand ils atteignirent la périphérie de Boston. Je commence à devenir toute raide à rester autant assise.

— Pas de problème. J'ai un peu faim de toute façon. » Quelques minutes plus tard, il s'arrêta dans une aire de repos et lui tint la main lorsqu'ils coururent dans le froid glacial à un groupement de restaurants.

Aidan porta un plateau avec des sandwichs gourmets et des boissons gazeuses à une table. Pendant qu'ils mangeaient, Clare remarqua qu'il regardait un garçon assis avec ses parents à la table d'à côté. Il avait à peu près huit ou neuf ans et ses mains dansaient dans l'air pendant qu'il parlait avec ferveur à ses parents qui étaient suspendus à ses lèvres. Le garçon portait une casquette et un pull des Red Sox avec des baskets montantes. Un jeu électronique portable était posé sur la table près d'une cannette de Dr Pepper.

Ce n'est que quand Clare lui prit la main qu'Aidan réalisa qu'il le fixait du regard.

« Je vois des garçons de cet âge-là et je me pose des questions sur Colin, confessa-t-il.

— C'est tout à fait normal.

— Je me demande tout le temps comment il serait. Est-ce qu'il serait fan des Red Sox comme moi ? Comme ce garçon là-bas ? Est-ce qu'il jouerait au foot ? Aurait-il lu tous les livres de Harry Potter maintenant, ou aimé Star Wars ?

— Tu sais, tu peux l'imaginer comme tu veux. Il peut être un fan des Red Sox qui joue au football et lit Harry Potter. Et puis dès que tu le veux, tu peux lui rendre visite dans ta tête.

— Ça me plaît, ça.

— C'est bien. »

Il garda le silence pendant qu'ils finirent leur déjeuner.

En retournant au pick-up, il l'arrêta. « Il y a quelque chose qu'il faut que je fasse, quelque chose que j'ai sans cesse remis à plus tard. Je me sens prêt à le faire maintenant. Cela te dérange de faire un détour par Boston ? »

Clare secoua la tête. « Cela ne me dérange pas. »

Quand Clare lui demanda comment il savait où aller, Aidan dit que Sarah et Colin étaient enterrés avec la grand-mère de Sarah. Ses doigts se crispèrent autour du volant lorsqu'il arrêta le pick-up dans le cimetière.

Clare posa la main sur son épaule. « Tu es sûr d'en avoir la force ? »

Il hocha la tête. « Tu veux bien venir avec moi ?

— Bien sûr. »

Ils marchèrent main dans la main jusqu'à une tombe en haut de la colline, marquée d'une pierre tombale avec le nom Sweeny en lettres capitales. Des fleurs et un nounours occupaient un coin de la tombe bien entretenue.

La plaque commémorative disait, « Sarah Sweeny O'Malley, fille, épouse et mère adorée. » Sous le nom de Sarah, Colin était commémoré : « Colin Sweeny O'Malley, fils et petit-fils adoré. »

Pendant qu'il fixait la plaque en pierre, le visage d'Aidan aurait aussi bien pu être de granite. Le léger tressaillement d'un muscle de sa joue était la seule indication de la guerre qu'il livrait à ses émotions.

« C'est un endroit magnifique, » dit Clare après plusieurs longs moments de silence.

Il s'accroupit pour balayer un peu de terre de la base de la pierre. « Oui. »

Quand finalement il se releva, son visage était baigné de larmes. Elle l'enlaça et le blottit contre elle.

« Je suis désolé, dit-il après plusieurs minutes. Il s'essuya le visage sur la manche de son manteau.

— De quoi, mon amour ?

— Je pensais être prêt à voir ça.

— Est-ce qu'on est jamais prêt à voir ça ? »

Après un autre long moment à regarder la pierre tombale, il passa un bras autour de Clare pour retourner au pick-up. « Allons-y. »

Aidan était réservé pendant le trajet par les montagnes, et Clare le laissa seul avec ses pensées pendant qu'elle essaya encore une fois ou deux—sans succès—de joindre Kate. Ils arrivèrent à Stowe juste après dix-sept heures.

« Ça te dérange si je vais faire deux ou trois heures de boulot dans la maison de ton frère ?

— Bien sûr que non. Clare sentit qu'il avait besoin de surmonter certaines choses seul. Je vais nous préparer à manger et faire les lessives.

— Ne t'occupe pas de la mienne. Je vais la faire plus tard.

— Ne sois pas bête. Ça ne me dérange pas. »

S'attardant sur le baiser qu'il lui donna avant de partir, il caressa son visage. « Je serai de retour sous peu.

— Prends ton temps. »

Il n'arrivait pas à mettre fin au baiser et quand il s'arracha finalement à elle, ce fut les yeux dans les yeux. « Je t'aime.

— Moi, aussi, je t'aime. Elle le poussa gentiment. Maintenant va travailler. »

Il sourit et était parti une minute plus tard.

Clare s'occupa les heures suivantes à faire les lessives et à préparer un ragoût de bœuf pour le dîner. Pendant qu'elle travaillait, ses pensées ne furent jamais loin d'Aidan. Elle se souvint du jour où elle l'avait rencontré et considéra toutes les découvertes qu'elle avait faites sur lui depuis.

Clare fut obligée d'admettre qu'en partie l'attraction initiale avait été qu'il semblait très différent de Jack. Mais plus elle le connaissait, plus elle se rendait compte qu'il était bien plus similaire à Jack qu'elle n'aurait pu l'imaginer. Malgré ses premières impressions, il n'était pas

un simple charpentier. C'était un médecin éduqué à Yale qui se trouvait être également un charpentier talentueux et, d'après ce qu'on lui
avait dit, un musicien tout aussi doué. Ses yeux se posèrent sur le
piano demi-queue dans le salon et elle comprit alors que la pièce avait
été construite autour du piano en un hommage silencieux à l'épouse
qu'il avait aimée et perdue. Quand cet homme aimait, il aimait à fond,
et Clare savait combien elle avait de la chance qu'il l'aimait.

Tout à coup, elle voulut tout lui dire. Elle voulait le laisser entrer
dans sa vie privée tout comme il l'avait emmenée au bout de la sienne.
Ce soir, elle se promit à elle-même. *Ce soir je le lui dirai.*

CHAPITRE 31

*L*e lendemain de la terrible confrontation avec son père, Kate s'assit sur la terrasse à l'arrière de la maison de Reid. Elle leva son visage vers le soleil hivernal inhabituellement chaud.

La porte s'ouvrit et Reid vint la rejoindre. « Ton portable a sonné plusieurs fois, » dit-il en le lui donnant.

Elle vérifia l'identité de l'appelant. « C'est ma mère.

— Pourquoi tu ne la rappelles pas ?

— Elle va probablement s'en prendre à moi, elle aussi.

— Peut-être pas.

— Honnêtement, tu crois qu'il ne lui aura pas encore tout raconté ?

— Elle ne sera peut-être du même avis que lui. »

Kate grogna. « Ouais, c'est ça. Ils forment l'équipe parfaite pour ce genre de chose. Ça a toujours été comme ça. »

Reid s'appuya sur la balustrade qui encadrait la grande terrasse. « Je peux te demander quelque chose ?

— Bien sûr.

— Hier tu as dit à ton père que tu partais en tournée avec Buddy et Taylor. Est-ce que cela veut dire que tu as décidé d'y aller ? »

Kate le regarda, terriblement triste de tout ce qui s'était passé ces derniers jours. « Je n'avais pas réalisé que j'avais pris la décision jusqu'à ce que je le dise. J'avais besoin de lui montrer que j'ai fait ce que j'étais venue faire ici.

— J'espère juste que tu le fais pour toi et non pour lui prouver quelque chose à lui.

— Aurais-je tort de le faire pour les deux raisons ?

— Je suppose que non. »

Elle lui tendit les bras. « J'espère vraiment que tu étais sincère quand tu as dit que tu serais ici à m'attendre si je partais. Je compte là-dessus. »

Il lui prit la main. « J'étais sincère. » Mais ses yeux étaient remplis d'une tristesse qui n'y était pas quelques jours auparavant.

Kate passa dans le centre de Nashville l'après-midi suivant, en route pour le vieil entrepôt où les Rafters répétaient. Elle avait le cœur lourd en pensant à la conversation qu'il lui fallait tenir avec son groupe.

Reid était resté à ses côtés tout le weekend et, à en juger des appels auxquels il avait répondu, Kate soupçonnait qu'il lui fallait beaucoup ramer après avoir raté la réunion importante du samedi.

Elle était assaillie par des émotions contradictoires. Au lieu de célébrer la chance de sa vie, elle était accablée de douleur quand elle pensait à son père. C'était également difficile de voir Reid s'efforcer de trouver un moyen de se raccommoder avec Ashton. Tout était soudain un vrai gâchis, alors faire la fête n'était pas une priorité.

Elle avait laissé un message chez Buddy et Taylor ce matin-là. Ils étaient à New York mais devaient être de retour demain. *Une fois que j'aurai accepté leur offre, je ne pourrai plus revenir en arrière*, pensa Kate en se garant devant l'entrepôt. Tout ce qu'il restait à faire maintenant, c'était dire aux membres du groupe qu'elle les laissait. Comme elle allait répéter et enregistrer pendant les quelques mois à venir avant la tournée, elle allait aussi devoir abandonner les cours qu'elle venait tout juste de commencer à Belmont University.

Kate entra dans le grand bâtiment par une porte latérale. Les gars y étaient déjà et ils l'accueillirent chaleureusement tout en accordant leurs guitares, ajustant la batterie, et branchant les claviers.

Ils se mirent au boulot peu après, mais la répétition était un désastre dès le début. Kate ratait continuellement son signal et, après la troisième fois, elle leva la main pour arrêter la musique.

« Qu'est-ce que t'as aujourd'hui, Kate ? demanda Billy, de toute évidence énervé.

— On peut faire une pause ? J'ai besoin de vous causer à vous tous. Elle prononça les mots avant de se rendre compte qu'elle commençait à parler comme une native du Tennessee.

— Qu'est-ce qui se passe ? » demanda Mike, le batteur.

Elle eut les larmes aux yeux en essayant de trouver les mots pour leur dire qu'elle les quittait pour viser plus haut.

Les autres échangèrent des regards pleins d'inquiétude.

« Vous vous souvenez de l'autre soir quand Buddy et Taylor m'ont demandé de les voir après le concert ? »

Ils hochèrent la tête.

« Eh bien, ils m'ont fait une offre incroyable. Ils m'ont demandé de faire la première partie pour eux pendant leur tournée l'été prochain et d'enregistrer « Je croyais savoir » avec leur maison de disques. »

Kenny, le claviériste, siffla.

« Ça alors, dit Mike.

— Ouais, dit Kate.

— Juste toi ? » demanda Randy, le bassiste.

Kate hocha la tête. « J'ai essayé de leur dire que vous êtes mon groupe, mais ils ne veulent que moi. » En cet instant, l'ascenseur émotionnel des derniers jours la rattrapa, et elle se mit à pleurer. *Pourquoi est-ce qu'il faut que ce soir si dur ?*

Billy s'avança et la prit dans ses bras. « On a toujours su que tu ne serais pas longtemps avec nous, ma belle. »

Kate leva des yeux étonnés vers lui. « Ah, oui ? »

Il hocha la tête. « On en a parlé le jour de ta première audition. Ça se voit à cent kilomètres à la ronde que tu vas être une star, et nous étions d'accord en te prenant dans le groupe sur le fait que nous ne te retiendrions pas lorsque la chance te sourirait. On avait espéré que ça prenne un peu plus de temps, mais tu ne peux pas dire non à Buddy et Taylor, Kate. Une opportunité comme celle-là ne se présente pas tous les jours. »

Les autres membres du groupe manifestèrent leur accord et chacun d'entre eux prit Kate dans ses bras et la félicita.

« Je vous promets les gars, s'il y a jamais l'opportunité d'engager mon propre groupe, je reviendrai tout de suite vers vous. »

Mike enroula son bras autour d'elle. « Ne fais pas de promesses que tu ne peux pas tenir, ma petite. On gagne tous bien notre vie à faire ce qu'on aime. Tu ne nous dois rien.

— Vous êtes super les mecs. Je ne vous oublierai jamais.

— Je crois que la répète est foutue aujourd'hui, dit Billy. Que dirais-tu d'aller fêter ça ? »

Puisqu'il était justement grand temps qu'elle le fasse, Kate accepta.

Après avoir passé quelques heures à regarder les gars s'enfiler des boissons pour célébrer sa grande chance, Kate s'arrêta à son appartement pour prendre son courrier. Dans le parking, elle vit Ashton penché au-dessus du coffre de sa voiture. Sans prendre le temps d'y réfléchir, elle alla le trouver.

« Ashton.

— Qu'est-ce que tu veux ?

— J'ai besoin de mon avocat.

— Il va falloir t'en trouver un autre. Il ferma le coffre de la Saab avec un grand claquement.

— Pourquoi ?

— Sérieux, tu me demandes ça ? Il ne ressemblait en rien à l'homme gentil et généreux qu'elle connaissait.

— Ce n'est que pour le travail. Cela n'a rien à voir avec le reste. Je vais devoir signer des trucs avec Buddy et Taylor. Je pensais simplement—

— Tu te trompais. »

Elle soupira. « Est-ce que tu reparleras un jour à ton père ?

— C'est entre lui et moi. Ne te mêle pas de ça. Avant que tu te pointes, on a eu vingt-cinq ans sans problème. En quelques mois seulement, t'as réussi à détruire tout ça.

— C'est ça, dis que tout est de ma faute. Mais peut-être que tu pourrais m'expliquer pourquoi il t'a fallu appeler mon père ? »

Son visage devint rouge de colère. « Pourquoi il t'a fallu baiser le mien ? » Il partit en trombe, laissant Kate bouche bée sous le choc.

Quand Kate rentra voir Reid, elle apprit que lui aussi s'était disputé avec Ashton. Ils préparèrent le dîner ensemble, mais toute légèreté entre eux avait disparu. Une fois qu'ils eurent tout nettoyé, ils montèrent à l'étage pour passer du temps dans sa chambre, comme ils le faisaient la plupart des soirs. Kate s'entraîna à la guitare, pendant qu'il faisait du travail qu'il avait ramené à la maison.

Son portable sonna et Kate vit que c'était sa mère qui appelait à nouveau. Cette fois, elle répondit à l'appel.

« Bonsoir, Maman.

— Kate ! Où étais-tu ? J'étais tellement inquiète.

— Je suis désolée. J'ai passé quelques jours difficiles.

— J'en ai entendu parler. Tu vas bien ?

— Je suppose, sauf que Papa ne me parle plus.

— Il est hors de lui.

— Tu m'appelles pour me dire que c'est fini avec toi, aussi ?

— Je t'appelle pour m'assurer que tu vas bien et te dire que je veux que tu viennes ici ce weekend comme nous l'avions prévu.

— C'est vrai ? Alors tu n'es pas furieuse ?

— Je ne suis pas enchantée, Kate. Mais on en parlera ce weekend, d'accord ? »

Le simple fait d'entendre la voix de sa mère lui donna envie de pleurer comme un bébé. « D'accord, dit Kate, en retenant un sanglot.

— Ça va aller, ma chérie. Je te le promets. Je viendrai te chercher à Burlington vendredi soir.

— À vendredi. » Kate raccrocha et s'essuya le visage.

Reid vint s'asseoir avec elle et mit le bras autour d'elle. « Qu'a-t-elle dit ? »

Kate essuya d'autres larmes. « Pas grand-chose. Elle a dit qu'on parlera ce weekend quand j'irai la voir là-haut. »

Il embrassa ses autres larmes et puis ses lèvres.

Kate l'enlaça et il s'allongea près d'elle sur le canapé. Le feu crépitait en bruit de fond pendant qu'ils s'embrassaient. Mais quand il prit son sein dans la main et passa son pouce sur son téton, les mots laids d'Ashton lui vinrent à l'esprit. Elle se libéra des bras de Reid.

« Kate ?

— Je suis désolée. Je ne suis juste pas d'humeur à ça. » Pour la première fois, faire l'amour avec lui ne la tentait pas du tout.

CHAPITRE 32

Clare était prête quand Aidan arriva à la maison juste avant vingt heures. Le ragoût de bœuf mijotait sur la cuisinière et elle était dans le salon en train de plier le dernier du linge quand elle l'entendit entrer. *C'est le moment. Tu l'aimes, tu lui fais confiance. Tu vas lui dire.*

« Ça sent vraiment bon là-dedans. » Il se pencha pour l'embrasser et apporta le parfum de l'air frais et de la sciure avec lui.

Enroulant ses bras autour de son cou, elle l'emmena au canapé.

« Tu m'as manqué, » dit-il, la tenant fort contre lui.

Ses baisers passionnés la firent vite trembler de désir. « Tu n'es parti que quelques heures.

— Tu m'as manqué, insista-t-il en passant la main sous son pull. J'ai envie de toi.

— Maintenant ?

— Maintenant. Il l'embrassa dans le cou, avant de reconquérir ses lèvres. Et toujours, » ajouta-t-il.

Elle sourit. « Tu vas rentrer tous les soirs de cette humeur ?

— Peut-être. Il l'embrassa à nouveau et tira son pull. Aide-moi. »

Les vêtements volèrent et s'amassèrent en une pile par terre.

Clare pressa ses lèvres contre son torse et elle taquina son téton avec sa langue.

Un souffle de désir s'échappa de sa mâchoire serrée. Il prit rapidement le contrôle en la posant doucement sur son dos. « J'adore t'avoir ici quand je rentre, murmura-t-il contre sa poitrine. J'avais tellement hâte de te retrouver. »

Suivant le courant de désir que ses mots provoquèrent en elle, Clare se cambra contre lui.

Comme s'il avait tout le temps du monde, il donna toute son attention à un sein et puis à l'autre.

« Aidan, » soupira-t-elle, ses doigts traçant un chemin dans ses cheveux.

Il leva la tête vers elle, son cœur dans ses yeux, et celui de Clare se serra d'un amour tel qu'elle pensait ne plus jamais éprouver. La vague d'émotion la prit au dépourvu, lui mettant les larmes aux yeux.

Ses mains, qui caressaient ses seins, s'arrêtèrent. « Qu'est-ce qui se passe, ma chérie ?

— Rien du tout. Ne t'arrête pas.

— Tu es sûre ? »

Elle hocha la tête.

Il se glissa plus bas et écarta doucement ses jambes.

Quand l'attente fut trop pour elle, elle ferma les yeux et retint son souffle. Au premier coup de langue, ses yeux s'ouvrirent en grand.

« Mmm. Les lèvres d'Aidan vibraient contre son endroit le plus sensible. Si je mourais à l'instant je partirais heureux.

— Ne meurs pas tout de suite. »

Son petit rire ajouté au mouvement circulaire de sa langue l'emmena jusqu'au sommet.

Elle était encore en plein plaisir quand il la pénétra en un mouvement puissant.

La langue d'Aidan se déplaça dans sa bouche en des caresses tentantes qui, venant s'ajouter au va-et-vient de ses hanches, la firent vite brûler à nouveau. Brusquement, il se retira et posa sa joue contre la sienne.

« Aidan ? Qu'est-ce qui ne va pas ? »

Il tressaillit sous les mains qui caressèrent son dos. « Tu fais de moi un gamin de seize ans et je n'ai pas le contrôle. Il faut que je reprenne mon souffle un instant. »

Lui soulevant le menton, elle colla sa bouche à celle d'Aidan et passa la langue sur sa lèvre inférieure. Les mains sur ses hanches, elle le guida à nouveau à l'intérieur d'elle. « Tu n'as pas besoin de te contrôler. Pas avec moi. » Son dos fut bientôt moite de sueur, ses yeux fermés, ses lèvres écartées. Son abandon fut si complet que Clare ne put que s'accrocher et prendre son envol avec lui.

Après, son souffle fut lourd et chaud contre son cou. « Clare… Je t'aime. »

Elle lui massa le dos.

« Je n'avais jamais imaginé que cela pourrait encore m'arriver. »

Touchée par ses mots prononcés doucement, elle murmura, « Moi, non plus. »

Il leva la tête pour la regarder, et elle fut surprise de voir que ses yeux étaient aussi mouillés de larmes. Ses lèvres étaient douces et soyeuses lorsqu'elles effleurèrent les siennes. Ce qui plus tôt avait été frénétique était maintenant devenu sensuel. Prenant le visage de Clare dans ses mains, il garda les yeux ouverts plongés dans les siens tandis qu'il faisait glisser sa bouche d'avant en arrière, lui refusant la possession plus profonde dont elle brûlait d'envie.

Elle envoya sa langue à la recherche de celle d'Aidan, mais il se retint encore. Tout à coup elle réalisa que ses hanches bougeaient à nouveau.

Il se retira presque complètement et puis s'enfonça encore profondément.

« *Oh*, voilà la récompense…

— De quoi ?

— De les prendre au berceau. »

Il rit, un grondement qui les secoua tous deux. « Nous les jeunes, nous avons *beaucoup* d'énergie. Maintenant que tu as calmé l'urgence, je suis bon pour un bout de temps. En parlant, il baissa la tête vers elle, tout en gardant un mouvement de pénétration facile. Il posa ses lèvres sur les siennes. Alors je t'attends. »

Elle gémit. « Je crois que je ne peux plus. »

Il leva un sourcil. « Est-ce un défi ? » Il glissa sa main entre eux.

Le cri de Clare fut de surprise et puis de choc quand il se mit à lui prouver qu'elle avait tort.

« Oh, mon *Dieu*, soupira-t-elle. Ne pas oublier— plus d'hommes jeunes.

— Moi je rajouterais— plus d'hommes du tout. Ses doigts continuèrent leurs caresses persistantes et déterminées. Tu es mienne. » Quand il baissa la tête pour prendre son bout de sein dans sa bouche, l'orgasme la dévora, lui coupant le souffle.

La puissance de sa jouissance arracha un autre orgasme à Aidan. Il frémit contre elle, le visage crispé d'une tension qu'elle chassa avec ses caresses et ses lèvres.

Le temps qu'ils montent finalement avec le ragoût pour le manger au lit, il était après neuf heures.

« Bonsoir, amour, je suis rentré, » blagua Clare en se blottissant contre lui une fois qu'ils avaient mangé.

Aidan rit. « Tu vois ce qui se passe quand je suis loin de toi ne serait-ce que quelques heures ?

— Comment seras-tu après une de tes journées de douze heures ?

— Tu ne peux qu'espérer que je serai fatigué. »

Clare était soulagée de voir que ses yeux brillaient à nouveau. Il s'était renfermé après la visite du cimetière, et elle s'était fait du souci pour lui. Il semblait bien mieux après quelques heures seul, mais cela ne semblait pas le bon moment pour se lancer dans la discussion émotionnelle qu'il lui fallait avoir avec lui. Puisqu'elle avait décidé de lui dire la vérité, elle se dit que cela pouvait attendre un jour ou deux de plus pour que ce soit le bon moment.

« Que fais-tu demain soir ? demanda-t-il avec un sourire mystérieux.

—Je ne sais pas. Qu'est-ce que je fais ?

— Tu sors avec moi.

— Tu vas *finalement* m'offrir le dîner ? »

Il rit. « Oui, oui, je vais le faire.

— Eh bien, ce n'est pas trop tôt.

— T'as une bouche de petite garce, tu sais ça ?

— Tu l'aimes ma bouche de petite garce. »

Il l'embrassa. « Oui, je l'aime. Alors je te veux en bas à dix-neuf heures dans la robe noire sexy que je t'ai vue discrètement mettre dans le pick-up ce matin, tu m'as compris ?

— Je vais voir ce que je peux faire. Tu peux me déposer en ville ce matin ? J'ai besoin de prendre ma voiture et quelques trucs chez Tony. Il faut que je me prépare pour un rendez-vous très sexy.

— Oh, ça me fait plaisir de l'entendre. » En passant sa jambe forte autour d'elle, il la tira à lui, tout en remontant avec un doigt la colonne vertébrale de Clare.

Quand elle se rendit compte qu'il était à nouveau excité, elle poussa un cri. « Ce n'est pas possible ! Je suis une vieille dame. Je n'arrive pas à te suivre. »

Il se coucha sur elle. « Mais bien sûr que si. »

Clare n'arrivait pas à respirer en courant dans la maison vide. Ses talons jouaient un staccato frénétique sur le parquet. Pièce après pièce, le monstre la suivait. Ses yeux, autrefois amicaux, étaient maintenant maléfiques. Il allait lui faire du mal si elle le laissait l'attraper. Elle se précipita mais ne put trouver la porte.

Il la bloqua dans un coin. Le visage qui lui avait semblé beau se tordait maintenant d'une fureur laide. Les vêtements de Clare, déchirés, pendaient en loques de son corps. Il la frappa, la faisant tomber par terre où il mit tout son poids sur elle. Elle s'étouffait.

« *Non*, gémit-elle. Non. Pitié. »

Quelqu'un l'appela.

Le monstre s'enfonça en elle. Elle cria.

« Clare ! Réveille-toi. »

Elle revint à elle, en sueur et en larmes, et elle sut immédiatement qu'elle avait fait le même rêve qu'elle avait fait pendant des mois après son viol— le rêve qui l'avait amenée à se souvenir de tout après le coma.

Aidan la prit dans ses bras alors qu'elle sanglotait. « Je suis là, ma chérie. Je suis là, tout près de toi. Tu es en sécurité.

Ce visage— le visage de Sam Turner— l'avait hantée pendant des mois après qu'il l'avait attaquée. Ses menaces contre ses filles avaient tourmenté ses jours alors que le cauchemar avait accablé ses nuits. Jack n'avait jamais su pour le cauchemar car elle avait été tellement terrifiée qu'elle n'avait jamais fait un bruit, même pas dans son sommeil.

« Tu veux m'en parler ? » demanda Aidan. Il caressa ses cheveux et la blottit contre lui.

Elle secoua la tête. Son cœur s'emballa et il lui fallut se battre pour prendre une respiration profonde. « J'ai besoin d'eau, » elle réussit finalement à dire.

Il l'arrêta quand elle voulut se lever. « Je vais t'en chercher. Ça ira si je te laisse une minute ? »

Elle hocha la tête. Une fois qu'il était parti, Clare se recoucha sur les oreillers, rassemblant ses forces pour arrêter de trembler. Elle était tellement lasse d'avoir peur. Avec quelques grandes inspirations, elle arriva à ralentir son cœur et atteindre un battement plus régulier.

Aidan revint avec de l'eau.

Clare en but et lui tendit le verre. « Merci. »

Il se remit au lit et l'installa contre lui.

« Je suis désolée de t'avoir réveillé.

— Je suis désolé que tu aies eu peur. Tu te sens bien ? »

Se sentirait-elle jamais vraiment bien comme avant ? « Ouais. »

Clare apprécia qu'il ne la pousse pas à en parler. Après un moment, le son régulier de la respiration d'Aidan lui dit qu'il s'était rendormi. Elle resta longtemps éveillée au lit, à se demander ce que cela voulait dire qu'elle fasse à nouveau ce rêve maintenant.

CHAPITRE 33

Quand elle se rendit en ville avec Aidan le lendemain matin, elle savait qu'il voulait parler de son rêve mais encore une fois elle fut reconnaissante qu'il ne la pousse pas.

Chez Tony, elle monta à l'étage pour préparer quelques affaires à emmener chez Aidan. Quand elle entendit la ponceuse démarrer en bas, elle décrocha le téléphone pour appeler le Dr Baker, son psychiatre à Newport. Il était avec un patient, alors elle laissa un message avec son numéro de portable.

Elle descendit en portant un petit sac.

Aidan arrêta la ponceuse et souleva ses lunettes de protection. Un masque blanc pendouillait autour de son cou. « Viens dehors. Il l'emmena sur la terrasse. Je ne veux pas que tu respires cette merde.

— Et toi, tu devrais la respirer ?

— Je ne viens pas juste de faire une pneumonie. Il souleva son menton pour rencontrer son regard. Tu vas bien, mon cœur ? »

Elle se mordit la lèvre et hocha la tête.

« Tu te sens assez bien pour sortir ce soir ? On peut remettre ça à plus tard, si tu veux.

— Je veux qu'on sorte. »

Il l'embrassa. « Tu vas me manquer aujourd'hui. »

Elle sourit. « Pas autant qu'hier, j'espère.

— Peut-être encore plus, dit-il avec un grand sourire sexy qui arrêta le cœur de Clare.

— Il faut que je me trouve une doublure. » Elle descendit les marches devant la maison au son du rire d'Aidan.

La ville grouillait de préparations pour le Festival d'Hiver annuel, qui commençait vendredi. Après avoir brièvement rendu visite à Diana et Bea, Clare décida de se faire plaisir avec une coupe de cheveux et une manucure. Quand elle sortit du salon une heure plus tard, elle se sentait mieux.

Ce n'était pas tous les jours qu'une fille était officiellement de sortie avec le gars qu'elle aimait, alors Clare fit un effort pour se mettre dans l'ambiance de ce qui allait sans doute être une soirée spéciale pour eux. Bien que chaque soir avec Aidan soit spécial.

Son portable sonna, et elle vit que c'était le Dr Baker qui la rappelait.

« Bonjour, Clare. Justement, je pensais à vous l'autre jour. Comment allez-vous ?

— Beaucoup mieux. Du temps dans le Vermont était exactement ce qu'il me fallait.

— Je suis content de l'entendre. Que puis-je faire pour vous ?

— Eh bien, j'ai rencontré quelqu'un. Un homme.

— Vraiment ? Est-ce une relation sérieuse ?

— Oui, oui. Il est formidable.

— Êtes-vous prête pour quelque chose de sérieux ?

— Je pense que oui. J'ai rencontré le bon.

— Je suis content pour vous, Clare.

— Merci. C'est juste que, eh bien, j'ai fait le rêve hier soir. Je crois que c'est parce que j'ai repoussé le moment de dire à Aidan, l'homme avec qui je sors, tout ce qui s'est passé.

— Vous pensez qu'il ne comprendrait pas ?

— Je pense qu'il comprendrait mieux que la plupart des gens. Il a lui-même beaucoup souffert.

— Alors pourquoi cette hésitation ?

— Je ne le sais pas. J'étais prête à le lui dire hier soir, mais ce n'était pas le bon moment. Et puis j'ai fait le rêve, ce qui m'a fait à nouveau peur. Pour la première fois depuis des mois, j'ai peur.

— Clare, l'homme qui vous a attaquée est en prison. Vous n'avez rien à craindre.

— Intellectuellement, je le comprends. Mais le rêve était tellement réel, comme si c'était en train d'arriver à nouveau.

— Peut-être que le rêve vous dit qu'il est temps de dire la vérité à Aidan pour pouvoir vous arrêter d'y penser une fois pour toutes.

— Je commence à lui dire et puis rien ne sort. Je reste figée.

— Quand ce sera le bon moment, vous le saurez. Mais faites-le rapidement. Votre subconscient vous dit quelque chose sous forme de rêve. Il vous faut l'écouter. Vous allez revenir bientôt à Rhode Island ?

— Probablement dans un mois, plus ou moins. Elle n'aimait pas penser à ce que cela voulait dire pour Aidan et elle.

— Venez me voir, d'accord ?

— Oui, oui.

— Donnez-vous la permission d'être heureuse, Clare. Vous l'avez certainement mérité.

— Merci, » chuchota-t-elle.

Aidan chercha quelque chose à casser. Si seulement il pouvait casser quelque chose, cela soulagerait un peu la fureur impuissante qu'il ressentait depuis le cauchemar de Clare. Il lui avait fait croire qu'il s'était rendormi, mais il était resté éveillé pendant les quelques heures suivantes. Il savait qu'elle avait rêvé du viol et le fait qu'il ne pouvait lui en parler le poussait à chercher quelque chose à jeter contre le mur.

Il perdait patience. Il fallait qu'elle lui fasse assez confiance pour lui dire la vérité bientôt. Sinon, il ne voyait pas comment ils pourraient avoir l'avenir qu'il désirait si désespérément avec elle.

Clare passa le reste de la journée à se préparer pour son rendez-vous en amoureux. Elle prit un long bain dans le Jacuzzi, passa plus de temps que d'habitude sur son maquillage, et poussa un petit rire quand elle imagina Aidan découvrant les dessous noirs scandaleux qu'elle avait achetés plus tôt dans la journée. Elle déroula des bas fins jusqu'en haut de ses cuisses avant d'enfiler la robe noire courte qu'il avait demandée.

Quand elle regarda le tout dans le grand miroir, elle fut contente de ce qu'elle y vit. « Pas mal pour une vieille, » dit-elle en tournant sur un de ses talons de dix centimètres.

En descendant au rez-de-chaussée pour attendre Aidan, elle fut surprise d'avoir un nœud à l'estomac. Elle avait vraiment l'impression de sortir avec lui pour la toute première fois, même s'ils étaient ensemble depuis des semaines. Il arriva peu après et se dépêcha d'aller dans la douche, lui disant qu'il ferait vite.

Pendant qu'elle attendait, elle se mit à la fenêtre. La maison d'Aidan était bâtie sur l'une des collines qui formaient la base du Mont Mansfield. La lune qui se levait brillait d'une lueur argentée sur le village de Stowe. Elle devait rêvasser, car il était de retour bien plus vite qu'elle ne le pensait.

« Coucou, dit-il derrière elle. Tu es prête ? »

Elle se retourna, et tout son sang lui monta d'un coup à la tête quand elle le vit dans un costume foncé assorti d'une chemise et cravate bleu ciel. « Oh, waouh, regarde-moi comme tu es beau. Elle s'approcha de lui, et passa les mains à l'intérieur de sa veste.

— Regarde-moi comme *toi*, tu es belle. J'adore tes cheveux. » Il l'embrassa et le feu entre eux s'alluma.

Après plusieurs minutes à se demander pourquoi ils prenaient la peine d'aller où que ce soit, Clare reprit sa respiration. « On devrait y aller avant d'oublier qu'on est censés sortir.

— J'avais déjà oublié.

— Tu ne vas pas t'en tirer comme ça, O'Malley. »

Il gémit. « Tu m'as rendu tout excité.

— Je commence à me demander si cela arrive que tu ne sois *pas* excité.

— Pas quand tu es là, » murmura-t-il à son oreille.

Elle s'éloigna de lui. « Alors là, pas question. Cette fois-ci, tu vas m'offrir le dîner d'abord. »

Il rit. « D'accord, si tu insistes. Allons-y.

— Où allons-nous ? »

Il tint son manteau pour elle. « Tu n'as qu'à attendre voir. Prenons ta voiture. Le pick-up est sale. »

Clare lui donna les clés, et il ouvrit la voiture pour elle. Elle aimait comment il faisait cela même quand ils ne sortaient pas officiellement en amoureux.

Il les conduisit au pied de la montagne, où un parking était rempli de voitures qui appartenaient aux skieurs de nuit.

Elle lui jeta un regard avec une expression perplexe.

Il lui prit la main et l'emmena à l'intérieur. « Ne me regarde pas comme ça.

— Je n'ai jamais encore fait de ski avec des chaussures à talons.

— Et voilà encore la petite bouche insolente. »

Ils montèrent les marches jusqu'à la station des télécabines.

« Bonsoir, M. O'Malley.

— Bonsoir, John. Merci d'être resté tard. »

John ouvrit la porte d'une grande télécabine pour eux. « Pas de problème. »

Aidan l'aida à monter dans la cabine chauffée et s'assit près d'elle, et John les mit en route. Dès qu'ils quittèrent la station, Aidan la tira assez près pour l'embrasser.

« Où allons-nous ?

— En haut, dit-il, sa main remontant sa cuisse. Il inspira d'un coup sec quand il rencontra le bord en dentelle qui finissait brusquement mi-cuisse. « Oh, bon sang, je vais penser à ça toute la soirée. »

Clare poussa un petit rire. « Un peu de contrôle de soi, tout de même.

— Je n'en ai absolument pas. Zéro. Rien du tout.

— Regarde cette vue. » Clare dirigea son visage vers les skieurs sur les pistes bien illuminées en bas.

Aidan se concentra à nouveau sur son cou. « Je l'ai déjà vue. »

La télécabine monta doucement la montagne et les déposa au sommet après un bref passage dans le noir. L'opérateur en haut de la montagne connaissait aussi Aidan. Ils traversèrent un pont en bois jusqu'au restaurant, où il fut à nouveau accueilli comme un vieil ami.

« Comment connais-tu tous ces gens ?

— J'ai rénové la maison du propriétaire, et nous sommes devenus amis. »

Ils entrèrent dans la salle calme. « Où sont les gens ? »

Il lui montra d'un geste un signe qui disait « Fermé pour Fête Privée. »

Clare le regarda bouche bée. « Tu as réservé *tout le restaurant* ? »

Il se pencha pour l'embrasser. « Je ne voulais pas te partager avec qui que ce soit. »

Un maître d'hôtel vint les accueillir. « Bonsoir, M. O'Malley. Par ici, s'il-vous-plaît. Il les installa à une table pour deux éclairée aux chandelles près d'une fenêtre qui donnait sur la montagne. Votre serveur sera là dans un instant.

— Je ne peux vraiment pas croire que tu as fait ça. »

Aidan amena sa chaise plus près de celle de Clare. « Puisque tu ne t'attendais qu'à de la pizza et de la bière, la barre était placée terriblement bas.

— Tu continues à me surprendre O'Malley.

— C'est mon but dans la vie. » Il sourit jusqu'aux oreilles alors que leur serveur remplit leurs verres de champagne et laissa la bouteille dans un seau à glace près de la table.

Aidan leva son verre et la regarda dans les yeux. « À toi et moi et au dernier premier rendez-vous en amoureux de notre vie. »

Clare trinqua avec lui. L'implication de son toast flotta dans l'air pendant qu'on leur servit un repas raffiné qu'Aidan admit ne pas faire partie du menu normal du restaurant.

« Tu as dû faire un sacré boulot sur sa maison, » dit Clare en finissant son filet mignon. »

Il lui lança son regard vexé qui était maintenant familier à Clare. « Bien entendu. Tu n'as qu'à lui demander toi-même. Le voilà. »

Aidan la présenta à Michael Donnolly, le propriétaire du restaurant et le chef cuisinier. Clare comprit par les plaisanteries entre les deux hommes qu'ils étaient de bons amis. Michael confirma qu'Aidan avait, en effet, fait un travail spectaculaire sur sa maison.

« Tu vois, je te l'avais dit, lança Aidan à Clare.

— Tout s'est bien passé avec le dîner ? demanda Michael.

— C'était excellent, merci, Mike, dit Aidan.

— Ravi de vous rencontrer, Clare, » dit Michael et puis il les laissa seuls.

On leur servit un dessert au chocolat irrésistible, et Clare glissa dans la bouche d'Aidan le premier morceau.

« Il faut que je vérifie quelque chose, dit-il d'un air sérieux.

— Quoi donc ? »

Sous la table, il passa la main sur la jambe de Clare jusqu'où la dentelle rencontrait sa chair. « Ouais, c'est encore là, dit-il avec un profond soupir frustré.

Elle balaya sa main. « T'es comme un gamin de douze ans. Quand est-ce que tu vas avoir quarante ans de toute façon ?

— Dans deux semaines. » Il remit sa main sur sa cuisse et se blottit contre son cou.

Riant de ses singeries, Clare pencha la tête pour lui laisser accéder plus facilement à ce qu'il voulait. « Peut-être que tu te comporteras plus en adulte à ce moment-là.

— Je ne mettrais pas ma main à couper. On peut rentrer maintenant ? S'il-te-plaît ?

— Je ne suis pas prête à mettre fin à notre première sortie en amoureux, surtout puisque tu t'es donné tant de mal.

— Notre première sortie en amoureux est loin d'être finie, ne t'inquiète pas.

— Il y plus ?

— N'as-tu pas encore appris à ne pas me sous-estimer ?

— Apparemment, non, » dit Clare, mourant d'envie de savoir ce qu'il avait préparé d'autre.

Pendant la descente de la montagne en télécabine, Aidan utilisa à bon escient le temps seul avec Clare pour explorer davantage la soie et la dentelle qui l'avaient préoccupé toute la soirée. En arrivant en bas de la montagne, Clare le désirait à lui en couper le souffle.

« Je parie que tu as d'autres surprises pour moi là-dessous, n'est-ce pas ? » demanda-t-il en faisant semblant de jeter un œil sous sa jupe.

D'une petite tape elle écarta sa main. « Je suis sûre que t'aimerais le savoir.

— Oh, les répliques qui sortent de ta bouche. Un jour, tu vas les payer.

— J'ai hâte. »

Il lui lança un regard plein de promesse et l'aida à sortir de la télécabine. Ils descendirent plus bas au parking, où un traîneau tiré par des chevaux les attendait.

« Votre voiture est avancée, Madame, » dit-il avec un grand geste de la main.

Sans voix, Clare fixa du regard le traîneau et puis Aidan.

Il lui prit la main et l'aida à monter dedans et la couvrit d'épaisses couvertures avant de faire signe au conducteur qu'ils étaient prêts à partir.

« Je ne te sous-estimerai jamais plus, » dit Clare doucement.

Il glissa le bras autour d'elle. « Tu gâcherais mon plaisir. »

Elle l'embrassa et posa sa tête contre son épaule. « C'est la meilleure première sortie en amoureux de ma vie.

— J'en suis content, murmura-t-il. Tu as assez chaud ? »

Elle fit signe de la tête que oui, et regarda la série éblouissante d'étoiles dans le ciel éclairé par la lune. Les sabots du cheval marquaient le même rythme que les clochettes autour de son cou alors que le traîneau glissait sur la neige, et Clare savait que même si elle vivait jusqu'à cent ans, elle n'oublierait jamais ce moment.

Le traîneau les déposa devant la maison d'Aidan, et Clare fut surprise de voir que sa voiture y était déjà.

« Comment est-ce que ma voiture est arrivée là ?

— Mon pote John, l'opérateur des télécabines, m'a rendu service.

— Tu as vraiment pensé à tout ? » demanda Clare avec stupéfaction lorsqu'il tint la porte et la suivit à l'intérieur de la maison.

Il lui prit son manteau et alla l'accrocher. Quand il revint auprès d'elle, il s'était débarrassé de sa veste de costume.

Clare l'enlaça et se blottit contre son torse. « Merci.

— De rien. Je suis désolé d'avoir mis si longtemps à t'offrir le dîner. »

Clare rit. « Cela valait vraiment le coup d'attendre. Je t'aime, Aidan O'Malley.

— Je t'aime, moi aussi.

— Tu veux bien faire quelque chose pour moi ?

— Tout ce que tu veux.

— Tu peux chanter pour moi ? »

Ébahi, il dit, « Comment sais-tu que je sais chanter ? »

Elle sourit.

« Ma mère a une grande gueule, bordel, murmura-t-il en secouant la tête.

— Elle a aussi un grand cœur. Alors ? »

Il détourna le regard, se concentrant sur le mur. « Je ne sais pas. Il y a bien longtemps. »

Elle le ramena à elle d'un doigt posé sur son menton. « Pour moi ? »

Il l'étudia pendant un long moment. « Qu'est-ce que tu veux entendre ?

— Une surprise, » dit-elle, tirant doucement sa main pour le faire s'asseoir près d'elle sur le tabouret du piano. Quand Clare leva le couvercle, Aidan regarda fixement les clés comme s'il les voyait pour la première fois.

Il leva finalement la main et joua quelques notes de ce que Clare reconnut être du Chopin. Puis il ajouta l'autre main et joua timidement un air familier qu'elle ne put nommer jusqu'à ce qu'il ajoute les mots, « We've Got Tonight. »

Il lui fit un petit sourire en jouant la musique entre les couplets et continua d'une voix qui ressemblait fort à celle de Bob Seger.

« Aidan, chuchota Clare une fois qu'il eut joué les notes finales. C'était magnifique. »

Aidan posa ses mains sur ses genoux. « J'adore cette chanson, mais j'ai fini de chercher. J'espère que tu le sais.

— Et toi tu sais que tu fais partie de mon avenir.

— Je l'espère, dit-il, passant sa main derrière son cou pour l'approcher de lui. Il posa ses lèvres sur les siennes sans le désir brûlant qu'il lui avait montré plus tôt. Au lieu de cela, ce baiser était plein de tendre retenue.

— Aidan.

— Hm ?

— Il faut que je te dise quelque chose. »

Il recula pour la regarder. « Maintenant ? »

Elle se mordit la lèvre et hocha la tête.

CHAPITRE 34

Buddy Longstreet rappela Kate le jour d'après son retour de New York. Il lui demanda de venir le voir à son bureau sur Music Row tard cet après-midi-là. Cette fois-ci, Music Row était vraiment Music Row. Long Road Records se trouvait en plein milieu de l'action, entre EMI et Sony sur Music Square East. Kate prit l'ascenseur jusqu'au cinquième étage, et utilisa le mot « fleur » comme code sur l'interphone pour accéder aux bureaux.

Une jeune femme qui portait un jean, un T-shirt et des bottes vint accueillir Kate à la porte et se présenta comme Christina, l'assistante de Buddy. Elle avait le fort accent du Tennessee auquel Kate s'était tellement habituée qu'elle le remarquait à peine maintenant.

« Entre, Kate. Elle serra la main de Kate. Buddy t'attend. »

Deux des murs du grand bureau de coin étaient en verre avec une vue du centre de Nashville. Buddy, incliné dans son fauteuil en cuir, parlait au téléphone. Son Stetson noir caractéristique était fermement en place et ses bottines noires de cowboy étaient perchées sur le bureau. Il fit signe à Kate de s'asseoir.

« Bah, écoute, j'ai un rendez-vous, dit-il. Ça oui. T'auras de mes nouvelles bientôt, t'inquiète. OK. » Il posa ses pieds au sol quand il raccrocha.

338

« Comment ça va, Kate ? Est-ce que Christina t'a offert quelque chose à boire ?

— Non, ça va, merci. Kate avait envie de se pincer. *Je suis dans le bureau de Buddy Longstreet !*

— Eh bien, ma belle, Taylor et moi étions super contents de savoir que t'avais appelé pendant qu'on était à New York. Les mômes se sont amusés comme des petits fous à la Grosse Pomme. Tu y es allée ?

— Oui, j'adore, » dit-elle.

Il fit le tour du bureau et s'affala sur la chaise près de la sienne.

Soudain, Kate était assise assez près pour pouvoir toucher un homme qui avait inspiré des milliers de femmes à lui jeter leurs culottes. Il lui fallut un effort plus que considérable pour ne pas lui montrer à quel point elle était en admiration devant sa célébrité.

« On a beaucoup de choses à discuter. Si je comprends bien, tu as décidé d'accepter notre offre ?

— Oui.

— Je suis content de te l'entendre dire. On s'est posé des questions quand on n'a pas eu de tes nouvelles tout de suite.

— J'ai eu quelques jours fous. Je suis désolée d'avoir mis tant de temps à vous appeler. Je ne vous remercierai jamais assez de m'avoir donné cette chance. Je ne vous décevrai pas.

— Bien sûr que non. Tu vas être fabuleuse. Mais avant de nous plonger dans tout ça, je veux te dire quelques trucs que j'aurais aimé que quelqu'un me dise quand j'étais assis là à ta place. » Il se leva et alla à un petit bar dans le coin, où il se versa une petite dose de ce qui était peut-être du bourbon. « C'est une industrie très, très dure, Kate. Il faut que tu sois prête à t'investir à 110 % dans ta carrière, au moins au début. Tu seras soit en train de répéter, soit en train d'enregistrer, soit sur la route. Il n'y a pas de temps pour avoir une vie. Il n'y a du temps pour rien d'autre que le travail. Les deux ou trois premières années seront probablement à chier. Je te le dis en toute honnêteté.

— Une image prestigieuse, » dit Kate avec un grand sourire alors que son cœur se brisait en considérant ce que cela voudrait dire pour Reid et elle.

Buddy poussa un rire. « C'est du boulot à se crever le cul, c'est ça.

Je n'ai aucun doute que tu feras sensation si tu bosses vraiment dur. Tu as tout ce qu'il faut—tu es jeune et belle et tu as une voix qui te mènera où tu veux. Et puis t'écris tes propres chansons et tu joues de la guitare. Je peux faire de toi une star immense, mais je veux que tu sois préparée pour la réalité de ce que ça veut dire. Tu me comprends ? »

Kate avala sa salive et hocha la tête.

« Premièrement, tout le monde voudra profiter de toi. Des gens que tu ne savais même pas que tu connaissais vont t'appeler et te demander de l'argent. Leurs gamins seront malades, leur mère aura besoin d'une opération. Ils vont te faire une grande peine, et tu voudras tous les aider, mais tu ne pourras pas. Deuxièmement, le jour où ton single fait le hit-parade— et il fera le hit-parade— ta vie en tant que simple citoyenne est terminée. Tu ne pourras pas mettre un pied hors de chez toi sans agents de sécurité. Troisièmement, ton temps sera sollicité de façon incroyable. Publicité, vidéoclips, apparitions, concerts, enregistrements, écriture, répétitions. C'est sans répit. »

Kate étudiait le sol en l'écoutant.

« Ma belle, il faut me regarder dans les yeux et me dire que tu veux tout ça. Je ne t'en voudrais pas si tu n'étais pas faite pour ça. Ce n'est pas pour tout le monde. J'ai vu plein de gens talentueux toucher le gros lot et puis prendre les jambes à leur cou quand ils avaient tout ce qu'ils pensaient vouloir et se rendaient compte que c'est un gros tas de merde. »

Il lui laissa un moment pour y penser. « Avant d'aller plus loin, j'ai besoin de t'entendre dire que c'est ce que tu veux de tout ton être. Si tu dis ces mots, si tu dis, « Buddy, fais de moi une star », je te promets que je m'occuperai bien de toi. Je te trouverai le meilleur de tout — managers, avocats, comptables, musiciens, publicitaires. Et— et c'est un point important, ma belle— je promets que tu peux croire *chaque* mot qui sort de ma bouche. Je te dirai toujours la vérité, rien que la vérité, et Taylor fera de même. »

Le cœur de Kate s'emballa tellement qu'elle se demanda comment il pouvait rester dans sa poitrine. Elle pensa à Reid et à ce qu'ils avaient ensemble. La vie que Buddy avait décrite ne laissait de place ni pour Reid, ni pour personne d'autre. Il fallait faire un choix— c'était l'un ou l'autre, mais pas les deux. Mais peut-être, on ne sait jamais, ils arriveraient à faire en sorte que cela marche. Il avait promis qu'il l'attendrait. En regardant droit dans les yeux dorés de Buddy Longstreet, elle espéra de tout son cœur que Reid tiendrait sa promesse. Elle était sur le point de parier là-dessus.

« Buddy, dit-elle doucement. Fais de moi une star. »

Avec ces six mots, la vie de Kate passa à la vitesse grand V. Le manager de tournée de Buddy, Riley Shea, voulut entendre chaque chanson qu'elle avait jamais écrite pour être certain qu'elle avait assez de matériau pour remplir ses trente minutes en première partie. Il approuva cinq chansons, mais refusa le reste. Il fallait soit qu'elle en écrive d'autres, soit qu'il lui en trouve d'autres. Elle commença à répéter avec les musiciens du studio pour préparer l'enregistrement de « Je croyais savoir, » et assista à de nombreuses réunions avec des gens du marketing, des costumes et même avec une maquilleuse. Elle rencontra un avocat que Buddy avait recommandé et son cœur se serra quand elle pensa à Ashton. C'est lui qui aurait dû négocier le contrat avec Buddy et Taylor qui rapporterait à Kate plus d'un million de dollars pour la tournée, plus les royalties pour tout ce qu'elle enregistrait avec leur maison de disques.

C'était écrasant, mais l'activité constante l'aidait à mettre en arrière-plan ses soucis personnels. Elle n'avait pas le temps de penser à Ashton ou à son père, ou aux minuscules fissures qui étaient apparues dans sa relation avec Reid pendant cette dernière semaine tumultueuse. Et il lui fallait encore faire face à sa mère quand elle arriverait en avion au Vermont vendredi soir. Jusqu'alors, elle allait mettre à l'écart tous ses problèmes pour pouvoir se concentrer sur son travail.

Jeudi après-midi, Buddy passa au studio au quatrième étage de l'immeuble de son bureau pour voir comment se déroulaient ses répétitions.

« C'est vraiment bien, ma belle, dit-il quand Kate fit une pause.

Écoute, on joue pour un gala de charité samedi prochain, et on aimerait que tu fasses la première partie pour nous. Il n'y aura pas trop de monde, mais ça te donnera une bonne idée de la salle de concert.

— Il y aura combien de personnes ?

— Cinq, peut-être six mille. Rien de trop grand. »

Kate s'étouffa. « Cinq ou six mille *personnes* ? »

Riley rit de sa réaction. « Tu crois qu'on devrait lui dire combien viennent à un concert en tournée, Buddy ? »

Buddy sourit. « Non, laissons-la découvrir ça toute seule. Bon, bah, il faut que je rentre. Oh, Kate, Taylor veut que tu viennes à la maison le lendemain de la soirée caritative pour rencontrer les gamins. Elle fait en sorte que tous ceux avec qui on travaille fassent partie de la famille.

— Avec grand plaisir. Remercie-la de ma part.

— Je te laisse te remettre au boulot, dit Buddy. Fais-moi signe si t'as besoin de quoi que ce soit.

— Buddy ?

— Ouais ?

— Merci. Pour tout.

— Tout le plaisir est pour moi. Amuse-toi bien dans le Vermont. »

Kate arriva à la maison avant Reid, alors elle mit en route le dîner. Quand sa mère avait été malade, elle et Jill avaient aidé à la maison et Kate était devenue une excellente cuisinière. Jill avait téléphoné plus tôt dans la semaine pour savoir pourquoi leur père était de si mauvaise humeur depuis son voyage à Nashville, et Kate avait dévoilé toute l'histoire à sa sœur stupéfaite. Kate voulait désespérément se raccommoder avec son père, mais elle savait que c'était impossible tant qu'elle était encore avec Reid. Elle remua la sauce qu'elle avait chargée de légumes pour en faire une primavera et beurra du pain italien.

Reid entra par la porte de la cuisine, ce qui voulait dire qu'il était allé aux écuries pour rendre visite à Thunder et aux autres chevaux avant de venir à la maison. « Salut, mon cœur. »

Résolue à remettre les choses sur le bon chemin avec lui avant d'aller au Vermont, elle l'accueillit avec un grand sourire et un baiser. « Coucou. Tu as faim ?

— Je suis affamé. Qu'est-ce que tu prépares de bon ?

— Des pâtes à la sauce primavera. »

Il mit un bras autour d'elle et regarda dans la casserole. « Ça sent merveilleusement bon. »

Elle leva la tête pour l'embrasser de nouveau et s'y attarda quand les bras de Reid l'enlacèrent.

« On peut laisser la sauce un peu ? demanda-t-il en la soulevant pour l'installer sur le plan de travail et lui embrasser l'oreille, le cou, la gorge.

— C'est meilleur si ça mijote un peu, » dit-elle avec un sourire taquin.

L'embrassant, il l'installa plus en arrière du plan de travail.

Étonnée, elle le regarda. « Ici ?

— Ici même. »

Alors qu'il se tenait au-dessus d'elle, si beau et sexy, Kate se demanda comment, mais *comment* elle pourrait vivre sans lui— sans *cela*— pendant qu'elle serait partie sur la route des mois sans fin. Mais quand il lui fit tourner la tête avec ses baisers dans le cou, elle ne pensa plus qu'à lui.

CHAPITRE 35

Aidan jeta une autre bûche dans le poêle à bois et alla rejoindre Clare sur le canapé. Il avait ôté sa cravate et remonté ses manches de chemise.

Clare lui caressa le bras en cherchant ses mots. « La première chose que je veux que tu saches est que je t'aime tellement fort. Chaque jour je me réveille avec toi et je me sens tellement chanceuse de t'avoir trouvé—que nous nous sommes trouvés, et maintenant nous avons cette incroyable deuxième chance en amour. Je sais que je t'ai fait de la peine en ne me confiant pas à toi jusqu'à présent et j'en suis désolée. »

Il lui serra la main. « Tu n'as pas à t'en excuser.

— Je ne te ferai jamais de peine intentionnellement. J'espère que tu le sais. Je voulais que nous passions du temps ensemble sans que tout ce qui m'est arrivé n'en fasse partie. Je ne sais pas si tu peux le comprendre...

— Si, si, je comprends.

— Je ne sais même pas par où commencer, » dit-elle avec un soupir.

Il la prit dans ses bras et l'embrassa sur le front. « Commence par le début. »

Elle posa sa tête contre son torse. « Eh bien, tu sais que j'étais agent immobilier. Grâce à l'entreprise de Jack et l'école des filles, nous connaissions beaucoup de gens en ville, alors je me débrouillais plutôt bien. C'était moi qui assurais la permanence téléphonique ce samedi-là quand j'ai eu un appel d'un type qui quittait San Diego pour venir habiter à Newport. Il m'a dit qu'il était divorcé avec deux enfants et qu'il venait en ville la semaine suivante pour chercher une maison. Sam... » Elle s'arrêta pour prendre une grande inspiration.

Aidan la tint plus fort dans ses bras.

« Il s'appelait Sam, continua-t-elle, résolue à en venir à bout. Il était grand, blond, et très beau. Les autres femmes au bureau disaient en rigolant qu'elles se battraient avec moi pour l'avoir. Pendant que nous cherchions une maison, nous avons parlé de nos enfants, et il m'a montré des photos des siens. Le deuxième jour, nous sommes allés voir trois maisons. Les larmes coulèrent le long de ses joues et elle les essuya. La troisième était près de la plage et elle était vide. Nous sommes montés à l'étage. Il y avait une magnifique vue de la mer, et je suis allée l'admirer. Il est venu derrière moi et m'asoulevée en l'air. Je ne savais pas ce qu'il faisait. Et soudain j'étais clouée au sol, et il était sur moi.

— Arrête, Clare, arrête, siffla Aidan à travers ses dents serrées. Ça suffit.

— Il faut que je te le raconte.

— Non. Je sais déjà. »

Ébahie, elle s'assit plus droite et le regarda. « Comment cela ? Et puis elle comprit. Oh, oh, *mon Dieu*, les filles te l'ont dit ? »

Il hocha la tête. « Sans faire exprès.

— Tout ce temps tu savais ? »

Il hocha encore la tête. « C'est une des raisons pour lesquelles j'aurais pu tuer Brandon. »

Clare se libéra de ses bras et se leva. « Je... Je ne peux pas croire que tu le savais et que tu n'as rien dit. J'essayais de trouver le courage de te le dire, et tu le savais déjà ?

— Je me suis dit que tu me le raconterais quand tu serais prête. »

Elle perdit l'envie de se quereller. « Que sais-tu d'autre ? chuchota-t-elle alors que les larmes baignèrent ses joues.

— Je sais à propos de l'accident et du coma. Je sais que tu es une des personnes les plus altruistes que je connaisse parce que tu as laissé partir ton mari plutôt que de l'obliger à choisir entre toi et une autre femme. Je sais que la nuit dernière tu as rêvé de l'agression. Et je sais que je ne me suis senti aussi impuissant qu'une seule autre fois dans ma vie. »

Clare porta une main à sa bouche dans l'espoir d'étouffer un sanglot.

Aidan était debout si vite qu'elle n'eut pas le temps de réagir avant d'être enveloppée de son amour.

« Je suis désolée, » dit-elle.

Il la mit sur ses genoux. « De quoi tu t'excuses ? Tu n'as à t'excuser de rien au monde.

— Tu as dû penser que je ne t'aimais pas assez pour te le dire, ou que je ne te faisais pas assez confiance. Après tout ce que tu m'as confié à moi. T'as dû le penser.

— Ce que j'ai pensé, c'est que tu as vécu quelque chose de terrible et peut-être que tu ne pouvais tout simplement pas m'en parler peu importe combien tu m'aimais ou me faisais confiance. Mais j'espérais que tu me le dirais. Quand tu étais prête.

— Il a menacé mes petites, Aidan, murmura-t-elle. Il a dit qu'il en tuerait une si j'en parlais à quelqu'un. »

Il essuya ses larmes. « Je sais mon amour. Je sais.

— Il aurait pu dire n'importe quoi d'autre. J'aurais pu vivre avec n'importe quoi d'autre. »

Aidan la tenait dans ses bras et la berçait pendant qu'elle pleurait.

« Je ne l'ai jamais dit à personne, mais quand cette voiture venait vers moi, tout ce que j'ai vu, c'était une façon de m'en sortir. J'ai infligé quelque chose d'horrible à mes filles en laissant cela arriver devant elles.

— Ce n'était pas de ta faute, Clare.

— Je ne m'en suis même pas souvenue jusqu'à quelques mois après que je me sois remise, quand je me suis mise à faire le même rêve qu'hier soir. Elle essuya les larmes qui coulaient le long de son visage. Il m'a fallu faire face à tous ces souvenirs de l'agression et de l'accident en plus du fait que mon mari de vingt ans était amoureux de quelqu'un d'autre et attendait des jumeaux avec elle.

— Je ne peux pas me l'imaginer.

— J'étais vraiment, vraiment en colère. Pendant longtemps.

— Qui ne le serait pas ?

— Mais une fois que j'ai arrêté d'être furieuse, j'ai sincèrement cru que je pouvais y arriver. Pendant un temps je me suis dit que nous pouvions continuer nos vies comme ça et qu'à un moment donné je finirai par accepter qu'il ait des enfants avec une autre femme.

— Mais tu ne pouvais pas ?

— J'aurais peut-être pu, mais il l'aimait. Il l'aimait vraiment.

— Alors tu l'as laissé partir. »

Elle hocha la tête avec tristesse. « Je pensais que je méritais mieux qu'une vie avec un homme qui voulait être ailleurs. Dans un sens, je pensais qu'il méritait mieux, lui aussi. Il serait resté avec moi. Je n'en ai aucun doute, mais on aurait fini par se haïr l'un, l'autre. Autant j'en avais le cœur brisé, autant cela aurait été pire.

— Comment est sa femme ?

— Elle est charmante. Elle est formidable avec mes filles, et elles l'aiment beaucoup. Je vois pourquoi lui aussi l'aime.

— Qu'est-ce qui t'a fait venir dans le Vermont ?

— Je trouvais que rester dans la maison sans lui était tout simplement insupportable. Ce qui avait semblé être une très bonne idée pendant que j'étais encore à l'hôpital n'était plus aussi bien une fois rentrée. Mon frère avait besoin d'aide avec la maison, alors dès que Kate est partie pour Nashville, je suis venue ici. J'en étais malade de devoir laisser Maggie, mais je savais que si je ne me tirais pas de là pendant quelque temps je ne me remettrais jamais d'avoir perdu Jack. »

Aidan jura dans sa barbe. « Et moi qui t'ai reproché de vivre loin d'elle. Je suis vraiment désolé.

— Crois-moi, je m'en voulais aussi. Mais c'était ce qu'il fallait, venir ici. J'en ai eu la certitude quand on était à Newport cette semaine, mais c'est probablement parce que tu étais avec moi.

— C'est probablement parce que tu es plus forte maintenant. » Clare haussa les épaules. « C'est possible.

— Je suis tellement fier de toi.

— Pourquoi ?

— Parce que tu as survécu. Cette chose terrible t'est arrivée et pourtant tu peux encore rire, blaguer et aimer. Tu ne l'as pas laissé gagner.

— Il m'a tellement pris. Bien que cela ait été terrible de perdre trois ans de ma vie et puis Jack, aussi, tu sais ce qui a été le pire ? »

Aidan secoua la tête.

« J'ai perdu ce qui me définissait— ma vie de maman. J'ai quitté trois petites filles et j'ai retrouvé deux adultes et une adolescente.

— Mais elles ont toujours besoin de toi, surtout Maggie. Il te reste encore plus de quatre ans avec elle avant qu'elle aille à l'université.

— Oui et je vais la retrouver à la maison. Bientôt. Mais ce n'est plus pareil. Il me faut la partager avec une belle-mère qu'elle aime— la belle-mère qui lui a donné trois frères, qui l'a aidée quand elle a eu ses premières règles et tout au long du collège, et Dieu seul sait avec quoi d'autre. Maggie ne m'appartient plus exclusivement.

— Et Kate, alors ? Elle a besoin de toi plus que jamais maintenant. Et même Jill n'est certainement pas encore complètement adulte.

— Ce n'est plus pareil. Ce n'est pas comme quand elles étaient plus jeunes et dépendaient de moi pour tout. Je ne me suis jamais sentie aussi satisfaite par quelque chose qu'à ce moment-là. Perdre cela a laissé un grand vide en moi.

— Peut-être que tu te sentiras mieux quand tu rentreras à Rhode Island. Tu pourras à nouveau participer davantage à la vie quoti-dienne de Maggie.

— Peut-être, dit Clare mais elle n'en était pas convaincue. Merci de m'avoir écoutée.

— Merci de m'avoir parlé. Il l'embrassa avec tendresse. J'espère que tu n'es pas furieuse que je ne t'ai pas dit que je savais. Je ne voulais pas te bousculer. »

Elle caressa son beau visage. « Je ne te mérite pas.

— Oh, si. Oh que si. Il l'embrassa alors comme si sa vie— et celle de Clare— en dépendaient.

— Tu veux voir ce qu'il y a d'autre sous cette robe ? » demanda-t-elle avec un sourire coquin.

Il grogna. « Tu n'as *pas* idée... »

Bien plus tard, pendant que Clare dormait dans ses bras, Aidan se sentait satisfait. Sans secrets entre eux, ils pouvaient commencer à faire des plans pour leur avenir. Il avait déjà une petite idée de ce que cela pourrait impliquer.

« Aidan ?

— Je croyais que tu dormais.

— Presque. Merci encore pour notre soirée. »

Il l'embrassa sur la tête. « Tout le plaisir est pour moi.

— Je t'aime.

— Je t'aime, aussi. Et je suis vraiment content que tu sois venue dans le Vermont. Je suis désolé des raisons pour lesquelles tu es venue, mais je suis tellement heureux que tu sois là.

— Moi, aussi. »

CHAPITRE 36

Une neige légère tombait vendredi soir, alors Aidan insista pour conduire Clare à Burlington pour aller chercher Kate. Les routes étaient glissantes, et ils arrivèrent juste au moment où l'on annonçait le vol de Kate.

Aidan poussa un cri quand il vit Kate venir vers eux. « Waouh, tu ne blaguais pas ! C'est vraiment ton portrait tout craché ! »

Clare leva la tête vers lui et sourit. « C'est la version de moi en plus grande. »

Donnant l'impression de retenir ses larmes, Kate se blottit contre sa mère.

« Ça va, ma fille. Ça va aller. »

Kate s'accrocha à elle.

Clare laissa la foule les contourner pendant qu'elle tenait sa fille dans ses bras.

« Je suis désolée, dit Kate, sa voix étouffée par le manteau de sa mère.

— Tu viens de passer une semaine difficile. Clare scruta le visage de sa fille à la recherche de signes qui trahiraient les récents changements dans sa vie. Mais tout ce qu'elle vit fut le visage taché de larmes de la fille qu'elle aimait.

— Vous devez être Aidan O'Malley. »

Il serra la main de Kate. « Enchanté.

— Mes sœurs avaient raison en ce qui vous concerne.

— Comment ça ?

— Oh, rien, » dit Kate avec un sourire approbateur pour sa mère.

Clare lui sourit à son tour. « Tu as des valises ?

— Juste ça, dit Kate en faisant référence au sac qu'elle portait sur son épaule.

— Alors, en route, dit Aidan. Le temps est en train de se dégrader. »

Sur le chemin de la maison, Kate leur expliqua tout ce qui s'était passé avec Buddy et Taylor et les préparations pour la tournée.

« Alors la prochaine fois qu'on te verra, on aura peut-être besoin de laissez-passer spéciaux ou quelque chose comme ça ? » blagua Clare.

Kate sourit. « D'après ce que dit Buddy, peut-être bien.

— Tu dois être très excitée, dit Clare.

— J'ai peur.

— Pourquoi ?

— Buddy dit que toute ma vie va changer, que je vais travailler tout le temps et que ça va être vraiment dingue.

— N'est-ce pas ce que tu voulais ? demanda Clare.

— Oui, mais c'est angoissant maintenant que c'est vraiment en train de se réaliser. »

Aidan les conduisit par la route sinueuse qui menait à sa maison en haut de la colline.

« Waouh, c'est magnifique, dit Kate.

— On reste chez Aidan parce que la maison d'oncle Tony est un vrai bordel.

— C'est cool. »

Ils installèrent Kate dans une des chambres, et Aidan remit des bûches sur le feu dans le salon pour elles. « Je serai dans le garage si vous avez besoin de moi, mesdames. »

Quand il eut quitté la pièce, Kate se tourna vers sa mère. « OK, vide ton sac.

— Quoi ?

— Oh, mon Dieu, Maman ! Il est *sexy* ! »

Clare sourit. « J'ai bien remarqué, mais ce n'est pas de lui que je veux parler. »

Le sourire de Kate s'estompa. « Aïe, je vais morfler.

— Je me fais du souci pour toi. Que se passe-t-il entre toi et cet homme plus âgé ?

— Je l'aime. Je l'ai dit à Papa, mais il n'a rien voulu en savoir.

— Kate, tu as dix-huit ans. Il en a quarante-six. Tu t'attendais à ce qu'il dise quoi exactement ? Tu t'attendais à ce que je dise quoi, moi ? C'est l'horreur pour nous. »

Le visage de Kate se plissa. « Ne dis pas ça. Comment est-ce différent de toi et Aidan ? Tu l'aimes. Je le vois à comment tu le regardes.

— C'est très différent. Nous sommes tous deux des adultes.

— Je suis adulte, moi aussi. Regarde ce que je fais, ce qui va bientôt m'arriver, sans parler de tout ce que nous avons affronté après ton accident. Comment peux-tu dire que je ne suis pas adulte ?

— Ma chérie, écoute-moi. Je ne connais pas cet homme que tu prétends aimer. Tout ce que je sais, c'est que Papa le considérait comme un ami il fut un temps, alors il doit avoir des qualités admirables. Mais se lier à une jeune fille de dix-huit ans à son âge n'est pas admirable. C'est mal. »

Les larmes remplirent les yeux de Kate et coulèrent le long de ses joues. « Il n'y a pas de mal à cela. Pas pour moi.

— Je ne veux pas ruiner notre temps ensemble avec des larmes et des disputes. Je t'aime. Je te soutiendrai quoique tu choisisses, mais je n'approuve pas de cette relation, Kate. Je veux que ce soit clair comme de l'eau de roche.

— Que vais-je faire pour Papa ? Et Andi ? Elle est furieuse avec moi, elle aussi. Je lui ai menti à propos de Reid quand je suis rentrée à la maison pour Noël. Elle est très déçue.

— Si tu t'es dit qu'il fallait que tu mentes, qu'est-ce que cela t'indique ?

— C'est ce qu'elle a dit, elle aussi.

— Viens ici, » dit Clare, tendant les bras à sa fille.

Kate se jeta dans les bras sa mère. « Je n'aime pas te décevoir. Ni toi, ni aucun d'entre vous.

— Tu as de quoi réfléchir. On peut en parler plus longuement demain. Cela te dirait, une tasse de chocolat chaud avant d'aller au lit ?

— Ça me ferait du bien. »

Clare installa Kate et monta à l'étage à la chambre d'Aidan pour aller chercher son pyjama. Quand elle fut prête à aller au lit, elle descendit dans l'une des autres chambres. De là, elle entendait des outils à moteur qui marchaient dans le garage.

En se mettant au lit dans la chambre inconnue, elle se demanda pourquoi Aidan avait construit une maison avec autant de chambres. Puis elle se rappela qu'il avait à un moment l'intention de la vendre.

Elle pensa à Kate et eut presque de la peine pour sa fille qui était amoureuse d'un homme que personne n'approuvait. *Heureusement il y a la tournée. Au moins, cela les séparera pendant un temps.*

Clare avait dû s'endormir, parce qu'elle se réveilla en sursaut quand Aidan l'embrassa. Il sentait bon le shampoing et la mousse à raser, et quand elle lui tendit les bras, ses mains atterrirent sur son torse nu.

« Aidan, murmura-t-elle.

— Chut, » dit-il, embrassant les mots sur ses lèvres. Dans le noir complet, il la rendit folle avec ses mains et ses lèvres, à lui faire l'amour lentement et sans bruit.

Kate dormit tard le matin et puis alla se promener avec Clare sur les chemins de randonnée autour de chez Aidan, où le soleil avait déjà fait fondre presque toute la neige tombée la nuit précédente. Elles déjeunaient avec Aidan quand elles entendirent une voiture se garer dehors.

« Qui est-ce ? » demanda Clare.

Aidan haussa les épaules et alla voir.

Kate poussa un cri quand il revint avec Jill et Maggie. Elle se leva d'un bond pour embrasser ses sœurs.

« Qu'est-ce que vous faites là, les filles ? demanda Clare, levant un sourcil en direction d'Aidan. Et comment avez-vous fait pour nous trouver ? »

Jill et Aidan échangèrent des coups d'œil coupables.

« On voulait voir Kate et te faire une surprise, dit Jill. Aidan nous a peut-être aidées.

— Aidan est un petit rusé, dit Clare, faisant un câlin à Jill et Maggie. Est-ce que votre père sait où vous êtes ? »

Cette fois, Jill et Maggie échangèrent des regards furtifs.

« Où pense-t-il que tu es ? demanda Clare à Maggie.

— En train de rendre visite à Jill à l'école. Pour une raison que *personne* ne veut m'expliquer, il est vraiment en colère contre Kate et il m'a dit de ne pas lui parler. »

Kate grimaça en l'entendant.

« Appelle-le. Clare montra le téléphone. Tout de suite.

— Je suis obligée ? » demanda Maggie.

Clare lui lança un regard qui ne laissait aucune place à la négociation.

Maggie se traîna jusqu'au téléphone.

Aidan leva les mains pour se défendre. « Je n'ai pas approuvé cette partie-là.

— Je m'occuperai de toi plus tard, mon gars, dit Clare à voix basse.

— Oh, super, » chuchota-t-il.

Le jour d'après, Aidan alla au garage dans l'après-midi travailler sur la Porsche pour que Clare puisse avoir du temps en tête-à-tête avec les filles avant que Jill et Maggie ne repartent chez elles à Rhode Island. Kate reprenait l'avion pour Nashville le lendemain matin.

Aidan s'émerveilla de la façon dont les filles avaient rempli la maison de bruit, de rires et de pagaille. Oh, et de musique, aussi. Clare avait dit à Kate qu'il savait chanter, et elle l'avait amadoué pour qu'il joue du piano et chante avec elle. Il ne pouvait pas croire la voix qu'elle avait. Ce n'était pas étonnant que Buddy Longstreet veuille faire d'elle une star.

La porte de la cuisine s'ouvrit, et Maggie apparut faisant la tête.

« Salut, dit-il. Qu'est-ce qui se passe ?

— Elles m'ont virée.

— Ouille. Pourquoi tu ne me donnerais pas un coup de main ? T'es pas une de ces petites princesses qui ont peur d'un peu de saleté, non ? »

Elle grogna. « Non. »

Il lui tendit une tête de Delco avec les instructions sur comment sortir la crasse des plots tentaculaires de la pièce.

« Tu sais pourquoi tout le monde est en colère après Kate ? »

Il étudia ses yeux bleu vif et essaya de décider comment il devrait répondre à la question. « Peut-être.

— C'est pas juste ! J'ai treize ans maintenant. Je suis assez grande pour savoir, peu importe de quoi il s'agisse.

— Treize ans, c'est pratiquement adulte. Aidan pensa que les taches de rousseur saupoudrées par-ci, par-là sur son nez étaient presque la chose la plus mignonne qu'il ait jamais vue.

— Tu vois ? Toi, tu comprends ça, alors pourquoi pas elles ?

— Peut-être parce que parfois être adulte n'est pas aussi super que tu imagines quand tu as treize ans.

— Je voudrais tellement qu'elles me le disent. Je n'en peux plus. Je ne suis pas une gamine de treize ans comme les autres, tu sais. Il m'a fallu grandir très vite quand ma maman était malade. Elles ne devraient pas me traiter comme un bébé.

— Tu as absolument raison, mais je peux te dire quelque chose ? »

Elle hocha la tête et passa un chiffon plein de graisse sur la pièce du moteur avec une détermination qu'il admirait.

« Me croirais-tu si je te disais que ce truc avec Kate est vraiment, honnêtement quelque chose qu'il vaut mieux ne pas savoir ? »

Maggie y réfléchit un instant. « Alors c'est un peu dégoûtant ?

— Super dégueu.

— Mais elle n'est pas malade, ni blessée, ni rien de ce genre, non ?

— Non, dit-il. Je te le promets. »

Elle travailla en silence pendant plusieurs minutes avant de fixer encore une fois ses yeux bleus puissants sur lui. « Pourrais-je te demander quelque chose d'autre ?

— Vas-y.

— Tu vas épouser ma maman ? »

Il ne l'avait pas vu venir, celle-là. « Je ne le sais pas encore. S'appuyant contre l'établi, il la scruta. Mais d'un adulte à un autre, laisse-moi te demander ça—crois-tu qu'elle m'épouserait ? »

Maggie gloussa. « Bah, *ouais*, alors.

— Tu crois ?

— Si elle ne le fait pas, peut-être que moi je le ferai, » dit Maggie avec un grand sourire.

Aidan hurla de rire. « J'en aurais de la chance. »

Clare surprit Aidan avec un voyage à Boston pour ses quarante ans le weekend suivant. En se présentant à la réception de l'hôtel, il était agacé d'apprendre qu'elle avait réservé des chambres voisines.

« C'est quoi ce bordel ? demanda-t-il, furieux. Tu ne dors pas chez quelqu'un. C'est mon anniversaire. Je devrais pouvoir dormir avec qui je veux.

— Calme-toi, mon chéri, » dit-elle, lui tapotant le visage alors qu'elle défaisait sa valise dans sa chambre à elle.

Il râlait encore à propos des chambres séparées quand quelqu'un frappa à la porte de l'autre chambre.

« Tu devrais aller ouvrir, dit Clare.

— Tu dors avec moi, point final.

— La porte. »

Il ouvrit la porte en grand et fut stupéfait de voir Jill, Maggie et toute sa famille—sauf Brandon, qui était encore en cure de désintox.

« Surprise ! » dirent-ils à l'unisson.

Ébahi, Aidan les fixa du regard. « Qu'est-ce que vous faites tous ici ? »

Colleen O'Malley embrassa la joue de son fils et se fraya un passage vers la chambre. « Bon anniversaire, mon cœur. Mais ne va pas dire aux gens que tu as quarante ans. Ça me vieillit trop. »

Aidan se laissa câliner par les filles et le reste de sa famille avant de se tourner vers Clare, tandis que ses nièces et neveux sautaient sur le lit King-size. « Tu as gardé des secrets ?

— Peut-être, dit-elle avec le sourire timide qu'il adorait.

— Elle a loué tout l'étage et nous a tous invités à venir, dit Dennis à son fils. C'est très gentil de sa part, si tu veux mon avis.

— Oui. » Aidan mit un bras autour d'elle et l'embrassa devant tout le monde. Très gentil.

Les joues de Clare rougirent d'embarras. « Arrête. Elle se libéra des bras d'Aidan. Vous êtes tous invités à dîner en bas à dix-neuf heures.

— On va emmener les gamins à la piscine, dit Erin, la sœur d'Aidan, à Jill et Maggie. Vous voulez venir ?

— Ce serait super, » dit Maggie.

La pièce se vida aussi vite qu'elle s'était remplie, et dès qu'ils furent seuls, Aidan se tourna vers Clare. « *Très* sournois, » dit-il, la faisant reculer jusqu'au lit. Dis-moi que la chambre d'à côté est pour les filles.

Hochant la tête, elle le tira sur le lit avec elle. « Surprise, dit-elle avec un sourire lorsqu'elle l'attrapa pour l'embrasser. Il fallait que je célèbre le fait que tu sois finalement dans ma décennie.

— Pourtant je ne vais pas y être longtemps. »

Ses yeux s'écarquillèrent et elle en resta bouche bée. « *Oh* ! Je n'arrive pas à croire que tu aies dit cela ! » Elle le frappa de ses poings.

Il rit tellement fort qu'il en eut les larmes aux yeux.

Deux soirs après leur retour de Boston, Aidan prépara le dîner pour Clare. Elle descendit de l'étage chez lui pour trouver des bougies sur la table. « C'est en quel honneur ?

— Viens t'asseoir. Ce sera bientôt prêt.

— Du champagne aussi ? Qu'est-ce qu'on fête ?

— Assieds-toi et je te le dirai. »

Elle fit ce qu'on lui demandait et fut ébahie quand il se mit à genoux devant elle. Il posa la tête sur sa poitrine pendant un instant avant de lever la tête vers elle, la regardant avec son cœur. « Je t'aime. »

Elle passa ses doigts dans les cheveux d'Aidan. « Je t'aime, aussi.

— Avant de te rencontrer, je n'avais rien. Ni amour, ni rire, ni joie, ni espoir. Rien. Maintenant je t'ai, toi, et j'ai tout. Je t'aime, j'aime tes filles et je veux que nous ayons une vie ensemble. Je déménagerai à Rhode Island pour que nous puissions être avec Maggie, et nous pourrons venir ici à la montagne le weekend. Je veux être là où tu es. Veux-tu m'épouser, Clare ? » Il lui tendit une imposante bague en diamant étincelante.

Clignant des yeux pour retenir ses larmes, Clare le regarda. « Je le veux. Je veux tellement t'épouser, Aidan.

— Pourquoi est-ce que j'entends venir un « mais » dans la phrase ?

— Parce qu'il y a quelque chose d'autre que je veux, aussi. Quelque chose dont je ne suis pas sûre que tu veuilles.

— Quoi ?

— Je veux avoir un autre enfant. »

Il secoua la tête comme s'il ne l'avait pas bien entendue. « Tu vas croire que je me moque de ton âge— »

Elle leva la main pour l'arrêter. « Je ne veux pas porter un enfant, mais je veux être mère encore.

— Tu *es* une mère. »

Clare soupira en fixant la flamme de la bougie. « Tu as fait tout cela, et je suis en train de tout gâcher. »

Aidan se leva pour s'asseoir à côté d'elle et lui prit la main. « Dis-moi ce que tu veux.

— Je veux adopter un enfant qui a peut-être trois ou quatre ans et n'a personne. Les gens ne veulent que les bébés, alors il y a plein d'enfants qui ont besoin d'une bonne famille. Je veux trouver un enfant qui a besoin de moi et lui donner— à elle ou à lui—un bon foyer avec une grande famille pleine d'amour.

— Je sais ce que t'es en train de faire. Son visage se crispa de désarroi. Tu crois que je ferais un bon père, et t'essaies de remplacer le fils que j'ai perdu.

— Non, Aidan. Tu ferais effectivement un père merveilleux, mais il ne s'agit pas de cela. »

Il la regarda avec scepticisme.

« Une des choses que j'avais besoin de faire quand je suis venue ici était de décider ce que j'allais faire de cette deuxième chance qu'on m'a donnée. Quand je repense à ma vie avant que tout cela n'arrive, mis à part être une épouse, la seule chose qui m'ait vraiment comblée était d'être mère. Jack m'a donné tout cet argent, pour que j'aie la liberté de faire tout ce que je veux. C'est cela que je veux. Si je ne t'avais pas rencontré, je l'aurais voulu quand-même, pour moi. Je t'en prie, crois-moi. »

Il scruta le sol, et Clare éprouva une telle peur que son cœur sembla s'arrêter de battre.

Quand il leva finalement le regard vers elle, ses yeux étaient éteints et sans vie. « Je ne peux pas, murmura-t-il. Je ne peux tout simplement pas.

— Oh, Aidan. Tu le *peux*. Tu étais formidable avec les filles, et elles t'aiment déjà. Je le sais. Je te veux tellement. Je veux cette bague et tout ce qu'elle représente. Nous pouvons faire cela ensemble. Je t'en prie.

— Je ne peux pas te donner ce que tu veux, et je ne vais pas te demander de vivre sans. Il se leva pour arrêter la cuisinière.

— Aidan, s'écria Clare en le suivant. Si c'est un choix, je peux vivre sans un autre enfant. Je le peux. Mais je ne veux pas vivre sans toi. »

Il secoua la tête. « Je ne te demanderai jamais de faire un tel sacrifice. Un jour ou l'autre, tu m'en voudrais. Tu es une mère incroyable, et il y a une petite personne quelque part qui va avoir bientôt beaucoup, beaucoup de chance. »

Elle l'enlaça. « Pas sans toi.

— Je suis désolé. Il recula et puis quitta la pièce.

— Aidan ! » Comme il ne revint pas, elle s'affala sur une chaise et pleura.

REPOS DE PARADE

Une position détendue d'attention.

CHAPITRE 37

ate conduisit jusqu'à la propriété de Buddy et Taylor dans le Rutherford County le lendemain du concert de bienfaisance. Jouer pour six mille personnes avait rendu Kate euphorique et elle n'était toujours pas redescendue sur terre. Elle revivait la soirée excitante en suivant les indications de Taylor jusqu'à une longue route qui finissait devant l'allée de leur grande demeure coloniale à étage en briques. Derrière la maison, Kate pouvait voir un lac et un hangar à bateaux.

Elle se gara près d'un camping-car et d'un SUV Cadillac. Avant de pouvoir ouvrir sa portière, deux petites filles apparurent. Elle ouvrit la fenêtre. « Bonjour Mesdemoiselles.

— Coucou. La plus grande avait les cheveux châtains et les yeux dorés de Buddy. Je m'appelle Ashley Nicole Longstreet.

— Bonjour, Ashley Nicole Longstreet. Je m'appelle Katherine Anna Harrington, mais mes amis m'appellent Kate. Est-ce ta sœur ? »

Ashley hocha la tête. « C'est Chloe Ann Longstreet.

— Salut, Chloe. »

Chloe cacha son visage dans le chemisier de sa grande sœur.

Kate rit. « Est-ce que cela vous dérange si je sors de la voiture ?

362

— Ashley, Chloe, laissez Kate venir à l'intérieur ! » appela Taylor
de la porte d'entrée.

Kate tenait la main des filles quand elle vint à la rencontre de
Taylor devant la porte. Cette dernière avait calé un bébé sur sa hanche
et était vêtue d'un sweatshirt à la mode par-dessus un T-shirt rose vif.
Ses cheveux étaient en queue de cheval et elle ressemblait tellement
peu à la star glamour qu'elle avait été le soir d'avant au concert de
charité.

« Ça, c'est notre sœur, Georgia Sue Longstreet, dit Ashley. Elle a
quatorze mois.

— J'ai des cousins jumeaux qui sont un tout petit peu plus vieux
que Georgia, dit Kate.

— Des jumeaux ? demanda Ashley les yeux écarquillés alors
qu'elles suivirent Taylor dans la maison.

— Ouais. Et j'ai des frères jumeaux qui sont bébés, aussi.

— Deux fois des jumeaux ? demanda Taylor.

— Mon père et sa sœur, à un an l'un de l'autre presque jour pour
jour. Kate était agréablement surprise de se trouver dans une maison
où les enfants passaient avant tout. Des jouets et des poupées étaient
éparpillés, les meubles étaient confortables, et des photos de famille
décoraient toutes les surfaces.

— Désolée du désordre, dit Taylor. Je ne range plus pour les invités. Cela ne sert à rien. »

Kate sourit. « Je me sens chez moi. Mon père a six enfants, alors
chez lui c'est exactement comme ici. Son cœur se serra quand elle
pensa à son père et elle se demanda si elle le reverrait jamais, lui ou sa
maison.

— Maman ! »

Taylor se retourna lorsqu'un garçon arriva en courant dans la
pièce. Il ressemblait à Buddy comme deux gouttes d'eau, sans la
barbichette.

« Harry, nous avons de la visite. Tu peux dire bonjour à Kate ?

— Bonjour, dit-il avec impatience, tournant le dos à sa mère. T'as
vu mon skateboard ?

« — Pas depuis que j'ai failli passer par-dessus hier. Tu as regardé dans le garage ?

— Non, dit-il et il partit en un clin d'œil.

— C'était mon Harrison, dit Taylor avec un sourire. Il a huit ans, Ashley en a six, Chloe quatre, et puis il y a cette personne. Elle chatouilla le bébé et fut récompensée par un petit rire.

— Ce sont des enfants magnifiques.

— Ce sont des petites terreurs. Taylor posa le bébé par terre pour qu'il joue. Alors tu t'es remise d'hier soir ?

— C'était incroyable. Je suis encore gonflée à bloc.

— Tu as fait un travail superbe. Tu sais que c'était un essai, n'est-ce pas ? demanda Taylor, d'un air amusé.

— Un essai ?

— Buddy voulait être sûr que tu ne paniquerais pas pendant la tournée. »

Kate rit. « Je paniquais en mon for intérieur.

— Eh bien, ça ne se voyait pas. Ils t'ont adorée. »

Buddy arriva d'un pas nonchalant.

C'était la première fois qu'elle le voyait sans son Stetson et il lui fallut faire des efforts pour ne pas en rester bouche-bée. Il était absolument magnifique.

« Ils t'ont dévorée, ma belle. Tu devrais être fière de ce que t'as fait, punaise.

— Ne jure pas devant le bébé, Buddy, dit Taylor.

— Punaise n'est pas un juron. »

Sa femme lui lança un regard noir.

« T'as fait du très bon boulot, Kate, continua Buddy. J'étais très content.

— Merci. C'était fun, et vous deux vous êtes incroyables. Je ne vous avais pas vus *en live* auparavant. Je crois que je n'oublierai jamais le son de ces applaudissements.

— On devient accro, admit Taylor.

— Je peux le comprendre.

— Tu vas voir par toi-même, mais ne laisse pas le succès te monter à la tête, dit Buddy. J'ai la dalle, Tay. On peut bouffer ?

— C'est prêt. Appelle les enfants. »

Kate eut le plaisir d'un repas plein de chahuts, du genre qui fit que sa propre famille lui manqua. Taylor, qui ne semblait pas avoir d'aide en cuisine, servit elle-même le repas constitué de porc effiloché, de salade, de boulettes de semoule de maïs, et de pain de maïs.

« Je vais débarrasser. » Buddy essuya le menton de Chloe et éloigna le lait d'Ashley du bord de la table.

Quand le regard de Buddy croisa celui de Kate, elle se rendit compte qu'elle le fixait.

« Quoi ? demanda-t-il.

— C'est juste que je ne t'avais jamais imaginé comme ça.

— Comme quoi ?

— Essuyant des mentons et débarrassant des tables. »

Il rit. « C'est ce que je fais quand je ne travaille pas. On n'a d'employés qu'en tournée. Je travaille pour pouvoir faire ça le reste du temps.

— C'est cool.

— C'est la *vie*. C'est ce qui compte. Le reste, c'est de la merde.

— Mède, dit Georgia.

— Buddy ! » dit Taylor.

Lui faisant le grand sourire qui faisait baver d'envie ses fans, il dit, « Mon amour, pourquoi tu n'emmènes pas Kate faire un tour ? Montre-lui le lac.

— Fais attention à ce que tu dis devant les enfants, Buddy. Je suis sérieuse. »

Installant Georgia sur sa hanche, il posa un baiser sur sa femme et lui pelota les fesses. « File. Papa se charge de tout. »

Taylor prit la main de Kate. « Allez. Sors-moi de ce cirque. »

Elles enfilèrent un manteau pour aller au lac. Le soleil était chaud, mais le vent qui venait de l'eau faisait que le fond de l'air était frais. Taylor montra d'un geste les écuries et la maison de la mère de Buddy au loin. Elle appela la clôture qui longeait le lac son objet sécurisant.

« Je serais une épave à m'inquiéter de voir un de mes enfants se noyer sans cette palissade.

— J'ai grandi au bord de l'eau à Newport. Mon père a un voilier.

— Le nôtre est un bateau à moteur. Buddy adore le ski nautique.

— C'est une propriété magnifique.

— C'est notre petit coin de paradis. Personne ne nous embête ici. Les gens autour d'ici protègent notre vie privée. Cela ne leur viendrait même pas à l'esprit de dire à quelqu'un comment venir ici. »

Taylor passa le bras dans celui de Kate pendant qu'elles marchaient. « Alors Buddy m'a dit qu'il t'avait expliqué les choses telles qu'elles sont. Tu sais à quoi t'attendre pour les quelques mois qui viennent ?

— Je crois être aussi préparée qu'on puisse.

— Tu peux venir ici si jamais tu as besoin de te planquer. On a plein de place. C'est bruyant, c'est le bazar, mais tu es la bienvenue quand tu veux.

— Buddy et toi, vous êtes tellement gentils envers moi. Je ne pourrai jamais vous remercier de tout cela.

— Bah, ma chérie, il faut que je te le dise, quand Reid a parlé de toi à Buddy, nous étions sceptiques. Ce que je veux dire, c'est que les gens sont toujours en train de nous parler d'un tel ou d'une telle. Mais quand nous t'avons vue sur scène, nous sommes devenus tes plus grands fans. »

Le monde venait de s'incliner sur son axe. « Quoi ? murmura Kate. Que viens-tu de dire ? »

Taylor s'arrêta de marcher. « Ma chérie, pourquoi as-tu l'air d'avoir vu un fantôme ?

— Qu'as-tu dit à propos de Reid ?

— Quoi ? Qu'il a parlé de toi à Buddy ? C'est comme ça qu'on t'a trouvée.

— Non, gémit Kate. *Non.* » La nausée l'accabla.

Taylor la fixa du regard, confuse. « Je ne comprends pas. »

Kate se tint le ventre. « Comment est-ce que Buddy connaît Reid ? arriva-t-elle à demander.

— La mère de Buddy, Miss Martha, était la domestique de Reid. Ils ont grandi ensemble.

— Oh, non ! *Oh mon Dieu.* Non.

— Ma chérie, tu me fais peur, là. Quel est le problème ?

— Je suis désolée, Taylor. Il faut que je m'en aille. Kate essaya de retenir ses larmes lorsqu'elle retourna en courant à la maison. Elle trouva son sac à main dans le salon et se dirigeait vers la porte d'entrée quand Buddy l'arrêta.

— Qu'est-ce qui se passe, ma belle ? Tu pleures ?

— Reid t'a parlé de moi. C'est comme ça que tu m'as trouvée. C'est vrai, ça ?

— *Merde*. Buddy gémit.

— *Elle ne le savait pas ?* s'écria Taylor en venant derrière Buddy. Pourquoi tu ne me l'as pas dit, Buddy ? »

Sûre qu'elle allait vomir, Kate avait besoin de s'échapper. « Il faut que j'y aille. Merci, dit-elle doucement. Vous avez été très gentils avec moi. Aveuglée par les larmes, elle sortit en coup de vent.

— Kate ! appela Buddy. Il l'arrêta avant qu'elle puisse ouvrir la portière de sa voiture. Écoute-moi !

— Il n'y a rien à dire. Laisse-moi partir.

— Écoute ! Tu te rappelles quand je t'ai dit que tu pouvais croire tout ce que je te dirai ? »

S'essuyant le visage, elle hocha la tête.

« Alors écoute ça. Reid m'a parlé de toi. Je ne le nie pas. Mais c'est toi qui m'as convaincu. *Toi*. Tu crois honnêtement que tu serais en train de venir en tournée avec nous ou manger chez moi si je ne pensais pas que t'avais ce qu'il fallait pour jouer dans la cour des grands ? Tu crois ça ? »

Elle haussa les épaules.

« J'aime Reid comme un frère, mais t'es là où t'es maintenant grâce à *toi*. Ne fiche pas ça en l'air, Kate.

— Puis-je partir maintenant ? »

Il recula pour qu'elle puisse ouvrir sa portière.

Elle réussit à ne pas être malade jusqu'à ce qu'elle soit à plus d'un kilomètre de la maison de Buddy et Taylor. Après s'être garée sur le bas-côté, elle vomit et puis pleura à chaudes larmes. Quand elle put finalement faire fonctionner à nouveau son corps, elle conduisit jusqu'à chez Reid et monta à l'étage en courant, son cœur s'emballant.

Il était sorti avec Thunder. Kate était censée l'appeler en rentrant, mais elle n'avait rien à lui dire. De toute évidence, Buddy avait eu des choses à lui dire, cependant, parce qu'elle entendit Reid monter les escaliers avec force quelques minutes plus tard.

Kate jetait ses vêtements dans un sac quand il entra en trombe dans la chambre.

« Kate, ma chérie… »

Au son de sa voix, qui était devenue tellement familière et lui était tellement chère, une douleur lancinante la traversa alors qu'elle ouvrait les tiroirs et arrachait les vêtements de leurs cintres.

« Amour, allez, dit-il en lui prenant le bras.

— Ne me touche pas, hissa-t-elle. Retire tes mains. »

Comme si elle l'avait frappé, il recula d'un pas. « Je t'aime, Kate. Parle-moi. Je t'en prie.

— Tu veux parler ? Très bien. Parlons. Je ne parlais pas français quand je t'ai dit de ne pas faire jouer tes relations pour moi ? Est-ce que je parlais espagnol ou chinois, ou une autre langue que tu ne comprends pas ?

— Non.

— Alors la seule chose à laquelle je puisse penser, c'est que tu ne me respectes pas assez pour faire ce que je te demande.

— Je te respecte plus que toute autre personne au monde. »

Kate rit avec hargne. « Tu as une drôle de façon de le montrer.

— Qu'est-ce que ça peut faire, chérie ? Buddy et Taylor t'adorent, et tu es entre de bonnes mains avec eux. »

Incrédule, elle le fixa du regard. « Tu ne comprends vraiment pas, hein ?

— Je suppose que non. Tu voulais une carrière spectaculaire et tu vas l'avoir.

— Mais je ne saurai jamais si j'aurais pu y arriver toute seule. Tu m'as volé cela et je ne peux pas faire marche arrière.

— J'ai rencontré Buddy par hasard quand j'étais à Knoxville. On a commencé à parler. Je ne suis pas allé quémander, c'est juste arrivé comme ça.

— Quand je t'ai appelé pour te dire qu'ils étaient chez Mabel's, tu le savais déjà, n'est-ce pas ? Tu leur avais dit que j'y serai ce soir-là. »

Soudain intéressé par ses propres pieds, il hocha la tête.

« Est-ce qu'il sait pour le reste ? Est-ce que Buddy sait pour toi et moi ? »

Il hocha encore une fois la tête.

Elle se secoua quand il essaya de la toucher. « Ça n'a pas d'importance, parce qu'il n'y a plus de toi et moi. C'est fini entre nous. Elle souleva le sac de vêtements et sa guitare.

— Je ne veux pas que tu partes. On peut se remettre de cela— tu m'aimes, et tu sais que je t'aime. »

Ses larmes étaient parties. L'amour était parti. Il ne restait que la colère. « Je ne te le pardonnerai jamais. J'ai détruit ma relation avec la personne la plus importante de ma vie pour toi, et tu n'en valais même pas la peine. »

Il grimaça d'une douleur évidente.

« Tu sais ce qui est le plus ironique ? Tout le monde était opposé à nous parce que tu étais soi-disant trop vieux pour moi. C'est drôle de voir que c'est moi qui ai fini par être l'adulte dans cette relation. » Elle tourna sur ses talons et quitta la pièce.

Il la suivit en bas. « Kate. Je suis désolé. J'ai eu tort.

— Moi, aussi. »

Kate passa deux jours seule dans sa maison de ville, ignorant la sonnerie constante de son téléphone fixe et de son portable. Elle vérifia l'identité de l'appelant pour s'assurer que sa famille n'était pas en train d'essayer de la joindre et découvrit que la plupart des appels étaient de Reid. Les autres venaient de Buddy.

Elle resta en pyjama et regarda un épisode après l'autre de « Behind the Music » sur VH-1 alors que l'amertume l'envahissait. Elle avait été à deux doigts d'avoir tout ce qu'elle avait jamais voulu, mais tout avait été construit sur des mensonges.

La sonnette retentit tard le deuxième jour. Inquiète de voir Reid venir mener sa campagne sur son pas de porte, elle jeta un œil par la fenêtre et vit un jeune homme en uniforme de livreur tenant une grande enveloppe. Elle descendit ouvrir.

« Kate Harrington ? Signez là. »

Kate signa pour l'enveloppe et la monta à l'étage. Dedans se trouvait une lettre écrite à la main de Buddy sur un papier à entête de Long Road Records, avec une autre enveloppe plus petite.

Chère Kate,

Taylor et moi sommes vraiment désolés de ce qui s'est passé l'autre jour. (Si ça peut te faire plaisir, elle est furieuse contre moi…) En tout cas, t'es une amie pour nous maintenant, alors on espère que tu nous pardonneras notre rôle dans tout ça.

Je sais que ce que je vais dire ne va pas te sembler trop amical, mais je vais te rendre le plus grand service que personne ne te rendra jamais en te menaçant d'action en justice si tu ne respectes pas les termes de notre contrat. Tu es une fille talentueuse avec un grand avenir devant toi et tu serais vraiment bête d'y tourner le dos. Alors je ne vais pas te laisser faire. Tu as quarante-huit heures pour panser tes blessures, ensuite je te veux de retour au studio en train de répéter. Autrement, t'auras des nouvelles de mes avocats.

Ci-joint ta première paye. Paie tes impôts (pour ne pas finir comme Willie Nelson), règle ton loyer et mets ta vie en règle, parce que tu ne vas bientôt plus savoir où donner de la tête.

Je sais que tu souffres, ma belle, mais dans notre métier, les cœurs brisés donnent des disques numéro-un. Maintenant, bouge ton cul et reviens bosser.

Cordialement,
(Ton ami)
Buddy Longstreet
Président & PDG
Long Road Records

Kate sourit et essuya ses larmes en relisant la lettre de Buddy. Elle ouvrit la plus petite enveloppe et y trouva un chèque de deux cent mille dollars.

CHAPITRE 38

Clare marqua le premier anniversaire de son rétablissement fin avril en passant une matinée calme chez elle à Rhode Island. Tout bien considéré, cela avait été une année intéressante — elle était passée de grabataire à femme qui avait repris le contrôle de sa vie. Elle avait été mariée, divorcée et puis presque fiancée.

Elle éprouvait de la peine quand elle pensait à Aidan et à ce qui aurait pu être. Son frère était ravi du travail qu'Aidan avait fait à la maison de Stowe. Ce dernier était passé maintenant à d'autres clients, mais il ne s'écoulait pas un jour depuis qu'elle l'avait vu il y a deux mois sans qu'elle ne pense à lui et au temps passé ensemble. En réalité, il lui manquait terriblement. Mais comme ils ne voulaient pas les mêmes choses de la vie, Clare croyait qu'ils avaient fait ce qu'il fallait en se séparant. De temps en temps, cependant, elle avait l'impression de sentir l'odeur de la sciure, ou alors était assaillie par les souvenirs de quand ils faisaient l'amour. Dans ces moments-là, elle savait qu'en fait son cœur était brisé.

Elle regarda sa montre. L'assistante sociale des Services de l'Enfance devait arriver d'une minute à l'autre. C'était le jour J. Elle devait apprendre aujourd'hui si elle avait été approuvée pour adopter et son cœur s'emballa d'excitation quand elle pensa à rencontrer enfin l'enfant qu'ils avaient en tête pour elle. C'était un petit biracial de deux ans, dont la mère, toxicomane, avait renoncé à ses droits sur lui. Dès que Clare aurait franchi tous les obstacles avec l'État, il serait son enfant. Elle rêvait de l'amener chez elle depuis des semaines et avait une chambre toute prête pour lui. Les filles l'avaient soutenue dans sa décision d'adopter mais étaient perplexes quant à ce qui s'était passé entre Aidan et elle. Néanmoins, elles respectaient son choix de ne pas vouloir en parler.

La sonnette retentit. Clare prit une grande inspiration pour calmer ses nerfs et alla ouvrir la porte à Janice Nunes.

Elle suivit Clare dans le salon.

Le sourire habituel de Janice avait disparu aujourd'hui, et l'estomac de Clare se noua. « Ce ne sont pas des bonnes nouvelles, n'est-ce pas ?

— Je suis tellement désolée, Clare. Je me suis tant battue pour cette demande. Je serai surprise d'avoir encore un travail quand ce sera fini.

— Pourquoi ont-ils refusé ? » Déterminée à ne pas pleurer, Clare se mordit la lèvre.

Janice soupira. « Eh bien, je vous avais prévenue dès le départ que vos antécédents médicaux seraient un problème.

— Mais vous avez mon dossier par le Dr Langston et le Dr Baker. Ils vous ont dit que je vais parfaitement bien maintenant.

— Oui, et je suis allée plus haut que mon patron jusqu'au directeur, mais ni l'un, ni l'autre ne peut faire abstraction de votre passé. Ce serait différent si vous étiez mariée. Nous pourrions faire valoir l'argument que si vous deviez retomber malade, l'enfant aurait un autre parent qui aurait sa garde.

— Nous avons répondu à ce point, dit Clare avec un désespoir grandissant. Ma sœur et son mari sont prêts à demander la garde légale de l'enfant, si nécessaire.

— Je le sais et je pense que c'est une solution parfaite, mais malheureusement la décision ne m'appartient pas. Je reçois tellement de demandes de gens qui sont des cas limites. Souvent, je me demande s'ils ne le font pas pour le petit peu d'aide de l'État qu'ils recevraient s'ils adoptaient un enfant de l'Assistance publique. Et puis j'en ai une comme vous— éduquée avec une belle maison, plein d'argent, des recommandations impeccables et beaucoup d'amour à donner à un enfant, et pourtant on vous refuse l'adoption.

— Ce n'est pas juste.

— Vous avez raison. Ce n'est pas juste, mais le système est là pour protéger les enfants et malgré ses défauts c'est le seul système que nous ayons.

— Il en a tant que ça, des meilleures options ? »

Janice secoua la tête. « Il est dans une maison d'accueil avec peu d'espoir d'être adopté parce qu'il est de race mixte et n'est plus un bébé.

— Peut-être aurais-je plus de chance avec une adoption privée.

— Il est probable que vous rencontreriez bon nombre de ces mêmes obstacles. »

Clare avait déjà perdu Aidan et maintenant il n'y aurait pas d'enfant, non plus.

« Je suis tellement désolée, Clare, dit Janice quand Clare la raccompagna à la porte. Si quelque chose change, n'hésitez pas à me le faire savoir.

— Merci de tout ce que vous avez fait.

— J'aurais voulu pouvoir faire plus. »

Dévastée, Clare ferma la porte et s'appuya contre. Qu'allait-elle faire maintenant ?

Clare passa une semaine à Nashville avec Kate, qui finalisait ses préparatifs pour la tournée avec Buddy et Taylor. Ils avaient le vent en poupe après le succès du premier single de Kate, « Je croyais savoir, » qui avait fait ses débuts au numéro 5 du hit-parade national et était passé directement au numéro 1, place qu'il occupait encore trois semaines plus tard. Clare et Kate dînèrent un soir avec les deux super-stars et, une fois remise de côtoyer des célébrités, Clare trouva qu'ils avaient les pieds sur terre et étaient amusants. Elle était soulagée de savoir que des gens aussi bien qu'eux guidaient la carrière de Kate.

Pendant sa semaine avec Kate, Reid ne fut pas mentionné. Clare ne posa pas de questions et Kate n'avança pas d'explications, alors Clare était d'un optimisme prudent, pensant qu'il était arrivé quelque chose entre eux. Se souvenant des conseils d'Aidan de rester cool, elle tint sa langue à ce propos.

Une fois rentrée à la maison, cependant, Clare fut contrainte d'admettre qu'elle était à la dérive. Depuis que l'État avait refusé sa demande d'adoption un mois auparavant, elle essayait de trouver quoi faire maintenant de sa vie et elle pensait à chercher un travail pour passer le temps pendant ses longues journées vides quand les filles n'étaient pas là.

Elle était rentrée de Nashville depuis une semaine quand elle reçut un appel de Jack qui était dans tous ses états, lui disant que Maggie avait été blessée dans un accident.

— Que s'est-il passé ? s'écria Clare.

— Elle est tombée de l'échelle qui va aux combles et elle a perdu connaissance, dit-il, la voix serrée par la peur. Andi l'a trouvée. Ils l'emmènent à l'Hôpital de Newport. Tu peux m'y retrouver ?

— Je pars à l'instant.

— Dépêche-toi, Clare. Andi a dit que cela a l'air grave. »

Un nœud à la gorge, Clare se précipita à l'Hôpital de Newport. Jack arriva en même temps, et ils coururent aux urgences ensemble.

Andi était en larmes, les attendant avec son fils, Eric, le grand copain de Maggie. Les jumeaux étaient endormis dans une poussette.

« Que s'est-il passé ? demanda Clare, la bouche sèche tellement elle avait peur et les mains tremblantes.

— Je suis revenue à la maison à peu près une demi-heure après son retour de l'école. Les yeux d'Andi étaient rouges à force de pleurer. Je suis montée à l'étage et je l'ai trouvée couchée dans le couloir sous l'échelle qui va aux combles. Les ambulanciers ont dit qu'elle s'est cassée les deux bras, un bien amoché et on ne pouvait pas la réveiller. »

Jack glissa un bras autour de sa femme. « Le médecin n'est pas encore sorti ?

— Non, l'infirmière a dit qu'ils essaient de la stabiliser.

— Oh, mon Dieu, » dit Clare.

Jack passa l'autre bras autour d'elle, et les trois restèrent à attendre.

« Nous devrions appeler les filles, dit Clare.

— Attendons de voir ce que dit le docteur d'abord, » dit Jack, son visage blême lorsqu'Eric grimpa sur ses genoux, en larmes.

Ils attendirent longtemps avant qu'un médecin vienne les chercher.

« M. et Mme Harrington ?

Ils se levèrent tous d'un bond.

« Nous l'avons stabilisée, mais elle n'est pas tirée d'affaire. Nous sommes inquiets à propos de son traumatisme crânien, alors nous l'envoyons à l'instant à l'étage supérieur faire un scanner. Elle s'est cassée une côte, qui a perforé un poumon, mais nous contrôlons cet aspect-là. »

Andi cria et s'assit à nouveau quand ses jambes semblèrent l'abandonner.

Clare serra la main de Jack. « Et ses bras ?

— Le bras droit, c'est une fracture franche sans complications, mais la gauche est compliquée. Elle aura besoin d'opérations et de broches. Les vingt-quatre heures à venir seront cruciales. Je vous tiendrai au courant.

— Merci, » murmura Clare.

Le médecin parti, Jack se tourna vers Clare. « Nous devrions appeler Jill et Kate. »

Kate répétait au studio quand un des techniciens entra avec son portable.

« Ça n'arrête pas de sonner, dit-il, en le lui passant.

— Merci, Kenny. Le numéro du portable de sa mère apparut à maintes reprises sur la liste des appels manqués. Kate la rappela. « Salut, Maman, qu'est-ce qu'il se passe ?

— Oh, Kate, Dieu merci tu as appelé. Ma chérie, Maggie a été gravement blessée dans un accident. Il faut que tu rentres. »

Choquée, Kate attrapa son sac et courut vers l'ascenseur. « Que s'est-il passé ? »

Clare lui raconta vite les événements. « Tu vas réussir à avoir un vol aujourd'hui ?

— Je vais appeler tout de suite.

— Fais-moi savoir quand tu vas arriver. Quelqu'un viendra te chercher. »

La voix de Kate se serra en courant à l'ascenseur. « Maman ? Est-ce qu'elle va mourir ?

— Je ne sais pas, ma chérie. Je ne le sais vraiment pas. »

Sprintant jusqu'à la voiture, Kate entendit les larmes dans la voix de sa mère. « J'arrive. Ne la laisse pas mourir. » Coincée dans les embouteillages du centre de Nashville, Kate devenait de plus en plus désespérée au fur et à mesure de ses appels à toutes les compagnies aériennes allant à Providence, se rendant compte qu'il n'y avait plus rien de disponible pour le restant de la journée. Sans hésiter un instant, elle appela le portable de Reid.

« Kate ? » Il semblait choqué d'entendre sa voix.

Elle avait du mal à voir à travers ses larmes pour conduire.

« Ma chérie, qu'est-ce qui ne va pas ?

— Tu es en ville ?

— Je suis à mon bureau.

— J'ai besoin d'aide. Ma sœur est blessée, et les vols sont pleins. Un sanglot lui noua la gorge. Tu peux m'emmener en avion ?

— Va chez moi. J'arrive.

— Merci. »

Trente minutes plus tard, il arriva en dévalant la route en terre battue dans sa Mercedes, laissant derrière lui un nuage de poussière. Il sortit de la voiture et se précipita vers elle pour la prendre dans ses bras. « Ça va ? »

Les larmes coulèrent le long de ses joues lorsqu'elle leva les yeux vers lui. « C'est grave. Il faut qu'on se dépêche. »

Il ouvrit les portes du hangar et prépara l'avion. « Il faut qu'on s'arrête prendre du carburant à Nashville International, mais je les ai prévenus. Ils nous attendent. Allons-y. »

Quarante-cinq interminables minutes plus tard, on leur donna l'autorisation de décoller de Nashville International.

« Il y a un aéroport à Newport, dit Kate. On peut y aller ?

— Non, j'ai vérifié. C'est trop petit pour l'avion. Newport se trouve à combien de temps de l'aéroport de Providence ?

— Environ quarante minutes.

— Mon bureau est en train d'organiser une voiture à ton arrivée.

— Merci, dit-elle doucement.

— Qu'est-il arrivé à ta sœur ? »

Kate lui raconta ce qu'elle savait. « Je devrais appeler ma mère pour lui faire savoir que je suis en route. Combien de temps cela va prendre ?

— À peu près deux heures et demie. »

Elle gémit.

Il lui prit la main et enroula ses doigts autour de ceux de Kate. « Tiens bon, mon cœur. Je t'y emmène aussi vite que possible. »

Après avoir volé dans des conditions météorologiques difficiles qui les ralentirent, Reid et Kate atterrirent à l'aéroport T.F. Green presque trois heures plus tard. Aux dernières nouvelles de sa mère, Maggie n'avait toujours pas repris connaissance. En l'entendant, Kate se remit à pleurer alors que Reid faisait rouler l'avion sur la piste.

« La voiture t'attend au hangar. Juste quelques minutes de plus.

— Tu veux bien venir avec moi à Newport ?

— Je ne pense pas que ton père ait besoin de me voir pour l'instant. Pas avec ta sœur à l'hôpital.

— Juste pour le chemin ? Je n'ai pas envie d'être seule.

— OK. »

La limousine les attendait. Reid sécurisa l'avion et tint la main de Kate pendant qu'ils traversèrent la piste en courant jusqu'à la voiture.

Dans la voiture, il passa un bras autour d'elle, et elle s'appuya contre lui. « Dépêchez-vous, » dit-il au conducteur.

Ils traversèrent le pont de Newport en un temps record. « Cela me rappelle trop l'accident de ma mère, dit Kate, pleurant contre son torse. Je me sentais exactement comme ça. »

Il lui caressa les cheveux et l'embrassa sur le front. « Elle est jeune et forte et en bonne santé. Elle va s'en remettre. »

Ils s'arrêtèrent devant l'hôpital et Reid sortit de la limousine avec Kate.

« Je te remercie infiniment, » dit Kate en balayant les larmes de son visage.

Il la prit dans ses bras. « Fais-moi savoir comment elle va.

— D'accord.

— Qu'est-ce que tu fais là, bordel ? » demanda Jamie.

Reid et Kate se retournèrent pour voir sa tante Frannie et son oncle Jamie sur le trottoir. Kate se jeta dans les bras ouverts de sa tante.

Reid leva les mains pour se défendre de Jamie, autrefois son grand ami, à Berkeley. « Je ne fais que la déposer.

— T'as du culot de ramener ta fraise ici, dit Jamie, sa mâchoire se crispant de colère. Surtout en ce moment.

— Ne t'inquiète pas, je m'en vais. Je prierai pour ta sœur, Kate.

— Merci, » dit-elle, en lui jetant un dernier coup d'œil alors que sa tante et son oncle mirent tous deux un bras autour d'elle pour l'accompagner dans l'hôpital.

Frannie, Jamie et Kate prirent l'ascenseur jusqu'à la réanimation au troisième étage.

« Il faut te préparer, ma chérie, dit Frannie. Ce n'est pas beau à voir.

— Est-ce qu'elle va mourir ? demanda Kate d'une petite voix.

— Non, dit Jamie d'un ton bourru. Il n'en est pas question. »

Ils sortirent de l'ascenseur, et Kate courut vers sa mère.

« Je suis tellement contente que tu sois là, murmura Clare.

— Dis-moi qu'elle va mieux.

— Elle ne va pas pire, et ils disent que c'est une bonne nouvelle.

— Je peux la voir ?

— Papa est avec elle à cet instant. Ils veulent qu'on rentre un à la fois.

— Ça va le chiffonner que je sois là ?

— Bien sûr que non. »

Kate et tous ses grands-parents, venus du Connecticut en voiture, s'embrassèrent, en pleurs. Jill entra par la porte battante et s'écroula quand elle vit Kate. Elles se serrèrent l'une, l'autre pendant plusieurs longues minutes.

« C'est du déjà-vu, tout cela, bien trop à mon goût » murmura Jill à travers ses larmes.

Kate hocha la tête et ses yeux se remplirent à nouveau de larmes quand Andi vint la prendre dans ses bras. « Les garçons sont là ? »

Andi secoua la tête. « Ils sont rentrés à la maison avec une baby-sitter. »

Jack sortit de la chambre de Maggie, les yeux rouges et les épaules voûtées.

« Papa, » murmura Kate.

Il leva la tête et son regard s'adoucit quand il la vit.

Kate alla à lui. Ses bras se resserrèrent autour d'elle, et elle s'agrippa à lui alors que les sanglots la secouaient.

« Kate, dit-il, la voix serrée d'émotion. Ma fille. Je suis tellement content de te voir. »

Comme elle n'arrivait pas à parler, elle s'accrocha simplement à lui.

Au milieu de la nuit, Kate alla avec Jill prendre un café à la cafétéria.

« Je pensais à quelque chose, dit Jill.

— À quoi ?

— Aidan. Il voudrait savoir pour Maggie.

— Tu ne penses pas que c'est à Maman d'en décider ?

— Elle n'a pas les idées claires. Je parie qu'elle serait contente de le voir maintenant.

— Je ne sais pas, Jill. Elle n'apprécierait peut-être pas.

— Je vais l'appeler de toute façon. Jill sortit son portable. J'ai encore son numéro dans mon téléphone.

— Si ça tourne mal, je ne suis responsable de rien, » dit Kate.

Clare était assise auprès de Maggie à six heures le lendemain matin quand la petite commença à se réveiller.

« Maggie ? Ma chérie ? Ouvre les yeux. Clare cria quand un magnifique œil bleu s'ouvrit petit à petit, suivi par l'autre. Oh, mon bébé. Tu m'entends ? »

Maggie cligna des yeux et fit une grimace quand elle essaya de bouger ses bras dans le plâtre.

« Reste immobile, ma belle, dit Clare, les larmes coulant à flot le long de ses joues. Tu as fait une mauvaise chute. Tu t'es blessée à la tête et cassée les deux bras. Mais ça va aller. Laisse-moi aller chercher Papa, d'accord ? » Clare courut à la porte, appelant Jack et le médecin.

Jack se précipita dans la pièce. « Oh, Dieu merci, dit-il quand il vit que les yeux de Maggie étaient ouverts.

— Papa.

— Oh, ma petite, tu nous as fait peur, » dit-il.

Le docteur examina les yeux de Maggie avec une torche. « Tu as une grave commotion cérébrale, Maggie, alors il faut que tu restes complètement immobile pendant quelque temps pour donner à ton cerveau le temps de se remettre. D'accord ?

— D'accord. »

Le docteur se tourna vers Jack et Clare. « Nous avons beaucoup de chance, dit-il et puis il quitta la pièce.

— Qu'est-ce qui s'est passé ? demanda Maggie.

— Tu es tombée en arrière de l'échelle qui va aux combles, dit Jack. Tu t'en souviens ? »

Quand elle essaya de hocher la tête, son visage se crispa de douleur.

« Qu'est-ce que tu faisais là-haut, mon cœur ? demanda-t-il.

— Je rangeais mes Barbie.

— Pourquoi ? demanda Clare. Tu les aimes.

— C'est pour les bébés. »

Ses parents échangèrent un regard bref par-dessus son lit.

« Personne ne pense que tu es un bébé, dit Clare.

— Vous le pensez tous ! Tout le monde me traite comme un bébé, alors j'ai pensé que si j'arrêtais de me comporter comme un… »

Jack baissa la tête. « Est-ce parce qu'on ne voulait pas te dire pour Kate ?

— C'est un peu ça.

— Tu sais quoi ? dit-il. Quand tu te sentiras un peu mieux, Kate pourra t'en parler elle-même.

— Elle peut ? Vraiment ? »

Il hocha la tête. « Elle est ici. Elle est revenue à la maison pour te voir. »

Les yeux de Maggie s'écarquillèrent. « Ah oui ? Waouh, vous avez dû sacrément flipper. »

Le corps de Jack s'affala de soulagement. « Oui, ma petite, dit-il, sa voix serrée d'émotion. C'est sûr qu'on s'est fait une sacrée frousse. »

Clare sourit à Jack et hocha la tête pour signifier son accord.

Clare passa une heure avec Maggie jusqu'à ce que les infirmières la chassent pour pouvoir faire des soins à Maggie. S'appuyant contre le mur, elle pencha la tête en arrière et dit une prière de remerciement silencieuse.

Aidan fit irruption par les portes battantes, les yeux ronds de fatigue et de peur.

Clare poussa un cri. « Qu'est-ce que tu fais ici ? » *Y avait-il jamais eu quelqu'un d'aussi beau ?*

« Jill m'a appelé. Je suis venu aussi vite que possible. Il l'enlaça. Dis-moi qu'elle va bien. »

Clare s'accrocha à lui et l'odeur familière de sciure et d'eau de toilette l'enivra. « Elle va se remettre. » En prononçant ces mots, elle sentit la tension quitter sa grande carrure.

Il poussa un soupir saccadé. « C'étaient les cinq heures les plus longues *de ma vie*, dit-il, la tenant encore près de lui.

— Je n'arrive pas à croire que tu sois là. Tu m'as tellement manqué.

— Toi, aussi. Il posa un doux baiser sur ses lèvres. Je peux voir Maggie ? »

Clare regarda dans la chambre de Maggie, où les infirmières installaient la petite sur des oreillers propres. « Dans une minute. Elles ont presque fini.

— J'ai des choses à te dire.

— Quel genre de choses ? »

Il secoua la tête de désarroi en voyant Maggie avec ses gros plâtres et son visage pâle. « J'ai réalisé quelque chose ces cinq dernières heures quand je ne savais pas si cette petite fille que j'aime tant serait en vie le temps que j'arrive ici. »

Clare ne pouvait le quitter des yeux. « Qu'as-tu réalisé ?

— Que je suis déjà père. Son regard était fixé sur Maggie pendant qu'il parlait. C'est peut-être bien juste beau-père, mais je ne peux pas m'imaginer qu'aucun père au monde puisse avoir plus peur que moi en apprenant ce qui lui était arrivé. Tes filles et toi, vous êtes déjà miennes. »

Les larmes piquèrent les yeux de Clare. « Aidan.

— Tu avais raison, Clare, dit-il, se concentrant maintenant sur elle. J'en suis vraiment capable. Je suis désolé d'avoir été un tel imbécile et qu'il ait fallu quelque chose comme cela pour que je m'en rende compte. »

Elle le tira à elle et l'embrassa fort. « Tu te souviens de la question que tu m'as posée le dernier soir chez toi ? »

Grimaçant au souvenir, il hocha la tête.

« J'aimerais changer ma réponse. »

ÉPILOGUE

« **A**idan, dépêche-toi, appela Clare d'en bas des escaliers. Ça va commencer !

— On arrive, » dit-il d'en haut.

Clare sortit un grand bol de popcorn, ouvrit une Sam Adams pour Aidan et une bière light pour elle. La télévision était sur la chaîne Country Music Television qui diffusait l'Academy of Country Music Awards.

Aidan descendit en portant leur fils, Max. « *Quelqu'un* ne voulait pas sortir du bain.

— Passe-moi mon garçon. » Clare tendit les bras et le parfum du shampoing pour bébé venant de la peau douce couleur café-au-lait de Max et de ses boucles foncées l'enivra. Ses grands yeux marron dansèrent quand elle le chatouilla.

Max montra du doigt la télévision. « Kate ! » s'écria-t-il d'une voix perçante. Il avait presque trois ans, était intelligent, drôle et rempli de joie.

« La voilà ! dit Aidan avec un grand sourire pendant qu'ils regardèrent Kate sortir d'une limousine avec Buddy et Taylor. Elle est magnifique. »

Clare savait que la robe de soirée argentée était signée Chanel

383

couture, les chaussures Manolo Blahnik et les bijoux avaient été prêtés par Harry Winston. Une équipe de stylistes travaillait depuis des semaines pour préparer Kate pour le grand soir. Elle était nommée comme Révélation et Chanson de l'année avec « Je croyais savoir. »

Jill et Maggie avaient pris l'avion pour Los Angeles le jour d'avant pour accompagner leur sœur à la cérémonie de remise des prix. Elles avaient téléphoné plus tôt de l'intérieur de l'auditorium où elles s'amusaient comme des folles, côtoyant les plus grandes stars de la musique country.

Aidan passa le bras autour de Clare. « Je suis tellement excité. »

Elle sourit et l'embrassa. Il y avait presque un an qu'ils s'étaient mariés lors d'une cérémonie simple chez lui. Leur mariage avait levé les obstacles à l'adoption de Max un mois plus tard. Dernièrement, ils parlaient de lui trouver un compagnon.

Jack avait présenté quelques clients potentiels à Aidan et très vite ce dernier s'était fait une réputation dans la restauration dans la ville historique de Newport. Clare savait qu'elle n'aurait pas dû être surprise que son nouveau mari se lie d'une amitié improbable avec son ancien mari. Son but de passer les fêtes ensemble devenait maintenant réalité, et Max appelait les fils « d'Oncle » Jack ses cousins. Sa vie avait bouclé la boucle et Clare était heureuse— à nouveau.

« C'est le grand moment, » dit Aidan.

Martina McBride et Alan Jackson annonçaient les nominations pour Révélation de l'année.

Clare se cacha le visage dans la chemise d'Aidan. « Je ne peux pas le supporter.

— Regarde ! cria Aidan. Elles sont là ! Jill et Maggie ! »

Max applaudit avec joie de ses mains potelées en voyant ses sœurs à la télé.

« Et le prix est décerné à… Kate Harrington, » dit Alan Jackson.

Ce fut le délire dans la foule, et Clare leva finalement la tête juste à temps pour voir Kate faire un câlin à ses sœurs, à Buddy et à Taylor sur le chemin de la scène. En acceptant le prix et un bisou sur la joue de la part de Martina, les yeux bleus de Kate étaient tout ronds d'excitation et brillants de larmes.

« Oh, mon Dieu, dit-elle une main sur sa poitrine en essayant de reprendre son souffle. Il y a tellement de personnes qu'il me faut remercier. Buddy et Taylor, vous êtes pour moi bien plus que des mentors. Vous êtes ma famille de Nashville, et je vous aime tous les deux. »

Buddy et Taylor essuyèrent leurs larmes et envoyèrent des baisers à Kate du premier rang.

« Je veux remercier notre personnel de tournée, la bande de Long Road Records et tout le monde dans mon équipe. Vous travaillez tous tellement dur pour que je puisse raison garder, et je tiens à vous exprimer toute ma gratitude. Mais plus que tout, je veux remercier ma famille de leur amour et leur soutien. Merci à mes sœurs, Jill et Maggie, qui sont ici avec moi ce soir. Merci à ma maman, à Aidan et Max, à Andi, Eric, Johnny et Robby et… Kate fit une pause pour reprendre se remettre de ses émotions. Je veux remercier mon père, qui a eu le courage de dire oui à cette grande aventure que je vis. Merci, Papa. Je vous aime tous très fort. Merci. »

Clare et Aidan hurlèrent, pleurèrent et s'enlacèrent alors que Max, assis entre eux, poussa des cris aigus.

Kate avait réussi, pensa Clare. Elle avait vraiment réussi.

Dans un bar sur la plage à St Kitts, Reid sirotait un whisky on the rocks et regardait l'émission à la télévision par satellite. Kate était magnifique lorsqu'elle reçut son prix de Révélation de l'année, et son cœur se remplit de fierté. En tant que sélectionnée pour la meilleure chanson de l'année, Kate interpréta « Je croyais savoir » peu après avoir reçu son prix. Reid se demanda si elle pensait toujours à lui chaque fois qu'elle chantait sa chanson. Il se souvint de comment elle la lui avait donnée comme cadeau de Noël le soir magique où ils avaient promené Thunder dans la neige.

Il regarda l'eau lorsque le soleil se coucha tel une grande boule de feu à l'horizon. Neuf mois auparavant, il avait finalement tout laissé derrière lui pour sa cabane sur la plage. Deux jours après avoir décidé de vendre son entreprise, un conglomérat d'Austin, Texas, s'était jeté dessus avec la promesse de garder tous ses employés. Il s'amusait de l'incroyable facilité avec laquelle il s'était défait de l'entreprise après toutes ces années à rechercher des solutions pour s'en sortir. Il avait fermé la maison au Tennessee jusqu'à ce qu'Ashton la veuille pour sa famille, avait pris assez de vêtements pour se débrouiller à la plage, avait piloté son avion jusqu'à St Kitts et n'avait jamais regardé en arrière.

Le jour avant de quitter Nashville, il avait emmené Thunder aux écuries de Buddy, avec un mot pour Kate. Il avait vendu ses autres chevaux, mais Thunder était à elle, maintenant. Elle avait raison— le cheval l'aimait davantage de toute façon. Une fois qu'il avait installé Thunder, il avait passé deux ou trois heures à se raccommoder avec Martha et elle avait promis de venir le voir à St Kitts.

Ashton se glissa sur le tabouret de bar près de celui de Reid. « A-t-elle gagné ?

— Révélation de l'année. Ils vont dire pour la Chanson de l'année maintenant.

— Comme si tout le monde ne savait pas déjà. »

Reid sourit à son fils. Ils reconstruisaient petit à petit leur relation et cette semaine ensemble était un grand pas dans la bonne direction.

« Ça te dit de faire une de ces excursions de pêche en haute mer demain ? demanda Ashton.

— Ce serait parfait.

— Il y a un type qui vend des billets au port de plaisance d'à côté. Je vais aller en acheter deux.

— J'arrive dans une minute. » Reid accorda son attention à nouveau à la télévision, où Tim McGraw et Faith Hill annonçaient les nommés pour la chanson de l'année.

« Et le prix est décerné à… » Tim donna la fiche à sa femme.

« Kate Harrington pour « Je croyais savoir ». »

Reid regarda Kate se rendre sur scène pour accepter son second prix de la soirée. Elle étreignit Tim et Faith et se tourna pour s'imprégner des applaudissements tonitruants du public.

« Merci, dit-elle quand les applaudissements diminuèrent finalement. « Je croyais savoir » est une chanson qui me tient à cœur et je suis extrêmement reconnaissante de ce prix. J'ai écrit cette chanson à un moment spécial de ma vie, un moment que je n'oublierai jamais. Tout comme ce soir. Merci beaucoup à vous tous. »

Presque à l'autre bout du monde, Reid leva son verre en un hommage silencieux à la femme qu'il aimait.

L'histoire continue dans Recommencer à zéro, *qui débute le premier jour de désintoxication de Brandon O'Malley pour alcoolisme. Suivez le chemin de Brandon pendant qu'il ramasse les morceaux de sa vie brisée et trouve deux nouveaux amours qui lui donnent une raison de rester sobre.*

Soyez la première ou le premier à savoir quand le prochain livre de Marie est disponible ! Suivez-la sur BookBub pour être informé(e) de ses nouvelles publications et des prix réduits.

Newsletter list
BookBub
Facebook
Instagram
Book+Main
Website

Autres livres de Marie Force

La Série Quantum
Livre 1: Virtuous
(*Flynn & Natalie*)

Livre 2: Valorous
(*Flynn & Natalie*)
Livre 3: Victorious
(*Flynn & Natalie*)
Livre 4: Rapturous
(*Addie & Hayden*)
Livre 5: Ravenous
(*Jasper & Ellie*)
Livre 6: Delirious
(*Kristian & Aileen*)
Livre 7: Outrageous
(*Emmett & Leah*)
Livre 8: Famous
(*Marlowe*)

L'ile de Gansett
Livre 1: Quand on est fait pour l'amour
(*Maddie & Mac*)
Livre 2: Quand on est fou d'amour
(*Joe & Janey*)
Livre 3: Quand on est prêt pour l'amour
(*Luke & Sydney*)
Livre 4: Quand on rencontre l'amour
(*Grant & Stephanie*)
Livre 5: Quand on espère l'amour
(*Evan & Grace*)
Livre 6: Quand vient la saison de l'amour
(*Owen & Laura*)
Livre 7: Quand on aspire à l'amour
(*Blaine & Tiffany*)
Livre 8: Quand on attend l'amour
(*Adam & Abby*)
Livre 9: Quand Vient le Temps de l'Amour
(*Daisy & David*)
Livre 10: Quand on est Destiné à l'Amour

(*Jenny & Alex*)
Livre 10.5: Quand Surgit L'Amour
(*Jared & Lizzie*)

La série Rester à Flot
Livre 1: Rester à Flot
(*Jack & Andi*)

Titres Uniques
Cinq Ans Sans Lui
Un An Plus Tard

A PROPOS DE L'AUTEUR

Marie Force est l'auteur de plus de 70 romances contemporaines parmi les meilleures ventes du New York Times, y compris la série Fatal publiée par les Éditions Harlequin et la série de l'Ile de Gansett. Elle est également l'auteur des séries Butler, Vermont, et La Montagne Verte ainsi que de la série de romance érotique  Quantum. En tout, ses livres se sont vendus à plus de 9 millions d'exemplaires dans le monde!

Ses buts dans la vie sont simples — finir d'élever deux jeunes adultes heureux, en bonne santé et productifs, continuer à écrire des livres aussi longtemps qu'elle le pourra et ne jamais prendre un vol qui fera la une des journaux.

Adhérez à la liste de diffusion de Marie pour recevoir des nouvelles sur ses nouveaux livres et sa venue prochaine dans votre région.

Suivez-la sur Facebook et sur Instagram. Joignez un des nombreux groupes de lecteurs de Marie. Contactez Marie à l'adresse mail *marie@marieforce.com.*